La nouvelle communication

G. Bateson, R. Birdwhistell
E. Goffman, E. T. Hall, D. Jackson
A. Scheflen, S. Sigman, P. Watzlawick

La nouvelle communication

Textes recueillis et présentés
par Yves Winkin

TRADUCTION DE D. BANSARD,
A. CARDOEN, M.-C. CHIARIERI,
J.-P. SIMON ET Y. WINKIN

Éditions du Seuil

CET OUVRAGE EST PUBLIÉ DANS LA COLLECTION
POINTS ESSAIS SÉRIE « SCIENCES HUMAINES »
DIRIGÉE PAR YVES WINKIN.

La présente édition, revue et corrigée,
comprend une postface inédite de l'auteur.

L'expression *Nouvelle Communication* est due à John H. Weakland (« Communication and Behavior – An Introduction », introduction au numéro spécial de l'*American Behavioral Scientist*, consacré à la communication et dirigé par John H. Weakland, 1967).

ISBN 978-2-7578-4446-5
(ISBN 978-2-02-005860-5, 1re publication)

Avant-propos

Gregory Bateson. Erving Goffman. Edward Hall. Paul Watzlawick. Des noms de chercheurs américains auxquels s'accrochent des titres ou des idées-force : la « double contrainte » (ou *double bind*), la « présentation de soi », la « dimension cachée », l'« école de Palo Alto », etc. Mais c'est à peu près tout. D'où viennent ces auteurs ? Quelles sont leurs sources et leurs buts ? Où et comment travaillent-ils ? Peu de réponses aisément accessibles sont disponibles en France. Quelques notes furtives au dos d'une couverture, quelques articles épars, quelques références ici et là.

Le présent ouvrage se propose d'être une introduction raisonnée à ces auteurs et à quelques autres. Introduction sous une triple forme et à un double point de vue. L'ouvrage s'ouvre sur une présentation générale, se poursuit par un choix de huit textes et se termine sur une série de quatre entretiens. Ces trois éclairages se complètent mutuellement et donnent au livre la possibilité de devenir un outil de travail. Chacune de ces parties relève de l'idée que les auteurs étudiés, d'une part, partagent un même modèle de la communication interpersonnelle et, d'autre part, s'insèrent dans un réseau d'amitiés communes.

Ce modèle de la communication n'est pas fondé sur l'image du télégraphe ou du ping-pong — un émetteur envoie un message à un récepteur qui devient à son tour un émetteur, etc. —, mais sur la métaphore de l'orchestre. La communication est conçue comme un système à multiples canaux auquel l'acteur social participe à tout instant, qu'il le veuille ou non : par ses gestes, son regard, son silence, sinon son absence… En sa qualité de membre d'une certaine culture, il fait partie de la communication, comme le musicien fait partie de l'orchestre. Mais, dans ce vaste orchestre culturel, il n'y a ni chef, ni partition. Chacun joue en s'accordant sur l'autre. Seul un observateur extérieur, c'est-à-dire un chercheur en communication, peut progressivement élaborer une partition écrite, qui se révélera sans doute hautement complexe.

Les chercheurs américains qui partagent cette conception de la communication se connaissent personnellement, bien qu'ils soient dispersés aux quatre coins des États-Unis. Ils ont formé au fil des ans un « collège invisible », au sein duquel ils échangent des idées, des visites, des pré-publications. L'existence de ce réseau permet de comprendre comment un même modèle de la communication s'est diffusé parmi eux, malgré la diversité des disciplines qu'ils représentent (psychiatrie, linguistique, anthropologie et sociologie).

Il n'était pas possible de présenter ici les quelques dizaines de personnes qui font partie de ce collège — sur lequel chaque « initié » possède d'ailleurs une vue différente. Un choix éminemment difficile a dû être opéré. Deux principes de base ont joué. En premier lieu, il n'est pas apparu utile de construire une vaste scène où une foule d'auteurs seraient venus se présenter très vite, à travers quelques généralités et quelques lignes extraites d'un de leurs articles. Mieux valait une étude sereine de quelques chercheurs qu'un tohu-bohu assourdissant le lecteur. Une fois ce principe acquis, le choix s'est d'abord porté vers des chercheurs ayant fait œuvre de rupture et d'innovation dans les années cinquante (Bateson, Birdwhistell, Goffman, Jackson, Hall), ensuite vers des chercheurs de la deuxième génération, c'est-à-dire ayant repris et reformulé au cours des années soixante — parfois de façon beaucoup plus fine et plus claire — les hypothèses de leurs mentors (Scheflen, Watzlawick), enfin vers des chercheurs très jeunes, qui travaillent aujourd'hui sous la direction d'un des maîtres d'une génération antérieure et en actualisent la pensée (Sigman). Ce choix respecte le second principe de sélection : ce livre ne parcourt pas un champ de fouilles archéologiques mais un domaine vivant de la recherche contemporaine, où travaillent des chercheurs jeunes et moins jeunes, célèbres ou inconnus.

Bien sûr, il y a dans la démarche que l'on entreprend ici une bonne part de création — d'aucuns diraient même de fiction. Tout en reconnaissant le caractère totalement arbitraire de mon choix, je maintiens l'idée d'un droit du commentateur à procéder de la sorte. Tout d'abord, parce qu'en sa position d'observateur extérieur, il peut être mieux à même qu'un des chercheurs vivant ces relations de l'intérieur de dégager la forêt — ou la clairière — au milieu des arbres. Ensuite, parce qu'il reste conscient que les hommes et les œuvres qu'il a choisis sont des repères, des nœuds, des lieux de rencontre, et non les seuls éléments d'un circuit fermé. Le réseau qu'il dessine ressemble plus à une main qu'à un cercle.

Cet ouvrage s'est constitué avec l'aide de nombreuses personnes qui m'ont reçu, écouté, conseillé. Mes remerciements s'adressent tout particulièrement, en étant conscient d'oublier plusieurs noms, à Ray Birdwhistell, Renée Fox, Erving Goffman, Larry Gross, Albert Scheflen, Stuart Sigman, Anselm Strauss, Carlos Sluzki et Paul Watzlawick.

1

PRÉSENTATION GÉNÉRALE

1

Le télégraphe et l'orchestre

Communication. Terme irritant : c'est un invraisemblable fourre-tout, où l'on trouve des trains et des autobus, des télégraphes et des chaînes de télévision, des petits groupes de rencontre, des vases et des écluses, et bien entendu une colonie de ratons laveurs, puisque les animaux communiquent comme chacun sait depuis Lorenz, Tinbergen et von Frisch. Mais c'est par là même un terme fascinant. Chercheurs et penseurs ont beau le critiquer, le rejeter, l'émietter : le terme revient toujours à la surface, vierge et pur. Communiquer, c'est bien. Ainsi, dernier avatar en date, le terme est en train de passer des relations humaines aux relations publiques : les agences de publicité deviennent des entreprises de communication. Dans un domaine qui n'est peut-être pas très loin de là, le ministère français de la Culture s'adjoint « et de la Communication ». Même phénomène outre-Atlantique : tel empire de Hollywood se transforme en *Warner Communications, Inc.*, et la Voix de l'Amérique fait partie de l'*International Communication Agency*.

Pour mettre un peu d'ordre dans ce fatras sémantique et arriver de manière pondérée à « notre » communication, je voudrais retracer très brièvement le parcours de ce caméléon dans les langues française et anglaise.

« Communiquer » et « communication » apparaissent dans la langue française dans la seconde moitié du XIVe siècle. Le sens de base, « participer à », est encore très proche du latin *communicare* (mettre en commun, être en relation). Cette « mise en commun » comprend même apparemment l'union des corps, comme en témoigne ce passage cité par Godefroy [123, p. 199] :

Quant mon mary n'a sceu de moy
Avoir lignee, j'ay bien voulu,
Affin que ne luy fut tollu [1]
Le droit de engendrer, qu'il allast
A toy et te *communicast*,
Te faisant quasi ma compaigne [2].

Jusqu'au XVIe siècle, « communiquer » et « communication » sont donc fort proches de « communier » et « communion », termes plus anciens (X[e]-XIIe siècle) mais également issus de *communicare*. On peut également rapprocher de ces termes le substantif « communier », au sens de « propriétaire en commun ». Encore expliqué et illustré par Littré, ce dernier terme n'est aujourd'hui plus repris par les grands dictionnaires. A partir de ce sens général de « partage à deux ou plusieurs », apparaît au XVIe siècle le sens de « faire part(age) » d'une nouvelle. Dès lors, à la fin du siècle, « communiquer » commence à signifier aussi « transmettre » (une maladie, par exemple). Un siècle plus tard, le *Dictionnaire* de Furetière (1690) donne l'exemple : « l'aimant communique sa vertu au fer ». Au XVIIIe siècle, apparaissent ainsi les « tubes communiquans ». Il semble donc que les usages signifiant globalement « partager » passent progressivement au second plan pour laisser place aux usages centrés autour de « transmettre ». Du cercle, on passe au segment. Trains, téléphones et médias deviennent successivement des « moyens de communication », c'est-à-dire des moyens de passage de A à B. C'est ce sens de *transmission* qui prédomine dans toutes les acceptions françaises contemporaines.

L'évolution générale du terme anglais est semblable à celle de son homologue français [3]. Quand le mot apparaît dans la langue anglaise au XVe siècle, la racine latine *communis* en imprègne encore très fortement le sens. Le terme est quasi-synonyme de *communion* et signifie l'*acte* de partager, de mettre en commun. A la fin du XVe siècle, « communication » devient aussi l'*objet* mis en

1. Afin que ne lui fût refusé.
2. Mist. du viel test., 8454, A. T.
3. Cf. Raymond Williams, *Keywords. A Vocabulary of Culture and Society* [337].

commun et, deux siècles plus tard, le *moyen* de mettre en commun. C'est sans doute dans le courant du XVIIIe siècle, avec le développement des moyens de transport, que le terme se pluralise et devient le terme général abstrait désignant les routes, canaux et chemins de fer. Dès le premier tiers du XXe siècle aux États-Unis et vers 1950 en Grande-Bretagne, le terme commence à désigner les industries de la presse, du cinéma et de la radio-télévision.

Cette dernière acception commence à se répandre aujourd'hui en France, notamment dans le vocabulaire technocratique et dans le vocabulaire journalistique [1], mais n'est pas encore reprise dans les grands dictionnaires de langue française. Par contre, le supplément 1970 du Grand Robert ajoute une définition nouvelle aux quatre définitions déjà en place. Après « 1. Action de communiquer quelque chose à quelqu'un », « 2. La chose que l'on communique », « 3. Action de communiquer avec quelqu'un » et « 4. Passage d'un lieu à un autre », Robert ajoute : *« 5. Sc. Toute relation dynamique qui intervient dans un fonctionnement. Théorie des communications et de la régulation. V. Cybernétique. Information et communication. »*

C'est pour nous un point capital. Pour la première fois dans l'histoire sémantique du terme, une nouvelle acception semble être en rupture totale avec le passé. C'est effectivement ici que commence notre analyse : « communication » entre dans le vocabulaire scientifique. Deux ouvrages y ont joué, aux États-Unis, un rôle essentiel.

En 1948, le savant américain Norbert Wiener publie *Cybernetics* [335]. Un an plus tard, un de ses anciens élèves, Claude Shannon, publie *The Mathematical Theory of Communication* [297].

Durant la Seconde Guerre mondiale, Wiener doit étudier le problème de la conduite de tir des canons anti-aériens (DCA). L'avion volant à très grande vitesse, il faut pouvoir prédire sa position future à partir de ses positions antérieures. Si le canon est informé de l'écart entre la trajectoire réelle et la trajectoire idéale de ses obus, il peut parvenir à cerner progressivement l'avion et finalement à l'abattre. Wiener reconnaît dans ce problème le prin-

1. Par exemple : « Passons à la communication. Pourquoi avoir lié financièrement Europe 1 à Matra ? » (*l'Express*, 26 juillet 1980).

cipe connu et utilisé depuis longtemps : le *feedback* ou rétroaction. Il va donner à ce principe une portée universelle en en faisant la clé de voûte de la cybernétique, ou science du « pilotage » (le mot grec *kubernetes* signifiant « pilote » ou « gouvernail »). Il voit dans le canon qui cherche à atteindre l'avion, le bras portant le verre d'eau à la bouche ou une machine à vapeur gardant un régime constant, un même processus circulaire où des informations sur l'action en cours nourrissent en retour *(feed back)* le système et lui permettent d'atteindre son but [1]. Wiener envisage donc une science étudiant le « contrôle et la communication chez l'animal et dans la machine » (sous-titre de son ouvrage fondateur de 1948).

Le projet de la cybernétique est plus une façon de réfléchir qu'une théorie articulée et détaillée. A partir de l'idée de la rétroaction, l'explication linéaire traditionnelle devient quelque peu désuète. Tout « effet » rétroagit sur sa « cause » : tout processus doit être conçu selon un schéma circulaire. L'idée est simple ; les implications sont importantes, notamment lorsqu'on introduit la notion de *système* dans l'analyse.

Parallèlement au travail de Wiener et ses collègues, un groupe de recherche animé par le biologiste austro-canadien Ludwig von Bertalanffy cherche à construire une « théorie générale des systèmes » [30]. Partant de l'observation que de très nombreuses disciplines réfléchissent en termes de systèmes d'éléments plutôt qu'en

1. Parmi les dizaines de livres de vulgarisation évoquant Wiener et la cybernétique, il faut citer celui de Joël de Rosnay, *Le Macroscope* [265] dont la clarté est remarquable. De nombreux petits schémas facilitent la compréhension du texte. Ainsi celui sur la rétroaction :

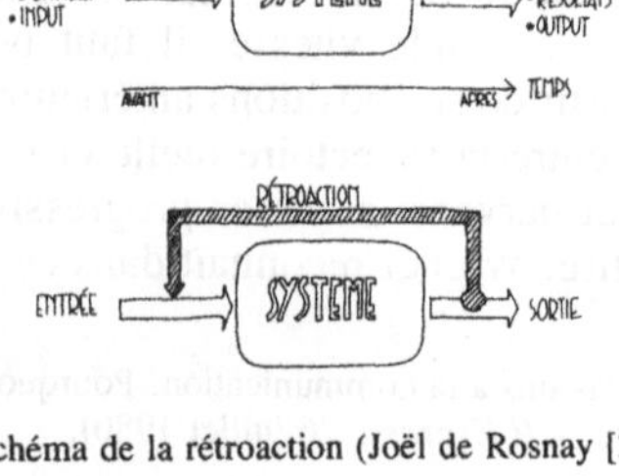

Fig. 1 — Schéma de la rétroaction (Joël de Rosnay [265, p. 99]).

termes d'éléments isolés (système solaire, système social, système écologique, etc.), ces chercheurs se proposent de « rechercher des principes qui s'emploient pour des systèmes en général, sans se préoccuper de leur nature physique, biologique ou sociologique » (von Bertalanffy [31, p. 32]). Un système est défini comme un « complexe d'éléments en interaction, ces interactions étant de nature non aléatoire ». Théorie générale des systèmes et cybernétique vont progressivement s'interpénétrer pour donner ce qu'on appelle aujourd'hui la « systémique » (cf. [265]).

Tandis que la théorie des systèmes et la cybernétique se mettent en place, Claude Shannon, un ancien élève de Wiener, élabore une « théorie mathématique de la communication ». Ensemble, les deux hommes mettent au point certains détails techniques. Mais l'esprit même du travail de Shannon est fort différent de celui de Wiener. Ainsi, le modèle de la communication de Shannon, qui est purement linéaire, s'oppose nettement au modèle circulaire (rétroactif) de Wiener. C'est là sans doute la marque des laboratoires de la compagnie *Bell Telephone* où travaille Shannon.

Depuis longtemps, en effet, les ingénieurs des télécommunications cherchaient à améliorer le rendement du télégraphe, c'est-à-dire à augmenter la vitesse de transmission du message, à diminuer les pertes en cours de transmission, à déterminer la quantité d'information émettable en un temps donné. Au-delà des améliorations techniques, certains d'entre eux cherchaient aussi à construire une « théorie mathématique du télégraphe », ou théorie de la transmission d'un message d'un point à un autre. Claude Shannon parvient à formuler une théorie claire et précise. La « théorie mathématique de la communication » qu'il propose dans son livre de 1949 est donc une théorie de la *transmission*. *Communication* est entendu dans le sens qui prévaut depuis le XVIIIe siècle [1].

Pour fixer préalablement les idées, Shannon propose un schéma du « système général de communication ». Il entend par là une chaîne d'éléments : la *source d'information* qui produit un message

1. Comme dans le cas de la cybernétique, les ouvrages de vulgarisation sur la théorie de la communication (ou de l'information) abondent. L'ouvrage de Joël de Rosnay peut être à nouveau suggéré pour une première introduction [265, p. 170-174].

(la parole au téléphone), l'*émetteur*, qui transforme le message en signaux (le téléphone transforme la voix en oscillations électriques), le *canal*, qui est le milieu utilisé pour transporter les signaux (câble téléphonique), le *récepteur*, qui reconstruit le message à partir des signaux, et la *destination*, qui est la personne (ou la chose) à laquelle le message est envoyé. Durant la transmission, les signaux peuvent être perturbés par du *bruit* (grésillement sur la ligne). Soit :

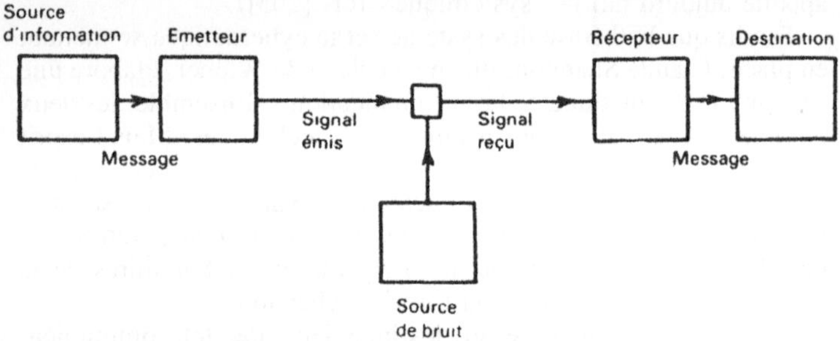

Fig. 2 — Schéma d'un « système de communication », selon Shannon [297, p. 69].

A partir de là, les choses se compliquent. La clé de voûte de la théorie de Shannon est le concept d'« information ». Mais il ne s'agit pas d'information au sens courant de « nouvelle » ou de « renseignement ». Il s'agit d'une grandeur statistique abstraite qualifiant le message indépendamment de sa signification. Comme le dit le Petit Larousse : « La quantité d'information (est la) mesure quantitative de l'incertitude d'un message en fonction du degré de probabilité de chaque signal composant ce message. » Quand nous envoyons un télégramme, la fin de chaque mot est si prévisible que nous la supprimons : sa quantité d'information est trop faible. Seules les premières lettres sont nécessaires. Au départ, n'importe quelle lettre de l'alphabet et n'importe quel mot du lexique peuvent être envoyés sur les ondes. L'incertitude est totale. Mais, dès que les premières lettres sont formées, le nombre de messages encore possibles diminue. Pour le statisticien, il n'est pas nécessaire de recourir au sens pour compléter les mots inachevés : chaque langue possède une structure statistique telle que, si telle lettre est apparue, il n'est plus possible qu'elle se présente à nouveau avant *n* autres lettres ; si tel groupe de lettres est apparu, il ne pourra pas être suivi de tel autre groupe, et ainsi de suite. Bref, l'*information* de Shannon est aveugle. Elle semble parfaitement adaptée aux ordinateurs qui naissent à la même époque.

Ses travaux, ainsi que ceux de Wiener, vont avoir un énorme retentissement au début des années cinquante. La cybernétique va être popularisée par l'apparition des premiers robots, notamment les tortues de l'Anglais Grey Walter ou les renards du Français Albert Ducrocq. Il s'agit en fait de cellules photo-électriques montées sur roulettes qui, « attirées » par la lumière, roulent, s'arrêtent, reculent, etc., se prêtant à diverses interprétations zoomorphiques, sinon anthropomorphiques. C'est d'ailleurs cet excès d'imagination dans l'analogie entre l'homme et la machine qui éclipsera la cybernétique à la fin des années cinquante, ou du moins la cantonnera dans le domaine de l'ingénieur, où elle atteindra sa maturité dans la sérénité. La définition nouvelle de la communication que présente le Grand Robert en 1970, très proche de celle de la rétroaction *(feedback)*, montre comment les concepts de la cybernétique se sont calmement insérés dans les acquis de la connaissance scientifique contemporaine.

La théorie mathématique de la communication ne hantera jamais l'imagination du grand public. Mais elle accomplira une percée en profondeur dans diverses disciplines scientifiques, tant en France qu'aux États-Unis. On va la retrouver non seulement chez les ingénieurs et les physiciens mais encore chez les sociologues, les psychologues et les linguistes. Pour ne citer qu'un de ces derniers, on peut faire remarquer l'analogie frappante entre le schéma de Shannon et le modèle de la communication verbale que Roman Jakobson propose en 1960 [187, p. 214] :

CONTEXTE

DESTINATEUR . . . . . . MESSAGE . . . . . . DESTINATAIRE

CONTACT

CODE

Le cas de Jakobson illustre un phénomène repérable chez tous les chercheurs en sciences humaines qui ont utilisé de près ou de loin la théorie de la communication de Shannon. Les aspects les plus techniques, notamment ceux qui concernent la notion d'information, sont évacués. Il ne reste finalement plus que la forme générale du schéma, soit deux à quatre petites boîtes reliées par des flèches allant de gauche à droite. Sans doute grâce à son extrême dépouillement, ce schéma est devenu *le* modèle de la communication en sciences sociales, tant aux États-Unis qu'en Europe. Certes, très nombreuses ont été les critiques et modifications — mais on n'est pas sorti du couple émetteur-récepteur. Tout se passe comme si le seul élément que Shannon ait pu léguer aux non-ingénieurs soit l'image du télégraphe qui imprègne encore le schéma d'origine. On pourrait ainsi parler d'un *modèle télégraphique de la communication*.

Cependant, au cours des années cinquante, à l'époque où le « modèle télégraphique » commence à prendre une position dominante dans la réflexion théorique sur la communication, quelques chercheurs américains tentent de reprendre à zéro l'étude du phénomène de la communication interpersonnelle, sans passer par Shannon.

Ces chercheurs viennent d'horizons divers. L'anthropologue Gregory Bateson et une équipe de psychiatres cherchent à formuler une théorie générale de la communication en s'appuyant sur des données apparemment aussi disparates que des dialogues entre un ventriloque et sa poupée, des observations de loutres en jeu ou des études du comportement schizophrénique. Ray Birdwhistell et Edward Hall sont deux anthropologues nourris de linguistique qui cherchent à étendre le domaine traditionnel de la communication en y introduisant la gestualité (kinésique) et l'espace interpersonnel (proxémique). Erving Goffman est un sociologue fasciné par la façon dont les faux pas, les coulisses ou les asiles révèlent, telles des déchirures, la trame du tissu social. Apparemment, rien de fort commun entre ces personnes et leurs préoccupations. Mais, si l'on examine leur biographie de plus près, on voit apparaître un réseau de trajectoires croisées, des universités et des centres de recherche communs et finalement une très grande interpénétration conceptuelle et méthodologique. C'est ainsi par exemple que Goffman est un temps élève de Birdwhistell à Toronto et reçoit une formation quasi identique à celle de celui-ci à l'université de Chicago ; Hall et Birdwhistell reçoivent leur formation linguistique des mêmes maîtres; Birdwhistell travaille très fréquemment avec Bateson et Scheflen. Ce dernier évoque dans un entretien récent [26, p. 2] cette diffusion tacite d'idées nouvelles au sein de leur groupe :

> (...) La chose la plus révolutionnaire que j'aie apprise de Ray [*Birdwhistell*] fut une façon différente de penser comment comprendre l'univers. Gregory Bateson est le représentant le plus connu de cette façon de penser. Il a appris énormément de Ray Birdwhistell, aussi — ce qui n'est pas largement reconnu (...). Ray et Gregory étaient très proches, et ils passaient beaucoup de temps ensemble. Nous apprenions tout l'un de l'autre durant ces années. Voyez-vous, il y avait un mouvement. C'était dans l'air.

Le groupe initial va s'agrandir au cours des années soixante et soixante-dix et devenir plutôt un réseau d'interconnexions. Don Jackson et Paul Watzlawick poursuivent l'œuvre de Bateson au sein de la psychiatrie ; Stuart Sigman reprend aujourd'hui la pensée de Birdwhistell et Goffman. Pour mieux faire ressortir le caractère à la fois personnel (non institutionnel) et intellectuel de ce réseau, on pourrait ainsi parler de *collège invisible* [1]. Les membres de ce collège ne se sont sans doute jamais réunis, sinon de façon accidentelle, au cours d'un colloque ou d'un autre. Mais chacun sait ce que fait l'autre bien avant que leurs travaux respectifs ne soient publiés. Lettres, coups de téléphone, visites directes ou indirectes (par l'intermédiaire d'étudiants) font circuler l'information. Il ne faut cependant pas donner trop de réalité à ce collège invisible : ce n'est sans doute qu'à ses débuts que le réseau de ses membres a pu former un cercle à travers les États-Unis ; aujourd'hui, alors que la troisième génération (Sigman et ses collègues) se met en place, le réseau tend à se ramifier de plus en plus. Les échanges se font encore mais les développements indépendants se multiplient.

Il reste que l'analyse des travaux des membres du Collège révèle

1. Expression inventée par Derek J. de Solla Price [302] et reprise par Diana Crane [82] pour parler des réseaux de connexions dominant une discipline scientifique. Le terme est utilisé ici sans garder l'idée de pouvoir et de contrôle que ces deux sociologues des sciences y placent.

un très large consensus sur ce que doit être et ne pas être la recherche sur la communication dans l'interaction. Sans attribuer de valeur causale au réseau d'information constitué par le Collège, on peut néanmoins mettre en exergue ce rapport entre relations personnelles et consensus intellectuel.

Ce consensus se fonde sur une opposition à l'utilisation en sciences humaines du modèle de la communication de Shannon. Selon ces chercheurs, la théorie de Shannon a été conçue par et pour des ingénieurs des télécommunications et il faut la leur laisser. La communication doit être étudiée dans les sciences humaines selon un modèle qui leur soit propre. Ils estiment que l'utilisation du modèle de Shannon en linguistique, en anthropologie ou en psychologie a entraîné la résurgence des présuppositions classiques de la psychologie philosophique sur la nature de l'homme et de la communication. Selon eux, la conception de la communication entre deux individus comme transmission d'un message successivement codé puis décodé ranime une tradition philosophique où l'homme est conçu comme un esprit encagé dans un corps, émettant des pensées sous forme de chapelets de mots. Ces paroles sortent par un orifice *ad hoc* et sont recueillies par des entonnoirs également *ad hoc*, qui les envoient à l'esprit de l'interlocuteur. Celui-ci les dépouille et en saisit le sens. Dans cette tradition, la communication entre deux individus est donc un acte verbal, conscient et volontaire.

Pour nos chercheurs, si la recherche en communication interpersonnelle reprend à son compte ces positions philosophiques anciennes, elle ne pourra jamais sortir des apories auxquelles elles aboutissent. Il faut selon eux repartir de la vision « naïve » de l'historien naturel, comme on disait au XVIIIe siècle, c'est-à-dire du point de vue de l'observateur du comportement naturel. Les êtres humains bougent, émettent des sons, ingurgitent de la nourriture; se retrouvent en petits groupes de jeunes et de vieux, d'hommes et de femmes, etc. On peut développer cette description naturaliste à l'infini. On peut également ranger les milliers de comportements observables en catégories, classes et genres à partir de multiples oppositions, mais ce travail peut lui aussi se poursuivre sans jamais s'achever. Pour les membres du Collège invisible, la recherche sur la communication entre les hommes ne commence qu'à partir du moment où est posée la question : *parmi les milliers de comportements corporellement possibles, quels sont ceux retenus par la culture pour constituer des ensembles significatifs ?* La question peut paraître bizarre. En fait, il s'agit simplement d'une généralisation de la question fondamentale du linguiste qui, devant les milliers de sons que peut produire l'appareil phonateur, tâche de repérer les quelques dizaines de sons utilisés par une culture pour constituer une certaine langue. Poser cette question d'une sélection et d'une organisation des comportements entraîne l'adhésion à un postulat : l'existence de « codes [1] » du comportement. Ces codes sélectionneraient et organiseraient le comportement personnel et interpersonnel, régleraient son appropriation au contexte et donc sa signification. Tout homme vivrait nécessairement (bien qu'inconsciemment) dans et par des codes, puisque tout comportement en entraîne l'usage. Or, les chercheurs qui réagissent contre le modèle verbal, volontaire et conscient de la communication vont précisément appeler communication toute utilisation de ces codes. Dès lors, « on ne peut pas ne pas communiquer ». C'est là un des axiomes fondamentaux d'un ouvrage intitulé (en français) *Une logique de la communication* [327], écrit par trois membres du Collège invisible : Paul Watzlawick, Janet Beavin et Don Jackson. L'analogie avec le langage peut faire comprendre cette position apparemment paradoxale : dès qu'un individu ouvre la bouche et parle à un autre individu, il utilise malgré lui une multitude de *règles :* règles de formation du langage, règles d'utilisation d'un niveau de langage approprié à son interlocuteur, au sujet abordé, à l'endroit où ils se trouvent, règles d'allocation des tours et des temps de parole accordés à chaque interlocuteur, etc. L'ensemble du système comportemental, dont la parole n'est qu'un sous-système, peut dès lors être envisagé dans la même perspective. Comme l'écrivent Paul Watzlawick et John Weakland dans un ouvrage récent, *The Interactional View* [2] :

> De même qu'il est possible de parler une langue correctement et couramment et de n'avoir cependant pas la moindre idée de sa

1. Les guillemets ont pour but de souligner combien le terme de code est ambigu et doit ici être entendu au sens très mou de « corps de règles ».
2. Trad. fr. : *Sur l'interaction* [329].

> grammaire, nous obéissons en permanence aux règles de la communication, mais les règles elles-mêmes, la « grammaire » de la communication, est quelque chose dont nous sommes inconscients [329, p. 56].

La communication est donc pour ces auteurs un processus social permanent intégrant de multiples modes de comportement : la parole, le geste, le regard, la mimique, l'espace interindividuel, etc. Il ne s'agit pas de faire une opposition entre la communication verbale et la « communication non verbale » : *la communication est un tout intégré*. Birdwhistell, un des premiers théoriciens du Collège invisible, dira un jour à ce propos : « Pour moi, parler de communication non verbale a autant de sens que parler de physiologie non cardiaque. » De même ne peut-on pour ces auteurs isoler chaque composant du système de communication global et parler de « langage du corps », « langage des gestes », etc., assumant par là que chaque posture ou chaque geste renvoie univoquement à une signification particulière. Pas plus que les énoncés du langage verbal, les « messages » issus d'autres modes de communication n'ont de signification intrinsèque : ce n'est que dans le contexte de l'ensemble des modes de communication, lui-même rapporté au contexte de l'interaction, que la signification peut prendre forme. Birdwhistell et Scheflen proposent ainsi une analyse de *contexte* par opposition à l'analyse de *contenu* que favorise le modèle de Shannon. Si la communication est conçue comme une activité verbale et volontaire, la signification est enfermée dans les « bulles » que les interlocuteurs s'envoient. L'analyste n'a qu'à les ouvrir pour en extraire le sens. Si, au contraire, la communication est conçue comme un processus permanent à plusieurs niveaux, l'analyste doit, pour saisir l'émergence de la signification, décrire le fonctionnement de différents modes de comportement dans un contexte donné. Démarche très complexe. Certains membres du Collège vont ainsi travailler par étude de cas filmés et enregistrés ; d'autres vont travailler par observation directe « sur le terrain » comme les anthropologues. Tous vont estimer inappropriées les méthodes expérimentales où les variations d'un élément *x* (par exemple l'âge, le sexe ou le degré d'intimité des interlocuteurs) sont mises en corrélation avec les variations d'un élément *y* (par exemple, la distance à laquelle se tiennent ces interlocuteurs). Selon eux, la complexité de la moindre situation d'interaction est telle qu'il est vain de vouloir la réduire à deux ou plusieurs « variables » travaillant de façon linéaire. C'est en termes de *niveaux de complexité*, de *contextes multiples* et de *systèmes circulaires* qu'il faut concevoir la recherche en communication. Par là, ils rejoignent la cybernétique de Norbert Wiener, qu'ils estiment ne pas devoir laisser aux ingénieurs, contrairement à la théorie de Shannon. Gregory Bateson, le doyen du Collège, assistera activement à la naissance de la cybernétique et en fera un des principaux outils de sa réflexion. Paul Watzlawick, Don Jackson, Albert Scheflen utiliseront abondamment la théorie générale des systèmes.

Chez plusieurs membres du Collège invisible, on va retrouver le développement d'une analogie entre la communication et un orchestre en train de jouer. Ainsi, Albert Scheflen écrit :

> Si nous posons que la forme de la composition musicale en général est analogue à la structure de la communication américaine, des variantes particulières de la musique (par exemple, une symphonie, un concerto, etc.) peuvent être conçues comme analogues à des structures communicatives spéciales (par exemple, une psychothérapie). Ainsi, une fugue pour un quatuor à cordes est une honnête analogie d'une psychothérapie dans un groupe de quatre personnes. A la fois dans le quatuor et dans la session psychothérapeutique, il y a accomplissement *(performance)* des structures. Dans chaque cas, l'exécution montrera un style et des particularités propres, mais suivra aussi une ligne et une configuration générales. La différence entre ces deux structures est que la composition musicale possède une partition explicite, écrite et consciemment apprise et répétée. La « partition » de la communication n'a pas été formulée par écrit et, dans une certaine mesure, a été apprise inconsciemment. [291, p. 181.]

L'analogie de l'orchestre a pour but de faire comprendre comment on peut dire que chaque individu participe à la communication plutôt qu'il n'en est l'origine ou l'aboutissement. L'image de la partition invisible rappelle plus particulièrement le postulat fondamental d'une grammaire du comportement que chacun utilise dans ses échanges les plus divers avec l'autre. C'est en ce sens que l'on pourrait parler d'un *modèle orchestral de la communication*, par opposition au « modèle télégraphique [1] ». Le modèle orchestral revient en fait à voir dans la communication le phénomène social que le tout premier sens du mot rendait très bien, tant en français qu'en anglais : la mise en commun, la participation, la *communion*.

Il faut maintenant s'arrêter sur chacun des chercheurs retenus ici, afin de faire apparaître traits communs et traits distinctifs, tant dans leur insertion au sein du Collège que dans leur utilisation du modèle orchestral de la communication.

Dans une troisième et dernière section, le travail d'analyse intrinsèque opéré, une discussion s'ouvrira sur le rapport entre le modèle orchestral de la communication et la « science de la communication » qu'a évoquée Lévi-Strauss à plusieurs reprises [206, p. 326-359; 209, p. XXXVI]. C'est alors que la pertinence des travaux américains apparaîtra de façon évidente.

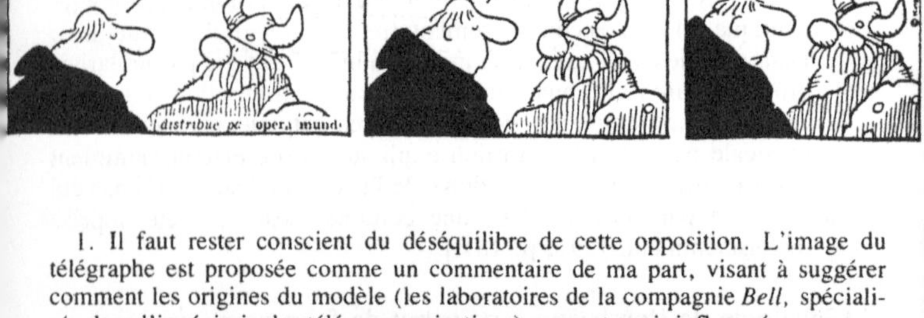

1. Il faut rester conscient du déséquilibre de cette opposition. L'image du télégraphe est proposée comme un commentaire de ma part, visant à suggérer comment les origines du modèle (les laboratoires de la compagnie *Bell*, spécialisés dans l'ingénierie des télécommunications) peuvent avoir influencé sa conception linéaire. Par contre, l'image de l'orchestre est utilisée par certains chercheurs qui tentent de faire comprendre leur propre vision de la communication. Par ailleurs, il ne faut pas chercher à établir des correspondances trop exactes entre objets et concepts. L'analogie doit rester avant tout un outil pédagogique et mnémotechnique.

2

Un collège invisible

Lorsque l'on relie d'un trait les lieux de formation et de travail des chercheurs du Collège invisible, on s'aperçoit que deux villes semblent les avoir tout particulièrement attirés : Palo Alto, en Californie, et Philadelphie, sur la côte Est. Nous partirons de ces deux pôles pour décrire la majorité des chercheurs étudiés ici.

I. PALO ALTO

Pour diverses raisons, plusieurs membres du Collège vont se fixer progressivement à Palo Alto, une petite ville de la grande banlieue sud de San Francisco. L'université Stanford est toute proche, de même qu'un hôpital psychiatrique de la *Veterans Administration* où Bateson va travailler à partir de 1949. Don Jackson fonde à Palo Alto le *Mental Research Institute* en 1959, où Paul Watzlawick arrive en 1962. Faubourg perdu pour retraités paisibles, Palo Alto acquiert aujourd'hui le statut de ville internationalement connue...

De Cambridge à Palo Alto : Gregory Bateson

Bateson s'appelle Gregory parce que son père vouait un culte au moine autrichien Gregor Mendel. Le ton est donné : nous sommes en 1904 dans une famille de la grande bourgeoisie intellectuelle anglaise. Le grand-père était le principal de St John's College, à Cambridge. Le père étudie la zoologie à St John's et devient bientôt une sorte de franc-tireur de la discipline, en s'attaquant, d'un point de vue évolutionniste, aux théories darwiniennes. Il acquiert progressivement une réputation internationale pour ses travaux de « génétique » — un terme qu'il a établi et défend avec fougue. Toute la famille vit au rythme de cet homme exubérant. Ses trois enfants, John, Martin et Gregory, sont, dès leur plus tendre jeunesse, initiés aux sciences naturelles : longues marches dans la nature, observation des animaux, collecte de plantes et d'insectes. Pas étonnant dès lors que le jeune Bateson entre au St John's College et y acquière une formation de zoologiste. Pas étonnant non plus qu'à sa sortie de Cambridge, en 1924, à vingt ans, il parte aux Galapagos sur les traces de Darwin (à l'invitation d'un yachtman milliardaire). Pas étonnant encore qu'en 1925, il décide de quitter les sciences naturelles et d'entamer un troisième cycle en anthropologie : « Je me sentais freiné inconsidérément. Ce fut une des raisons pour lesquelles je quittai la zoologie. Sortir de ce champ pour entrer dans quelque chose où j'étais moi et non le fils de mon père », dira plus tard Bateson à son biographe, David Lipset [215, p. 45].

En 1927, il part en Nouvelle-Guinée, où les coupeurs de tête opèrent encore fréquemment. Il séjourne dans plusieurs tribus, où il se heurte non tant à leur réserve qu'à sa propre conscience d'être un intrus : « Je déteste toute cette partie de mon travail et j'ai l'impression d'importuner quand j'essaie d'apprendre sur ces choses (...). Je suppose que le parfait anthropologue est aussi cynique qu'un reporter », écrit-il à sa mère (*in* Lipset [216, p. 132]). Néanmoins, il accumule suffisamment de données pour rédiger, retour à Cambridge en 1930, une thèse de maîtrise sur les Iatmul. La culture en serre de Cambridge le fait vite suffoquer. En 1932, il retourne sur la rivière Sepik. Mais la solitude, son manque de confiance et son scepticisme à l'égard des théories en cours minent son travail. La veille de Noël, le déjà célèbre couple d'anthropologues Margaret Mead et Reo Fortune, qui travaille dans la même région, arrive au camp de Bateson [1]. Les trois chercheurs bavar-

1. Margaret Mead rappelle dans son autobiographie, *Du givre sur les ronces :*

dent toute la nuit. Ils décident de travailler en collaboration. Pour Bateson, cette visite de Mead se révèle capitale. L'anthropologue américaine lui apporte l'assurance méthodologique et psychologique qui lui manque dans son travail et dans ses rapports personnels. En retour, Bateson apporte à Mead une aisance théorique et épistémologique inconnue des anthropologues formés aux États-Unis [1]. Une entente très étroite se crée donc entre eux deux, tandis que Fortune reste à l'écart. Cet écart s'élargit peu après : au printemps 1933, Mead retourne à New York tandis que son époux retourne en Angleterre. Ils divorcent l'année suivante. Fin 1935, Bateson a terminé le manuscrit de son livre, *Naven,* et, début 1936, il épouse Mead, avec qui il part pour une nouvelle recherche sur l'île de Bali.

Naven mérite que l'on s'y arrête un instant, car il montre comment et à quoi Bateson pense et pensera tout au long de sa vie [2]. Bateson ne se contente pas de reproduire son expérience au sein d'une certaine culture à travers quelques descriptions et extraits d'entretiens ; il cherche à construire une théorie de la culture qui dépasse de loin le cadre de la société étudiée. Le concept de « schismogenèse » illustre bien cette démarche. Par ce terme, Bateson entend étudier la genèse d'un schisme au sein d'un système social. Il distingue une schismogenèse « symétrique », où les interactants répondent au don par le don *(potlatch),* à la violence par la violence, etc., d'une schismogenèse « complémentaire », où les partenaires s'enfoncent de plus en plus dans des rôles du type domination/soumission ou exhibitionnisme/voyeurisme. Dans l'un

---

« Nous montâmes jusqu'à sa maison, un abri délabré et invraisemblable ; un arbre y poussait à travers le toit, le chat et les moustiques allaient et venaient à leur guise » [241, p. 204].

1. Franz Boas, le grand patron de la première génération anthropologique américaine — et à ce titre mentor de Mead —, donnait à ses élèves une vision de la culture imprégnée de psychologie et d'histoire. Au contraire de Bateson, formé aux idées durkheimiennes de Radcliffe-Brown, Mead était étrangère à la conception de la société comme « réalité *sui generis* ». En outre, Boas ne rendait pas explicite dans ses cours la démarche intellectuelle de la recherche. Mead écrit ainsi : « Nous n'entendions pas parler d'hypothèses et de paradigmes et nous n'abordions pas le domaine de l'épistémologie » [241, p. 205].

2. Gregory Bateson, *La Cérémonie du Naven* [11]. La seconde postface, écrite en 1958, est reprise dans *Vers une écologie de l'esprit,* t. I [17, p. 165-187].

et l'autre cas, l'exacerbation des comportements engagés dans ces mouvements en spirale peut conduire à déséquilibrer et à renverser le système social.

Or cette hypothèse est contraire aux mœurs intellectuelles de l'époque. Pour plusieurs raisons. Tout d'abord, il s'agit d'une hypothèse, c'est-à-dire d'une construction intellectuelle. Les données ethnographiques sont considérées comme des matériaux illustratifs, non comme les juges du « tribunal des faits ». Que les faits contredisent l'élaboration théorique importe finalement peu à Bateson ; rien ne vaut une belle idée. C'est là bien sûr une position hérétique aux yeux de l'époque pour qui l'accumulation de données est primordiale. La position « intellectualiste » de Bateson, qui va s'affermir de plus en plus au fil des ans, va le rendre de plus en plus suspect aux yeux de nombre de chercheurs anglo-saxons. Ensuite, le concept de schismogenèse fait un va-et-vient permanent entre l'individu et la société. Un processus d'interaction entre individus est vu comme un facteur de déséquilibre de la société tout entière. La psychologie sociale est intimement mêlée à l'anthropologie sociale, et, pire, déborde même sur la psychiatrie et la science politique dans les exemples de généralisation possible proposés. Bateson, dans un parti pris d'interdisciplinarité qui lui aussi allait s'affirmer ultérieurement, désarçonne totalement le chercheur traditionnel. Enfin, sa réflexion sur des processus d'équilibre et de déséquilibre, sur des phénomènes circulaires, sur des possibilités de crises et d'éclatements, qui préfigure les formes de la cybernétique, ne peut convenir au fonctionnalisme statique, équilibré et harmonieux qui règne alors. Bref, *Naven* est un échec magistral lors de sa parution en 1936.

Mais, quand le livre sort de presse, Bateson est à Bali avec Margaret Mead. En collaboration avec elle, il va produire un second livre qui, comme *Naven*, reste unique dans les annales de l'anthropologie culturelle. Dans les dernières pages de *Naven*, Bateson avait écrit :

> Aussi longtemps que nous n'aurons pas des techniques adéquates de description et d'analyse des postures humaines, des gestes, de l'intonation, du rire, etc., il nous faudra nous contenter des croquis impressionnistes de la « tonalité » du comportement. [11, p. 282.]

C'est au cours de ces deux années de terrain dans un petit village des montagnes de Bali que Bateson va mettre au point ces « techniques adéquates de description et d'analyse » du comportement non verbal. Tandis que Margaret Mead interroge, bavarde, prend note, Bateson filme et photographie. Il va ainsi prendre environ 25 000 photos au Leica et 7 000 m de pellicules à la caméra 16 mm ! La date et l'heure de chaque prise de vue sont soigneusement notées afin de correspondre aux notes écrites de Mead [1].

Bateson et Mead retournent à New York en 1939. Ils choisissent et commentent 759 photographies qui constituent le corps de *Balinese Character : A Photographic Analysis,* qui paraît en 1942 [23]. Le livre ne constitue pas seulement l'aboutissement d'un renouvellement des méthodes de terrain et une conception nouvelle des méthodes de présentation des données. Il offre aussi une vision théorique originale de la culture et des processus de socialisation. Mead et Bateson ne cherchent pas tant à étudier la culture balinaise qu'à cerner le problème de l'incorporation de la culture. Comment l'enfant apprend-il à devenir un membre de sa culture en mangeant, marchant, jouant, dansant, dormant ? Plus particulièrement, Mead cherche, sous l'influence des théories psychanalytiques d'Erik Erikson [2], l'origine du tempérament balinais dans les rapports entre parents et enfants. Elle en vient ainsi à énoncer une esquisse de ce que Bateson appellera quinze ans plus tard la « double contrainte » *(double bind).* L'hypothèse du *double bind* consistera à voir l'origine de la schizophrénie infantile dans un réseau de relations contradictoires entre la mère et l'enfant. Or, selon Mead, le petit Balinais est soumis dans ses interactions avec les adultes (mère, sœur, tante, etc.) à un régime de « douches froides » qui le conduira progressivement à se retirer, à éviter le contact avec ce monde adulte :

1. Dans son autobiographie, qui fournit une multitude de détails sur les événements très rapidement évoqués ici, Margaret Mead écrit notamment : « Ainsi, il m'est possible, après trente années écoulées, de situer chacun des moments de l'existence au village, de rédiger des légendes minutieuses et de retrouver à quel enfant appartient tel bras ou jambe aperçu dans le coin d'un document » [241, p. 229].

2. Erik H. Erikson, psychanalyste américain, a cherché, au fil de nombreux ouvrages, à rapprocher culture, histoire et personnalité [96 ; 97].

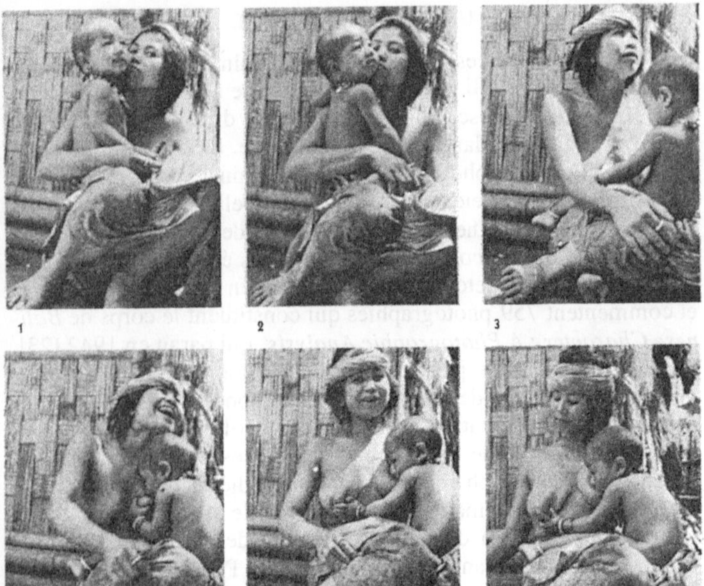

Fig. 3 — *Les relations avec la mère : le refoulement des émotions.* A Bali, les émotions de l'enfant sont contrôlées par la mère. Dans les faits, cela signifie que le stimulus et la réaction au « donnant-donnant » ne prennent pas la courbe ascendante qui existe pour l'amour et la haine dans notre culture. La mère balinaise stimule son enfant, mais, quand il répond émotionnellement, elle devient insensible et ne laisse jamais l'échange se terminer sur un mode affectif. Planche extraite de l'ouvrage de Gregory Bateson et Margaret Mead, *Balinese Character : A Photographic Analysis.*

1 à 9 – Enregistrement d'environ deux minutes de comportement interpersonnel entre une mère et son enfant : « 12 h 20. Men Goenoeng (la mère) demande à I Raoeh (son fils) de venir vers elle. Il arrive et met la main sur la poitrine de sa mère, sur son pénis et sur son genou, et commence à pleurnicher. Men Goenoeng frotte sa tête contre lui (photos 1 et 2). Men Goenoeng installe I Raoeh sur ses genoux et I Raoeh joue avec ses seins (photo 3). I Raoeh tète (photo 4) et touche l'autre sein (photos 5 et 6). Men Goenoeng le tape dans le dos de façon rythmée et I Raoeh attire, en le tournant, le sein droit vers le centre du corps. Men Goenoeng esquisse avec ses doigts un motif sur le côté de son pied (photos 7 et 8). I Raoeh tient fermement le sein libre. 12 h 22. I Raoeh regarde autour de lui, la main toujours sur le sein (photo 9) ». Dans cette série, le geste de la mère saisi sur les photos 1 et 2 répond au pleurnichement de l'enfant ; mais, lorsqu'à son tour il fait part de son émotion, l'attention de la mère est ailleurs. Aussitôt après ses avances, sa figure est devenue totalement inexpressive (photo 3) ; puis, elle rit à autre chose (photo 4). Il est probable que « la caresse rythmée sur le dos de l'enfant » dont parlent les notes est effectuée sans prêter la moindre attention à l'enfant. La photo 7 la montre esquissant d'une main une caresse sur la tête de l'enfant, alors qu'elle regarde en l'air, riant à tout autre chose. A la fin de la série, tous deux semblent s'ennuyer (photo 9).

> La mère incite continuellement l'enfant à montrer son émotion — amour ou désir, jalousie ou colère — mais c'est seulement pour s'en détourner, pour briser le lien, au moment où l'enfant, pris dans une spirale affective, demande à sa mère quelque réponse émotionnelle (...). Durant les deux ou trois premières années de leurs vies, les enfants répondent à ces stimuli (...). Plus tard, l'enfant commence à se retirer (...). Le repli qui marque la fin de la petite enfance pour un Balinais, et qui se produit entre l'âge de 3 et 6 ans, est une insensibilité émotionnelle totale. Et, une fois établie, son insensibilité persistera tout au long de sa vie. [23, p. 32-33.]

Balinese Character sera le dernier grand travail empirique de Bateson. Il est avant tout un homme d'idées et non de données. Comme le dira Mead, avec un peu d'amertume, il préférera dorénavant travailler sur des « observations qui ne présentent aucune valeur définitive et qu'on peut abandonner une fois que le raisonnement qu'on voulait développer est terminé » [241, p. 232].

En 1942, juste avant de partir en Extrême-Orient pour le compte de l'armée américaine, Bateson assiste à New York à un colloque organisé par la *Josiah Macy Jr. Foundation* [1]. Pour la première fois, il entend parler du *feedback*. Pour lui, c'est l'illumination. Trente ans plus tard, il dira :

> En 1942, j'ai rencontré, à une conférence organisée par la *Macy Foundation*, Warren McCulloch et Julian Bigelow dont les passionnants exposés sur le *feedback* m'ont aidé à éclairer certains points essentiels ; car, en écrivant *la Cérémonie du Naven*, j'étais arrivé au seuil de ce qui plus tard allait devenir la cybernétique : ce qui me manquait pour le franchir était le concept de *feedback* négatif. [17, p. 7.]

En effet, dans *Naven*, Bateson avait décrit sous le terme de « schismogenèse » (complémentaire et symétrique) les conditions de possibilités d'éclatement d'un système social. Il avait aussi,

1. Fondée en 1930 par une héritière de la famille Macy, cette fondation va organiser durant les années 1930-1950 un nombre très important de cycles annuels de colloques résidentiels de haut niveau dans divers domaines des sciences médicales et sociales. Le responsable de chaque série de conférences sélectionnait quinze chercheurs, qui invitaient à leur tour un total de dix personnes. Les communications et discussions au sein de chaque groupe ainsi constitué étaient transcrites et publiées (cf. [171 ; 172]).

sans utiliser le terme, dégagé le mécanisme du *feedback* positif, celui qui renforce le système dans son escalade vers la destruction totale. Pour expliquer la stabilité d'un système social, Bateson avait proposé un couplage des deux types de schismogenèse. L'idée de *feedback* négatif permettait une conceptualisation à la fois plus simple et plus générale : par autocorrections successives, le système est capable de retourner à la stabilité [1].

La réunion de 1942 a suscité un enthousiasme similaire à celui de Bateson chez les autres participants. Une série de dix conférences financées par la Fondation Macy est mise sur pied [2]. Revenu aux États-Unis en 1945, Bateson va y participer activement. Ainsi, lors de la réunion de mars 1946, après avoir parlé lui-même de la nécessité pour le chercheur en sciences sociales d'emprunter de nouveaux concepts aux mathématiciens et ingénieurs de la communication, il entend une série d'exposés et de débats, dominés par les hautes figures de Norbert Wiener et du mathématicien John von Neumann, où sont discutées une masse d'idées nouvelles, telles que la théorie des jeux, la distinction entre processus digitaux et analogiques, le rapport entre information et entropie, etc.

Ce corpus encore mal structuré de travaux mathématiques, d'analogies entre hommes et machines et de visions globales sur la société est rassemblé en 1948 sous le nom de « cybernétique » par Norbert Wiener [335]. A plusieurs reprises, Bateson tente de

1. La distinction entre *feedback* (rétroaction) positif et négatif s'illustre dans les schémas suivants (*in* Joël de Rosnay [265, p. 100]) :

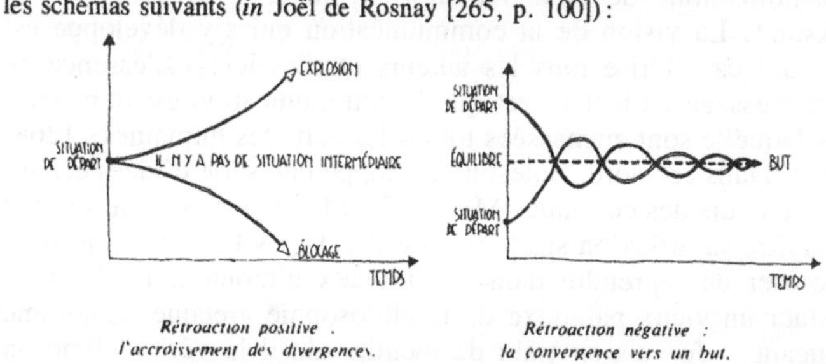

Rétroaction positive : l'accroissement des divergences.

Rétroaction négative : la convergence vers un but.

Fig. 4.

2. Les cinq dernières conférences ont été publiées par les soins de Heinz von Foerster, Margaret Mead et Hans Teuber [108].

convaincre Wiener de se tourner vers les sciences sociales. Wiener déclinera toujours, estimant que les « sciences humaines sont de très pauvres bancs d'essai pour une nouvelle technique mathématique » [335, p. 34]. Il termine d'ailleurs son livre célèbre par la phrase : « Bon gré mal gré, il y a beaucoup à laisser à la méthode narrative "non scientifique" de l'historien professionnel » [335, p. 34]. Cette tâche d'introduction de la cybernétique dans les sciences sociales, Bateson va l'entreprendre lui-même, avant beaucoup d'autres.

En 1948, il s'installe, à l'invitation du psychiatre Jurgen Ruesch, à la clinique Langley Porter, à San Francisco. C'est un moment important dans sa carrière intellectuelle. Bateson abandonne le monde de l'anthropologie pour entrer dans celui de la psychiatrie, qu'il ne quittera qu'au début des années soixante, pour y revenir ensuite par intermittence. Son but n'est pas une amélioration des méthodes thérapeutiques mais une théorie générale de la communication dérivée des idées de la cybernétique. En collaboration avec Ruesch, il écrit un livre très innovateur (une fois encore) : *Communication : The Social Matrix of Psychiatry*, qui sort en 1951 [268]. Les cinq premiers chapitres sont signés par Ruesch, les cinq suivants sont signés par Bateson. Dans un chapitre final, les deux auteurs proposent une théorie générale de la communication. L'ensemble préfigure par son ampleur et sa rigueur le livre qui sortira seize ans plus tard, *Pragmatics of Human Communication*, de Paul Watzlawick, Janet H. Beavin et Don Jackson [1]. La vision de la communication qui s'y développe est celle qui caractérise tous les auteurs étudiés ici : « L'essence de notre message au lecteur est que la communication est la matrice dans laquelle sont enchâssées toutes les activités humaines » [268, p. 13]. Dans ce cadre, Bateson développe une série d'idées échangées au cours des colloques Macy (cf. [14]). C'est ainsi qu'on voit apparaître sa réflexion sur la théorie des Types Logiques, qu'il ne va cesser de reprendre dans ses travaux ultérieurs. Il s'agit de dénouer un vieux paradoxe de la philosophie grecque. L'homme énonçant : « Je suis en train de mentir » dit-il la vérité ? Bateson explique, en s'appuyant sur les travaux logico-mathématiques de

1. Trad. fr. : *Une logique de la communication* [327].

Alfred Whitehead et Bertrand Russell [333], que le paradoxe peut être dénoué ; il faut seulement faire remarquer qu'il y a « confusion des niveaux d'abstraction » :

> Les trois mots *(I am lying)* sont tout ce dont nous devons nous préoccuper. Ils relèvent simultanément d'un énoncé de niveau I et d'un énoncé de niveau II, le second énoncé étant d'un niveau d'abstraction plus élevé que le premier. Dans la présentation formelle par Russell du paradoxe en termes de « classes de classes », ces niveaux d'abstraction sont rendus explicites. Le paradoxe est ainsi évacué. [268, p. 195.]

Cette idée lui apparaît heuristiquement très puissante pour la théorie de la communication qu'il cherche à développer. En 1952, il demande et reçoit une subvention de la Fondation Rockefeller pour étudier les « paradoxes de l'abstraction dans la communication ». Il engage un de ses anciens étudiants, l'ingénieur chimiste John Weakland, un étudiant en communication sociale de l'université Stanford, Jay Haley, et un jeune psychiatre, William Fry. Depuis 1949, séparé définitivement de M. Mead, Bateson est « ethnologue en résidence » à l'hôpital psychiatrique de la *Veterans Administration* à Palo Alto. Il donne un séminaire aux étudiants en médecine qui font leurs stages de psychiatrie mais, le plus clair de son temps, il est libre de faire ce qu'il veut. Il laisse cette même liberté à ses nouveaux associés. Le seul impératif est de tenter d'appliquer le raisonnement de Whitehead et Russell sur les paradoxes logiques au plus grand nombre de situations possible.

Pour sa part, Bateson entreprend une étude de la nature du jeu chez les animaux. Il observe et filme des loutres au zoo de San Francisco. Son but est de voir si ces animaux, que l'on dit très enjoués, sont capables de faire la distinction entre un comportement ludique et un comportement de combat. Pendant des mois, rien ne se passe : les loutres ne bougent guère. Un jour de mars 1953, Bateson a l'idée de faire descendre dans leur arène un morceau de papier au bout d'une ficelle. Une loutre s'approche, intriguée, « la seconde loutre abandonne les restes de son repas, arrive, et une compétition se développe entre elles pour le "jouet". En quelques secondes, ceci conduit à une mêlée mouvementée parvenant presque, mais sans jamais y arriver, à un vrai combat» [13, p. 175]. Bateson renouvelle l'expérience en attachant un poisson au bout de la ficelle. Les loutres se disputent le poisson, mais dans la «bonne humeur»; elles se mordent sans se blesser. Durant les mois qui vont suivre, les deux loutres vont ainsi «jouer» — car pour Bateson leur comportement démontre clairement qu'elles savent émettre et recevoir des signaux disant: «ceci est un jeu». En d'autres termes, pour Bateson (qui emploiera plus cet exemple des loutres comme une métaphore que comme un travail d'observation «réel»), elles communiquent sur leurs communications, elles «métacommuniquent». Ou encore: elles mettent des guillemets, elles encadrent leurs messages.

Par ailleurs, les membres de son équipe, qui ne sont pas encore sûrs d'avoir compris ce que Bateson a en tête, s'appliquent à divers projets: étude de la formation des chiens pour aveugles, analyse du dialogue entre un ventriloque et sa poupée, observations d'enfants handicapés au sein d'un groupe, enregistrements de discours schizophréniques en «salade de mots», discussions avec des psychiatres peu orthodoxes tels John Rosen et Milton Erickson, consultations avec des experts dans différents domaines (Norbert Wiener, Ray Birdwhistell), etc.

Bateson propose en 1954 une première synthèse de ce vaste travail exploratoire dans un texte intitulé «Une théorie du jeu et du fantasme» [17, p. 209-224]. L'exemple des loutres [1] y est repris pour illustrer les paradoxes de Russell et parvenir à la question:

> Y a-t-il quelque indication que certaines formes de psychopathologie soient particulièrement caractérisées par des anomalies dans la façon dont le patient manie les cadres et les paradoxes? [17, p. 221.]

La réponse de Bateson et de son équipe se trouve dans un article de 1956, intitulé «Vers une théorie de la schizophrénie [2]». Les auteurs y développent la célèbre hypothèse de la «double contrainte» *(double bind)*, qui constitue une sorte de cristallisation

1. Dans ce texte, les loutres deviennent des singes: peu importe l'animal pourvu que l'exemple porte.

2. Ce texte est repris dans Gregory Bateson, *Vers une écologie de l'esprit*, t. II, [18, p. 9-34].

de la trajectoire intellectuelle de Bateson au cours des vingt années écoulées, depuis la désensibilisation émotionnelle des enfants balinais après leurs expériences d'excitations frustrées jusqu'aux loutres en jeu du zoo de San Francisco, en passant par les paradoxes russelliens des colloques de la Fondation Macy [1]. En substance, l'hypothèse se présente comme suit :

(A) Soit un système familial où :
— le père est faible ou absent ;
— la mère est hostile à l'enfant ou effrayée par lui.

(B) (1) Si l'enfant s'approche de sa mère, celle-ci se retire ;
(2) Si conséquemment l'enfant se retire, la mère simule une approche qui dénie son retrait. Son approche simulée est donc un commentaire sur son geste antérieur : c'est un message sur un message. Le retrait appartient à un type logique de niveau I, l'approche appartient à un type logique de niveau II.
(3) La séquence recommence : à l'approche de sa mère, l'enfant s'approche ; dès qu'il s'approche, elle se retire — mais couvre son retrait en s'approchant à nouveau, etc.

(C) (1) Si l'enfant saisit la distinction entre ces deux types de message, il est « puni » en ce sens qu'il comprend que sa mère le rejette effectivement mais tente de lui faire croire qu'elle l'aime. Il doit donc faire comme s'il ne comprenait pas la distinction s'il veut éviter cette punition (« pour pouvoir survivre avec elle », dit Bateson [18, p. 21]).
(2) Mais s'il joue le jeu de sa mère, il doit dès lors s'approcher d'elle quand elle s'approche de lui. Or, dès qu'il approche, elle se retire et le « punit » à nouveau par ce comportement de mise à distance.
(3) Dès lors, l'enfant est « coincé » — aucun choix n'est possible : « L'enfant est puni parce qu'il interprète correctement ce que sa mère exprime ; et il est également puni

1. Il ne s'agit donc pas d'une combinaison *ad hoc* de concepts, comme le prétend David Cooper [80, p. 71]. Dégagée par un schéma de pensée, la « double contrainte » est tout le contraire d'une découverte clinique fortuite, théorisée *a posteriori*. L'hypothèse se prête d'ailleurs très mal à la vérification empirique classique.

parce qu'il l'interprète mal. Il est pris dans une double contrainte » [18, p. 22]. La seule façon pour lui d'en sortir serait de faire un commentaire sur la position contradictoire dans laquelle sa mère l'a placé. Mais sa mère l'empêchera toujours de « métacommuniquer », et atrophiera chez lui cette capacité nécessaire à toute interaction sociale. Or le schizophrène adulte peut se définir par cette même incapacité à distinguer les messages de niveau I de ceux de niveau II. Il prend littéralement tout message émis ou reçu. Il ne métacommunique plus, à son propos ou à propos d'autrui.

On le voit : l'exposition de l'hypothèse de la double contrainte n'est pas facile à faire. Si on la présente en termes de paradoxes russelliens, le lecteur s'y perd ou se demande ce que le pauvre enfant peut venir faire dans les *Principia Mathematica*. Si on la présente en termes plus commodes, on tombe soit dans le travers d'une présentation psychologisante, avec une mère « anxieuse » et castratrice et un enfant qui comprend tout mais ne peut pas en supporter les conséquences, soit dans le travers d'une présentation behaviorisante où l'on oppose le comportement non verbal au comportement verbal et où l'on parle en termes de « punition-récompense ». En fait, les auteurs tombent eux-mêmes dans ces travers dans leur première présentation de 1956.

Cependant, malgré ses ambiguïtés, l'hypothèse de la double contrainte va connaître en un premier temps un énorme succès dans les milieux américains de la recherche en schizophrénie. Plusieurs dizaines de travaux cliniques et expérimentaux vont tenter de vérifier la théorie [1]. Mais, extrayant l'un ou l'autre point de l'arti-

1. Pour suivre l'évolution de l'hypothèse de la double contrainte dans la littérature scientifique, on peut s'aider des travaux de synthèse de Paul Watzlawick [322], David Olson [253] et Gina Abeles [1]. Carlos Sluzki et Donald Ransom dans *Double Bind : The Foundation of the Communicational Approach to the Family* [299] et Milton Berger dans *Beyond the Double Bind* [28] ont rassemblé de très fines analyses du concept et de ses implications par différents auteurs, suivies de commentaires par Bateson et les membres de son équipe. Par ailleurs, Ronald Laing a utilisé librement le concept dans plusieurs ouvrages [200 ; 201]. Il s'explique là-dessus dans un entretien avec Richard Evans [102, p. 24-31].

cle programmatique de 1956 sans en suivre toute la démarche théorique, ces travaux se solderont le plus souvent par un échec. Dès lors, dans un deuxième temps, une opinion se répandra dans les milieux concernés : la double contrainte est une fausse hypothèse, que l'on peut jeter dans les oubliettes de l'histoire de la psychiatrie. Ce n'est que dans un troisième temps, au cours des cinq dernières années, que plusieurs chercheurs ont proposé une interprétation respectant mieux l'évolution de la pensée de Bateson et de son équipe (Sluzki/Ransom [299], Berger [28]).

Depuis la parution de l'article original, les auteurs n'ont cessé de retravailler leur hypothèse [1], et deux corrections sont particulièrement importantes à noter. La première concerne la relation mère-enfant. Dans l'article de 1956, cette relation était vue quasiment comme le rapport entre un bourreau et sa victime. Dans un bref article de 1963, Bateson et son équipe insistent sur le fait que la double contrainte doit être conçue « non dans les termes d'un "bourreau" *(binder)* et de sa victime mais en termes de personnes prises dans un système permanent qui produit des définitions conflictuelles de la relation » [22. p. 58]. C'est là la marque de la pensée qui allait mener Jackson, Weakland et Haley à élaborer au cours des années soixante la thérapie familiale systémique. Mais c'est également ici qu'éclate le groupe de Bateson. Celui-ci propose en effet une seconde correction si fondamentale à l'article de 1956 que sa route va se séparer, au début des années soixante, de celle de ses collègues. Pour Bateson, la schizophrénie n'a jamais été qu'un moyen d'avancer dans la vaste théorie de la communication qu'il tente d'articuler depuis la fin des années quarante à partir de la cybernétique et de la théorie des Types Logiques. Si ses travaux s'infléchissent vers l'étude de la schizophrénie, c'est sans doute d'une part sous l'impulsion du psychiatre Don Jackson, qu'il adjoint à son équipe en 1954 à titre d'expert de la schizophrénie, et d'autre part sous la pression de certaines nécessités

1. Ces publications, individuelles ou collectives, sont trop nombreuses pour être mentionnées ici. On se reportera d'une façon globale aux travaux du *Mental Research Institute* recueillis par Don Jackson [185, 186] et par Paul Watzlawick et John Weakland [329]. Une synthèse claire est présentée par Paul Watzlawick, Janet H. Beavin et Don Jackson dans *Une logique de la communication* [327, p. 211-220].

matérielles [1]. Mais son objectif se situe à un tout autre niveau, que ses collaborateurs ne comprennent guère.

Dans un commentaire à un long essai de deux chercheurs sur la théorie de la double contrainte, Bateson dira en 1966 :

> Laissez-moi dire tout d'abord que, même si j'ai pris soin de plusieurs patients schizophrènes, je n'ai jamais été intellectuellement intéressé par eux, *en tant que tels*.
>
> La même chose est vraie de mon travail avec les cultures indigènes de Nouvelle-Guinée et de Bali. Mon intérêt intellectuel s'est toujours concentré sur des principes généraux qui étaient ensuite illustrés ou exemplifiés par des données. Je veux savoir : De quelle sorte d'univers s'agit-il ? Comment peut-il être décrit au mieux ? Quelles sont les conditions nécessaires et les limites de l'expérience de la communication, de la structure et de l'ordre ? [15, p. 279.]

C'est dans cette perspective qu'il faut comprendre comment la double contrainte devient progressivement pour Bateson un principe abstrait, qui s'applique autant à l'art, à l'humour, au rêve qu'à la schizophrénie. Cette idée déja présentée dans l'article de 1956, mais alors peu commentée [2], consiste à voir dans ces diverses activités un même processus de création fondé sur le renversement des niveaux de messages : le commentaire devient le texte et vice versa. La seule différence que Bateson verra entre un schizophrène et un artiste est la relative prise de conscience de son acte par le second. Mais tous deux font preuve de créativité dans leur adaptation à une situation particulière. Bateson opère ainsi un renversement complet de la perspective : *ce n'est plus la double contrainte*

1. Début 1954, la subvention de la Fondation Rockefeller arrive à échéance et n'est plus renouvelée. L'équipe de Bateson travaille six mois sans être payée, avant que celui-ci ne parvienne à obtenir une subvention de la Fondation Macy pour étudier la « communication schizophrénique ». La recherche en psychiatrie — et tout particulièrement la recherche sur la schizophrénie — a le vent en poupe aux États-Unis durant les années cinquante et les fondations se montrent réceptives et généreuses. Bateson dira plus tard : « C'est de la psychiatrie que nous avons reçu notre argent, et nous nous sommes laissé fortement et désastreusement influencer par la nécessité d'appliquer notre science dans ce champ » (*in* Sluzki/Ransom [299, p. XII]).

2. Cf. *Vers une écologie de l'esprit*, t. II [18, p. 29-31].

au sein du système familial mais le système familial au sein de la double contrainte. Celle-ci ne désigne plus une relation pathogène mais un principe générateur de multiples comportements créatifs. On peut comprendre ainsi comment Bateson ne peut accepter les travaux qui cherchent à compter le nombre de doubles contraintes au sein d'une relation. Pour lui, c'est une démarche aussi absurde que vouloir compter le nombre « de chauves-souris dans un test de Rorschach [1] ».

Cette conceptualisation de la double contrainte fait éclater la notion même de schizophrénie [2]. Dans sa réponse à l'article d'un psychiatre qui le critiquait, et déclarait que « la schizophrénie est une maladie du cerveau, non de la famille », Bateson écrira en 1977 :

> J'accepterai (l'opinion selon laquelle) les traits apparents de la schizophrénie peuvent être produits par l'invasion parasitaire et/ou par expérience, par des gènes et/ou par apprentissage. Je concéderai même que la schizophrénie est *autant* une « maladie » du « cerveau » qu'une « maladie » de la « famille », si le Dr Stevens (son interlocuteur) concède que l'humour et la religion, l'art et la poésie sont pareillement des « maladies » du cerveau ou de la famille ou des deux. (*In* Berger [28, p. 236].)

Cette position de Bateson sur la schizophrénie ne peut évidemment convenir au monde professionnel de la psychiatrie, pas plus que celui-ci ne peut convenir à Bateson. Dès 1959, les différences intellectuelles entre celui-ci et les membres de son groupe se dessinent nettement. Tandis que ses collègues poursuivent leurs travaux au sein de la psychiatrie, Bateson reprend sa vaste interrogation sur la communication. Il retourne à la communication animale, qui l'avait tant fasciné lors de sa découverte du jeu chez les loutres. Il s'intéresse aux modes d'interaction chez les poulpes,

1. Comparaison reprise par Bateson dans son entretien avec Christian Beels, reproduit ici, p. 283-290. Bateson aborde également ce problème de la réification du concept dans l'article « La double contrainte, 1969 », repris dans *Vers une écologie de l'esprit*, t. II, [18, p. 42-49].

2. Notons que la psychiatrie américaine utilise le terme pour couvrir un champ très large, s'étendant quasiment à tout désordre psychotique (cf. Pierre Doucet *in* Doucet et Laurin [89, p. 278-279]).

puis chez les dauphins. Pour étudier ceux-ci dans un cadre semi-naturel, il part aux îles Vierges en 1962. Les autres membres de son équipe restent à Palo Alto, au *Mental Research Institute* qu'a fondé Don Jackson en 1959.

Tout au long des années soixante et soixante-dix, Bateson va chercher à se situer géographiquement et intellectuellement. Passant du laboratoire de John Lilly aux îles Vierges, à l'université d'Hawaï puis à l'université de Californie à Santa Cruz et, enfin, à l'institut Esalen, à Big Sur, Bateson sème idées et réflexions dans divers publics, tout en cherchant à dégager l'unité générale de ses travaux. Celle-ci apparaît progressivement au travers du concept d'« esprit » *(mind)*, qui peut sembler recevoir là une extension inattendue. Il s'agit en fait d'un élargissement de la pensée cybernétique à l'ensemble des systèmes vivants. Pour Bateson, « il est approprié d'utiliser les mots "esprit" et "processus mental" à propos de ce qui se passe dans des systèmes qui contiennent de multiples parties » ; et il ajoute : « ce que j'appelle "processus mentaux" sont en fait des événements dans l'organisation et la relation entre les parties » [28, p. 49-50]. Il ne faut donc pas voir dans cet « esprit » une résurgence d'un quelconque mentalisme, spiritualisme ou panthéisme. Ce que Bateson va appeler « écologie de l'esprit » doit plutôt être entendu comme une tentative pour intégrer au sein d'une épistémologie nouvelle un ensemble très vaste de phénomènes apparemment très différents mais en fait très proches par leur organisation et leur fonctionnement. Le langage, l'apprentissage, l'évolution biologique et finalement la vie même sont au nombre des phénomènes que Bateson envisage. L'ampleur de sa vision donne quelque peu le vertige. Mais c'est à cette hauteur de point de vue que Bateson se situe finalement pour dominer l'ensemble des sciences humaines contemporaines.

En 1972, *Steps to an Ecology of Mind* [16] [1], qui rassemble ses textes les plus importants, paraît aux États-Unis. Bateson devient rapidement, à presque soixante-dix ans, une figure un peu mythique d'un grand public intellectuel. Des articles sur son œuvre apparaissent. Il est invité à exposer ses idées aux quatre coins du pays. Il devient membre du conseil des régents de l'université de

1. Trad. fr. : *Vers une écologie de l'esprit*, t. I et II [17 ; 18].

Californie, tout en poursuivant son enseignement au campus de Santa Cruz de cette université. Mais en 1978, alors qu'il travaille au manuscrit de *Mind and Nature : A Necessary Unity*[1], conçu comme une synthèse et une explication de sa pensée, un cancer du poumon se déclare. Il se remet au travail après une première opération et refuse toute radiothérapie afin de rester lucide. Mary Catherine, sa fille aînée, née de son premier mariage avec Margaret Mead, vient l'assister. Le cancer semble se retirer, peut-être sous l'influence d'un psychologue qui le soigne en l'invitant à visualiser intensément sa tumeur. *Mind and Nature* est publié au début de l'année 1979. Bateson reprend la parole en public[2] et entame la rédaction d'un autre livre, *Where Angels Fear to Tread,* qu'il n'achèvera pas. Bateson s'éteint le 4 juillet 1980. Sa fille Mary Catherine complétera l'ouvrage et le fera paraître en 1987 [23 *bis*]. Un livre posthume paraîtra encore en 1991 [18 *bis*].

Si je me permets de glisser aussi vite sur les vingt dernières années de la carrière de Bateson, c'est que l'insistance sur les premières années a permis de dégager deux types de régularité dans sa pensée. Certains traits récurrents paraissent appartenir à l'individu Gregory Bateson lui-même et à son éducation ; d'autres semblent appartenir non tant à Bateson qu'à une certaine fraction du champ intellectuel américain, et, dans certains cas, au Collège invisible auquel nous nous attachons ici.

Sans entrer dans une analyse psychologique, on peut néanmoins faire remarquer un rapport possible entre la formation, à la fois informelle (ambiance familiale) et formelle (Cambridge), que Bateson a reçue en entomologie et zoologie, et sa capacité d'observateur fin, patient, minutieux, ainsi que sa répugnance à l'idée de manipulation ou d'un contrôle des données, même si celles-ci sont subordonnées à des préoccupations théoriques plus vastes. Il est resté toute sa vie un homme qui regarde mais ne touche pas et qui se sent très mal à l'aise s'il s'aperçoit, notamment dans le cas du rapport entre l'ethnologue et son informateur, qu'il ne peut pas ne pas toucher s'il veut regarder.

Or Bateson est conscient de ses moindres faits et gestes, physi-

1. Trad. fr. : *la Nature et la Pensée* [20].

2. C'est à ce moment, en juin 1979, qu'il accordera à Christian Beels l'entretien reproduit dans la troisième partie de cet ouvrage (p. 283-290).

ques et intellectuels. Depuis *Naven* jusqu'à la biographie de Lipset [216], qu'il a autorisée, Bateson s'est toujours observé en train de réfléchir. Ainsi *Naven*, qui est déjà l'empilement d'un discours réflexif sur un discours théorique appuyé lui-même sur des données ethnographiques, est suivi d'un « Épilogue 1936 » qui explicite ces trois niveaux et d'un « Épilogue 1958 » qui commente et reprend à la lumière de la cybernétique l'épilogue de 1936.

Bateson garde ainsi une vision globale de l'ensemble de son parcours intellectuel. Un cliché retrouve son sens : unité dans la diversité. Bateson peut donner l'impression d'un dilettante : il touche à tout et se lasse de tout. Cette impression se révèle fausse quand on considère le fait que d'une part il se soumet constamment à cette démarche réflexive et que d'autre part il reprend et relance constamment les mêmes grandes idées, qu'il cherche à utiliser dans des champs de plus en plus larges et de plus en plus nombreux.

La démarche de Bateson, essentiellement déductive et interdisciplinaire, est sans doute le reflet de sa formation à Cambridge et de l'ambiance intellectuelle qui y régnait. Malgré toute son opposition à la culture de Cambridge, Bateson reste très anglais dans cette apparence de désinvolture, dans ce maniement des rapprochements apparemment absurdes, dans l'agilité à passer d'un exemple à l'autre, d'une idée à l'autre, d'une discipline à l'autre. Dans sa présentation publique, Bateson restera également très britannique, même après plus de trente ans aux États-Unis. Dans ses conférences, il mentionne souvent le fait qu'il est d'origine anglaise — quand son accent n'a déjà pas tout dit. En classe, devant ses étudiants, il prend souvent la pose « relax » qui consiste à poser un pied sur le bureau tout en restant debout, les bras croisés sur le genou de la jambe fléchie. Quand on mesure près de deux mètres, la silhouette ainsi formée est impressionnante.

Concentration sur l'élaboration théorique, manque total de spécialisation dans un domaine précis, rejet de tout contrôle administratif de son travail : par ces dispositions, Bateson ne pouvait manquer de se faire mal noter par l'*establishment* scientifique américain. Il ne faut pas tomber dans les oppositions simplistes : le génie prophétique, original et fonceur, contre les mandarins tristes et bêtes. Mais il reste qu'il est curieux de constater que Bateson n'obtiendra jamais de poste fixe dans quelque université que ce soit. Qu'il lui sera refusé à plusieurs reprises, même à l'âge de soixante ans, des subventions de recherche. Qu'il obtiendra très peu de ces signes de reconnaissance que les universitaires s'accordent mutuellement : références bibliographiques, doctorats honoris causa, présidences de congrès, etc. Acclamé, il le sera, mais le plus souvent à l'extérieur de la communauté scientifique : par des écologistes, des hommes politiques, des « cadres moyens » de la psychiatrie, etc.

Dans une analyse critique de *Mind and Nature*, le philosophe et sociologue des sciences Stephen Toulmin compare Bateson au *scout*, à l'explorateur solitaire de l'Ouest américain [315]. Quand une communauté s'établit, l'expérience de l'avant-coureur est appréciée ; quand cette communauté s'embourgeoise, son excentricité exaspère. Bateson jouit de ce statut ambigu. Une pensée scientifique conformiste ne peut s'accommoder de ses idées ; une pensée scientifique « postmoderne », telle qu'elle émerge par exemple chez Feyerabend [107], ne peut manquer de voir en lui un étonnant visionnaire.

De Palo Alto à Palo Alto : Don Jackson et le Mental Research Institute

Dans le courant de 1954, l'équipe de Bateson, jusqu'alors composée de Jay Haley, John Weakland et William Fry, s'adjoint les services d'un consultant à mi-temps, le jeune psychiatre et psychanalyste Don Jackson.

Après des études de médecine et de psychiatrie, Don Jackson entre en 1947 à la célèbre clinique psychiatrique de Chestnut Lodge, dans le Maryland, et entreprend une formation analytique à Washington. Deux influences prépondérantes sur la formation de sa pensée vont être Harry Stack Sullivan et Frieda Fromm-Reichmann, qui contrôlent son travail avec des schizophrènes. Sullivan a fondé une théorie analytique de la personnalité fondée sur la relation interpersonnelle : il est à ce titre le représentant le plus connu de l'« École de Washington », constituée d'un groupe de psychiatres qui cherchent à faire une jonction entre leur discipline et les sciences sociales [1]. Inspirée notamment par Sullivan, Fromm-Reichmann suggère à la fin des années quarante que la schizophrénie pourrait être le produit d'une relation « faussée » entre la mère et l'enfant et propose l'expression « mère schizophrénogène ». Elle suggère aussi que les difficultés qu'ont les analystes à traiter des schizophrènes ne résident pas dans l'incapacité à communiquer de ceux-ci — en fait, les schizophrènes communiquent autant que d'autres, si à d'autres niveaux, dans d'autres registres — mais dans l'incapacité de l'analyste à contrôler son insécurité devant un patient qui ne se laisse pas facilement impressionner par ses « attitudes de missionnaire et de démiurge » [115, p. 272]. Ces thèses, qui commencent à se répandre au début des années cinquante, insistent donc sur la nécessité de penser la schizophrénie en termes d'*interaction,* tant au niveau étiologique que thérapeutique. C'est exactement ce que Bateson propose dans sa contribution à l'ouvrage *Communication. The Social Matrix of Psychiatry* [268]. Il prend d'ailleurs pour illustration de cette nouvelle conception de la relation thérapeutique la « doctrine sullivanienne ».

Parallèlement, les propositions de la cybernétique naissante sur le *feedback,* les systèmes auto-entretenus, etc., commencent à sortir des cercles spécialisés et à se répandre dans les sciences sociales.

Il n'est donc pas étonnant, en un sens, de voir Don Jackson présenter en janvier 1954 à l'hôpital de la *Veterans Administration* de Palo Alto une communication intitulée « La question de l'homéostasie familiale [2] ». La famille y est définie comme un système *homéostatique,* c'est-à-dire comme un système qui se trouve toujours en équilibre interne grâce à des phénomènes de *feedback* négatif. Bateson, qui assiste dans la salle à l'exposé, invite ce psychiatre, qui incarne indépendamment de lui nombre de ses idées, à venir travailler avec son groupe.

Jackson ne tarde pas à s'intégrer à l'équipe et à l'influencer. Il

1. Ces psychiatres publient la revue *Psychiatry,* où paraîtront entre autres nombre d'articles de Scheflen et Goffman.

2. Ce texte est repris dans le présent ouvrage, p. 224-237.

est non seulement un fin psychiatre mais encore un homme d'action. C'est lui qui pousse les autres membres de l'équipe à publier l'hypothèse de la double contrainte au plus vite, afin d'occuper le terrain, alors que Bateson veut encore attendre. C'est également lui qui fonde en 1959 le *Mental Research Institute* afin d'appliquer les recherches du groupe à la psychothérapie.

Deux hypothèses du groupe sont en effet assez rapidement utilisées. La première est de Jackson lui-même, qui va s'appliquer à la raffiner, fondant ainsi le principe de base de la thérapie familiale systémique. Sous le terme d'homéostasie familiale, Jackson entend considérer la famille comme un système homéostatique gouverné par un ensemble de règles. Si un des membres de la famille présente quelque désordre psychologique, l'intervention du thérapeute ne doit pas se limiter à ce membre mais s'étendre à toute la famille, comprise comme un *système pathologique présentant un symptôme,* le membre envoyé auprès du psychiatre. Ce n'est pas que la famille soit déséquilibrée par ce membre malade ; en fait son équilibre repose sur la maladie de celui-ci, qu'elle tend à préserver comme telle. Il s'agit plutôt de retrouver *un autre équilibre* pour la famille, par une réorganisation du système de relations dans lequel elle s'est installée.

La seconde application des recherches de Bateson et de ses collègues se fonde sur l'hypothèse de la double contrainte. Sans doute sur la base des exemples fournis par Milton Erickson, John Rosen et quelques autres psychiatres, Don Jackson utilise une technique qui porte directement sur les symptômes exprimés par le patient. C'est ainsi qu'il suggère à des patients paranoïaques d'être plus méfiants. Si un patient le soupçonne d'avoir caché un micro dans son cabinet, il entreprend très sérieusement de fouiller la pièce avec lui. En tentant de dégager les prémisses théoriques de son travail, Jackson découvre que cette « injonction paradoxale » ou *« prescription du symptôme »* est fondée dans son principe sur la structure de la double contrainte pathologique. A l'instar de l'enfant qui ne peut ni obéir ni ne pas obéir aux injonctions de sa mère, le patient ne peut ni obéir à l'injonction du psychiatre (ex. : « méfiez-vous ») – ce serait dénier ses propres affirmations du type : « C'est plus fort que moi » –, ni ne pas lui obéir – ce serait se comporter en être « normal », ne plus présenter ses symptômes habituels. La seule solution pour lui est de rompre radicalement avec le jeu relationnel dans lequel il s'est enfermé, pour acquérir un jeu dont il maîtrise les règles.

Jackson n'est pas le seul auteur de cette approche nouvelle en psychothérapie. Ses idées se sont développées au sein de l'équipe du MRI. En fait, Jackson est plus un clinicien qu'un théoricien. Ce sera souvent le rôle de ses collègues — notamment de Watzlawick — de retrouver patiemment le chemin qu'il a emprunté pour rendre un diagnostic aussi rapide que brillant. L'œuvre de Jackson est par là inséparable de l'histoire du MRI. Il importe donc de brosser un portrait de cet « Institut de recherche et de formation dans les sciences comportementales et sociales, centré sur l'étude de l'homme dans la famille et dans la communauté » (pour reprendre l'interminable en-tête placé sur les dépliants publiés par le MRI).

Lorsque Don Jackson ouvre le MRI en 1959, son personnel consiste en une secrétaire, un psychiatre, Jules Riskin, et une psychologue, Virginia Satir, dont la renommée publique allait bientôt égaler aux États-Unis celle de ses mentors. Mais l'équipe s'agrandit rapidement. En 1961, Jackson engage Paul Watzlawick, puis, en 1962, John Weakland et Jay Haley. Le travail s'organise et se spécialise. Jackson voyage, parle et écrit beaucoup sur la thérapie familiale. Haley dirige la revue *Family Process,* tout en travaillant avec Riskin sur une analyse des interactions verbales au sein de la famille. Watzlawick analyse, avec l'aide de Janet Beavin, des sessions enregistrées. Satir s'attache à la formation des thérapeutes.

En 1962, le *National Institute of Mental Health* accorde un subside important au MRI pour la formation en thérapie familiale. C'est le premier subside du genre aux États-Unis. Le MRI devient un leader du nouveau développement de la psychiatrie, à la fois comme institut de recherche et comme centre de formation.

En 1967, le MRI devient en outre une clinique psychothérapeutique (non résidentielle), avec la fondation du *Brief Therapy Center.* Sous la direction de Richard Fisch, Paul Watzlawick, John Weakland et Arthur Bodin cherchent à utiliser rationnellement les techniques intuitives de Jackson et Milton Erickson [1]. Le BTC reste un lieu de recherche : il accepte très peu de clients et l'équipe n'est pas payée pour le temps qu'elle y consacre.

En 1968, Don Jackson disparaît brutalement. A la même époque, Jay Haley quitte le MRI et rejoint Salvator Minuchin à la *Child Guidance Clinic* de l'université de Pennsylvanie à Philadelphie, tandis que Virginia Satir devient la première directrice de l'Institut Esalen. Le vide laissé par ces trois personnes va être progressivement comblé par Watzlawick, Weakland et Fisch. Après une éclipse, le MRI reprend un rôle national au début des années soixante-dix. Extension, célébrité et difficultés financières vont croître paradoxalement de façon parallèle. Directeurs et chercheurs se succèdent à un rythme plus rapide. « Projets » et « Centres » au sein du MRI se multiplient, de même que les thérapeutes qui veulent y acquérir une formation, les clients qui veulent s'y faire traiter et les visiteurs étrangers qui veulent y être reçus...

Aujourd'hui, le MRI compte deux développements importants, outre le *Brief Therapy Center,* devenu célèbre en quinze ans marqués par une réussite à plus de 50 %.

Le projet *Soteria* (délivrance), établi en 1971 par Alma Menn et Loren Mosher, est une application des idées anti-psychiatriques anglaises des années soixante, tout particulièrement celles proposées par la *Philadelphia Association* de Ronald Laing et David Cooper pour Kingsley Hall [2]. Il s'agit de faire vivre en communauté un groupe de jeunes schizophrènes, avec l'aide d'un nombre égal de « paraprofessionnels » n'ayant pas reçu de formation psychiatrique particulière. La schizophrénie est considérée, ainsi que le disaient déjà Fromm-Reichmann et d'autres dans les années quarante, non comme une maladie, « mais comme un état spécifique de la personnalité avec ses propres façons de vivre » [115, p. 273]. Deux maisons accueillent chacune six résidents en provenance d'un hôpital psychiatrique proche. Un groupe de schizo-

1. Cf. Paul Watzlawick, John Weakland, Richard Fisch, *Changements : paradoxes et psychothérapie* [328].
2. Cf. Mary Barnes et Joseph Berke, *Mary Barnes, un voyage à travers la folie* [9].

phrènes traités de façon plus classique au sein de l'hôpital voisin sert de groupe de contrôle [1].

L'*Emergency Treatment Center* (ETC), mis en place en 1975 par Diana Everstine, s'insère dans la tradition de la psychiatrie communautaire américaine, instituée officiellement par le président Kennedy en 1963 (cf. [47]). Partant de la constatation que la police est très souvent appelée à jouer un rôle modérateur dans des situations de crise familiale aiguë (bagarres, fugues, menaces de violence ou de suicide, etc.), le centre a formé une équipe permanente de psychologues qui peuvent se rendre immédiatement sur place, sur appel téléphonique de la police, du « client » ou d'un tiers au courant de la situation, et traiter *in situ* avec la famille en crise. Les principes de la thérapie interactionnelle du *Brief Therapy Center* sont ici utilisés : Watzlawick lui-même sert de consultant à l'équipe [2].

Aujourd'hui, vingt-deux ans après sa création, le MRI a acquis une réputation nationale et internationale [336]. Le « groupe de Palo Alto » constitue une référence importante dans le champ de la thérapie familiale, que Don Jackson et quelques autres ont propulsée au début des années soixante. Si Jackson est inséparable du MRI, celui-ci est inséparable du développement de la thérapie familiale. Il faut donc inscrire un deuxième cercle concentrique autour de Jackson, pour en achever le portrait [3].

Dans les années cinquante, les techniques psychothérapeutiques prescrivent, sous l'influence de la psychanalyse, de préserver le caractère privé de la relation entre le thérapeute et son patient. Le thérapeute ne doit pas avoir de contacts avec la famille, et doit s'interdire de filmer ou d'enregistrer les sessions.C'est sans doute pourquoi les chercheurs qui, entre 1945 et 1955, s'aventurent dans la thérapie familiale le font sous le couvert de la recherche universitaire et restent isolés. Ce n'est qu'entre 1955 et 1960 que ces quelques chercheurs s'aperçoivent d'une mutualité d'intérêt et

1. Pour plus de détails sur le projet *Soteria*, cf. [247; 248; 249].
2. Pour plus de détails sur l'ETC, cf. [103].
3. J'utilise principalement les articles de Guerin [139] et Haley [141; 142], ainsi que le livre de Foley [109].

commencent à se visiter, à présenter leurs travaux publiquement et à former une nouvelle génération de thérapeutes.

Tandis que Bateson et son groupe (Jackson, Weakland, Haley) dégagent progressivement l'hypothèse de la double contrainte, et l'insèrent dans une conceptualisation de la famille comme système homéostatique, d'autres chercheurs étudient la même relation entre schizophrénie et environnement familial à partir de travaux empiriquement « plus contrôlés ». A Washington, Murray Bowen et Lyman Wynne entreprennent au début des années cinquante d'hospitaliser non plus seulement le patient désigné comme « schizophrène » mais toute sa famille. Toujours à la même époque, Theodore Lidz étudie à l'université Yale l'hypothèse d'un processus de distorsion de l'identité de l'enfant dans une famille dont les membres se conduisent de façon « inappropriée » pour leur âge et leur sexe. De façon nettement plus clinique, cherchant moins à dégager une théorie étiologique qu'une nouvelle pratique thérapeutique, Carl Whitaker et Thomas Malone s'observent mutuellement dans leur travail avec des patients schizophrènes et leur famille. A New York, Nathan Ackerman expérimente un traitement familial fondé théoriquement sur la psychanalyse. Enfin, sans entrer à proprement parler dans la problématique du rapport schizophrène - environnement familial, Ray Birdwhistell et Albert Scheflen entreprennent à Philadelphie une étude systématique des interactions entre le patient et sa famille, entre le patient et le thérapeute. A Londres, Ronald Laing et Aaron Esterson fondent leurs propres travaux sur les prémisses des chercheurs américains, notamment Bateson et son groupe [201].

Lorsque colloques, articles et séminaires commencent, au début des années soixante, à confronter tous ces travaux, on s'aperçoit que tous parlent de schizophrénie et de la nécessité d'insérer celle-ci dans un contexte familial. Mais, à partir de là, les choses divergent. A un pôle, on trouve les théoriciens et thérapeutes systémiques de Palo Alto. A l'autre pôle, on trouve les psychanalystes, pour qui le patient reste un individu et non un système familial (tant sur le plan de la théorie étiologique que de la pratique thérapeutique) mais qui tentent une extension des concepts et outils analytiques (notamment le transfert) à la famille, considérée comme une série de dyades.

Les années soixante-dix sont plus sereines. Un certain éclectisme s'installe : on commence à reconnaître de part et d'autre que divers problèmes demandent diverses méthodes. Par ailleurs, la thérapie familiale, sous ses différentes formes, s'intéresse au moins autant aux névroses qu'aux psychoses. Elle sort également du schéma traditionnel de la famille « blanche anglo-saxonne protestante » comprenant deux enfants de 8 à 15 ans. Certains thérapeutes reviennent à des sessions individuelles ou avec les parents seulement. D'autres, au contraire, font venir plusieurs générations, plusieurs familles, sinon les amis, voisins et connaissances, dans le but de retrouver — sans doute un peu naïvement — cette dimension sociologique « communautaire », qui manquait à la thérapie familiale des années soixante. Bref, la thérapie familiale, éclatée mais vivante, devient un secteur à part entière de la psychiatrie américaine.

C'est dans ce contexte général qu'il faut envisager l'œuvre de Paul Watzlawick, le chercheur du MRI le plus connu en Europe.

De Venise à Palo Alto : Paul Watzlawick

Né à Villach, en Autriche, en 1921, Paul Watzlawick est éduqué à la fois dans la tradition autrichienne de la rigueur, du respect des sciences positives, et à travers les vicissitudes des années de guerre et d'après-guerre. Son ambition est de devenir médecin. Ce n'est pas possible dans l'Autriche de 1945. Il part en Italie et obtient en 1949 un doctorat en philosophie à l'université de Venise. Il y acquiert une passion pour la philosophie du langage et la logique (Gödel, Frege, Wittgenstein). Il reçoit ensuite une formation analytique à Zürich et, à la fin des années cinquante, enseigne la psychanalyse et la psychothérapie à l'université nationale du Salvador. Entre ses cours et ses consultations, il a l'occasion de lire énormément. Il découvre ainsi les travaux de Bateson, qui sont pour lui une révélation. En 1959, il décide de rentrer du Salvador en Europe, mais via les États-Unis. Il se retrouve en 1960 à Philadelphie à l'*Institute for Direct Analysis*, où Albert Scheflen et une équipe de chercheurs étudient différents styles de relation entre thérapeute et patient à partir de films analysés image par image [1]. Paul Watzlawick va rester presque un an à Philadelphie et collaborer à l'entreprise. Bien qu'il accorde une priorité intellectuelle au travail symbolique du langage, il prend conscience, en étudiant ces films, de l'importance des autres modes de communication dans la structuration en séquences du comportement interactif. En octobre 1960, il est présenté par Albert Scheflen, qui connaît son intérêt pour les travaux de Bateson, à Don Jackson, en visite à Philadelphie. Celui-ci l'engage au *Mental Research Institute* qu'il vient de créer.

Au MRI, Watzlawick abandonne très vite son passé analytique. Il reçoit en fait un triple choc. Le premier est dû à Don Jackson, dont les capacités de diagnostic et les méthodes de traitement lui apparaissent éblouissantes. Le second provient de sa rencontre avec Gregory Bateson, le grand théoricien que tous consultent au MRI (sans toujours le comprendre parfaitement). Le troisième est provoqué par la découverte de Milton Erickson, un psychiatre qui utilise le paradoxe comme technique thérapeutique depuis plusieurs années sans parvenir à expliquer clairement pourquoi et comment il agit ainsi. Comme Jackson, Erickson est un brillant clinicien intuitif.

Watzlawick va progressivement intégrer les leçons reçues de ces trois hommes, qui sont, comme il le dit dans un entretien, les trois géants sur les épaules desquels il va se jucher [2].

De façon assez révélatrice, son œuvre publiée débute par une analyse du livre de Ronald Laing, *Self and Others* [3] [321] et par une étude comparant différentes utilisations de l'hypothèse de la double contrainte [322]. Grâce à sa formation intellectuelle européenne, Watzlawick saisit en profondeur la logique déductive qui fonde la démarche de Bateson. Il sera ainsi un des rares chercheurs à souligner l'importance de la théorie des Types Logiques dans l'hypothèse de la double contrainte [322, p. 65]. La plupart des chercheurs américains qui ont tenté d'utiliser cette hypothèse ont

1. Cf. p. 78-79.
2. Cet entretien est repris dans le présent ouvrage, p. 318-333.
3. Trad. fr. : *Soi et les Autres* [200].

discrètement évacué ce schéma théorique apparemment incongru qui ne rentrait pas dans leurs habitudes intellectuelles.

Watzlawick prépare ensuite un bref manuel pédagogique, intitulé *An Anthology of Human Communication. Text and Tape* [324]. Des extraits d'entretiens psychothérapeutiques conduits au MRI sont repris dans un enregistrement qu'accompagne un texte explicatif. Dans ce dernier texte, Watzlawick reformule certains concepts de base de Bateson et montre comment ils s'appliquent aux exemples enregistrés. L'embryon d'un second livre est ainsi formé, qu'il va développer avec Don Jackson et Janet Beavin. Il s'agit de *Pragmatics of Human Communication. A Study of Interactional Patterns, Pathologies, and Paradoxes,* qui paraît en 1967 [1]. Systématisant sous forme d'axiome certaines grandes idées batesoniennes sur la communication, Watzlawick et ses collègues posent un cadre de référence très net, à partir duquel ils peuvent sortir de leur ambiguïté originelle l'homéostasie familiale, la double contrainte, la prescription du symptôme, etc. L'ouvrage va bien au-delà de la compilation ou de la vulgarisation. A la fois par ses exemples (notamment une longue analyse de la célèbre pièce d'Edward Albee, *Qui a peur de Virginia Woolf?*) et sa rigueur formelle, il dégage pour la première fois de façon particulièrement précise une somme d'idées nouvelles, fondées sur la cybernétique et la théorie des systèmes, dont la complexité intrinsèque n'avait souvent d'égale que la nébulosité de leur présentation, notamment chez Bateson.

Près de vingt ans après sa parution, le texte semble toujours aussi novateur — un critère auquel résistent peu de travaux scientifiques. Au sein de notre Collège invisible et des idées qui s'y véhiculent, *Une logique* doit donc être considéré comme un grand classique. Mais en faisant néanmoins attention à un point. Le cadre de référence reste le système d'interaction dyadique : la mère et son fils, l'époux et l'épouse, le thérapeute et son patient, etc. Certes, la rupture est nette avec une psychologie monadique où l'individu (le sujet) constitue le fondement de l'analyse. Pour Watzlawick et ses collègues, l'interaction, en tant que système, ne se réduit pas à la somme de ses éléments. C'est d'ailleurs bien la raison pour la-

1. Trad. fr. : *Une logique de la communication* [327].

quelle ils s'insèrent dans le modèle orchestral de la communication. Mais moins d'attention est accordée aux unités que l'anthropologue et le sociologue prennent en considération (le groupe, la communauté, la classe sociale, etc.), ainsi qu'aux concepts intégrateurs dont ils font usage (représentation collective, éthos, culture, etc.). L'explication est sans doute fort simple : à l'exception de Weakland, Watzlawick et ses collègues n'ont pas reçu de formation anthropologique ; leurs références intellectuelles, intérêts et préoccupations se situent dans le contexte de la psychiatrie. En cela, ils se distinguent nettement d'autres membres du Collège, tels Bateson, Birdwhistell, Hall et Goffman.

Tout en préparant *Une logique,* Watzlawick poursuit des recherches tendant à rendre plus efficace la consultation en thérapie familiale. Dans un premier temps, il tente de systématiser l'entretien en l'organisant autour de tâches bien définies. Il demande aux parents de se mettre d'accord entre eux sur la signification du proverbe « Pierre qui roule n'amasse pas mousse », puis de l'expliquer à leurs enfants [323, p. 259-262]. Le but poursuivi est de voir apparaître ainsi certaines structures de relations entre membres de la famille : alliances, rejets, contrôles, etc. Mais la procédure s'avère trop longue et peu fiable. Watzlawick décide d'abandonner ce cadre semi-expérimental et d'entreprendre l'analyse des techniques thérapeutiques « intuitives » utilisées par Don Jackson ou Milton Erickson. Un fait a souvent frappé Watzlawick : ces « magiciens » sont souvent en peine pour expliquer pourquoi et comment ils ont pris telle ou telle décision. Ainsi, Jackson est capable, sur simple audition de l'enregistrement d'une discussion familiale autour de « Pierre qui roule n'amasse pas mousse », de proposer un diagnostic exact et très précis sur les problèmes relationnels qui traversent la famille étudiée. Mais, pressé de questions par ses collègues, il doit reconnaître qu'il ne sait pas trop pourquoi la famille lui apparaît comme telle : « Comment as-tu deviné ça ?! — Ben, heu, la façon dont ils riaient, là [1]... » De même, Milton

1. Dialogue rapporté par Paul Watzlawick dans une communication personnelle. De même, Carlos Sluzki se souvient de Jackson qui se surprenait lui-même à « tirer des lapins de son chapeau ».

Erickson, longtemps étudié par Jay Haley [143], est un clinicien aux techniques déconcertantes que ses propres écrits expliquent mal. Après avoir posé mille petites questions très anodines, il pose un brillant diagnostic ou propose une étonnante injonction paradoxale. Comment est-il arrivé à ce résultat ? Il s'embarrasse dans de longues réponses qui n'expliquent rien.

Au sein du *Brief Therapy Center* créé en 1967 par Richard Fisch, Watzlawick et ses collègues se consacrent ainsi à dénouer les diagnostics et tactiques de Jackson et Erickson. Le but est de les rendre parfaitement rationnels et dès lors adoptables par d'autres. Utilisant le cadre théorique posé dans *Une logique*, Watzlawick, Weakland et Fisch proposent en 1974 dans *Change. Principles of Problem Formation and Problem Resolution* [1] une analyse du mode de fonctionnement du paradoxe en psychothérapie, tel qu'il s'illustre dans les « prescriptions de symptôme » du type : « soyez méfiants ! ». Watzlawick et ses collègues opposent deux sortes de changement de situation : le « changement 1 » qui consiste en une *modification à l'intérieur* d'un système et le « changement 2 » qui consiste en une *transformation* du système lui-même. La résolution profonde d'un problème psychologique ou autre passe par un « changement 2 », c'est-à-dire par une réorganisation des éléments en un système nouveau. Parmi les nombreux exemples proposés pour étayer cette thèse, les auteurs évoquent la phrase d'un officier chargé de faire évacuer une place lors d'une émeute : « Mesdames, Messieurs, j'ai reçu l'ordre de tirer sur la canaille. Mais comme je vois devant moi beaucoup de citoyens honnêtes et respectables, je leur demande de partir pour que je puisse faire tirer sans risque sur la canaille » [328, p. 101]. Pour modifier une situation d'émeute, la solution classique relève d'un « changement 1 » ; elle consiste à répondre à l'hostilité par l'hostilité. On reste ainsi au sein d'un même système, en l'occurrence la spirale de la violence. Ce qui, dans le long terme, ne résout rien. L'officier effectue ici un changement 2 : « il sort la situation du cadre qui jusqu'alors l'englobait lui-même avec la foule, et la *recadre* d'une manière qui satisfait toutes les parties concernées» [328, p. 102-103]. Similairement, la prescription du symptôme par le psychothérapeute

1. Trad. fr. : *Changements : paradoxes et psychothérapie* [328].

consiste en un recadrage de la situation tel qu'il ne s'agit plus de la même situation. Une autre réalité se met en place, qui donne un sens différent aux éléments qui la composent. A un délégué commercial bègue, Watzlawick et ses collègues du BTC font remarquer combien son discours est différent de celui de ses collègues. Ils lui ordonnent donc de continuer à bégayer afin de renforcer son avantage. Dans ce cadre nouveau, le délégué se sent plus à l'aise avec ses clients et s'aperçoit que son bégaiement diminue.

L'explication de l'intervention paradoxale en termes de recadrage relance le vieux débat philosophique de la « réalité de la réalité ». Watzlawick analyse ce problème dans un livre intitulé *How Real is Real? Communication, Disinformation, Confusion* [1]. A partir d'une myriade d'exemples, il fait très clairement saisir l'opposition entre une « réalité du premier ordre », qui fait référence aux propriétés physiques des objets, et une « réalité du second ordre », qui renvoie aux propriétés sociales (valeur, signification) de ces objets. Cette seconde réalité peut faire l'objet de multiples recadrages, de nature thérapeutique ou non. Par cet ouvrage, qui déborde très largement le cadre psychothérapeutique, Watzlawick frôle les grandes réflexions philosophico-linguistiques sur les « visions du monde » et rappelle certains travaux récents sur la « structure des révolutions scientifiques » (Kuhn [198]), la « construction sociale de la réalité » (Berger et Luckmann, [29]) ou l'« organisation de l'expérience » (Goffman [134])[2].

Dans *The Language of Change* (*Le Langage du changement* [326]), Watzlawick retourne au problème qu'il s'était assigné dans *Changements* [328] : l'explicitation (la sortie hors des plis) du langage thérapeutique paradoxal. Tandis que le thérapeute classique traduit le langage du patient dans son langage propre pour remonter aux « sources », le thérapeute paradoxal utilise le langage du patient pour modifier sa situation présente. Il écoute et observe mais ne se tait pas – il ordonne. Son but est de changer l'individu malade, non de lui faire prendre conscience des origines profondes

1. Trad. fr. : *la Réalité de la réalité* [325].

2. C'est la problématique du *constructivisme,* telle que divers chercheurs l'ont définie dans un ouvrage dirigé par Paul Watzlawick : *l'Invention de la réalité. Contributions au constructivisme* [326 *bis*]. Le sous-titre de l'ouvrage est la question fondamentale à laquelle tentent de répondre les différentes contributions : « Comment savons-nous ce que nous croyons savoir? »

de ses problèmes. Il intervient dans le présent, non dans le passé, et s'interroge sur la façon dont le patient s'est enfermé dans un jeu interactionnel sans issue en tentant de régler lui-même ce qu'il croit être son problème. Watzlawick conclut :

> Si l'on renonçait à l'exercice, prôné depuis des lustres et pourtant futile, qui consiste à chercher à l'aide d'une anamnèse *pourquoi* un système humain en est venu à fonctionner comme il le fait, pour se décider à rechercher *comment* il fonctionne *hic et nunc* et avec quels résultats, on s'apercevrait que le véritable problème se trouve dans ce que le système a jusque-là tenté de faire pour régler son problème supposé, et que l'intervention thérapeutique doit évidemment porter alors sur cette pseudo-solution génératrice de problèmes, et constamment réitérée [1]. [326, p. 164.]

C'est là évidemment une rupture brutale avec toute théorie d'orientation analytique — et l'on est tenté de rapprocher la vision de Watzlawick de celle des thérapeutes comportementaux, qui, eux aussi, prescrivent à leurs patients certains comportements apparemment paradoxaux pour faire disparaître les symptômes et, du coup, la maladie. Mais la comparaison s'arrête là. Car le cadre théorique des comportementalistes, fondé sur le conditionnement opérant, est fondamentalement différent de celui de l'École psychiatrique de Palo Alto. Chez Jackson, Haley ou Watzlawick, il n'est jamais question de punir ou de récompenser un comportement donné. Il s'agit de lui donner un autre *statut,* dans un cadre perceptuel nouveau. En outre, le thérapeute comportemental travaille avec des patients isolés. L'éradication du symptôme chez le patient traité peut se répercuter sur son système interactionnel. Le thérapeute « Palo Alto », qui réfléchit en termes de causalité circulaire, ne peut manquer de prendre en considération la nature relationnelle de tout symptôme avant de tenter un « changement 2 ».

Mais il faut arrêter ici ces comparaisons et oppositions. En supposant même qu'elles soient utiles, cet ouvrage ne peut en être le lieu. Si nous revenons au tour d'horizon entrepris jusqu'ici, nous

1. En d'autres termes, le patient n'est capable que d'un « changement 1 » ; seul le thérapeute peut opérer un « changement 2 ».

nous apercevons que, partis du projet, chez Bateson, d'une théorie générale de la communication, nous sommes arrivés à une théorie de la thérapie chez Watzlawick et ses collègues.

Avec Ray Birdwhistell, nous allons revenir au projet de théorie générale de la communication, tout en faisant un crochet par une entreprise singulière, l'établissement d'une discipline nouvelle, la « kinésique ». Les propositions de Birdwhistell sur la communication vont paraître familières : elles ressemblent beaucoup à celles qu'on a pu lire dans *Une logique de la communication* [327]. De fait, Birdwhistell partage avec le groupe de Palo Alto un très grand nombre de points communs. Mais à deux différences importantes près. Comme nous l'avons vu, le groupe de Palo Alto ne se redéfinit pas, à l'exception de Bateson, en termes anthropologiques. Birdwhistell, très proche de Sapir, ramènera toujours sa réflexion sous l'ombrelle de l'anthropologie — et plus précisément de l'anthropologie linguistique. La seconde différence réside précisément dans le fait que Birdwhistell, au contraire de Bateson, recevra pleinement l'enseignement de la linguistique descriptive des années cinquante (Trager, Smith, Hockett). Le résultat de ce croisement de la quête batesonienne de la communication avec la sociologie et la linguistique va donner une pensée originale mais mal connue, tant en Europe qu'aux États-Unis, qui n'aura d'impact que sur quelques collègues, tels Albert Scheflen et Erving Goffman, et quelques étudiants, tels Stuart Sigman. Ils forment ce que nous pourrions appeler le « groupe de Philadelphie ».

II. AUTOUR DE PHILADELPHIE

L'œuvre orale : Ray Birdwhistell

Birdwhistell est l'un de ces penseurs pour qui l'écriture est un supplice. Autant il prend plaisir à exposer sa pensée oralement, autant il déteste la rapporter sur une page blanche. En trente ans, il a produit une plaquette et un recueil d'articles. Ceux qui concluraient qu'il s'agit simplement de paresse ou d'indigence intellectuelle en seraient vite dissuadés en l'écoutant parler — ou plutôt travailler oralement — dans un séminaire de troisième cycle, à l'université de Pennsylvanie. Dans son exposé, il y a trente ans de recherche active qui n'ont pas trouvé le chemin de l'écriture. C'est à composer le synopsis de ce livre imaginaire que nous allons nous livrer ici.

De la même façon qu'on peut dans une certaine mesure rapporter Bateson et sa pensée à ses origines semi-aristocratiques et à Cambridge, il est possible de faire un rapprochement entre l'œuvre de Birdwhistell et son milieu de formation. Né en 1918 à Cincinnati dans l'Ohio, il y passe toute sa jeunesse et ses premières années universitaires, jusqu'en 1941. Mais il retourne très souvent dans le Sud, dans le Kentucky rural de ses ancêtres, là où une famille n'est pas seulement composée des parents et des enfants mais encore des arrière-grands-parents et des arrière-petits-« cousins ». Toute sa vie durant, Birdwhistell restera un homme du Vieux Sud, jovial mais soucieux des marques de respect, ouvert mais refusant le principe de la camaraderie facile. Ce sont là des détails mais qui vont jouer un rôle dans le processus de marginalisation sociale de Birdwhistell (qui va se doubler d'une marginalisation intellectuelle) lorsque, par nécessité professionnelle, il devra remonter dans le Nord, notamment à Buffalo et à Philadelphie.

En 1941, il entame son doctorat au département d'anthropologie de l'université de Chicago, le plus britannique des départements américains d'anthropologie : au début des années quarante, le département vit encore sous l'emprise intellectuelle de Radcliffe-Brown, qui y a enseigné de 1931 à 1937 de façon énergique. Birdwhistell acquiert ainsi une formation de base très européenne. Son *advisor* (conseiller pédagogique) est Fred Eggan, l'ancien assistant de Radcliffe-Brown, tandis que son patron de thèse est Lloyd Warner, un anthropologue lui aussi formé à la vision durkheimienne de la société par le maître anglais [1].

Comme Bateson dix ans plus tôt, Birdwhistell reçoit aussi l'impact théorique et méthodologique de Margaret Mead, qui l'introduit dans un groupe de psychanalystes, anthropologues et psycho-

1. Dans les années vingt, Radcliffe-Brown enseigne à Sydney, où il reçoit la visite des anthropologues travaillant chez les Aborigènes, comme Lloyd Warner, ou dans l'une ou l'autre région de Nouvelle-Guinée, comme Bateson. Radcliffe-Brown influence fortement le jeune Bateson, qu'il invite à lire *les Formes élémentaires de la vie religieuse* de Durkheim, avant d'entamer son premier travail de terrain chez les Baining, en 1927.

logues, dont Gregory Bateson et Ruth Benedict. Mais, progressivement, au travers de diverses recherches sur le terrain, Birdwhistell va se forger une position théorique qui n'appartient qu'à lui, malgré les influences fonctionnalistes et culturalistes qu'on peut y retrouver.

En 1944, il étudie des bandes d'adolescents du Kentucky et contribue à l'étude comparative des *rituels amoureux* menée en Angleterre par Margaret Mead. Vers la fin de la guerre, une histoire court parmi les GI's stationnés en Angleterre, selon laquelle les jeunes Anglaises sont des filles faciles; parallèlement, l'histoire court parmi les jeunes Anglaises que les soldats américains sont des voyous. Reconstituée par Mead et Birdwhistell, l'explication est la suivante. L'approche amoureuse se conduit en respectant un certain nombre d'étapes. Chaque étape franchie est un feu vert pour une approche de l'objectif suivant. Mais ces étapes sont soumises à des variations culturelles. En Angleterre, il faut passer par une longue série de points avant d'arriver au baiser sur la bouche; et le baiser n'est plus très loin de l'étape ultime de l'accouplement. Aux États-Unis, par contre, le baiser sur la bouche se situe parmi les toutes premières démarches. Dès lors, lorsque le GI entamant le scénario selon les règles américaines, embrasse la jeune Anglaise sur la bouche, celle-ci ne peut que s'enfuir ou entamer les manœuvres menant au coït.

Ce plat résumé des séquences de la danse que jouent les amoureux peut apparaître comme une caricature de la description du rituel d'accouplement des épinoches, étudié à la même époque par les éthologistes. En fait, il faut plutôt y voir l'esquisse de cette analyse du comportement social en termes de codes et de règles, dont Goffman deviendra plus tard le représentant le plus connu. Au milieu des années quarante, cette vision des choses est encore peu commune.

Dès lors, le jeune maître de conférences Birdwhistell, qui arrive en 1944 au département d'anthropologie de l'université de Toronto, ne laisse personne indifférent. Il intrigue, énerve ou passionne. Intellectuellement, on ne parvient pas à le nicher avec aisance dans la tradition « radcliffebrownienne » de Chicago; empiriquement, on ne saisit pas exactement où il veut en venir avec ses recherches sur les amours adolescentes; pédagogiquement, il étonne ses étudiants par ses capacités de mime : danseur et acteur dans sa prime jeunesse, il utilise son immense corps pour montrer comment on fume une cigarette dans différentes classes sociales, ou comment marche une adolescente blanche du Sud quand ses parents sont « *upper middle-class* ». Il fascine au moins un de ses étudiants pour qui il est une révélation : Erving Goffman, qui va bientôt retrouver Birdwhistell à l'université de Chicago (où ils ne se verront quasiment pas, mais où ils partageront les mêmes maîtres).

Par ses exemples mimés, Birdwhistell tâche de faire comprendre à ses étudiants ce que l'anthropologue et linguiste Edward Sapir, qui l'intéresse de plus en plus, avait écrit quelques années auparavant :

> Prenons l'exemple des gestes. L'individu et le social s'y mêlent inextricablement ; néanmoins, nous y sommes extrêmement sensibles, et nous y réagissons comme d'après un code, secret et compliqué, écrit nulle part, connu de personne, entendu par tous. Ce code ne se rattache pas à l'organique. Au contraire, il est aussi artificiel, aussi redevable à la tradition sociale que la religion, le langage et la technique industrielle. Comme toute conduite, le geste a des racines organiques, mais les lois du geste, le code tacite des messages et des réponses transmis par le geste sont l'œuvre d'une tradition sociale complexe. [277, p. 46.]

Sapir, formé à l'école de Franz Boas comme Margaret Mead, avait cherché à formuler *une théorie de la culture intégrant le comportement individuel.* Au travers d'exemples tels que l'intonation de la voix, la gestualité, la respiration, Sapir donne à comprendre que le domaine de l'anthropologue ou du sociologue ne se limite pas aux grandes institutions et structures : il n'y a pas d'objets d'étude réservés par leur nature au psychologue et d'autres au sociologue ; seul le point de vue change. « Il n'y a aucune différence entre une respiration, à condition de l'interpréter comme un comportement social, et une religion, ou un régime politique », dira-t-il [277, p. 37]. Si tout comportement individuel devient, selon un certain point de vue, un comportement social (culturel), cela veut dire aussi, en retour, que la culture ne peut être conçue comme une entité purement supra-individuelle. Le social passe par l'individuel : « en changeant d'informateur, (l'anthropologue) change nécessairement de culture » [277, p. 83]. Comme Ferdinand de Saussure, Sapir élabore une distinction entre langue et parole. Mais, pour Sapir, la parole n'est pas seulement le fait de l'individu, elle est aussi un fait social. Une *anthropologie de la parole* est donc possible, de même qu'une *anthropologie de la gestualité*.

Il y a tout cela dans le dandinement de Ray Birdwhistell en train d'imiter une *lady* du Vieux Sud sur le bord de son estrade à l'université de Toronto. A côté de l'intention pédagogique, il y a aussi une volonté de comprendre personnellement comment s'articule le rapport du corps à la société.

L'étude de Bateson et Mead, *Balinese Character* [23], l'a mis sur la voie. Les auteurs, on s'en souvient, ont dégagé à travers l'analyse de 700 photos toute l'importance du corps et de la gestualité dans l'inculcation des modèles culturels balinais. C'est au travers de ses expériences corporelles (contacts avec la mère, hygiène et soins, apprentissage de la marche, de la danse, de la transe, etc.) que l'enfant balinais devient progressivement un membre de sa culture. Birdwhistell obtient une première confirmation de cette analyse en observant le « rituel » amoureux des adolescents du Kentucky. Le corps amoureux ne se comporte pas selon les impulsions du moment ; il semble obéir à un « code secret et compliqué », que les membres d'une même culture ont inconsciemment intégré. Mais quel est ce code ? Comment le dégager ? Birdwhistell accumule plus de questions que de réponses. En étudiant une communauté d'Indiens Kutenai, dans le sud-ouest du Canada, il s'aperçoit que la gestualité des Indiens bilingues change quand ils passent du kutenai à l'anglais. Il interprète ce changement comme une imitation de l'homme blanc. Mais il sent que ce n'est pas là la réponse définitive. De retour au pays, nommé à l'université de Louisville, il a l'occasion d'étudier un film sur l'homme politique new-yorkais Fiorello La Guardia, qui parle couramment italien, yiddish et anglo-américain. Birdwhistell montre le film, son coupé, à plusieurs personnes connaissant ces trois cultures. Toutes peuvent déterminer quelle langue La Guardia utilise à chaque moment. Comme chez les Indiens Kutenai, il y a autre chose qu'une performance d'acteur. Il semble qu'en changeant de langue, l'homme change également de langage corporel [1].

Birdwhistell cherche par ailleurs des pistes dans la littérature. Depuis plusieurs années, il collectionne les références sur le corps et le geste. Deux grandes catégories de travaux reflètent les conceptions du corps traditionnellement admises.

La première catégorie comprend tous les dictionnaires du corps. Depuis des siècles, le corps est découpé en signes, qui sont traduits en leurs équivalents linguistiques. Les plus anciens travaux de ce genre relèvent de la physiognomonie, dont le postulat est fort simple. Les signes corporels, issus de l'animal qui gît en nous, sont éminemment naturels ; ils permettent à qui en connaît la signification d'être un homme averti. Tel nez bombé signifie la bonté ; tel sourcil épais signifie la brutalité, etc. [2]. Les travaux les plus récents relèvent de la psychologie et de la psychiatrie. Posant que le corps est plus naturel que le langage et offre par là une expression plus primitive et plus vraie des états émotionnels, nombre d'auteurs ont tenté de formuler un « langage du corps ». Telle composition du visage exprime la tristesse ; telle cambrure du tronc traduit la timidité, etc. [3].

La deuxième catégorie comprend tous ces travaux qui collectionnent les mots gestuels utilisés dans telle ou telle communauté (culturelle ou monastique), telle discipline artistique (ballet, mime, opéra) ou telle célébration religieuse. Le corps y est conçu comme porteur de signes mais de signes explicitement conventionnels qu'il s'agit simplement de transporter dans un autre code, l'écriture.

Birdwhistell estime que sa recherche est ailleurs. Pour lui, les travaux explicitant le sens intentionnellement déposé sur le corps intéressent au premier chef le folkloriste, non l'anthropologue

1. Gregory Bateson publie en 1951 un « métalogue » (une conversation imaginaire avec sa fille) intitulé : « Pourquoi les Français... ? » [17, p. 30-34], où il dit notamment : « Le fait est que de "simples mots", ça n'existe pas. Il n'y a *que* des mots doublés de gestes ou d'interactions ou d'autres choses de la sorte. » De la circulation des idées au sein du Collège invisible.

2. Ces travaux sont loin d'avoir disparu. Cf. Desmond Morris, *La Clef des gestes* [246].

3. Ces travaux se poursuivent activement aujourd'hui. Cf. Paul Ekman, « L'expression des émotions » [94].

étudiant le comportement social quotidien et la communication interpersonnelle. Par ailleurs, les travaux cherchant à révéler le sens caché du corps et de ses gestes fondent leur démarche sur une équation entre signe et sens que Birdwhistell ne peut accepter. Selon lui, le corps y est découpé comme un mouton d'abattoir et une signification précise, indépendante de tout contexte, est assignée à chaque « morceau ». Chaque geste reçoit une étiquette, qui résiste au temps, à la culture et aux différents utilisateurs. Or, Birdwhistell constate que la culture ne semble pas avoir donné au corps et à la gestualité des fonctions de sémaphore. Ainsi, en étudiant l'organisation sociale d'une communauté rurale très rigoriste du Kentucky, il s'aperçoit qu'une personne en mauvaise santé (mais encore suffisamment vaillante pour sortir et parler) présente une composition corporelle très « typique », qu'il décrit de la façon suivante :

> Ceci inclut la rétraction du cuir chevelu, un resserrement de la peau du front (avec réduction des marqueurs sourciliers), une réduction du sourire, un port du torse très droit, une réduction de la vitesse du mouvement de la marche (l'oscillation antérieure et postérieure du mollet diminue) et un accroissement de l'ancrage du pied (les deux pieds à plat sur le sol — du talon au métatarse — en position debout ou assise). [42, p. 209.]

La signification « mauvaise santé » n'est pas, on le voit, l'affaire d'un geste ou d'une mimique en particulier. C'est la *relation* entre différents éléments, réunis au même moment en une seule personne, qui porte le sens. En d'autres termes, la signification flotte et ne se cristallise que dans un contexte défini. Ce contexte comprend notamment une dimension temporelle très importante. Ainsi, Birdwhistell observe que la personne en mauvaise santé peut laisser tomber les épaules pendant quelques secondes avant de se reprendre et se recomposer. Ce comportement n'apparaît pas plus d'une fois par quart d'heure chez les hommes adultes. Sinon la signification change : l'entourage considère l'homme comme un simulateur ou un geignard. Mais ce rythme et sa signification sont réservés aux hommes adultes ; femmes, enfants et vieillards peuvent répéter ce mouvement beaucoup plus fréquemment sans être mal considérés.

Pour Birdwhistell, l'image corporelle de la bonne ou mauvaise santé est donc conditionnée par un ensemble de définitions, attentes et contraintes culturelles. Le corps n'est pas seulement régi « de l'intérieur », comme le voudrait la sémiologie médicale classique ou le sens commun. Il est encore gouverné par une sorte de code de la « présentation de soi en public » (pour reprendre une expression de Goffman, très proche ici de la pensée de Birdwhistell). Une signification universelle ne peut donc être attribuée à partir de certains invariants biologiques à telle posture ou à tel geste ; chaque culture et, au sein de celle-ci, chaque contexte interactionnel utilise le substrat physiologique pour élaborer une signification socialement acceptable. Dans une seconde communauté rurale du Kentucky étudiée par Birdwhistell, il n'est pas question, quand on est en mauvaise santé, de rester droit et sec sur sa chaise comme si de rien n'était. D'abord, ce comportement ne signifierait aucunement la maladie. Entre autres traits caractéristiques de la présentation de soi comme « malade » dans cette communauté, Birdwhistell relève que la partie supérieure du tronc et les épaules s'affaissent vers l'avant, que le ventre se relâche, que « les bras et les mains peuvent pendre sur le côté ou osciller très lentement » [42, p. 260]. Ensuite, un comportement taciturne ponctué par des affaiblissements suivis de redressements ne serait guère approprié. Dans cette communauté, la mauvaise santé est une affaire publique où le malade et ses commentateurs échangent symptômes, diagnostics et remèdes :

> Dès que l'aspect maladif de la personne a entraîné une question de la part de son interlocuteur, le corps de celle-là reprend du tonus et une récitation verbale des symptômes est accompagnée de désignations, de caresses, de frottements des éléments corporels ostensiblement impliqués dans l'histoire. Même les personnes qui sont apparemment (selon le diagnostic du médecin) tout à fait malades s'animent, les yeux éveillés, la bouche ouverte, et le corps répondant de plus en plus à la conversation. [42, p. 210-211.]

Cette approche ethnographique ne satisfait pas encore Birdwhistell, qui voudrait formellement faire apparaître le code qu'évoque Sapir. En 1952, alors qu'il vient de terminer son doctorat, il est invité à titre d'expert au *Foreign Service Institute*, à

Washington[1]. Il y rencontre entre autres les linguistes George Trager et Harry Lee Smith et l'anthropologue Edward T. Hall. Trager élabore avec Hall un schéma général d'analyse de la culture fondé sur les principes de la linguistique descriptive[2]. Il va inviter Birdwhistell à appliquer ces mêmes principes à la gestualité. La démarche descriptive consiste à nettement diviser l'analyse du langage en *niveaux* et à travailler en termes d'unités de plus en plus complexes. Au niveau inférieur, les unités sont les *phonèmes*, c'est-à-dire la trentaine de sons utilisés dans une langue donnée parmi les milliers que l'appareil phonateur peut produire, se combinant entre eux pour donner, au niveau suivant, des *morphèmes*, proches des mots de la langue. Au niveau supérieur, les morphèmes s'organisent selon des lois syntaxiques pour former des *propositions*. Ces propositions, enfin, constituent un *énoncé* qui s'intègre dans un *discours*.

Pour Birdwhistell, cette procédure d'investigation rigoureuse devrait permettre de dégager le principe qui est au fondement des diverses données ethnographiques qu'il a recueillies jusqu'alors[3]. Il entreprend de déterminer les *kinèmes* (analogues aux phonèmes) du système kinésique américain à l'aide d'informateurs, à la manière d'un anthropologue cherchant à reconstituer le système phonologique d'une langue inconnue. Ce travail est fondé sur l'hypothèse d'une sélection culturelle de quelques positions corporelles parmi les milliers que peut produire le corps (et notamment le visage) en mouvement. A l'aide de personnes qui vivent cette culture de l'intérieur, il faut retrouver les positions utilisées dans

1. Le *Foreign Service Institute*, créé au lendemain de la Seconde Guerre mondiale, est un institut de recherche et de formation dépendant du Département d'État (Affaires étrangères) où les futurs diplomates reçoivent des cours de langues accélérés, des cours d'introduction à différentes cultures, etc.

2. La linguistique descriptive américaine est constituée des divers travaux qui, entre 1925 et 1955, cherchent à décrire systématiquement les langues et à tirer certaines hypothèses générales sur le langage. Noam Chomsky critiquera très durement cette approche, qui tombera quasiment en désuétude au cours des années soixante. Une étude plus sereine de cette linguistique devrait être possible aujourd'hui, notamment en relisant les textes qui l'ont fondée plutôt que les commentaires de ses adversaires. [192]

3. La démarche de la kinésique est présentée plus en détail dans une note accompagnant le texte de Birdwhistell (p. 164-166).

leur système kinésique. Pour Birdwhistell, ce serait là la relation fondamentale entre corps et culture. Il dégage ainsi peu à peu une cinquantaine de kinèmes, qui reçoivent une graphie propre, afin de permettre une description plus aisée. Birdwhistell propose de combiner ensuite les kinèmes en *kinémorphèmes*. Par exemple le kinème « œil gauche fermé » se combine au kinème « pince orbitale gauche » pour former le kinémorphème « clin d'œil ». Au niveau suivant, celui de la syntaxe, les kinémorphèmes se combinent en *constructions kinémorphiques* (correspondant aux propositions).

Birdwhistell sera le premier à critiquer cette construction formelle, proposée en 1952 dans *Introduction to Kinesis* [32] [1]. D'une part, langage et gestualité sont encore trop nettement distingués. Or les deux systèmes semblent intrinsèquement reliés l'un à l'autre, comme le suggèrent les données sur les Kutenai parlant anglais. D'autre part, les analyses kinésiques menées jusqu'alors isolent l'individu : mais l'individu isolé n'est pas celui qui intéresse Birdwhistell, il cherche à comprendre comment est construit le code de l'interaction sociale.

Après son séjour à Washington, Birdwhistell retourne à l'université de Louisville [2]. En 1956, l'occasion lui est offerte d'entre-

1. Malgré une diffusion restreinte, et une haute technicité, l'ouvrage connaît un succès public important. La presse locale et nationale décrit Birdwhistell comme celui qui a enfin découvert le code secret des gestes et qui dès lors sait « lire » tout qui l'approche. Al Capp, le dessinateur de *Li'l Abner*, évoque le Professeur Birdsong dans un de ses gags hebdomadaires, publiés dans plusieurs centaines de journaux américains. Walt Disney lui propose de quitter l'Université pour venir s'installer à Hollywood afin d'y améliorer les techniques de représentation des gestes dans les dessins animés...

2. On peut sans doute voir dans ce fait un indice de sa marginalisation au sein de sa discipline. Alors que les docteurs (Ph. D.) sortis de l'université de Chicago sont l'objet d'une très forte demande, Birdwhistell enseigne dans une université qui n'est pas reconnue par l'élite intellectuelle du pays. Mais sa position périphérique se double d'une insertion dans un réseau de chercheurs marginaux, brillants et prestigieux, qui connaissent une situation assez semblable à la sienne : Gregory Bateson, qui, on l'a vu, a toujours vécu de subventions et d'invitations mises bout à bout, Margaret Mead, qui n'a jamais obtenu de chaire complète, Marshall Mac Luhan, que ses collègues du département d'anglais de l'université de Toronto n'ont jamais pris très au sérieux. Les membres de notre Collège invisible se rencontrent souvent. Mac Luhan les invite à participer à la revue *Explorations*, qu'il dirige avec l'anthropologue Edmond Carpenter (cf. [66]). De 1951 à 1954,

prendre une recherche kinésique approfondie : le linguiste Norman Mac Quown l'invite à s'intégrer à une équipe de psychiatres et de linguistes du *Center for Advanced Study in the Behavioral Sciences* à Palo Alto pour une étude des processus d'interaction.

Birdwhistell invite à son tour Gregory Bateson qui vient de réaliser dans le cadre de ses recherches sur la double contrainte plusieurs films dans des familles dont l'un des membres suit un traitement psychothérapeutique. Bateson présente notamment au Centre le film *Doris*, où il s'entretient avec une jeune femme, Doris, tandis que le fils de celle-ci, Billy, entre et sort du champ. L'équipe décide d'entreprendre une triple analyse (psychologique, linguistique, kinésique) de certaines séquences du film. Les trois mois de l'été 1956 y sont consacrés, suivis de multiples sessions de travail étalées sur dix ans. Pour Birdwhistell, qui s'engage à fond dans ce projet, il s'agit d'une période de création intense, où il peut confronter ses idées à celles de Bateson et d'autres chercheurs éminents de façon régulière. Il concentre son attention sur 9 secondes du film où l'on voit Bateson allumer la cigarette de Doris. Travaillant image par image, avec ou sans le son, au ralenti ou en accéléré, Birdwhistell se donne ainsi l'occasion d'étudier de façon extraordinairement minutieuse la texture d'une interaction. Lorsque toutes les contributions sont rassemblées (dont d'immenses planches de transcription kinésique et paralinguistique à 143 entrées...), un monstrueux mais fascinant ouvrage, intitulé *The Natural History of an Interview* (l'histoire naturelle d'un entretien), est prêt à l'édition [236]. Mais celle-ci s'avère trop onéreuse : le manuscrit est finalement entreposé à la bibliothèque de l'université de Chicago [1].

Birdwhistell les invite annuellement à Louisville pour un colloque sur la Culture et la Communication. Un autre lieu de rendez-vous est Princeton, où a lieu de 1954 à 1958, à l'instigation notamment de Margaret Mead, une série de cinq conférences de la Fondation Macy. Le thème n'en est plus la cybernétique mais les « processus de groupe ». Parmi les vingt-cinq participants annuels, on trouve d'autres chercheurs très connus mais mal admis par l'*establishment* universitaire américain, tels Erving Goffman, Erik Erikson et Konrad Lorenz.

1. Le chapitre introductif, écrit par Bateson, est repris dans le présent ouvrage (p. 116-144), de même que la « scène de la cigarette » de Ray Birdwhistell (p. 160-190).

De cette expérience interdisciplinaire, Birdwhistell tire deux conclusions importantes. Tout d'abord, il ne lui est plus possible de concevoir une étude isolée du langage ou de la gestualité. L'un et l'autre système font partie d'un ensemble plus large. L'Indien Kutenai parlant anglais n'imitait pas seulement l'homme blanc ; il changeait de système global de communication. Dans plusieurs travaux publiés au cours des années soixante [36; 38], Birdwhistell étudie les *marqueurs kinésiques,* qui accompagnent les pronoms et les adverbes, ainsi que les *kinèmes d'accentuation* et de *jonction,* qui ponctuent, découpent et relient les éléments du flot verbal. Une illustration claire de ces recherches se trouve dans un article de Scheflen [285], qui l'extrait d'un travail non publié de Birdwhistell (cf. p. 73).

Birdwhistell réfute l'idée traditionnelle selon laquelle le geste est une sorte de cadre un peu superficiel autour du langage. Pour lui, gestualité et langage s'intègrent dans un *système* constitué d'une multiplicité de modes de communication, tels que le toucher, l'odorat, l'espace et le temps. Si une place si importante est réservée au langage dans les recherches sur la communication interpersonnelle, c'est sans doute parce que le langage est un mode de communication essentiel, mais aussi parce que les travaux sur les autres modes sont encore très peu développés. Pour Birdwhistell, il n'est donc pas possible de déterminer une hiérarchie des modes de communication selon leur importance dans le processus interactionnel. Si le mode verbal porte le plus souvent l'information intentionnelle explicite, d'autres modes assurent des fonctions tout aussi nécessaires au bon déroulement de l'interaction. Birdwhistell distingue ainsi l'activité de transfert de l'information nouvelle *(new informational)* de l'activité intégrative *(integrational).* Celle-ci comprend toutes les opérations comportementales qui :

> 1. maintiennent le système en opération ;
> 2. conservent sa régularité au processus interactionnel ;
> 3. opèrent une série de vérifications croisées afin d'assurer l'intelligibilité du message dans son contexte particulier ;
> 4. mettent ce contexte particulier en relation avec de plus vastes contextes dont l'interaction n'est qu'une situation spéciale. [42, p. 86-87.]

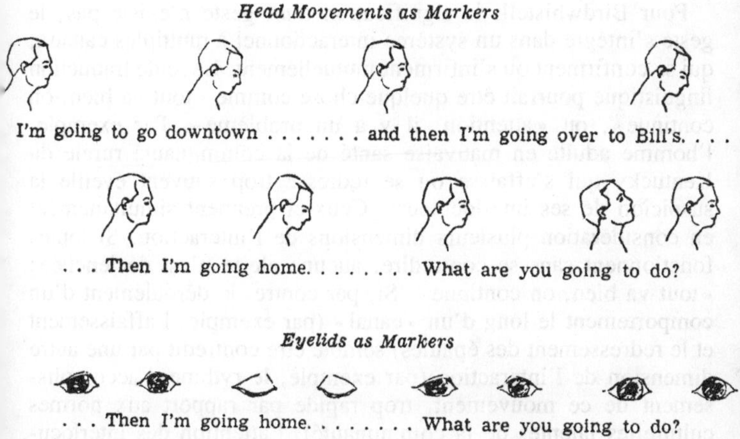

Fig. 5 — Quelques marqueurs kinésiques de la syntaxe américaine selon R. Birdwhistell (*in* [285]).

Pour Birdwhistell, la signification d'*un* geste n'existe pas ; le geste s'intègre dans un système interactionnel à multiples canaux, qui se confirment ou s'infirment mutuellement. La seule traduction linguistique pourrait être quelque chose comme « tout va bien, on continue », ou « attention, il y a un problème ». Par exemple, l'homme adulte en mauvaise santé de la communauté rurale du Kentucky qui s'affaisse ou se redresse trop souvent éveille la suspicion de ses interlocuteurs. Ceux-ci prennent simultanément en considération plusieurs dimensions de l'interaction. Si toutes fonctionnent sans se contredire, aucune alerte n'est déclenchée : « tout va bien, on continue ». Si, par contre, le déroulement d'un comportement le long d'un « canal » (par exemple, l'affaissement et le redressement des épaules) semble être contredit par une autre dimension de l'interaction (par exemple, le rythme d'accomplissement de ce mouvement, trop rapide par rapport aux normes culturelles latentes de la communauté), l'attention des interlocuteurs s'éveille : « attention, quelque chose ne tourne pas rond ». Birdwhistell n'oppose pas la parole au corps comme le mensonge à la vérité ou le conscient à l'inconscient, mais il conçoit simplement le comportement interindividuel comme un « courant communicationnel » *(communicational stream)* doté de multiples balises.

Cette conception de la communication comme un processus pluriel permanent est partagée par tous les auteurs étudiés ici. L'hypothèse de la double contrainte développée par Bateson et son équipe s'est construite sur cette base, de même que la pragmatique de la communication de Watzlawick et de ses collègues. Hall et Goffman diront aussi, chacun à sa façon, comment « on ne peut pas ne pas communiquer ». Mais c'est chez Birdwhistell qu'on trouve à la fois les premiers fondements empiriques de cette proposition et le développement théorique le plus articulé.

Cependant, lui-même n'emploie pas l'expression « on ne peut pas ne pas communiquer ». La seconde conclusion que lui inspire *The Natural History of an Interview* est qu'il faut voir la communication comme un système (un processus) dans lequel les interlocuteurs *s'engagent*. Dire que l'individu A communique une multitude de messages verbaux et non verbaux à l'individu B revient à utiliser le modèle télégraphique où la communication est envisagée comme une suite d'actions et de réactions :

> Un individu ne communique pas, il prend part à une communication ou il en devient un élément. Il peut bouger, faire du bruit..., mais il ne communique pas. En d'autres termes, il n'est pas l'auteur de la communication, il y participe. La communication en tant que système ne doit donc pas être conçue sur le modèle élémentaire de l'action et de la réaction, si complexe soit son énoncé. En tant que système, on doit la saisir au niveau d'un échange. [34, p. 104.]

Pour Birdwhistell, parler de « participation à la communication » au lieu de « communication avec » n'est pas une simple affectation intellectuelle. Pour deux raisons.

La première est fournie par l'analyse de la « scène de la cigarette », qui lui révèle l'existence d'un phénomène de « synchronie interactionnelle [1] ». Lorsque le film est projeté très lentement, les participants semblent danser un ballet parfaitement mis au point. Les corps oscillent au même rythme ; Bateson tend le bras vers Doris à l'instant précis où celle-ci fléchit le tronc vers l'avant ; tous deux se redressent et orientent leur corps vers la caméra dans la même fraction de seconde. Tous deux semblent donc participer à un système interactionnel qui subsume leur comportement individuel.

La seconde raison est de nature théorique : Birdwhistell conçoit la communication en termes systémiques. Bien qu'il n'utilise pas le vocabulaire de la cybernétique ou de la théorie générale des systèmes, il a intégré les principes de leur épistémologie à travers son utilisation de la linguistique descriptive. Dès le moment où un geste ou une parole sont envisagés non en eux-mêmes, mais dans leur relation avec d'autres gestes et d'autres paroles, il n'est plus possible d'envisager l'individu et ses actes sans les insérer dans un contexte au moins dyadique. Birdwhistell parle d'analyse de contexte et non de contenu. L'analyse porte non sur le contenu de l'échange mais sur *le système qui a rendu l'échange possible*. Ce

1. L'expression est de William Condon, qui, sous l'influence de Birdwhistell, dégagera, au fil d'une série d'études extraordinairement patientes, l'organisation temporelle d'une interaction [79]. Edward T. Hall présente les recherches de Condon dans *Au-delà de la culture* [159, chap. v].

système est la communication, qui reçoit une priorité conceptuelle sur le sujet qui s'y insère.

C'est là une vue partagée, encore une fois, par l'ensemble des chercheurs rassemblés ici. On songe tout particulièrement à Jackson pour qui la famille est un système gouverné par des règles. Mais une différence importante s'ouvre ici entre l'anthropologue et le psychiatre. Pour Jackson ainsi que pour Watzlawick et ses collègues, le système ne s'étend pas au-delà du couple ou de la famille et ne reçoit pas le nom de communication. De même que Bateson renverse la relation entre schizophrénie et double contrainte — envisageant la schizophrénie au sein de la double contrainte, avec l'art et l'humour —, Birdwhistell renverse la relation attendue entre le groupe et la communication et conçoit celle-ci comme un processus permanent aussi vaste que la culture.

A ce moment, le concept perd sans doute son opérationnalité immédiate, à l'instar de la double contrainte entendue comme une matrice génératrice de formes multiples. Mais il gagne une universalité telle qu'il devient dans le champ culturel une force analogue à la gravitation dans le champ des phénomènes physiques. Birdwhistell pousse ainsi le concept jusqu'à ses limites extrêmes :

> La communication pourrait être considérée, au sens le plus large, comme l'aspect actif de la structure culturelle (...). Ce que j'essaie de dire est que la culture et la communication sont des termes qui représentent deux points de vue ou deux méthodes de représentation de l'interrelation humaine, structurée et régulière. Dans « culture », l'accent est mis sur la structure, dans « communication », sur le processus. [42, p. 251.]

Sapir, après tout, n'avait pas vraiment dit autre chose quand il écrivait : « Toute structure culturelle et tout acte individuel de comportement social entraînent une communication implicite ou explicite » [278, p. 92]. On peut voir par là comment la trajectoire intellectuelle de Birdwhistell fait une sorte de boucle. Parti d'une pensée très peu formalisée, fondée sur la recherche ethnographique, Birdwhistell s'engage dans une analyse formelle de microactes, avant de revenir par paliers à une pensée très ouverte, à nouveau fondée sur l'anthropologie. La kinésique constitue finalement pour lui une sorte de traversée du désert, dont il est sorti depuis longtemps, alors que très nombreux sont ceux qui l'y croient enterré. Très longtemps, Birdwhistell a effectivement cru à la possibilité de faire surgir dans sa structure le « code secret et compliqué » de Sapir. Mais, à la fin des années soixante, il a dû déclarer :

> Durant plusieurs années, j'ai espéré qu'une recherche systématique révélerait un développement hiérarchique strict dans lequel les kines pourraient être dérivés des articulations, les kinémorphes, des ensembles de kines, et que les kinémorphes seraient construits par une grammaire qui aurait pu être considérée comme une phrase kinésique. Bien que des percées encourageantes aient été faites en ce sens, je suis obligé de dire que, jusqu'à présent, j'ai été incapable de découvrir une telle grammaire. De même ai-je été incapable d'isoler la simple hiérarchie que je cherchais. [42, p. 197.]

Depuis lors, il est revenu à des questions beaucoup plus vastes, que seul le travail anthropologique peut appréhender. Ainsi, dans le cas du baiser, il s'interrogerait aujourd'hui non sur sa durée mais sa portée en tant qu'acte *social,* approprié à certains contextes et non à d'autres (en termes de lieu, de temps, d'âge, de sexe, etc.).

Après son séjour de 1956 à Palo Alto, Birdwhistell travaille trois ans à l'université de Buffalo, avec Trager et Smith, puis rejoint Albert Scheflen à Philadelphie. Pendant près de dix ans, installés à l'*Eastern Pennsylvania Psychiatric Institute,* les deux hommes vont travailler en très étroite collaboration sur divers projets de recherche. A partir de 1969, il enseigne à l'université de Pennsylvanie, où il retrouve parmi ses collègues son ancien élève de Toronto, Erving Goffman. Jusqu'en 1988, il y formera des chercheurs en communication, qu'il introduira non tant à la kinésique qu'à Durkheim, Sapir, Radcliffe-Brown et aux méthodes ethnographiques. Retiré à Brigantine, au bord de l'Atlantique, il collectionne des ouvrages anciens, construit des maisons de poupée pour ses petites-filles, reconstitue d'antiques tapis Navajo. Il meurt le 19 octobre 1994.

En nous tournant maintenant vers Albert Scheflen, le co-équipier scientifique de Birdwhistell tout au long des années soixante, nous allons découvrir une œuvre complémentaire de celle-ci mais moins originale. Scheflen propose une méthode d'investigation inspirée de la linguistique descriptive, qu'il appelle « analyse contextuelle ». Birdwhistell a joué un rôle important dans l'élaboration de cette démarche, mais c'est à Scheflen que revient le mérite de l'avoir explicitement décrite et utilisée [291]. De façon plus explicite que son mentor, il replace également son travail théorique dans le cadre de la théorie générale des systèmes et, plus globalement encore, dans la vision batesonienne d'une épistémologie nouvelle.

L'œuvre explicite : Albert Scheflen

Dans le réseau intellectuel retracé ici, deux formations scientifiques prédominent : l'anthropologie et la psychiatrie. Bateson, Birdwhistell, Hall et Goffman relèvent de la première. Jackson, Watzlawick et Scheflen relèvent de la seconde. Mais à partir de là, comme nous l'avons vu, tout s'embrouille. Tous quittent leur « matrice disciplinaire » (Kuhn) pour entreprendre une sorte de périple à travers les sciences humaines — qui les rend évidemment suspects aux yeux des gardiens des orthodoxies. Scheflen ne fait pas exception à cette règle.

Albert Scheflen reçoit en 1945 son titre de MD *(Medical doctor)* de l'université de Pennsylvanie. Après quelques années dans la *Navy,* il entreprend une spécialisation en neurologie et neuropathologie ; puis bifurque vers la psychanalyse. Thérapeute analytique au milieu des années cinquante, il entre dans le courant de la thérapie familiale et se lie avec Don Jackson, Carl Whitaker, etc. En 1956, il devient professeur de recherche en psychiatrie à Temple University, Philadelphie, et met en place avec d'autres chercheurs l'*Institute for Direct Analysis.* Au sein de celui-ci, un groupe de psychiatres invite des collègues à conduire une série de séances, qui sont observées et analysées collectivement, dans le but d'étudier diverses techniques d'intervention.

Après un temps, Scheflen constate que leur recherche aboutit à une impasse. Lorsque les psychiatres rapportent librement ce qu'ils ont vu, ils doivent constater qu'ils voient chacun des choses différentes. S'il leur est demandé de travailler à partir de grilles et de questionnaires, le seul consensus statistiquement significatif parmi les « juges » s'obtient de ceux qui ont fait leur analyse avec le même didacticien.

Pour tenter de se mettre d'accord, l'équipe essaie alors de travailler « objectivement ». On isole, compte, mesure et met en corrélation des « variables » comportementales : hochements de tête, battements de pied, nombre de verbes et de substantifs, etc. Mais rien n'y fait. Finalement, les chercheurs publient séparément leur « vision » respective. Scheflen publie la sienne en 1960 [283]. Son explication de cet échec est intéressante à rapporter parce qu'elle permet de saisir pourquoi Birdwhistell, invité à titre d'expert en 1958, va avoir un tel impact sur Scheflen :

> Nous avions atteint le dilemme qui caractérisa de nombreuses sciences de l'homme dans les années cinquante : nous étions pris entre le subjectivisme et le réductionnisme. Les conceptions des cliniciens expérimentés pouvaient saisir une vue d'ensemble, mais ces survols n'étaient pas reproduisibles ou explicables. D'un autre côté, les petits bouts de comportement que nous avions mesurés nous renseignaient sur eux-mêmes avec une certaine objectivité mais ne nous offraient pas une image de l'ensemble des processus psychothérapeutiques. [291, p. 4.]

La méthode que propose Birdwhistell est celle qu'il a amorcée dans l'analyse du film *Doris,* lors de la recherche intitulée *The Natural History of an Interview* [1]. Par opposition à l'analyse de contenu, fondée sur l'idée que la signification est intrinsèque aux éléments qui composent les matériaux à étudier (textes, mots, images, etc.), Birdwhistell et Scheflen parlent d'*analyse de contexte*. Ils emploient également l'expression « méthode de l'histoire naturelle » pour souligner que leur démarche est fondée sur l'observation systématique de données recueillies de façon non contrainte, en milieu naturel, comme en éthologie ou en anthropologie. L'idée de base, telle qu'elle est présentée par Scheflen

1. Cf. les pages consacrées à Birdwhistell (notamment p. 71) et le texte intitulé « La scène de la cigarette » (p. 160-190).

[291], est celle d'une hiérarchie de niveaux. Les unités d'un niveau donné sont intégrées à la fois horizontalement, dans une « synthèse diachronique » ou processuelle, et verticalement, dans une « synthèse synchronique » d'unités de plus en plus larges. Chaque unité n'a de signification que dans ce *double contexte*. On reconnaît ici la démarche qui a fondé la linguistique descriptive et la kinésique en particulier. Apparemment d'une simplicité sinon d'une banalité peu prometteuse de vertus heuristiques, cette vision de l'analyse va cependant se révéler très féconde. Pour Scheflen, elle permet de sortir de l'impasse où son travail précédent s'était enfermé. La méthode n'est ni subjective — elle est explicable et reproduisible —, ni réductionniste — elle permet d'envisager le procès global d'une interaction.

En 1959, Scheflen invite à Philadelphie Carl Whitaker et Thomas Malone, deux thérapeutes connus pour l'efficacité de leur méthode de traitement de la schizophrénie. Ils travaillent souvent ensemble et demandent aux membres de la famille de participer aux séances. A Philadelphie, Scheflen filme et enregistre leurs entretiens avec une jeune schizophrène et sa mère. Pendant presque dix ans, Scheflen va consacrer sa vie à une étude de la première séance, soit trente minutes de film. Les résultats auxquels il aboutit complètent ceux obtenus par Birdwhistell dans la « scène de la cigarette ». Celui-ci concentrait son attention sur des phénomènes vocaux et corporels qui se déroulent sur la longueur d'une phrase, sinon d'un mot : il s'agit par exemple de la ponctuation de la fin d'une phrase par un léger redressement de la tête accompagné d'une brève saute dans la ligne mélodique du flot verbal. Scheflen travaille à partir d'unités plus larges, c'est-à-dire étalées sur plusieurs secondes au moins, le temps de prononcer quelques phrases. Dans un article de 1964 [285], il propose de distinguer trois niveaux kinésiques et lexicaux situés au-dessus de la proposition : le *point*, la *position* et la *présentation*. Le *point* est la posture gardée le temps nécessaire à l'exposition ou à l'écoute d'un « point » dans une discussion (quelques secondes). Chaque point est encadré par des *marqueurs*, qui ponctuent les phases du discours. A partir d'analyses préliminaires faites sur des films de sessions psychothérapeutiques, Scheflen suggère que le répertoire d'un individu se compose de trois à cinq points, qui reviennent constamment au cours de l'interaction. Une série de points s'intègrent dans une *position*, c'est-à-dire la posture générale du corps observée durant l'exposé (ou l'écoute) d'un point de vue (quelques minutes). Le passage d'une position à l'autre implique au moins la moitié du corps. Par exemple, le thérapeute, basculé dans le fond de son fauteuil, bras et jambes croisés, en position d'écoute « passive », se redresse et pose les coudes sur les genoux, en position d'écoute « active », prêt à prendre la parole. Chaque position est donc également encadrée de marqueurs kinésiques. Chaque interactant possède selon Scheflen un répertoire de deux à quatre positions. L'ensemble de sa prestation au cours d'une interaction est sa *présentation*. L'interaction débute et se termine par un déplacement complet dans l'espace : le patient entre et sort du cabinet du thérapeute, etc.

Scheflen passe alors à la mise en relation des participants, principalement au niveau des positions. Il observe que deux ou plusieurs interactants peuvent adopter des postures « congruentes », c'est-à-dire identiques (bras croisés, jambe gauche croisée sur la droite) ou inversées à l'instar d'un objet et son image dans un miroir (bras croisés, jambe droite croisée sur la gauche). Si l'un des participants change de position, les autres membres rétablissent la congruence. Dans un groupe, deux positions générales sont ainsi souvent adoptées. Il se peut aussi qu'un participant dissocie sa posture en deux moitiés appartenant chacune à une des configurations. Ces congruences posturales peuvent apparaître entre participants placés en *vis-à-vis* (notamment parlant l'un à l'autre) ou en *parallèle* (notamment écoutant un tiers)[1].

Dans l'analyse complète de la session entre les deux thérapeutes, le patient et sa mère [291], Scheflen dégage, à partir des

1. Il faut faire remarquer que Scheflen associe ces relations purement extérieures à des relations psychologiques fonctionnant au sein du groupe : alliances et conflits entre participants, distinctions de statut, etc. Dans cette esquisse d'interprétation, il faut sans doute voir le psychiatre qui sommeille encore dans Scheflen, ainsi que le fait qu'il s'adresse à des psychiatres (l'article de 1964 paraît dans *Psychiatry*). Dans son travail définitif de 1973 [291], Scheflen est beaucoup plus proche d'une syntaxe pure, bien que les positions qu'il distingue soient étiquetées selon des termes encore fort interprétatifs (« protestation passive », « appel et plainte », etc.).

positions, l'organisation du comportement interactionnel des quatre participants. La session apparaît finalement comme une succession de périodes et de cycles. Après un temps, les participants semblent repartir à zéro et reprendre le même « ballet », dansé selon des rôles complémentaires ou parallèles. Ils semblent agir en fonction d'une partition invisible : Scheflen reprend l'analogie de l'orchestre pour évoquer sa conception de la communication [1]. Phrases, points, positions et présentation correspondent respectivement aux mesures, passages, mouvements, et à la composition totale, tandis que postures individuelles, complémentaires et réciproques correspondent à l'exécution instrumentale individuelle, en harmonie et en contrepoint. L'orchestration totale est la communication. Mais les musiciens jouent sans partition explicite : Scheflen retrouve là le « code secret et compliqué » de Sapir.

En 1967, Scheflen quitte Philadelphie et s'installe au *Bronx State Hospital* de New York, à la section de thérapie familiale. Il va inculquer à des thérapeutes familiaux des éléments de sa vision de la communication, notamment en essayant de les faire sortir de leur conception « petite bourgeoise » de la famille (cf. [292]). Par ailleurs, il entreprend, avec Adam Kendon et l'anthropologue Norman Ashcraft, une vaste étude de la territorialité humaine. Sa recherche sur la structure communicationnelle d'une interaction y avait fait apparaître toute la complexité de la dimension *temporelle*. L'interaction était apparue comme une série de séquences et de cycles qui semblait obéir à un programme précis. Transposée dans l'ordre *spatial,* l'enquête retrouve l'idée d'une structuration extrêmement précise de l'espace interpersonnel, familial, public, etc. Scheflen va donc utiliser à nouveau l'idée d'une hiérarchie de niveaux d'analyse, pour déconstruire l'espace comme il avait déconstruit le temps.

Travaillant dans un ghetto du Bronx essentiellement habité par des familles noires et porto-ricaines, Scheflen et son équipe cherchent notamment à déterminer l'utilisation, culturellement différenciée, de l'espace fourni par l'appartement familial. Ils demandent à plusieurs familles de laisser tourner vingt-quatre heures sur

1. Cf. la citation, p. 25.

vingt-quatre trois caméras vidéo, placées dans la salle de séjour, la cuisine et le hall d'entrée. L'intimité est préservée : après avoir visionné les bandes, les familles peuvent faire effacer toute séquence non désirée. En outre, afin de rétablir l'équilibre de l'échange, Scheflen et ses collègues s'efforcent d'aider les habitants dans leurs démêlés avec la bureaucratie gouvernementale. Ils participent aussi à la création d'un programme de psychiatrie communautaire. Néanmoins, alors que les premiers résultats ont été analysés et présentés dans une revue scientifique [290], les chercheurs décident de retirer les caméras et d'arrêter toute collecte de données sur cette population socialement défavorisée. Ils se rangent à l'avis des leaders locaux, selon lesquels ces recherches ne peuvent servir qu'à renforcer la bonne conscience de la classe moyenne américaine quant à l'excellence de sa propre organisation familiale... Repartant alors de films pris dans divers lieux publics de plusieurs grandes villes américaines et européennes, Scheflen et Ashcraft parviennent finalement à un ensemble d'observations et de suggestions [6 ; 293], qui montrent toute la richesse du terrain de la recherche en proxémique, ouvert par Edward T. Hall au début des années soixante.

Au cours des dernières années de la décennie soixante-dix, Scheflen revient à l'étude de la schizophrénie, à laquelle il consacre un ouvrage de synthèse (cf. [26]). Mais la maladie commence à l'affaiblir. Après un long combat, il s'éteint à New York en août 1980, quelques semaines après Bateson.

Le travail en cours : Stuart Sigman et la troisième génération

Stuart Sigman est un de ces chercheurs en communication qui ont été formés dans les années soixante-dix à l'université de Pennsylvanie sous la direction conjointe de Ray Birdwhistell, d'Erving Goffman et de Dell Hymes. Aujourd'hui doyen de la *School of Communication, Management and Public Policy* d'Emerson College à Boston, il est un des chefs de file de l'approche dite « sociale » de la communication, qui se caractérise par son insistance sur la nécessité d'une alliance entre recherche conceptuelle sur la communication et travail ethnographique [297 bis]. Sigman est un représentant typique de la troisième génération et c'est à ce titre qu'il est présenté ici.

Les recherches de Sigman intègrent deux types de réflexion au cadre théorique proposé par Birdwhistell : d'une part, certaines préoccupations communes à la linguistique et à l'anthropologie américaines le plus contemporaines, rassemblées sous le nom d'*ethnographie de la communication;* et d'autre part, certaines analyses d'organisations complexes, telles qu'elles apparaissent chez Goffman.

Au début des années soixante, l'anthropologue et linguiste Dell Hymes tente de constituer une discipline nouvelle, qu'il propose d'appeler « ethnographie de la communication ». En 1964, il rassemble avec John Gumperz un ensemble de textes (où l'on retrouve notamment les signatures d'Erving Goffman et Edward T. Hall), qui constituent autant d'éléments d'un vaste programme où « l'ethnographie, et non la linguistique, la communication, et non le langage, doivent fournir le cadre de référence au sein duquel la place du langage dans la culture et la société pourra être définie » [182, p. 12]. Hymes s'adresse ainsi à ses collègues anthropologues qui, selon lui, recueillent avec sophistication une masse de données sur les rites et mythes d'une tribu, mais prennent les modes de communication interpersonnelle pour connus, reçus et invariables. Il s'adresse par ailleurs aux linguistes générativistes, à qui il demande de réfléchir à l'idée d'un « bébé chomskien » : ce serait un monstre voué à une mort rapide, dit-il en substance, car il serait incapable d'utiliser les règles génératives transformationnelles au bon moment, au bon endroit, avec le bon interlocuteur. Au concept de compétence linguistique, il faut ajouter celui de *compétence communicative,* en acceptant l'idée que la performance de la parole est le produit de règles autant que le langage lui-même. Mais ces règles-ci sont culturelles et sociales. Il y a donc pour Hymes une compétence à la performance [183]. Ces critiques et suggestions de Hymes vont être entendues[1]. Au cours des années 1965-1975,

1. Cette présentation rapide fait apparaître Hymes comme le seul moteur d'une vaste transformation qu'accomplit aujourd'hui la linguistique américaine. Il n'a évidemment pas été seul dans son effort, et plusieurs courants en socio-

nombre de jeunes anthropologues vont présenter des recherches en «ethnographie de la communication» (cf. Bauman et Sherzer [24]).

Ce retour à une vision du langage comme activité sociale et non comme produit cognitif pur ne peut que réjouir ceux qui, comme Birdwhistell, n'ont cessé de réfléchir en des termes proches. Reste que, malgré l'annonce d'une «ethnographie de la communication» où la communication serait constituée d'un faisceau multiple de canaux et de codes, ce n'est en fait qu'une «ethnographie de la parole» qui prend forme, où une version amplifiée du modèle linguistique de Jakobson occupe la place principale. Ce que tentent donc les «birdwhistelliens», dont Sigman, c'est d'intégrer leur modèle de la communication à l'ethnographie de Hymes, afin de rendre à celle-ci sa large vision des débuts. Ainsi, si Sigman ne traite dans son analyse que du langage, c'est avec la conscience de n'étudier qu'un des multiples systèmes «infra-communicationnels» qui, selon Birdwhistell, constituent la communication.

L'étude de Sigman présentée plus loin [1] constitue une analyse des règles qui président à l'apparition des sujets de conversation dans un asile de vieillards, en tant que ces règles sociolinguistiques sont aussi les règles qui fondent l'ordre social de cette institution. On retrouve ici une préoccupation de Goffman, qui a longtemps étudié l'organisation des «institutions totalitaires». Dans *Asylums* [2], Goffman cherchait à cerner, à partir de l'étude ethnographique d'un hôpital psychiatrique de Washington, les traits majeurs de ces micro-sociétés «où un grand nombre d'individus, placés dans la même situation, coupés du monde extérieur pour une période relativement longue, mènent ensemble une vie recluse dont les modalités sont explicitement et minutieusement réglées» [128, p. 41]. A partir d'une analyse apparemment anodine, fondée sur plusieurs mois de fréquentation quotidienne d'un établissement gériatrique, Sigman fait surgir la signification précise de cette défi-

---

linguistique se sont créés indépendamment de lui. Mais il reste qu'il occupe une place centrale dans la nouvelle configuration du champ.

1. P. 256-266.
2. Trad. fr. : *Asiles* [128].

nition de l'institution totalitaire. L'asile de vieillards y apparaît comme un lieu régi avant tout par la suave violence du silence...

Il faut nous tourner maintenant vers Erving Goffman lui-même. Malgré la multiplicité de ses contacts professionnels et sa position de chef de file, Goffman est resté un homme solitaire et un esprit très indépendant. Il en est de même pour Edward T. Hall, autre membre fondateur de notre Collège invisible. Dans le monde universitaire américain, Goffman et Hall occupent des positions difficilement localisables. Ce sont en quelque sorte des francs-tireurs de la recherche.

III. DEUX FRANCS-TIREURS DE LA RECHERCHE

Le langage de l'espace : Edward T. Hall

« Je ne touche personne et personne ne me touche », disait d'une voix ingénue la chanteuse Lio, dans un des « tubes » de l'été quatre-vingt. Edward T. Hall aimerait sans doute cet exemple de la configuration culturelle occidentale, qui veut que chacun de nous se meuve à l'intérieur d'une bulle. L'intégrité physique et morale de chacun n'est préservée que dans la mesure où les bulles circulent à l'aise. C'est à l'étude de cette organisation sociale de l'espace entre les individus que Edward Hall a consacré une bonne partie de sa vie d'anthropologue. Il a forgé un terme pour désigner ce nouveau domaine des sciences humaines : la *proxémique*.

Edward Hall reçoit son doctorat en anthropologie à l'université Columbia (New York) en 1942. Il a 28 ans. Il est loin d'être resté enfermé dans ses livres au long de ses études. Depuis 1933, il est « sur le terrain », dans le sud-ouest des États-Unis, où il participe à diverses expéditions archéologiques et anthropologiques. C'est ainsi qu'il se familiarise avec les cultures hopi et navajo et, secondairement, avec la sous-culture des bureaucrates du Bureau des affaires indiennes, qui ne comprennent pas grand-chose à ce qui se passe autour d'eux. Cette expérience des contacts interculturels est sans doute cruciale : tout au long de sa carrière, Hall va étudier le problème des «chocs culturels». Contrairement à de très nombreux anthropologues de sa génération, Hall ne se spécialisera pas dans une aire culturelle donnée. Il se spécialisera dans l'étude du phénomène provoqué par la mise en *contact* de représentants de cultures différentes, qu'il s'agisse de touristes japonais séjournant deux jours en France ou de fermiers américains travaillant depuis deux générations à côté de leurs homologues mexicains. Contrairement encore à la plupart de ses collègues universitaires, Hall va s'attacher à démonter de façon très claire, à l'intention d'un public aussi vaste que possible, les codes de la communication interculturelle.

Parmi les codes auxquels il consacrera le plus d'attention, il faut citer celui qui régit le découpage et l'utilisation de l'espace interpersonnel. Mais il en est d'autres, comme par exemple le code de la gestion du temps, auquel Hall consacrera une partie de son premier ouvrage, *The Silent Language,* paru en 1959[1].

Dans ce livre, Hall combine deux types d'expérience.

D'une part, il a accumulé au fil des années une connaissance intime d'un certain nombre de cultures. Durant la Seconde Guerre mondiale, il était officier dans un régiment essentiellement composé de Noirs. Il a conduit ses hommes en Europe puis aux Philippines et observé leurs difficiles contacts avec les populations locales. Après la guerre, il travaille un an sur l'atoll micronésien de Truk comme intermédiaire entre les indigènes et le commandement militaire américain, puis il rentre aux États-Unis, où il commence à enseigner. Mais il ne reste pas longtemps sur place. Au début des années cinquante, il devient directeur d'un programme du *Foreign Service Institute* du Département d'État, qui consiste à familiariser diplomates et coopérants avec les différentes cultures dans lesquelles ils vont devoir se plonger. Il parcourt alors l'Europe, l'Amérique latine et le Moyen-Orient pour s'enquérir de leurs difficultés.

D'autre part, à côté de sa formation d'anthropologue, acquise auprès de Ralph Linton[2], Edward Hall a assimilé la vision théori-

1. Trad. fr. : *Le language silencieux* [148].
2. Ralph Linton a publié plusieurs ouvrages dont l'impact fut important sur toute une génération d'anthropologues des années quarante, pour qui il a défini de façon claire les concepts de *culture, rôle, statut,* etc. [213 ; 214].

que et méthodologique du linguiste G. Trager, qui travaille comme lui au *Foreign Service Institute*. Avec un autre linguiste, Henry Lee Smith, Trager cherche à dégager une méthode d'investigation qui vaille autant pour d'autres modes de communication que pour le langage. Le principe de base – qui fonde le structuralisme américain – est celui du double fonctionnement de tout segment dégagé par l'analyse, à la fois unité pour le niveau supérieur et contexte pour le niveau inférieur. Ainsi, en linguistique, le morphème est le contexte des unités du niveau « d'en dessous », les phonèmes, et unité du niveau « d'au-dessus », les constructions syntaxiques. Comme nous l'avons vu, Trager va inviter Birdwhistell à concevoir l'étude de la gestualité sur le même modèle. Avec Hall, Trager va s'appliquer à un système de communication beaucoup plus vaste : la culture tout entière [317].

Ainsi, dans *le Langage silencieux*, Hall utilise ses multiples expériences de grand voyageur et de très fin observateur pour proposer une vision de la culture comme système de communication décomposable en trois niveaux de complexité. Des « notes » *(isolates)* ou « unités indivisibles » constituent des « séries » *(sets)*. Notes et séries sont organisées selon des « schémas » *(patterns)*. Peu importent ici les détails conceptuels. Ce qu'il faut noter, c'est que Hall, comme tous les auteurs étudiés ici, envisage la culture comme un ensemble de *codes* décomposables et analysables. Toute interaction obéit à des *règles*, que l'anthropologue doit faire surgir au grand jour. Il n'est donc pas étonnant que Hall emploie, lui aussi, l'analogie avec la musique pour faire comprendre sa vision du monde social. Il termine l'introduction du *Langage silencieux* par ces mots :

> On peut comparer la culture à la musique. On ne peut décrire la musique à quelqu'un qui n'en a jamais entendu. Avant l'apparition des partitions, la musique se transmettait de manière informelle, par imitation. L'homme ne put exploiter le potentiel de la musique que lorsqu'il commença à la traduire en signes. Il faut faire la même chose en ce qui concerne la culture. Ce livre est à la culture ce que la Méthode Rose est à la musique. [148, p. 20.]

Pour Hall, la culture est déchiffrable : il faut seulement en découvrir peu à peu le « langage silencieux ». La phrase de Sapir parlant des gestes revient à nouveau à l'esprit : « Nous y réagissons comme d'après un code, secret et compliqué, écrit nulle part, connu de personne, entendu par tous » [277, p. 46]. Hall insistera d'ailleurs très souvent sur l'impact qu'ont eu sur sa pensée les travaux de Sapir.

Au cours des années soixante, Hall retourne à l'enseignement et à la recherche systématique. Il s'intéresse tout particulièrement à cette « dimension cachée » de la culture qu'est le rapport de l'homme à l'espace. En 1966, il publie *The Hidden Dimension*[1]. Hall utilise abondamment sa propre expérience, mais il y intègre des éléments empruntés à la littérature, à l'histoire de l'art, à la zoologie. Pour Hall, chaque culture organise l'espace de façon différente à partir d'un substrat animal identique, le « territoire ». Hall propose ainsi une échelle des distances interpersonnelles. Quatre distances sont envisagées : intime, personnelle, sociale et publique. Chacune comporte deux modalités : proche et lointaine. Les autre « bulles » de base constituent quatre territoires, qui appartiennent tant à l'homme qu'à l'animal. Mais chaque culture humaine a défini de façon différente la dimension des bulles et les activités qui y sont appropriées. Ainsi, par exemple, « la relation du paysan arabe ou du fellah avec son sheik ou son Dieu n'est nullement publique mais, au contraire, intime et personnelle et elle ne comporte aucun intermédiaire » [155, p. 159]. Il faut également noter que Hall ne définit pas ses bulles uniquement en termes de mètres et de centimètres : la vue, le toucher, l'ouïe, l'olfaction contribuent à la mise au point des distances socialement adéquates [152 ; 157]. Hall partage ainsi la position générale du Collège invisible : la communication est un processus à multiples canaux dont les messages se renforcent et se contrôlent en permanence. Pas moyen de ne pas communiquer. Il n'est donc pas étonnant d'apprendre que Hall est resté en contact, tout au long des années soixante, tandis qu'il élaborait la proxémique, avec Birdwhistell, Scheflen, Goffman, etc.

1. Trad. fr. : *la Dimension cachée* [155]. Pour une synthèse, le lecteur se reportera à l'article « Proxémique » reproduit dans le présent ouvrage (p. 191-221).

A côté de l'espace «informel» des interactions sociales, Hall étudie la structuration et la signification de l'espace «à organisation semi-fixe», tels les meubles et les portes. Celles-ci fournissent un exemple frappant de la variation culturelle des significations attachées à l'espace. Pour un Américain, il faut qu'une porte soit ouverte ; pour un Allemand (ou un Français), il faut qu'une porte soit fermée. Comme le dit Hall :

> Que ce soit chez lui ou au bureau, un Américain est disponible du moment que sa porte est ouverte. Il n'est pas censé s'enfermer mais se tenir au contraire constamment à la disposition des autres. On ferme les portes seulement pour les conférences ou les conversations privées (...). En Allemagne, la porte fermée ne signifie pas pour autant que celui qui est derrière souhaite la tranquillité ou fait quelque chose de secret. Simplement pour les Allemands les portes ouvertes produisent un effet désordonné et débraillé. [155, p. 171 et 167.]

Hall s'attache enfin à l'«espace à organisation fixe», tels les bâtiments et les villes. Déjà entamée dans la *Dimension cachée*, son entreprise d'analyse critique de l'architecture et de l'urbanisme contemporains se poursuit dans ses deux ouvrages suivants, *The Fourth Dimension in Architecture* [158] et *Beyond Culture*[1]. S'appuyant sur les exemples négatifs d'un Le Corbusier à Chandigarth (où les Indiens ont muré les loggias pour les transformer en cuisines) et sur les exemples positifs d'un Sivadon à l'hôpital psychiatrique de La Verrière, en Seine-et-Oise (où les couloirs, larges et peu profonds, permettent d'éviter la création d'effets de capture ou de perte), Hall conteste la prétention à l'universalité de ceux qui ont le pouvoir d'aménager l'espace d'autrui.

Après avoir formé des diplomates, Hall a enseigné au cours des années soixante et soixante-dix à des psychiatres de la *Washington School of Psychiatry*, à des architectes de l'*Illinois Institute of Technology* et à des anthropologues de la *Northwestern University*. En 1978, il s'est retiré à Santa Fe, au Nouveau-Mexique. Il y a retrouvé les paysages ocre et azur de sa jeunesse, où l'espace semble infini. Il n'y est pas resté inactif. En 1983, il fait paraître *The Dance of Life*[2], qui fait surgir une autre dimension cachée de la

1. Trad. fr. : *Au-delà de la culture* [159].
2. Trad. fr. : *la Danse de la vie. Temps culturel, temps vécu* [159 *bis*].

communication : le temps. Non le temps tip-top de l'horloge digitale, mais le temps tel qu'il est construit par chaque culture et vécu par chacun. Autre temps, autre communication.

Entre 1983 et 1985, il produit avec son épouse, Mildred Reed Hall, une série de petits ouvrages de communication interculturelle pour l'éditeur allemand Gruner + Jahr et l'éditeur japonais Bungei Shunju, qui les offrent à leurs partenaires internationaux[1].

Adoptant ensuite une posture réflexive et intimiste, il publie en 1992 une autobiographie, *An Anthropology of Everyday Life* [159 *ter*], qui se prolonge en 1994 *West of the Thirties* [159 *quater*]. Hall est le dernier survivant du «collège invisible» initial; c'est aujourd'hui un vieux monsieur à cheveux blancs, toujours très souriant, de plus en plus impressionnant.

Un petit exercice de proxémique.

1. Trad. fr. : *Guide du comportement dans les affaires internationales. Allemagne, États-Unis, France* [161 *ter*] et *Comprendre les Japonais* [161 *quater*].

La grammaire de la vie quotidienne : Erving Goffman

Pour mettre au jour les règles culturelles qui régissent notre société, Edward Hall travaille par rapprochements avec d'autres sociétés : étant donné tel artefact culturel (la porte de l'appartement), quelles utilisations en sont faites par les membres de la culture A et de la culture B ? Quelles significations lui attribuent-ils ? Que peut-on en déduire en termes de modèles et de codes culturels ?

Goffman cherche, lui aussi, à mettre au jour les normes sociales qui régissent la vie quotidienne. Mais il procède par ruptures et fractures au sein de notre société, non par juxtaposition de cultures. Il observe les handicapés (*Stigmates* [130]) et les internés (*Asiles* [128]) pour dégager les caractéristiques de l'ordre social chez les « normaux ». Il observe les faux pas, les gaffes, les pataquès chez les acteurs que nous sommes tous (*la Mise en scène de la vie quotidienne,* [126, 133], *les Rites d'interaction* [131]) pour dégager les règles constitutives de l'interaction sociale « adéquate ».

Mais il serait faux de réduire Goffman à ces quelques traits[1]. Toute affirmation trop tranchée sur son compte peut aussitôt être démentie par un exemple qui la réfute. Ainsi, souvent décrit comme un marginal de la recherche, qui ne respecte ni les théories ni les méthodes sociologiques en vigueur (cf. [176, p. 65-66]), Goffman peut tout aussi bien être considéré comme un chercheur traditionnel, dont la pensée remonte à William James et les méthodes à Robert Park. Présenté comme un homme très secret, sinon mystérieux[2], il ouvre cependant tous ses dossiers à ses étudiants de troisième cycle et ne leur refuse jamais un entretien. Seulement cet entretien ne pourra être publié comme tel :

1. Pour des raisons qui s'expliquent mal, Goffman n'a été commenté en France qu'au travers de son premier livre, paru en 1956, *Presentation of Self in Everyday Life* [126], alors que huit livres ont paru depuis lors. On l'a confiné dans l'« analyse dramaturgique » ou l'« interactionnisme symbolique ». Son dernier ouvrage, *Frame Analysis* [134], est totalement ignoré en France, alors qu'il renouvelle la sociologie cognitive.

2. « Le plus énigmatique de nos professeurs », a-t-on même pu lire en 1980 dans *Almanach,* une petite revue interne destinée au personnel de l'université de Pennsylvanie, l'institution où travaillait Goffman.

Goffman ne veut pas courir le risque d'être happé par les médias[1]. Il reste que ses ouvrages sont publiés en collection de poche, et que deux d'entre eux reprennent sur leur jaquette le commentaire d'un critique new-yorkais : «Un des plus grands écrivains vivants d'aujourd'hui»... Dès lors, où est le «vrai Goffman»? Tant l'homme que sa pensée sont difficiles à saisir et la présentation esquissée ici sera nécessairement incomplète.

Né en 1922 dans une famille de la bourgeoisie moyenne du Canada anglophone, Erving Goffman passe une jeunesse apparemment sans histoire[2]. Il entreprend une licence en sociologie à l'université de Toronto où deux professeurs l'impressionnent particulièrement : C. W. M. Hart, qui l'initie à Durkheim et Radcliffe-Brown, et R. Birdwhistell, dont on a dit comment il faisait comprendre à ses étudiants, au moyen de démonstrations mimées, que le comportement gestuel est un produit socialement et culturellement différencié, comme le langage. Sorti de l'université de Toronto en 1945, Goffman entre à l'université de Chicago où il obtient une maîtrise et un doctorat en sociologie (en 1949 et 1953, respectivement). Sa recherche de doctorat, intitulée *Communication Conduct on an Island Community*[3], cherche à dégager une théorie sociologique de la communication interpersonnelle. De façon très significative, cette recherche s'ouvre sur une longue citation du sociologue allemand Georg Simmel, qui, dès le début du XXe siècle, avait posé les bases de ce qu'on allait appeler un demi-siècle plus tard la «microsociologie». Goffman reprend notamment les propositions suivantes, dans lesquelles s'inscrit la justification théorique de toute son œuvre :

> Nous confiner à l'étude des formations sociales de large dimension ressemble à la vieille anatomie, qui se limitait aux organes majeurs,

1. C'est la raison pour laquelle le présent ouvrage ne contient pas d'entretien avec lui. Par contre, c'est avec une infinie gentillesse qu'il a répondu à toutes mes questions lors d'une discussion à bâtons rompus en avril 1980.

2. On peut faire remarquer que contrairement à Gregory Bateson, Edward T. Hall ou Ray Birdwhistell, Erving Goffman n'utilise jamais d'éléments autobiographiques dans ses analyses. Comme chez Paul Watzlawick, les exemples et les éléments empiriques proviennent d'autres sources : enquêtes, études de cas, littérature, etc.

3. *La Conduite de communication dans une communauté insulaire* (non publié).

> bien définis, tels que le cœur, le foie, les poumons et l'estomac, et qui négligeait les innombrables tissus, sans nom scientifique ou inconnus. Cependant, sans ceux-ci, les organes plus évidents ne pourraient jamais constituer un organisme vivant. Sur la seule base des formations sociales majeures — l'objet d'étude traditionnel des sciences sociales —, il serait similairement impossible de reconstituer la vie réelle de la société telle que nous la rencontrons dans notre expérience quotidienne (...).
> Que les gens se regardent et se jalousent, qu'ils échangent des lettres ou dînent ensemble (...), toute la gamme des relations qui se jouent d'une personne à l'autre, momentanées ou permanentes, conscientes ou inconscientes, éphémères ou gravement conséquentes, (...) lie sans cesse les hommes entre eux. Les interactions sont les atomes de la société. Elles fondent toute la dureté et toute l'élasticité, toute la couleur et toute l'uniformité de la vie sociale, qui nous est si évidente et pourtant si mystérieuse[1].

Pour Goffman, les interactions sociales constituent la trame d'un certain niveau de l'ordre social parce qu'elles sont fondées sur des règles et des normes tout autant que les grandes institutions, telles la famille, l'État, l'Église, etc. Mais ces interactions apparaissent si banales, si « naturelles », tant aux acteurs sociaux qui les « jouent » qu'à l'observateur qui les étudie, que seuls quelques cas extraordinaires, très ritualisés, tels les mariages ou les enterrements, retiennent habituellement l'attention. Or c'est dans les rencontres les plus quotidiennes que se livrent les enjeux sociaux les plus riches d'enseignement.

Ce sont ces interactions quotidiennes que Goffman va s'efforcer d'observer pendant un an dans une des îles Shetland, au nord de l'Écosse. Il se présente comme un étudiant américain voulant acquérir une expérience de première main du système économique de l'île. Il peut ainsi voyager dans l'île, bavarder avec les fermiers, les pêcheurs ou les notables, participer à tous les menus événements qui font la vie quotidienne. Il loge à l'unique hôtel-restaurant du gros bourg et fait la plonge dans les cuisines.

En fait, tant dans ses méthodes de travail (dites « ethnogra-

1. Cet extrait provient de l'ouvrage de Kurt Wolff, *The Sociology of Georg Simmel* [339, p. 9-10].

phiques ») que dans sa réflexion théorique sur l'interaction, Goffman est un représentant très typique de ce courant de la sociologie américaine que l'on a appelé l'« École de Chicago ».

Le département de sociologie et d'anthropologie de l'université de Chicago naquit avec celle-ci, lors de sa création en 1892 par John D. Rockefeller[1]. Une personnalité très forte, William I. Thomas, donna rapidement au jeune département des assises solides. Il engagea en 1914 un ancien journaliste, Robert Park, qui possédait par ailleurs un doctorat en sociologie de l'université de Heidelberg. Park était fasciné par la vie urbaine, dont Chicago offrait un exemple particulièrement saisissant à l'époque, par son rythme de croissance rapide, ses immigrants de toutes nationalités et ses truands — dont le fameux Al Capone. Il lança ses étudiants « sur le terrain », afin qu'ils récoltent par entretiens, observations, relevés cartographiques, des matériaux de première main. Cette méthode de collecte d'informations, le *fieldwork*, est sans doute une des caractéristiques principales de l'« École de Chicago » et Goffman en reste un exemple typique. Cette manière de travailler a été encore renforcée dans les années quarante-cinquante par Lloyd Warner, un anthropologue qui s'est spécialisé dans les « études de communautés » *(community studies)*, c'est-à-dire dans l'analyse minutieuse de petites villes américaines [320]. Bien que les départements de sociologie et d'anthropologie aient été séparés en 1929, les étudiants suivent très souvent des cours dans l'une et l'autre discipline. C'est ainsi que le sociologue Goffman a suivi les cours de l'anthropologue Warner et que l'anthropologue Birdwhistell a suivi les cours du sociologue Everett Hughes. Celui-ci est l'héritier spirituel de Park et un des principaux mentors de Goffman. Si l'on sait que Park avait suivi les cours de Georg Simmel à Berlin, au tournant du siècle, et en était devenu le champion aux États-Unis, il n'est pas étonnant de voir le doctorat de Goffman s'ouvrir sur une citation de Simmel[2].

A côté des travaux d'« écologie urbaine », qui ont rendu célèbre le département de sociologie de Chicago pendant les années vingt

1. Sur l'histoire intellectuelle du département de sociologie de Chicago, cf. [105].

2. Sur l'évolution du rôle de la pensée de Simmel dans la sociologie américaine, cf. [210].

et trente (près de vingt ouvrages ont été produits en vingt ans par des professeurs et étudiants du département), une autre tradition s'est progressivement affirmée, qui a reçu *a posteriori* le nom d'« interactionnisme symbolique » [243]. Ce terme cherche à synthétiser l'idée fondamentale d'un groupe de penseurs américains, à la fois philosophes, psychologues et sociologues, à la tête desquels il faut citer George-Herbert Mead. Mead, qui donna à l'université un cours de « psychologie sociale avancée » pendant le premier quart du XXe siècle, n'a jamais écrit un seul livre. C'est à partir de notes que fut constitué son ouvrage le plus célèbre, paru en 1934, trois ans après sa mort : *Mind, Self and Society* [238]. S'appuyant sur les travaux de ses collègues et amis John Dewey et Charles Cooley, il proposait une théorie de la formation sociale du « soi » *(Self)*, comme instance où l'individu prend conscience de lui-même en se plaçant aux divers points de vue des membres de son groupe (comme dans un jeu de rôles). Derrière cette idée, on retrouve le psychologue et philosophe William James, qui écrivait en 1890 : « un homme a autant de "soi sociaux" qu'il y a de groupes distincts de personnes dont l'opinion lui importe » [189, p. 294].

Presentation of Self in Everyday Life, le premier ouvrage d'Erving Goffman, n'est donc pas un ouvrage hérétique ou révolutionnaire[1]. Reprenant les données déjà présentées dans son doctorat, Goffman poursuit l'élaboration de concepts familiers aux « interactionnistes symboliques » : soi *(Self)*, interaction, rôle, etc. Il en sera de même dans ses ouvrages suivants. Ainsi, *Asylums* [128], qui est son second ouvrage important, tente de reconstituer le monde tel qu'il est vécu par un malade mental enfermé dans un asile psychiatrique[2]. Dans *Stigma*[3], c'est l'univers du handicapé physique qui fait l'objet d'une description « de l'intérieur ». On peut reconnaître là la marque des étudiants d'Everett Hughes, qui ont chacun tenté de décrire l'expérience subjective d'un groupe social en marge : chauffeurs de taxis, musiciens de jazz, vagabonds, etc.

1. Trad. fr. : *la Mise en scène de la vie quotidienne*, t. I *(La Présentation de soi)* [126].
2. Trad. fr. : *Asiles* [128]. La présentation de Robert Castel donne un éclairage en profondeur de la portée de l'ouvrage mais sans l'insérer dans la tradition sociologique dont il est issu.
3. Trad. fr. : *Stigmates* [130].

Dans chaque cas, les chercheurs essaient de se glisser dans la peau des membres du groupe. Ainsi, quand Goffman entreprend l'étude du monde asilaire, en 1955-1956, il passe un an dans l'immense hôpital psychiatrique St Elizabeth, à Washington. Il ne porte ni la veste blanche du personnel médical, ni le trousseau de clefs en sautoir du personnel d'entretien. Aux yeux des malades, avec qui il partage ses repas, joue aux cartes et bavarde, il peut apparaître comme un des leurs ; aux yeux du personnel, il est seulement un assistant du directeur des activités sportives, faisant une étude de la vie communautaire et récréative des malades[1]. Pour d'autres études, portant sur le monde du joueur, il devient maître d'une table de jeu dans un casino de Las Vegas[2]. Enfin, quand il étudie le monde des gens de tous les jours, comme dans *Behavior in Public Places*[3] et *Relations in Public*[4], il se contente d'observer son propre univers quotidien, tout en y pratiquant parfois des ruptures à la manière des étudiants d'Harold Garfinkel[5]. Ainsi, Goffman aurait utilisé le stratagème suivant[6] pour observer la « figuration » *(face-work)*, c'est-à-dire « tout ce qu'entreprend une personne pour que ses actions ne fassent perdre la face à personne (y compris elle-même) » [131, p. 15] : il entre dans une cantine et s'assied à une

1. Ces détails sont fournis par Goffman dans un article peu connu, intitulé « Interpersonal Persuasion » [125]. Il s'agit de la transcription d'un exposé fait par Goffman en 1956 devant un parterre essentiellement composé de psychiatres, lors de la « troisième conférence sur les processus de groupe » organisé par la Fondation Macy, que nous avons déjà évoquée à propos de Bateson et Birdwhistell. Goffman y déchaîne la colère des psychiatres, qui s'insurgent contre la description de l'hôpital psychiatrique en termes d'« institution totalitaire ».

2. Goffman a longtemps tenté de réaliser une étude ethnographique du monde du jeu. Des fragments de cette recherche se trouvent dans [130] et [132]. Mais son grand livre sur le sujet n'est jamais sorti.

3. Un extrait de cet ouvrage est présenté p. 267-277.

4. Trad. fr. : *la Mise en scène de la vie quotidienne*, t. II *(les Relations en public)* [133].

5. Garfinkel est le chef de file du courant « ethnométhodologique » américain, dont un des buts est la déconstruction du « ça-va-de-soi » *(taken for granted)* de la vie quotidienne. Dans une expérience célèbre, ses étudiants devaient se comporter de façon excessivement polie à l'égard des membres de leur famille, afin d'observer leurs réactions (cf. Garfinkel [118, p. 35-75]).

6. Cette anecdote se raconte de génération en génération d'étudiants à l'université de Pennsylvanie. Il faut donc la prendre avec prudence...

table où un employé a déposé son casse-croûte, le temps d'aller chercher une tasse de café; Goffman prend le casse-croûte comme s'il s'agissait du sien et commence à manger, le plus naturellement du monde; l'employé revient et découvre la scène; interdit, il n'ose pas poser à l'inconnu la question idiote : « Ne vous êtes-vous pas trompé de casse-croûte ? » Et Goffman observe, mine de rien, comment une personne perd ou non la face...

Si Goffman s'insère étroitement dans la tradition théorique et méthodologique de l'École de Chicago, il n'en reste pas moins que dans chacun de ses ouvrages il s'éloigne de sa formation de base pour mettre en relation l'interactionnisme symbolique avec une autre approche théorique. Il en résulte une série d'objets nouveaux, que pourraient traiter en profondeur des sous-disciplines originales. Dans *la Présentation de soi* [126], il combine la vision théorique héritée de Simmel, Park et Hughes à la métaphore théâtrale utilisée par le critique et philosophe américain Kenneth Burke [56 ; 57 ; 58]. Celui-ci se propose de démonter la « rhétorique générale » qu'est la vie quotidienne en considérant le comportement social de tout individu comme celui d'un acteur en scène. Comme au théâtre, il faut que nos gestes « fassent vrais ». Goffman reprend en ces termes l'analyse du *Self* meadien. Mais *l'analyse dramaturgique,* ainsi qu'on va l'appeler après Goffman (et où on va l'enfermer), n'est pour lui qu'un mode d'approche, il le dit à la dernière page de son travail :

> Il faut abandonner ici le langage et le masque du théâtre. Les échafaudages, après tout, ne servent qu'à construire d'autres choses, et on ne devrait les dresser que dans l'intention de les démolir. Cet exposé ne porte pas sur les aspects du théâtre qui s'insinuent progressivement dans la vie quotidienne. Son objet propre n'est autre que la structure des rencontres sociales — ces entités de la vie sociale qui s'engendrent chaque fois que des individus se trouvent en présence immédiate les uns des autres. [126, p. 240.]

Goffman va reprendre ce thème de la rencontre en face à face dans plusieurs ouvrages, mais en faisant varier l'angle d'attaque. Dans *Strategic Interaction* [132], il cherche à formaliser les codes de l'interaction à la façon de John von Neumann et Oskar Morgenstern dans *Theory of Games and Economic Behavior* [250]. Ces auteurs ont cherché à décrire en termes mathématiques le comportement du joueur disposant d'un nombre fini de solutions possibles. Ainsi, au poker, le joueur dispose à partir de ses cinq cartes de 2 598 960 possibilités [250, p. 187]. Analogiquement, l'acteur social engagé dans une interaction dispose d'un certain nombre de possibilités (parade frontale, dérobade progressive, etc.), qu'il va utiliser en fonction de la situation. Comme von Neumann et Morgenstern, Goffman appelle *stratégie* les aspects de l'interaction qui peuvent être prévus, calculés, contrôlés. Mais, encore une fois, ce vocabulaire n'a pour lui qu'une vertu heuristique : « les échafaudages ne servant qu'à construire d'autres choses ».

Dans son ouvrage suivant, *Frame Analysis* [134], il repart du texte de Bateson, « The Message "This is the Play" » [13], où celui-ci décrit comment deux loutres du zoo de San Francisco définissent pour elles-mêmes les limites du jeu et du combat, de la réalité et de l'illusion (cf. p. 37), il cherche à décrire ainsi comment s'organise l'expérience subjective de chacun, comment se construit la « réalité » du monde. A partir des concepts de *clé* et de *cadre* (qui servent à régler — dans le sens d'« ajustement » — la réalité de la situation), il retrouve certains thèmes de la phénoménologie mais ne s'y enfonce pas. Il est en fait proche de l'ouvrage de Paul Watzlawick, *La Réalité de la réalité* [325], qui cherche lui aussi à reprendre dans un vocabulaire non philosophique la réflexion séculaire sur l'allégorie de la Caverne.

Dans son dernier ouvrage, *Forms of Talk* [136 *bis*], Goffman reprend l'analyse de l'interaction en face à face. Mais cette fois, toute son attention se concentre sur les formes que peut prendre la parole : échanges furtifs, conversations, soliloques, bavardages d'annonceurs publicitaires à la radio ou encore conférences solennelles. Goffman utilise tout l'arsenal conceptuel de l'« analyse conversationnelle ». Mais l'ouvrage n'appartient à aucun genre : c'est encore une fois une pure production « goffmanesque ». Et c'est là que s'arrêtera son œuvre : Goffman meurt brutalement en novembre 1982.

Goffman peut être décrit comme un véritable chercheur. Après quelques années dans une direction, il repart dans une autre, laissant derrière lui une foule de critiques et de commentateurs désarçonnés. Ce trait se retrouve dans sa trajectoire universitaire. Après son doctorat, il travaille quelques années à l'université de Chicago, puis au *National Institute of Mental Health,* où il écrit *Asiles.* Engagé à l'université de Californie à Berkeley, il devient progressivement le maître à penser de la génération montante des sociologues californiens. Mais, fatigué par la perpétuelle agitation estudiantine sur le campus, il abandonne Berkeley en 1968 pour s'installer à l'université de Pennsylvanie, où on lui a garanti qu'il ne devra enseigner que lorsqu'il en aura envie. Il peut ainsi se consacrer totalement à la recherche. S'il se protège des invasions intempestives, Goffman n'en reste pas moins extraordinairement présent dans le champ scientifique. Tout le monde le connaît et lui envoie ses publications — qu'il lit attentivement, commente et distribue autour de lui. En quelques minutes, il peut ainsi restituer l'état d'avancement conceptuel, les failles méthodologiques, les pistes à suivre dans tel ou tel domaine de recherche : communication non verbale, analyse conversationnelle, ethnographie de la parole, etc. Lorsqu'il participe à un congrès, il intervient très souvent et de façon très avertie. Lorsqu'il dirige un doctorat, il comprend parfois plus vite que l'étudiant les intentions de celui-ci...

Tout cela étant dit, on peut se demander en quoi Goffman partage le modèle orchestral de la communication. Il est assurément un des membres du Collège invisible. Ami de longue date de Ray Birdwhistell, qui l'introduit dans le groupe de Margaret Mead et Gregory Bateson au travers des conférences Macy sur les processus de groupe, il garde un contact régulier, au travers d'échanges de publications et de visites, avec Edward T. Hall et Albert Scheflen. Mais qu'en est-il de sa vision de la communication ?

A première vue, il conserve un point de vue classique. Dans la préface de *Strategic Interaction* [132], il écrit notamment que « l'élargissement du concept de communication a rendu un service douteux (aux sciences sociales) » et déclare vouloir conserver au terme son acception étroite. Mais si Goffman n'utilise pas le terme dans son sens élargi, comme font les autres membres du Collège invisible, il en garde l'esprit. Dans son œuvre, les acteurs sociaux participent à un système où tout comportement livre une information socialement pertinente. Tout geste, tout regard, tout silence s'intègre dans une sémiotique générale. Avec Birdwhistell, Goffman dira : *« nothing never happens »* (il n'arrive jamais que rien n'arrive). Il se passe toujours quelque chose sur la scène de la présentation de soi. Comme Bateson et Watzlawick, il dira encore : « Même si un individu peut s'arrêter de parler, il ne peut s'empêcher de communiquer par le langage du corps. Il peut parler à propos ou non. Il ne peut pas ne rien dire[1]. »

Tant pour Goffman que pour les autres auteurs présentés ici, le comportement est régi par un ensemble de codes et de systèmes de règles. Il existe une syntaxe, une sémantique et une pragmatique du comportement ; le comportement est dès lors le fondement d'un système général de communication. Goffman parlera ainsi des « relations syntaxiques qui unissent les actions de diverses personnes mutuellement en présence » [131, p. 8]. Toute interaction se déroule en suivant un système de règles. Scheflen parle du « programme » d'une interaction (cf. p. 145-157). Hall décrit des « chaînes d'action » [159]. Watzlawick et ses collègues développent le concept de « calcul » de la communication interpersonnelle [327, p. 34-38] tandis que Jackson conçoit la famille comme un système régi par des règles. Pour chacun de ces auteurs, le hasard ou l'expression personnelle ne sont pas là où on les attend ; une partition invisible orchestre les rencontres « fortuites », les échanges « spontanés », les conversations « banales ». Écartant la fausse querelle de savoir s'il fait de la psychologie ou de la sociologie, Goffman résume sa position par ces mots : « non pas les hommes et leurs moments ; mais plutôt les moments et leurs hommes » [131, p. 8].

En d'autres termes, alors que la vision spontanée des choses tend à considérer que les individus vivent leurs interactions en fonction de leur nature, de leur tempérament, leur humeur, du moment, etc. — bref en fonction de facteurs essentiellement personnels —, Goffman considère que ces interactions ont leurs propres règles, extérieures aux individus, qui ne peuvent que les suivre s'ils

1. Phrase extraite du texte de Goffman reproduit plus loin, p. 267-277.

veulent que l'on continue à les considérer comme des gens normaux.

Dire que toute situation sociale possède une réalité *sui generis,* c'est réaffirmer le plus fondamental des préceptes durkheimiens ; c'est aussi ouvrir un champ nouveau à la sociologie.

3

Connexions et ouvertures

Vers une science de la communication?

Dans cette troisième et dernière section, notre travail consiste à schématiquement insérer l'œuvre des membres du Collège invisible dans un contexte intellectuel beaucoup plus large que celui des États-Unis dans les années cinquante-soixante. Si le modèle orchestral de la communication s'est explicitement développé en réaction contre le modèle télégraphique de Shannon, il n'en reste pas moins que les sources de la réflexion de Bateson, Birdwhistell ou Hall, de même que l'analogie de l'orchestre, ne leur appartiennent pas [1]. Sans qu'ils en soient eux-mêmes toujours parfaitement conscients, leur pensée s'intègre dans le courant structuraliste

1. Dans un travail plus approfondi, il faudrait reprendre pour les opposer les différentes utilisations structuralistes des analogies du télégraphe et de l'orchestre (ou de la musique). Elles apparaissent entre autres chez Saussure [281, p. 36], Lévi-Strauss (tout au long des *Mythologiques* se noue un rapport entre mythe et structure musicale) et Leach [205]. Sperber reprend l'image du télégraphe pour opposer structure de code et structure de réseau [304, p. 72-73] : il veut montrer par là comment le structuralisme envisage les systèmes socio-culturels sur le modèle télégraphique, c'est-à-dire comme si code et réseau avaient leur logique propre. Lorsque Leach compare l'accomplissement du rituel à une orchestration [205, p. 43-45], il complète Sperber (qui utilise le rituel de la politesse comme exemple de système de communication non télégraphique) et rejoint le modèle orchestral de la communication proposé par les auteurs étudiés ici. Chez Saussure, comme chez les chomskiens Katz et Postal [194], l'analogie avec la symphonie est donnée pour évoquer la parole accidentelle (la performance) par opposition à la langue essentielle (la compétence). Ce n'est que chez Leach et nos auteurs que l'orchestre gagne une dimension sociale. Le sujet parlant participe à la communication (au rituel) comme le musicien participe à l'exécution orchestrale. Lévi- Strauss considère moins le jeu de l'orchestre que la musique, moins le rituel que le mythe, moins la parole que la langue. Le travail amorcé ici consiste à suggérer que la parole mérite au moins autant d'attention que la langue.

(sensu lato) qui domine la réflexion en sciences humaines depuis un demi-siècle.

Mais des précisions s'imposent tout de suite. Disons, pour faire bref et caricatural, que les dissensions sont nettes dans la grande famille structuraliste. Les Américains admirent (en secret) et méprisent (tout haut) leurs cousins européens, qu'ils considèrent comme de prétentieux intellectuels trop bavards ; de leur côté, les Européens ne veulent pas reconnaître comme leurs cousins ces rustres d'outre-Atlantique qui ne cessent de traîner leurs sabots sur de boueux « terrains ». Il reste que les signes de parenté sont indubitables. Pour ne prendre que celui qui nous intéresse au premier chef : le vaste projet d'une science de la communication n'a cessé de les obséder tous. Pendant très longtemps, les initiatives européennes ont seules émergé, notamment au travers des propositions de Claude Lévi-Strauss. Or, depuis quelques années, le projet européen semble au point mort, écrasé sans doute sous le poids de sa propre ambition. Dès lors, ne pourrait-on imaginer que les idées des cousins américains qui ont longtemps travaillé sur la question puissent rendre une nouvelle vie à l'entreprise ? Pour filer une deuxième métaphore tout aussi lourde, on voudrait évoquer la vieille histoire des plants de vignes américains, importés d'Europe, qui ont servi à la fin du XIXe siècle à relancer la viticulture française dévastée par le phylloxéra...

Considérons cette phrase :

> Tout comportement culturel trouve son origine chez des hommes qui non seulement entendent et parlent et communiquent entre eux au moyen de mots, mais aussi utilisent tous leurs sens, de façon également systématique, pour voir et projeter ce qu'ils voient dans des formes concrètes — dessin, costume, architecture — et pour communiquer à travers la perception mutuelle d'images visuelles ; pour goûter et sentir et structurer leurs capacités à goûter et sentir, de façon telle que la cuisine traditionnelle d'un peuple peut être aussi distinctive et organisée qu'un langage.

Cette phrase a été écrite par Margaret Mead en 1953 [242, p. 16]. Elle résume la position des auteurs étudiés ici : tout domaine soumis à l'apprentissage culturel ressortit à la communication. Or, cette phrase ne manque pas de rappeler certaines propositions françaises écrites à la même époque. Notamment celles de Claude Lévi-Strauss :

> Nous sommes conduits à nous demander si divers aspects de la vie sociale (y compris l'art et la religion) — dont nous savons déjà que l'étude peut s'aider des méthodes et de notions empruntées à la linguistique — ne consistent pas en phénomènes dont la nature rejoint celle même du langage. [206, p. 71.]

Lévi-Strauss en vient ainsi à considérer les règles de la parenté, du langage et des échanges économiques comme des modalités (ou niveaux) d'un phénomène de communication. Il dégage alors les rapports possibles entre anthropologie sociale, science économique et linguistique, en évoquant la théorie des jeux de von Neumann et Morgenstern [250] et la théorie de l'information de Shannon et Weaver [297] ; et il suggère que ces disciplines « s'associeront un jour pour fonder une discipline commune qui sera la science de la communication » [206, p. 329].

Quinze ans plus tard, Roman Jakobson reprend les suggestions de Lévi-Strauss et, les rapportant aux propos plus anciens de Sapir sur la communication, propose une tripartition de l'étude des messages sous forme de trois cercles concentriques [188, chap. I et III]. Le cercle le plus étroit est celui de la linguistique, « dont le domaine de recherche se limite à la communication des messages verbaux » ; le cercle suivant est celui de la sémiotique, « comme étude de la communication de toutes les sortes de messages » ; le troisième cercle est celui d'une « science intégrée de la communication qui embrasse l'anthropologie sociale, la sociologie et l'économie » [188, p. 93].

Une dizaine d'années après Jakobson, Umberto Eco tente d'élaborer une première théorie globale de la sémiotique [91], dont il propose une définition très vaste : la sémiotique est une théorie générale de la culture. La culture, pour Eco, doit être étudiée comme un « phénomène de communication fondé sur des systèmes de signification » [91, p. 22]. La sémiotique deviendrait ainsi un substitut de l'anthropologie culturelle.

Au début des années soixante, peu avant l'explosion des recherches sémiotiques en Europe, un colloque réunit soixante chercheurs en sciences humaines à *Indiana University*. Les journées sont consacrées à la kinésique et à la paralinguistique dans leurs rapports avec la psychiatrie, l'enseignement des langues et l'anthropologie culturelle. Dans la discussion finale, Margaret Mead propose le terme *semiotics* pour parler de l'« étude de toutes les modalités de communication structurée » *(patterned communication in all modalities)*. Birdwhistell suggère de garder simplement le mot « communication ». Mais *semiotics* prévaut : les actes du colloque porteront ce mot nouveau pour titre et l'on sait quel succès il remportera. Dans leur préface, Thomas Sebeok, Alfred Hayes et Mary Catherine Bateson justifient leur choix en ces termes :

> Nous voulons souligner le contexte interactionnel et communicationnel de l'usage des signes par l'homme et la façon dont ceux-ci sont organisés en systèmes transactionnels intégrant vision, audition, toucher, odorat et goût. [298, p. 5.]

C'est là une définition de la communication que partageraient aisément tous les membres du Collège invisible étudié.

L'évocation de ces différentes tentatives programmatiques permet de dégager trois constatations. Tout d'abord, on peut voir qu'entre les propositions de Lévi-Strauss, qui fondent le structuralisme européen contemporain, et la tentative d'Eco pour dégager une théorie intégrée de la sémiotique, il y a une évidente parenté. Il s'est écoulé un quart de siècle entre ces deux réflexions et nombre de termes utilisés ont changé, mais la vision est restée la même. Il s'agit de concevoir des phénomènes culturels apparemment très différents comme des systèmes de messages ou de signes. Le langage reste le système de référence et la linguistique la méthode d'investigation fondamentale.

Ensuite, une proche parenté entre pensée américaine et pensée française apparaît. Trop souvent, les anthropologues et linguistes américains ont été figés dans des stéréotypes qui ont empêché de voir que leurs travaux étaient en fait très proches de ceux de leurs collègues européens. Ainsi, Margaret Mead était définie comme « culturaliste » et tout était dit : un demi-siècle de recherche était évacué. Mais en retraçant le complexe réseau qui va de Mead à Boas en passant par Sapir, on peut comprendre d'une part comment sa proposition de 1953 sur la cuisine comme système organisé à la manière d'un langage la rapproche de Lévi-Strauss (qui trouve lui-même une partie de son inspiration dans la linguistique structurale américaine) et d'autre part comment sa définition de la « sémiotique » n'est pas sans rapport avec celle d'Eco.

Enfin, on peut d'autant mieux saisir les rapports entre ces différents moments et espaces de la pensée contemporaine — et Jakobson, qui se trouve être un témoin privilégié de l'évolution des sciences humaines au cours du XXe siècle, ne manque pas de le faire — que l'on insiste sur une conception élargie de la communication. « Concept unificateur » (l'expression est de Lévi-Strauss), la *communication* s'est trouvée à la base de chacun des vastes programmes interdisciplinaires évoqués ici.

On voit dès lors comment une forte relation s'établit entre les projets d'inspiration structuraliste d'une science de la communication (ou d'une sémiotique générale) et ceux du Collège invisible. Pour chacun des membres de celui-ci, il s'agit de partir non de la nature psychologique des individus mais des *systèmes* dans lesquels ils s'insèrent : interactions, famille, institutions, groupes, société, culture. Ces systèmes fonctionnent selon une logique qui peut être formulée en termes de *règles,* à la façon des règles constitutives du langage. On parlera ainsi d'un calcul du comportement chez Watzlawick, de programme chez Scheflen, de grammaire chez Goffman. Ces systèmes sont également conçus selon un modèle hiérarchique, si bien que tout élément est toujours enchâssé et enchâssant. Qu'il s'agisse des Types Logiques de Bateson, des niveaux de Birdwhistell ou des cadres de Goffman et Watzlawick, on retrouve dans chaque concept l'idée de *contexte,* seul capable de donner sens aux éléments qui s'y inscrivent.

Si le modèle orchestral de la communication que les chercheurs américains proposent peut constituer un apport très riche au projet d'une science de la communication, c'est à la fois parce qu'il partage nombre des prémisses théoriques du structuralisme, et parce qu'il se situe en dehors des habitudes de pensée européennes.

A cet égard, il faut souligner un point particulièrement important. Le structuralisme européen a très souvent réfléchi à partir de l'opposition saussurienne entre langue et parole et semble avoir quasi exclusivement développé une linguistique de la *langue*, en négligeant la seconde route dont parlait Saussure [281, p. 38], celle de la linguistique de la *parole*. Ainsi, pour le dire vite et brutalement, les analyses se sont beaucoup plus aisément et abondamment développées du côté de la langue et des codes qui lui seraient assimilables, tels les systèmes de parenté, que du côté de l'activité des sujets parlants. De même que Saussure traitait la langue comme un système possédant ses propres règles, les chercheurs qui se sont inspirés de lui ont tâché de travailler sur des systèmes relativement clos et autonomes. Dans le cas d'une nécessaire insertion du système dans la quotidienneté, la démarche est passée par la constitution d'un *corpus* permettant de fermer le système. Par exemple, une célèbre analyse sémiologique de la mode considérée comme un système analogue à celui offert par la langue s'est effectuée sur la base de catalogues de mode, non sur la base des vêtements effectivement portés, que l'on eût pu considérer comme autant d'actes de « parole » (Barthes, *Système de la mode* [10]).

Or, les chercheurs rassemblés ici peuvent, en replaçant l'opposition saussurienne dans un cadre théorique nouveau, contribuer à l'élaboration de cette autre linguistique. Tout d'abord, en définissant la communication comme « l'accomplissement *(performance)* des structures culturelles » (Scheflen), ils font éclater l'opposition entre la langue essentielle et la parole accidentelle. Leur recherche ne porte ni sur la langue, ni sur la parole ; elle porte sur la communication, qui est *à la fois* langue et parole, compétence et exécution. Ensuite, en concevant le langage comme une *activité*, et non comme le produit d'une activité, ils ouvrent la voie à une linguistique de terrain, que l'on pourrait appeler une linguistique de la parole. Mais cette linguistique serait avant tout une sociolinguistique, puisque la parole est vue par nos auteurs comme une activité sociale. Elle serait encore une pragmatique, car la parole — on l'a répété à l'envi — n'est qu'un des multiples modes de communication mis en œuvre dans l'interaction. Enfin, en insistant sur le travail de terrain et sur le travail clinique, les chercheurs abordent autrement leurs matériaux. Pour eux, une phrase, un geste, un silence dans un entretien vécu donnent une tout autre mesure de la complexité des problèmes qu'une proposition analysée au tableau noir. Par là, ils participeraient volontiers à l'élaboration de cette « science sociale de l'observé » dont Lévi-Strauss parlait à propos de l'œuvre de Marcel Mauss.

Ce très rapide parcours montre comment la réflexion sur la communication menée par quelques chercheurs américains peut ouvrir la voie à un renouvellement du programme saussurien en particulier et du programme structuraliste en général. Dans les travaux apparemment candides et paisibles de Bateson, Birdwhistell, Watzlawick et quelques autres, il y a une énorme réserve d'idées créatrices et novatrices. Ces pages ont taillé une première brèche. Au lecteur de s'y faufiler et d'élargir l'ouverture.

2

TEXTES

Tout choix de textes repose sur un principe d'organisation : ordre alphabétique ou chronologique, thèmes abordés ou écoles de pensée, etc. Alors qu'une présentation reproduisant la structure de la première partie aurait pu s'imposer avec une certaine logique, j'ai préféré rompre avec les schémas qui commençaient à se mettre en place, afin de souligner le danger d'une réduction à de petites cases bien commodes (X vient après Y et Z à côté de Y, etc.). Il était évidemment difficile de présenter Bateson comme un chercheur ancré dans l'empirie. Mais, s'il est placé au chapitre « Positions théoriques », c'est avec un texte où on le voit réfléchir sur un corpus de données. Il s'agit du chapitre introductif de l'ouvrage inédit *The Natural History of an Interview*. Dans la même logique, alors que Scheflen a été présenté plus haut comme un chercheur qui passa dix ans de sa vie à étudier trente minutes de film, c'est un texte théorique de synthèse qui est offert ici, tandis que Birdwhistell, le chef de file du « groupe de Philadelphie », est montré aux prises avec 18 secondes d'un film démonté image par image. La *kinésique* est donc présentée au travers d'un travail analytique. La *proxémique* d'Edward T. Hall est au contraire reprise dans une synthèse générale. Mais Birdwhistell et Hall sont proches l'un de l'autre par leur préoccupation commune d'une micro-analyse fondée sur la linguistique et l'anthropologie.

Jackson et Watzlawick représentent l'École psychiatrique de Palo Alto. Jackson est abordé par un texte fort ancien mais fort important, parce qu'il fonde la vision systémique de la famille qui préside aux recherches du MRI. Ces recherches sont synthétisées dans un texte relativement récent de Watzlawick.

On voit ainsi comment s'organise en fait ce choix de textes. Il tente de reproduire une des idées clés de cet ouvrage : la hiérarchie des niveaux d'analyse, auxquels correspondent des méthodes appropriées. A la micro-analyse de l'interaction dyadique chez Birdwhistell et Hall succède l'analyse systémique de la famille chez Jackson et Watzlawick. Le troisième « niveau » est celui de l'étude ethnographique de la vie institutionnelle et de la vie publique avec Sigman et Goffman. En fermant la marche, Goffman reste dans la position intellectuelle que j'ai tenu à souligner dans l'introduction : il observe l'ensemble des courants de recherche qui se dessinent. Ceux-là mêmes que Sigman contribue avec d'autres jeunes chercheurs à développer.

NB : *les « notes de l'éditeur » sont annoncées par un astérisque* [*]*; celles des auteurs par des chiffres.*

1

Positions théoriques

GREGORY BATESON, *Communication*

traduit par Denis Bansard

Titre original : « Communication » ; chapitre I de l'ouvrage collectif *The Natural History of an Interview* (Histoire naturelle d'un entretien), dirigé par Norman Mac Quown et resté inédit, Chicago, Bibliothèque de l'université, collection microfilmée de manuscrits sur l'anthropologie culturelle, n° 95, série XV, 1971, p. 1-40.

ALBERT E. SCHEFLEN
Systèmes de la communication humaine

traduit par Denis Bansard

Titre original : « Systems in Human Communication », contribution restée inédite au Congrès de l'*American Association for the Advancement of Science* (Association américaine pour le progrès de la science), Society for General Systems Research, Berkeley, University of California, 29 décembre 1965.

GREGORY BATESON

Communication

Oh ! c'est elle, la bête qui n'existe pas.
Eux, ils n'en savaient rien, et de toutes façons
— son allure et son port, son col et même la lumière
calme de son regard — ils l'ont aimée.

Elle, c'est vrai, n'existait point. Mais parce qu'ils l'aimaient
bête pure, elle fut. Toujours ils lui laissaient l'espace.
Et dans ce clair espace épargné, doucement,
elle leva la tête, ayant à peine besoin d'être.

Ce ne fut pas de grain qu'ils la nourrirent, mais
rien que, toujours, de la possibilité d'être.
Et cela lui donna, à elle, tant de force

qu'elle s'en fit une corne à son front. L'unicorne.
Et puis s'en vint de là, blanche, vers une vierge,
et fut dans le miroir d'argent et puis en elle.

Rainer Maria Rilke, *Sonnets à Orphée*, II, IV
(traduction d'Armel Guerne)

L'ARRIÈRE-PLAN

Au moment où éclata la Seconde Guerre mondiale, les percées les plus prometteuses dans les sciences du comportement provenaient de l'analyse freudienne, de la psychologie de la forme et de l'anthropologie culturelle. La linguistique avait commencé à faire peau neuve sous la direction de Sapir [270; 271; 274; 275] et de Bloomfield [48]. La psychiatrie se détachait peu à peu de l'étude exclusive du patient individuel pour se tourner vers l'étude des relations humaines, notamment sous l'éclatante influence de Sullivan [309], et une mathématique des relations humaines prenait forme avec Kurt Lewin [211] et L. F. Richardson [261].

Pendant la Seconde Guerre mondiale et juste après cette période de confusion, une série d'approches nouvelles extrêmement importantes virent le jour, qui se développèrent de façon plus ou moins indépendante dans nombre de lieux différents. Cependant, la possibilité d'une pertinence pour les sciences du comportement des travaux de George Boole [53], de Whitehead et de Russell [333] restait toujours inexplorée. Toutes ces poussées en avant un peu dispersées furent précipitées par le développement de l'ingénierie électronique pendant la guerre. Une liste partielle des noms et des lieux correspondant aux principales avancées donnera une idée de ce qui se produisit.

Rosenblueth à Cambridge et à Mexico, Wiener et Bigelow [264] au *Massachusetts Institute of Technology*, étaient en train de poser les fondements de ce qu'on allait appeler la cybernétique, généralisant aux domaines de la biologie et de l'organisation sociale ce que les ingénieurs et les mathématiciens avaient appris sur les mécanismes auto-correcteurs.

A Princeton, von Neumann et Morgenstern [250] jetaient les bases de la théorie des jeux.

En Angleterre, Craik [81] écrivait à Cambridge, peu avant de mourir prématurément, *The Nature of Explanation*, qui soulevait toute la question de la manière dont sont codés les messages dans un système nerveux central réticulé.

Attneave [7], Stroud [308], et d'autres à Stanford, vinrent à lire le petit ouvrage de Craik et y trouvèrent l'inspiration d'une nouvelle approche des problèmes de la perception et de l'action d'adaptation.

A Vienne, Bertalanffy [30] construisait les bases de la théorie des systèmes en mettant plus particulièrement l'accent sur les systèmes (par exemple les organismes) qui disposent d'une source continue d'énergie tirée de l'environnement.

Shannon [297] et d'autres qui travaillaient aux laboratoires de la compagnie *Bell Telephone* élaboraient la structure de ce qu'on appelle aujourd'hui la théorie de l'information.

Ashby [4; 5], à Gloucester (Angleterre), concevait de nouveaux modèles destinés aux théories de l'apprentissage et de l'évolution du cerveau.

On pourrait citer d'autres noms comme ceux de Mac Culloch et

Pitts [229 ; 230], Lorente de Nó [220], Rashevsky [260], Tinbergen [313], Lorenz [222], pour leur contribution à cette orientation générale.

Ce qui s'est produit là, c'est l'introduction dans les sciences du comportement d'un certain nombre d'idées d'une simplicité, d'une élégance et d'une puissance très grandes, qui touchaient toutes à la nature de la communication, au sens le plus large du terme. Les démarches et les enchaînements de la logique furent alors codés dans les séquences causales des ordinateurs. Le résultat fut que les *Principia Mathematica* devinrent une pierre angulaire de la science.

L'HISTOIRE NATURELLE D'UN ENTRETIEN

Le présent ouvrage est une tentative de synthèse. Il a été écrit par cinq personnes que les problèmes de la communication dans différents domaines intéressent à titre professionnel, et qui tentent une synthèse vaste et abstraite à partir de données très concrètes *.

Nous partons d'un entretien particulier réalisé un jour précis entre deux personnes dont l'identité est connue, en présence d'un enfant, d'une caméra et d'un caméraman. Nos données de base sont les innombrables détails d'activité vocale et corporelle enregistrés par ce film. Le traitement que nous avons fait subir à ces données, nous l'avons intitulé une « histoire naturelle », parce qu'un minimum de théorie en a orienté le recueil. Le caméraman fit inévitablement une certaine sélection dans ses prises de vues, et « Doris », le sujet de l'interview, fut choisie pour cette étude non seulement parce qu'elle et son mari consentaient à ce qu'on les étudie de la sorte, mais aussi parce que cette famille souffrait de difficultés interpersonnelles qui l'avaient conduite à rechercher une aide psychiatrique particulière.

*. Il s'agit de l'ouvrage *The Natural History of an Interview* [236], dont le présent texte constitue l'introduction.

Ces matériaux, donc, bien que recueillis dans des circonstances peu fréquentes dans les relations interindividuelles, fournissent néanmoins les données de l'histoire naturelle de deux êtres humains au cours d'un bref laps de temps. Ces données sont elles-mêmes suffisamment peu altérées par la théorie pour que les cinq auteurs, chacun avec ses tendances et ses intérêts théoriques spécifiques, aient pu les approcher simultanément. En outre, nous avons partagé quelque chose de moins tangible que les données communes : certaines théories ou présuppositions sur ce qui se produit lorsque deux personnes entrent en interaction.

LES PRÉMISSES THÉORIQUES

Dans ce chapitre préliminaire, ma tâche principale consiste à donner un aperçu des prémisses théoriques que nous ont inspiré de récents progrès dans l'étude de la communication humaine.

Les prémisses freudiennes

1. De la théorie freudienne, nous acceptons cette prémisse que seuls certains aspects du processus de la communication humaine peuvent accéder à la conscience des participants. Notre position diffère cependant de celle de nombreux freudiens de la première heure sur deux points qui sont mineurs tant que l'on en reste au plan de la théorie, mais qui revêtent une importance majeure dans leurs implications méthodologiques. L'important correctif que les freudiens apportèrent à la réflexion de l'homme sur la nature humaine fut d'insister sur l'inconscient ; l'erreur qu'il fallait corriger, c'était l'idée que le processus mental est essentiellement sinon entièrement conscient. Cette erreur prend sa source dans la culture du XVIIIe siècle et, au-delà, dans la Réforme et jusque dans les philosophies judéo-classiques du libre arbitre. Aujourd'hui elle semble presque invraisemblable.

C'est désormais une platitude d'énoncer que les processus mentaux sont soumis à une organisation hiérarchique. Que l'on suppute l'existence de niveaux mentaux ou que l'on conçoive l'évolution du cerveau comme un processus de télencéphalisations successives, on envisage une hiérarchie, tant anatomique que fonctionnelle. Et notre connaissance de la fonction hiérarchique — dans le domaine des machines, en embryologie, en physiologie, et dans l'organisation sociale humaine — permet de considérer comme un truisme la proposition selon laquelle les échelons supérieurs d'un système hiérarchique ne peuvent disposer en aucun cas d'une information complète sur les processus et les événements qui se produisent à des niveaux subordonnés ou périphériques. Par la même logique, les échelons supérieurs ne peuvent disposer que de rapports limités sur ce qui se passe au niveau qui leur est supérieur — c'est-à-dire qu'ils ne peuvent en être que partiellement conscients. Procurer à ces échelons supérieurs une capacité de contrôle total reviendrait à ajouter au système d'autres échelons encore plus élevés — qui seraient eux-mêmes, à leur tour, en grande partie inconscients. Pour nous, il va donc de soi que la plupart des processus mentaux (y compris, en particulier, le processus de perception lui-même) ne peuvent être contrôlés par la conscience. Ce qui est surprenant et donc requiert une explication, c'est le fait de la conscience. L'*inconscience* est une nécessité de l'économie des organisations hiérarchiques (Sapir [272]).

Cela ne signifie pas, bien entendu, que l'économie d'effort ou l'utilisation économique des canaux de la communication, qui vise à éviter les perturbations, soit le seul facteur déterminant quelle information doit être autorisée à atteindre les échelons supérieurs de la conscience. L'analogie avec les organisations sociales humaines révélerait très clairement à la fois que les échelons supérieurs sont d'ordinaire « motivés » pour ne pas recevoir d'information sur certains événements périphériques, et qu'il y a bien des événements que les échelons subordonnés sont « motivés » à ne pas transmettre au-dessus d'eux. Il y a par conséquent bien des sujets qui restent « dans l'inconscient » pour d'autres raisons que celles d'économie, et l'inconscient devient un dépôt pour les matériaux *refoulés* au sens freudien.

La seconde différence entre notre position et la position freudienne classique résulte de l'accent que nous mettons sur la communication. Nous nous intéressons à des questions de ce genre : « Quels signaux émet-on, et de quels degrés de conscience l'auteur fait-il preuve en émettant d'autres signaux sur ces signaux ? Peut-il les contrôler ? Peut-il s'en souvenir ? » Par ailleurs, nous nous attachons à la question de savoir quels signaux parviennent au récepteur et quels signaux il sait avoir reçus *. Nous mettons ainsi l'accent sur la perception et la communication, et non sur les hiérarchies internes au processus mental. De notre point de vue, la distinction entre conscient et inconscient devient significativement comparable à la distinction entre vue perçante et vue floue.

2. Une seconde prémisse liée à la théorie freudienne veut que tout ce qui se passe possède une signification, tant dans le sens où tout événement fait partie de l'échange que dans celui où rien n'est fortuit. Freud mettait l'accent sur le *déterminisme psychique,* sur le fait qu'aucun mot prononcé et aucun détail d'un rêve que l'on a fait ne peut être accidentel. Un homme ne peut pas avoir « juste rêvé ». Dans ce livre, nous mettrons l'accent sur une généralisation de cette idée de la psychologie au domaine des processus interpersonnels. Nous essaierons de considérer chaque détail, qu'il s'agisse d'un mot, d'une intonation, ou d'un mouvement corporel, comme jouant son rôle dans la détermination du flot continu de mots et de mouvements corporels qui constitue l'échange entre personnes. Nous nous efforcerons de ne pas penser seulement en termes de déterminisme psychique, mais aussi en termes de *déterminisme interpersonnel* supérieur. Deux personnes ne peuvent pas « tout simplement être d'accord » ou « tout bêtement se quereller ».

3. Nous retenons également de la théorie de Freud l'idée que l'élaboration des messages, verbaux ou non verbaux, s'effectue par le truchement de *processus primaires,* et que ces messages contiennent par conséquent, implicitement ou explicitement, les multiples caractéristiques afférentes au rêve et à l'imaginaire. S'il est possible à un homme d'avoir l'impression de ne traiter que du sujet manifeste de la conversation, c'est le seul fait d'une fonction-

*. Dans le texte américain original, Bateson emploie constamment le terme *signal.* Pour éviter d'entrer dans une discussion sur la nature du « signe », nous avons choisi la traduction littérale apparemment la plus évidente — « signal ».

ego puissante qui refoule ou dissimule soigneusement les multiples sous-entendus du contenu implicite. De plus, nous nous attendons à ce que l'analyse minutieuse de la parole et des gestes révèle que les messages, sous ces deux modalités, contiennent une grande quantité de matériaux inconscients possédant les caractéristiques des processus primaires. Nous nous attendons par exemple à ce qu'un attouchement inconscient de la robe témoigne ou résulte sans doute d'un intérêt sexuel et/ou de son refus puritain.

4. De la théorie freudienne, nous reprenons aussi une notion de *transfert* généralisée : toute personne qui émet des signaux qu'elle a appris le fait en supposant (généralement de façon inconsciente) que le récepteur de ces signaux les comprendra « correctement », c'est-à-dire qu'elle présume que son interlocuteur du moment ressemble psychologiquement à quelque partenaire antérieur (ou même fictif) avec lequel elle a acquis à l'origine ses habitudes en matière de communication.

5. La notion de *projection* est liée de très près à la notion de transfert. Ce principe d'explication diffère cependant du transfert en ce qu'il n'invoque pas de tiers historique ou de personnage fictif. Quand A « projette » sur B, il postule simplement que les signaux de B doivent être interprétés comme A les interpréterait s'il les avait lui-même émis. C'est-à-dire que A postule que B opère en fonction de systèmes de codage similaires au sien. Le transfert et la projection peuvent tous deux, bien entendu, jouer de façon prospective. A peut s'attendre à ce que B réalise une action significative du type de celle dont quelque personnage historique dans la vie de A aurait fait preuve dans des circonstances similaires (transfert) ; ou bien il peut espérer que B se conduira comme il se serait lui-même comporté en des circonstances semblables (projection).

6. Il faut également mentionner l'*identification*. Ce principe explicatif fait appel à l'idée : « Si tu ne peux pas les battre, rallie-toi à eux » — ou, du moins, imite-les tels que tu les vois. On dit que A s'identifie à B lorsqu'il se met à modeler ses propres actes significatifs en fonction de ce qu'il pense être les principes de codage de B.

Il est à noter que tous ces principes — le transfert, la projection, et l'identification — sont sans doute inconscients dans leur façon d'opérer, et plus ou moins contraignants. C'est-à-dire qu'il est probable que toute erreur que A peut faire dans ses suppositions concernant B aboutit à ce que A agisse de telle manière que B soit forcé de confirmer ces erreurs en agissant comme si les suppositions de A étaient vraies. Un cas tout particulièrement intéressant se présente lorsque A agit d'une manière qui pousse B à s'identifier à l'image de soi de A — laquelle peut être fausse.

De plus, on ne doit pas supposer que ces principes explicatifs ou descriptifs s'excluent mutuellement. On peut avoir un cas où A consciemment ou inconsciemment suppose que B est un de ses parents (transfert). Mais l'attitude adoptée par A face à ses parents peut avoir comporté une identification [1]. Il adoptera alors à l'égard de B ce rôle qu'il avait précédemment adopté vis-à-vis de ses parents.

Les prémisses de la psychologie de la forme

De la psychologie de la forme, nous avons retenu une prémisse de très grande importance; celle qui veut que l'expérience soit *ponctuée*. Nous ne ressentons pas l'existence d'un continuum sensoriel : au contraire, notre perception est morcelée en ce qui nous semble être des événements et des objets. Dans la psychologie de la forme, cette idée est le fondement de l'hypothèse de la figure et du fond. Pour nous, elle est liée à la prémisse qui veut qu'*il n'arrive jamais que rien n'arrive*. Tant l'émetteur que le récepteur des signaux sont ainsi faits que pour comprendre ce qui se passe, ils peuvent et *doivent* se servir du fait que certains signaux possibles ne sont pas présents. La première étape dans la construction de l'hypothèse de la figure et du fond est un postulat de ce genre. Pour nous rendre compte la nuit qu'il y a des étoiles dans le ciel, nous devons nous servir du fait que certains organes

1. Le terme d'« identification » était peut-être un choix malencontreux pour deux raisons : tout d'abord l'expression « A identifie B à son père » est l'énoncé d'un transfert. Ensuite, l'expression « A est en train de parfaire son identité-*ego* » suggère (comme un idéal) la soustraction de A à toutes les erreurs du transfert, de la projection et de l'identification.

terminaux de la rétine ne sont pas stimulés par l'obscurité. Dans les rapports humains, aucun silence n'est dépourvu de signification, et l'absence de larmes peut en dire davantage que des pages entières.

Il faut nous étendre davantage sur la ponctuation des événements interpersonnels. Toute la procédure que nous avons employée et, en vérité, toute analyse de données sur la communication est guidée par des prémisses qui définissent en quelles unités le flot des données doit être découpé. D'abord, au cours d'un examen microscopique de l'entretien, nous avons postulé que les 150 mètres de film sur lesquels l'interview était enregistré pouvaient être ponctués en incidents ou séquences dont les débuts et les fins soient psychologiquement significatifs aux yeux des participants. Comme on le verra, nous avons choisi certains de ces incidents pour notre étude microscopique *. Notre étude macroscopique sert à guider notre attention avec plus de précision. Bien que notre attention passe de l'interview dans sa totalité à un examen d'épisodes internes à l'entretien, pour descendre ensuite vers des détails de plus en plus fins de ces épisodes, nous travaillons toujours avec les mêmes suppositions sur la ponctuation du courant de signaux.

Connaître le fondement historique de cette hypothèse rendra plus clair ce qu'on veut dire ici. Historiquement, la lingüistique scientifique a progressé très rapidement à partir du moment où certaines notions populaires essentiellement occidentales sur le langage ont été adoptées, rendues rigoureuses, et extrapolées à l'étude des détails les plus fins. Sous leur forme populaire, ces notions expriment, pour prendre un exemple, que le langage est subdivisable en propositions qui à leur tour sont décomposables en mots, lesquels sont subdivisables en lettres. De profondes modifications ont été introduites dans cette hiérarchie par les linguistes qui devaient décrire le discours plutôt que le langage écrit. Mais l'idée essentielle, à savoir qu'un flux de matériaux communicationnels doit nécessairement être susceptible de multiples sous-décompositions de ce genre, est une idée fondamentale en linguistique et dans cette branche de la théorie de la communication qui s'occupe de la communication codée — un champ bien plus vaste

*. Il s'agit notamment de la « scène de la cigarette » analysée par Ray Birdwhistell (cf. p. 160-190).

que le domaine linguistique conventionnel. Une contribution majeure des linguistes réside dans la démonstration que le flux communicationnel contient des signaux formels au moyen desquels ses unités sont délimitées.

D'ailleurs, la théorie de la forme pose qu'une *hiérarchie* de subdivisions est caractéristique du processus de la perception. Nous ne percevons pas en bloc le déclenchement des terminaisons nerveuses. Mais, à partir de la douche d'impulsions nerveuses initiée par ce déclenchement, nous construisons des images d'éléments identifiables, qui s'intègrent en des ensembles plus vastes possédant une signification. Nous pouvons dès lors passer de la perception à la communication. Si la perception d'un organisme est caractérisée par des *gestalten* et si cet organisme est capable d'émettre des courants de communication complexes, alors ces courants doivent eux-mêmes pouvoir être disséqués en une hiérarchie de subdivisions successives. Beaucoup d'analyses de ce type seront possibles. Mais il n'y en aura qu'*une* qui représentera correctement l'histoire naturelle de l'*organisme*.

Nous ne nous occupons pas seulement, après tout, du fait qu'un courant communicationnel peut être disséqué, nous nous posons aussi la question : de laquelle de ces nombreuses façons possibles *devrait-on* disséquer tel flux particulier ? Ce que nous savons du langage et de la communication en général montre qu'il y aura toujours une ou plusieurs hiérarchies de *gestalten* correctes. Elles décriront toutes la façon dont le flot de messages est créé et/ou la façon dont il est reçu et interprété par celui qui l'entend. Les découvertes freudiennes montrent également que dans chaque cas étudié, plusieurs analyses différentes peuvent être correctes. Un message particulier peut être interprété simultanément de diverses façons à des niveaux différents de l'esprit : nous nous trouvons confrontés à des problèmes de *codage multiple*.

Les linguistes sont en avance sur les autres historiens naturels dans l'étude de la hiérarchie des *gestalten* par laquelle il faudrait disséquer un genre particulier de comportement. Leurs études sont renforcées par des comparaisons interculturelles et subculturelles (entre dialectes), et par des statistiques de variations individuelles. Par ailleurs, la kinésique — l'étude de la gestualité, de l'attitude et de l'activité corporelles comme modalités de la communication —

s'est développée de façon relativement récente, et, comme la linguistique, parvient à un fondement scientifique solide grâce à la dissection rigoureuse du courant kinésique en une hiérarchie de *gestalten* et de subdivisions de *gestalten*.

Dans un chapitre ultérieur, Birdwhistell donnera un aperçu de la hiérarchie des unités qu'il conçoit pour la description kinésique. Il procède d'une manière comparable, mais non identique, à cette méthode de description qui a fait ses preuves en linguistique. La reconnaissance ultime de la validité de cette approche en kinésique dépendra bien entendu des résultats obtenus. Mais *a priori* on peut tirer un argument très puissant en faveur de la correction de cette analyse de tout ce que nous savons sur la théorie de la communication en général, et sur la communication et la perception humaines en particulier.

Pour revenir un moment à la linguistique, il faut mentionner ici d'autres types de description que les linguistes ont mis au point. La question très complexe de la « signification » est trop vaste pour qu'on en débatte dans ce chapitre mais on peut au moins dire ceci : un enregistrement sur bande magnétique de la parole humaine contient bien plus de choses que les signaux liés à la signification lexicale de ce qui a été dit.

Si l'on transcrit simplement un enregistrement sur une feuille de papier, une partie de ce contenu plus-que-lexical se perdra. Mais il en survivra encore une partie dans la transcription. Et, de fait, réduire un discours à son pur contenu lexical nécessiterait une procédure très énergique (au cours de laquelle d'autres nuances non lexicales, probablement inappropriées, seraient inévitablement rajoutées). Il faudrait tout d'abord dépouiller le discours de toutes les indications portant sur le contexte dans lequel il fut prononcé, sur son auteur et sur celui à qui il fut adressé. Mais il resterait encore des rythmes et des nuances de nature non lexicale. Pour s'en débarrasser, il faudrait traduire le discours en quelque autre langue, et prendre pour traducteur quelque personne (ou machine) hypothétique, complètement insensible au contenu non lexical des langues d'origine et d'arrivée.

A mesure que nous escaladons les échelons hiérarchiques des *gestalten* depuis les particules les plus microscopiques de l'intonation jusqu'aux unités de discours les plus macroscopiques, chaque étape sur cette échelle est surmontée en replaçant les unités du niveau inférieur *dans leur contexte*.

La « signification », au sens où ce terme est utilisé dans le langage ordinaire, émerge seulement à un niveau très élevé de cette hiérarchie. Nous faisons la distinction entre le phonème initial du mot « peter » et le phonème initial du mot « butter » mais ces phonèmes sont en eux-mêmes dépourvus de signification en dehors de leur position dans une suite de phonèmes. Même les syllabes « pete » et « but » sont, en elles-mêmes, soit dépourvues de signification, soit polysémiques (sauf à partir du moment où leur signification potentielle est restreinte, dès lors que nous savons quelle est leur position dans une suite de syllabes). A chaque étape en direction d'une unité supérieure — l'unité supérieure étant toujours l'unité plus petite *plus* son cadre immédiat —, la restriction des référents possibles devient de plus en plus sévère. La « signification », par conséquent, est fonction de cette restriction des significations possibles. Même les mots « peter » et « butter » sont encore polysémiques. Quand on ajoute le terme « blue » et « butter », l'auditeur peut être passablement certain que le référent de « peter » est un drapeau*. Mais même alors, il y a place pour le doute.

On peut se référer au « Blue Peter » comme à un objet réel d'action ou d'observation dans le contexte plus vaste d'un bateau prêt à quitter un port particulier. Ou bien, la référence peut n'être que métaphorique si le terme est utilisé à terre. Ou encore, l'usage du terme peut n'être ni métaphorique, ni direct, mais faire partie d'un cours sur les communications maritimes. Ou enfin — comme c'est le cas ici même dans cette page —, les mots « Blue Peter » peuvent être mentionnés seulement à titre d'exemple des phénomènes communicationnels.

La signification n'approche de l'univocité ou de l'absence d'ambiguïté que lorsque l'on accepte d'examiner de très grandes unités du courant communicationnel. Et même alors, l'approche de l'ambiguïté zéro sera asymptotique. Au fur et à mesure que l'on admettra des ensembles de données plus importants, la probabilité d'une interprétation s'accroîtra, mais on n'aboutira jamais à une

*. Blue Peter : Terme utilisé pour désigner le pavillon de partance d'un navire marchand.

preuve. La situation est essentiellement la même que celle à laquelle on parvient dans la science, où aucune théorie n'est jamais prouvée.

Ce livre vise à essayer de relier les parties du courant communicationnel qu'étudie le linguiste professionnel (les phonèmes, les morphèmes, les propositions, les marqueurs de tonalité, les articulations, etc.) aux parties de ce même courant qui sont étudiées en kinésique (kines, kinémorphes, etc.). Par conséquent, une question centrale, que nous devrons affronter lorsque nous analyserons les données, est de savoir dans quelle mesure il existe un rapport réciproque de « contexte » entre les éléments kinésiques et linguistiques.

Nous avons affaire à des phénomènes structurés de telle façon qu'il n'y a peut-être aucune limite supérieure à l'ordre de grandeur — spatial ou temporel — des *gestalten*. Concrètement, ceci voudrait dire qu'aucune collection finie de données ne conférerait une absence complète d'ambiguïté à quelque élément pris en son sein. Quelle que soit l'ampleur de la définition du « contexte », il pourrait toujours y avoir des contextes plus vastes dont la connaissance renverserait ou modifierait notre compréhension d'items particuliers.

Le contexte

Ces considérations nous contraignent à adopter une méthodologie de recherche qui repousse à plus tard la question de la « signification ». Quand nous serons confrontés à une séquence donnée de signaux, nous différerons aussi longtemps que possible la question : « Que signifient ces signaux ? » Nous nous poserons plutôt la question indirecte : « La signification serait-elle modifiée par un changement donné dans la séquence ou dans le contexte ? » Voilà une question qu'on peut se poser et à laquelle on peut répondre sans trop de difficultés. Par exemple, nous ne nous demanderons pas si le mot « Peter » se réfère à un apôtre ou à un drapeau, mais plutôt si sa signification, lorsque le mot « Peter » suit le mot « Blue », est tout particulièrement appropriée au nouveau contexte.

Dans l'analyse kinésique, nous remettrons pareillement à plus tard la question de la signification d'un battement de paupière visible pour l'interlocuteur. Nous nous demanderons plutôt, par exemple, si la signification de ce signal eût été altérée *(a)* si l'autre œil s'était fermé au même instant, et *(b)* si le clignement de l'œil avait été invisible pour le partenaire. Incidemment, nous pouvons également nous demander si la signification du mot « Peter » est altérée par un clin d'œil.

Ce n'est après tout qu'un accident historique — un ancien sentier dans l'évolution de la science — qui a conduit à cette circonstance que les linguistes étudient les données visibles, alors que le kinésiste étudie les données observables. Le fait que les scientifiques se soient spécialisés de cette manière-là n'indique pas qu'il y ait une indépendance fondamentale entre ces modalités dans le courant communicationnel. C'est pour cette raison que notre travail s'appuie sur une histoire naturelle concrète — l'enregistrement de l'interaction entre le discours et les gestes de Doris et ceux de Gregory. Cette façon de replacer chaque signal dans le contexte de l'ensemble des autres signaux fonde la rigueur essentielle de notre travail [1] (...).

L'interaction

A ce point, notre concept de la communication devient *interactionnel*, et nous en sommes intellectuellement redevables à G. H. Mead [238] et à H. S. Sullivan [309] plutôt qu'à Freud et aux psychologues de la forme. Le système que nous étudions maintenant, ce n'est plus une simple synthèse descriptive du discours et des mouvements corporels de Doris, mais l'agrégat supérieur de ce qui se passe entre Doris et Gregory.

Ce cadre plus vaste détermine la signification de ce que chaque personne dit et fait. La « licorne » de Rilke est présente dans toute conversation entre deux ou plusieurs personnes. Cette bête imagi-

1. Le contexte d'un signal émis par Doris ne comprend pas seulement les autres signaux qu'elle a récemment émis elle-même plus ceux qu'elle émet peu après ; il comprend également la pièce dans laquelle elle parle, le sofa sur lequel elle est assise, les signaux émis par Gregory, son interlocuteur, ainsi que par le petit garçon, Billy, et les inter-relations entre tous ces éléments.

naire évolue et change, se dissout et se recristallise sous des formes nouvelles à chaque mouvement et à chaque message. Nier la présence de la licorne ne l'empêchera pas d'exister et n'aboutira au contraire qu'à en faire un monstre.

Cette chimère poétique, il faut la rendre scientifiquement réelle aux yeux du lecteur si l'on veut qu'il comprenne l'objet de ce livre.

Chaque être humain connaît une frange d'incertitude quant au type de messages qu'il émet; et nous avons tous besoin, en dernière analyse, de voir comment sont reçus nos messages pour savoir ce qu'ils étaient. Pour le schizophrène, c'est là souvent une vérité dramatique et frappante.

J'illustrerai ceci par un exemple. Un patient schizophrène me raconte qu'il a construit la muraille de Chine, qu'il a traversé le Pacifique à la rame et qu'il a débarqué à Seattle. Il s'est alors rendu à pied en Californie où « ce peuple se prit d'amitié pour lui ». Il présente ce récit comme s'il s'agissait d'un énoncé de faits. Mais qu'il s'agisse *pour lui* d'un énoncé de faits dépend de *ma* réaction. Si je dis : « c'est une absurdité, car vous êtes né en Californie », je le confirme par là même dans son opinion que son récit doit être pris au sens littéral. Je l'ai démenti comme s'il s'agissait d'un énoncé littéral et celui-ci existe désormais à ses yeux en tant qu'énoncé littéral devant être défendu comme tel. A partir de là, on s'engage dans un débat qui ne porte plus sur la question : « cette narration est-elle un énoncé de *faits ?* », mais sur la question de diversion : « s'agit-il là d'une relation *authentique* des faits ? ».

La réponse que nous obtenons nous dit quelque chose sur la disposition du récepteur une fois qu'il a reçu les signaux que nous avons émis. Il peut être manifeste qu'il a *mal* interprété le message, de façon grossière ou subtile. Cependant le *statu quo* qui prévalait lorsque nous avons émis le message n'existe plus désormais, et répéter simplement le message ne suffira pas. Nous communiquons dorénavant avec une personne dont les rapports à notre égard sont différents de ce qu'ils étaient un instant plus tôt. Et c'est à partir du cadre de ce nouveau rapport qu'il nous faut maintenant parler.

Entre tous les éléments et toutes les péripéties de la formation et de la reformation des rapports humains, le processus le plus intéressant est peut-être celui par lequel les sujets instaurent des règles communes pour la création et la compréhension de messages. Quelle que soit la réponse que je puisse faire au récit illusoire du patient, elle propose une convention qui nous sert à tous deux de guide dans notre compréhension du message. Si je démens la vérité factuelle de la narration, je propose implicitement de nous accorder à la considérer comme étant littérale. Si, par contre, je lui demande s'il pense que ses parents prirent part à la construction de la « muraille de Chine » qui le sépare d'eux, je lui propose de nous accorder sur un ensemble différent de règles pour créer et pour comprendre ce genre de messages. Les systèmes de règles possibles que deux personnes peuvent avoir en partage sont nombreux et complexes. Parmi ceux-ci, il faut mentionner un système que l'on a caractérisé de *symbiotique*. Cette désignation, telle que je la comprends, se réfère à un système de conventions non verbalisées et d'ordinaire inconscientes où, par exemple, A et B « sont d'accord » pour prendre leurs messages respectifs dans un autre esprit que celui dans lequel ils furent forgés. En feignant de ne pas remarquer les nuances et les insinuations, ou en voyant des sous-entendus qui n'étaient pas intentionnels, les personnes maintiennent un étrange simulacre de compréhension.

La distorsion de code

Dans cet ouvrage, nous ne prêterons que peu d'attention aux échecs de la communication qui sont dus au caractère aléatoire des signaux occasionnés par un bruit de fond ou par un traitement sensoriel imparfait. Nous nous penchons sur un phénomène plus subtil, celui de la déformation des messages produite par une divergence sur les postulats qui régissent la production et la compréhension des messages — c'est-à-dire sur les règles de codage explicites ou implicites.

Imaginez une machine qui a pour fonction de télégraphier un schéma en noir et blanc (un tableau formé entièrement de rangées de points) à une autre machine. La machine émettrice transmettra une série d'impulsions électriques telle que chaque impulsion ou absence d'impulsion soit une réponse positive ou négative à la question : « y a-t-il un point dans l'espace en question ? ». Lorsque la machine émettrice parviendra à la fin d'une ligne de points, elle transmettra un signal spécial qui entraînera la machine réceptrice à passer à la ligne suivante. Sinon, les machines devront avoir été ajustées l'une à l'autre de telle manière qu'elles opèrent en fonction d'une convention commune régissant le nombre de points contenus dans une ligne. Une divergence sur les termes de cette convention introduira une distorsion de code. Auquel cas, la machine réceptrice réalisera une figure qui sera peut-être un enregistrement parfaitement exact de la série de signaux émis mais qui, prise *en tant que figure,* sera une déformation de l'original.

La figure 1 montre l'effet de distorsion de code, et il est utile de souligner la différence fondamentale entre ce genre de distorsion et la perte d'information occasionnée par le bruit entropique. Dans le cas du bruit entropique, l'information est irrémédiablement perdue. Ce qui s'est produit dans le cas du bruit de code, c'est une distorsion systématique, dont la correction est concevable.

Pour effectuer cette correction, on a seulement besoin de certains moyens permettant à l'émetteur et au récepteur de communiquer *à propos* des règles de communication. Ceci présente des difficultés spécifiques, mais une thèse fondamentale de ce livre est qu'au niveau humain une telle communication portant sur les règles de la communication se produit constamment. C'est *là,* en fait, le processus par lequel la « licorne » est continuellement créée et recréée. Quand mon patient raconte son histoire de la « muraille de Chine », quelle que soit la réponse que je lui fais, il s'agit d'une communication qui lui est adressée, portant sur la façon dont j'ai reçu son message, et qui lui indique par conséquent (idéalement) la façon dont il devrait l'énoncer à nouveau afin d'être en mesure de me faire parvenir le message qu'il désire que je reçoive. Elle lui dit comment coder ses messages de telle manière qu'ils suscitent une réaction appropriée de ma part.

Il est à nouveau nécessaire d'insister sur le caractère *inconscient* de presque toute communication. Nous ignorons à peu près tout des processus par lesquels nous fabriquons nos messages, et des processus par lesquels nous comprenons les messages des autres et y répondons. Nous n'avons pas non plus conscience d'ordinaire de bien des caractéristiques et composants des messages eux-mêmes. Nous ne remarquons pas à quels moments nous tirons sur notre

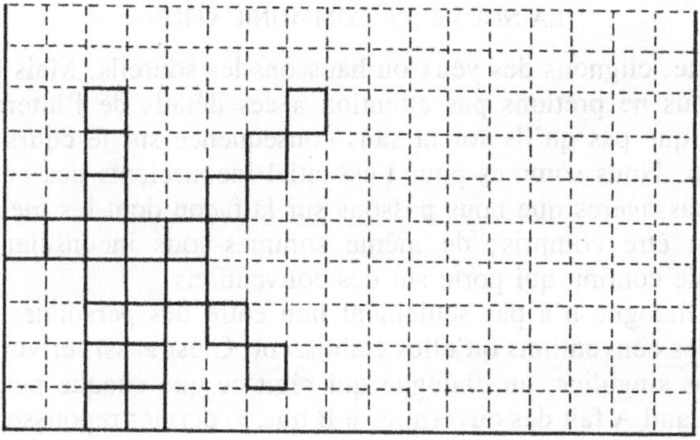

A. 17.

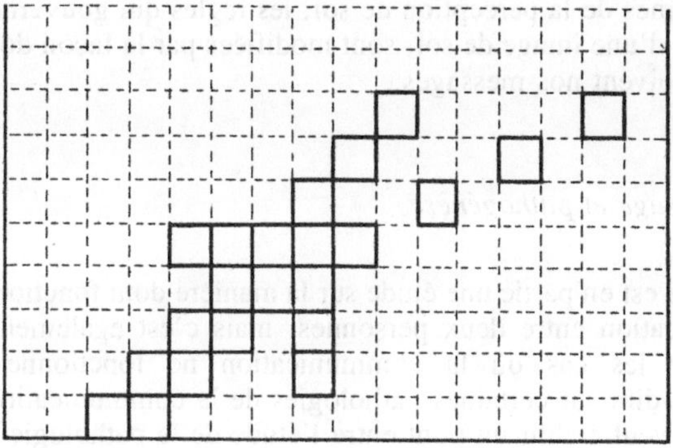

B. 16

figure 1

A est une figure à transmettre. B est la version déformée réalisée lorsque la machine réceptrice agit en prenant pour prémisse qu'il n'y a que 16 carrés dans chaque rangée au lieu de 17.

cigarette, clignons des yeux ou haussons les sourcils. Mais le fait que nous ne prêtions pas attention à ces détails de l'interaction n'implique pas qu'ils soient sans conséquence sur le cours de la relation. Nous sommes pour l'essentiel inconscients des conventions passagères que nous passons sur la façon dont les messages doivent être compris; de même sommes-nous inconscients du dialogue continu qui porte sur ces conventions.

Ce dialogue n'a pas seulement lieu entre des personnes et au sujet des conventions qu'elles établissent. C'est aussi, et voilà qui est plus singulier, un dialogue qui régit ce que chaque personne *est*. Quand A fait des ouvertures à B que ce dernier repousse, cette épreuve représente pour A plus qu'une simple suggestion sur la façon dont il doit coder ses messages lorsqu'il a affaire à B. Dans le langage de tous les jours, nous disons que l'amour-propre d'une personne est rehaussé ou diminué par les réactions des autres. Ou encore, nous disons qu'il « se voit de façon différente ». En termes communicationnels, on peut traduire ceci en déclarant que les règles mêmes de la perception de soi, les règles qui gouvernent la formation d'une image de soi, sont modifiées par la façon dont les autres reçoivent nos messages.

Apprentissage et pathogénèse

Ce livre est en partie une étude sur la manière dont fonctionne la communication entre deux personnes, mais c'est également une étude sur les cas où la communication ne fonctionne plus — c'est-à-dire sur certaines pathologies de la communication.

Si l'on veut établir un pont entre l'étude de la pathologie fonctionnelle en psychiatrie et les pathologies de la communication, il est nécessaire d'insister sur l'existence des faits constitués par l'apprentissage et le conditionnement. Deux considérations sont alors tout particulièrement pertinentes. En premier lieu, tout échec de la communication est douloureux. En second lieu, l'organisme en cours d'apprentissage généralise toujours à partir de son expérience. De plus, l'opération de communication est un apprentissage permanent de la façon de communiquer: les codes et les langages ne sont pas des systèmes statiques que l'on peut apprendre une fois pour toutes. Ce sont plutôt des systèmes de modification des conventions et des prémisses qui gouvernent la manière dont les messages doivent être élaborés et interprétés. Tout signal instituant une nouvelle prémisse ou une nouvelle convention qui rapproche davantage les gens ou leur procure une plus grande liberté peut être une source de joie. Mais tout signal qui dérape et s'égare est à quelque degré une source de souffrance pour chacun d'eux. Le courant permanent de la communication est donc, pour chaque individu, une chaîne continue de contextes d'apprentissage et, plus particulièrement, d'apprentissage des prémisses de la communication.

A ce point, il est nécessaire de se pencher sur certains aspects du processus d'apprentissage et d'élargir la théorie conventionnelle de l'apprentissage. Notre but est de la rendre pertinente pour l'analyse des échanges de signaux entre personnes. L'expérience typique, en psychologie de l'apprentissage, implique deux entités, un expérimentateur et un sujet, et les conclusions théoriques que l'on en tire sont énoncées d'ordinaire sous forme de régularités psychologiques décrivant le sujet. Par contraste, je considérerai ici la situation expérimentale comme une interaction qui implique deux entités dont les rapports mutuels m'intéressent. Je considérerai leurs relations comme caractérisées formellement par un échange qui se répète au cours d'« essais » successifs. J'avancerai l'hypothèse que le sujet n'est pas le seul à être soumis à un processus d'apprentissage; l'expérimentateur l'est aussi, le processus étant déterminé — au moins en partie — par les renforcements fournis par le sujet.

Mais au préalable, il est nécessaire de définir une hiérarchie des degrés de l'apprentissage, ce qui peut se faire comme suit* :

1. Il s'avère que le phénomène d'apprentissage le plus simple est la réception d'une information ou d'un ordre. L'événement que représente la perception d'un coup de sifflet peut constituer, pour

*. La numérotation des degrés a été modifiée (décalée d'une unité vers le bas) afin de correspondre à celle que Bateson utilise dans son article le plus achevé sur la question : « Les catégories de l'apprentissage et de la communication », in *Vers une écologie de l'esprit*, t. I, [17, p. 253-282]. Une note sur l'apprentissage secondaire, devenue ainsi inutile, a été supprimée. Quelques notes d'éclaircissement ont été ajoutées.

un chien, une information importante ou un ordre. Avant d'avoir entendu le sifflet, il était dans une autre disposition. Je considérerai ce changement de disposition comme le phénomène d'apprentissage le plus simple *. Il est important de remarquer que ce phénomène est excessivement difficile à étudier et qu'il n'a pas fait l'objet d'une étude expérimentale directe. Il a cependant été un pôle majeur de la théorie. Ce qui semble s'être produit, c'est qu'afin de parvenir à une théorie qui rende compte de ce que j'appelle l'Apprentissage I, les psychologues ont dû fournir une certaine description de ce processus de degré zéro, c'est-à-dire une certaine transcription verbale du type de message que le chien a reçu. Si l'on en croit la théorie de l'« effet », ce message est une promesse de récompense ou une menace de punition, tandis que la théorie de l'association propose une description en termes plus automatiques et moins intentionnels de la réponse du chien.

2. L'Apprentissage I est celui sur lequel a convergé l'immense masse des travaux expérimentaux. Ici, le mot « apprentissage » se réfère à un *changement* dans la capacité du chien à réagir aux perceptions ou aux signaux qu'il reçoit. Ce qu'étudient les expérimentateurs, ce sont les changements dans le comportement du chien résultant d'une série d'essais. Les phénomènes étudiés sont d'un degré différent et supérieur à ceux évoqués au paragraphe précédent. La question qu'on se pose n'est pas de savoir « quel changement se produit chez un chien quand il entend un coup de sifflet », mais « quels changements se sont produits dans le changement qui affecte un chien lorsqu'il entend un coup de sifflet ». Cette subtile différence dans la question que se pose l'expérimentateur met les théoriciens dans l'impossibilité formelle de déduire les réponses à la première question à partir de données recueillies pour répondre à la seconde. Les behavioristes avaient la logique pour eux lorsqu'ils voulaient absolument que nous ne nous posions jamais la question de savoir ce qu'éprouve subjectivement le chien. Essayer de déduire ce qu'éprouve le chien à partir de données qui ne pourraient jamais mettre en lumière qu'un changement dans ce qu'il éprouve, c'est tenter l'impossible au plan de la logique. A partir des caractéristiques d'une *classe*, je ne peux tirer

*. C'est l'« Apprentissage zéro ».

aucune déduction sur l'identité éventuelle d'un membre de cette classe.

3. L'Apprentissage II est un phénomène de laboratoire bien connu, mais qui n'a reçu qu'une faible attention de la part des expérimentateurs. Si l'on décrit l'Apprentissage I comme « apprendre à recevoir des signaux », on peut alors décrire l'Apprentissage II comme « apprendre à apprendre à recevoir des signaux ». Ce qui se passe dans le laboratoire, c'est que l'animal a acquis un certain talent ou une certaine habileté dans l'Apprentissage I *. Ce phénomène a été déterminé par Hull [181] au cours d'une étude sur l'apprentissage par cœur de syllabes dépourvues de signification, et par Harlow [164] lors d'une étude sur la résolution des problèmes chez les singes Rhésus.

4. Il n'existe aucune raison théorique de nier la possibilité d'un Apprentissage III ou d'autres supérieurs encore, bien que l'existence d'aucun d'eux n'ait été démontrée. La hiérarchie dont il s'agit dans cette discussion est ainsi faite qu'il n'existe pas d'autre limite supérieure à la série que celle que fixent les limitations de la structure du cerveau. Le nombre de neurones étant fini, il est certain que tout organisme connaît en pratique une limite supérieure au nombre de degrés d'apprentissage dont il est capable.

L'examen de cette hiérarchie de l'apprentissage révèle que la différence entre n'importe quel degré d'apprentissage et le degré qui lui est immédiatement supérieur est essentiellement une différence dans la taille de la *gestalt*. Le degré supérieur est toujours établi en démontrant qu'un changement résulte d'une *gestalt* plus grande, cette dernière étant en général constituée par une multiplicité de *gestalten* caractéristiques du degré inférieur. Mais bien que cela semble généralement être le cas, il n'existe aucune prémisse théorique qui puisse nous permettre d'évaluer le coefficient de multiplication, et il est nécessaire de considérer comme au moins théoriquement possible le cas pour lequel ce coefficient serait réduit à l'unité.

Il est concevable qu'un simple additif à ce qui se présente

*. Il a appris à apprendre : c'est l'Apprentissage II.

comme un contexte d'apprentissage de degré inférieur puisse précipiter des changements majeurs d'un degré supérieur, par lesquels toute l'expérience acquise au degré inférieur serait recadrée et réorganisée. Nous rencontrons ici une imprévisibilité du type de celle notée plus haut lors de la discussion sur l'indétermination de la signification. Plus la masse des données sera grande, plus s'accroîtra la certitude de l'interprétation, mais il ne sera jamais possible d'être sûr que le dernier accroissement de données n'exigera pas de nous une interprétation totalement neuve. Il existe donc une analogie — qui revient peut-être à une identité — entre les hiérarchies de *gestalten* qui déterminent la signification et la hiérarchie de *gestalten* que nous appelons ici des contextes d'apprentissage.

Ces questions abstraites deviennent plus claires si nous disons qu'en termes populaires on appelle l'Apprentissage II (ou de degré supérieur encore) un « changement de caractère ». Supposons, si vous le voulez, qu'un organisme devienne « intelligent » à force d'avoir affaire à des contextes d'apprentissage pavlovien*. Il est possible de décrire le changement auquel nous nous référons ici à la fois comme un changement dans les attentes de l'organisme et comme un changement dans ses habitudes d'apprentissage. Si nous parlons en termes d'attente, nous dirons que l'organisme s'attend désormais le plus souvent à ce que son univers vécu soit ponctué en *séquences* qui ressemblent au contexte pavlovien, à savoir en scènes dans lesquelles certaines perceptions peuvent être utilisées comme une base de prédiction d'événements ultérieurs. Ou bien, si nous parlons en termes d'habitudes d'apprentissage, nous dirons que cet organisme réagira à la certitude prévue de ce qui doit se produire (par exemple, en salivant), mais qu'il ne tentera pas de changer le cours des événements. En un mot, l'organisme est devenu « fataliste », et l'examen des caractéristiques formelles du contexte d'apprentissage nous a fourni une définition d'une forme particulière de « fatalisme ».

Les psychiatres s'intéressent surtout à l'Apprentissage II. Si une patiente dit à un psychiatre qu'elle est capable de se servir d'une machine à écrire, le psychiatre n'y prêtera que peu d'attention, car

*. Ou Apprentissage I.

elle n'a relaté que le résultat d'un Apprentissage I. Mais lorsque la patiente enchaîne sur une description du contexte dans lequel elle a appris à taper à la machine et lui raconte que son professeur la punissait chaque fois qu'elle commettait une faute, mais ne lui faisait jamais de compliments sur ses progrès, le psychiatre tendra l'oreille : il verra dans ce récit un exposé du type d'effets que le contexte de l'apprentissage à taper à la machine peut avoir eu sur les habitudes et sur les attentes du patient — c'est-à-dire, sur son caractère*. Cette extension de la théorie de l'apprentissage qui consiste à distinguer des degrés d'apprentissage rend ce corps de savoir expérimental tout particulièrement intéressant pour le psychiatre. En fait, le fossé traditionnel entre expérimentalistes et cliniciens semble provenir du fait que les expérimentalistes ont surtout étudié l'Apprentissage I, tandis que les psychiatres s'intéressent avant tout aux effets de l'Apprentissage II, puisqu'ils tentent de les évaluer dans leur diagnostic, ou d'en venir à bout au cours de leur thérapie.

Si cette description de l'apprentissage est en substance correcte, à savoir s'il existe réellement une hiérarchie de degrés d'apprentissage et si la distinction de ces degrés représente un peu plus qu'un simple artifice de description, il devient alors théoriquement probable qu'il existe des séquences complexes d'expériences et d'actions telles que l'apprentissage correspondant à l'un des degrés contredise peu ou prou l'apprentissage propre à quelque autre degré. Nous imaginerons, par exemple, qu'un sujet humain puisse faire l'expérience d'une longue série d'apprentissages pavloviens mais puisse être pénalisé (Bateson *et al.* [21]) pour avoir fait preuve de « fatalisme »**. Autre exemple, on pourrait habituer quelqu'un à la soumission, mais le punir continuellement sur les détails les plus infimes de l'exécution de chacun de ses actes d'obéissance. Entre adultes, le cas est bien connu, et peut contribuer à créer de « mauvais rapports personnels ». Lorsqu'il se produit entre parents et enfants en bas âge, il est, je pense, pathogène dans certaines circonstances.

*. Ce changement de caractère rélève de l'Apprentissage II.

**. Le « fatalisme » étant un aspect de l'« apprentissage à l'apprentissage », il relève de l'Apprentissage II, on l'a vu.

Les contextes pathogènes

Nous savons désormais clairement, tout au moins de façon formelle et abstraite, quelles structures d'échanges nous devrions rechercher dans nos données. La discussion qui a précédé ce réexamen de la théorie de l'apprentissage avait trait à l'instauration de conventions et de prémisses de communication. Mais il est évident qu'une prémisse de communication, une règle qui gouverne la manière dont les messages doivent être construits ou interprétés, entretient le même rapport avec le message en question que celui qui peut s'établir entre deux degrés d'apprentissage, supérieur et inférieur.

L'acceptation de ce que j'ai appelé une prémisse de communication est le même phénomène que l'acceptation d'un rôle : c'est un changement momentané ou durable d'habitudes et d'attentes. Et le terme de « rôle » ne désigne qu'une certaine phase du changement de caractère, qu'elle soit brève ou durable. Ce terme décrit la structure du comportement offert par une personne donnée dans le contexte d'apprentissage que constitue un système de deux personnes.

Il s'ensuit que ce que nous devons rechercher dans les données, ce sont des séquences, et, au métaniveau, des séquences de séquences. Les unités pertinentes seront ces segments du flux communicationnel qui constituent des contextes d'apprentissage. Les problèmes de pathologie au sein du flux deviendront aisément identifiables lorsque nous verrons des cas construits de manière telle que l'apprentissage acquis dans une petite séquence sera contredit par l'apprentissage acquis dans une séquence plus vaste dont la plus petite serait une composante. Théoriquement, nous pouvons nous attendre à des cas dans lesquels la partie et le tout seront identiques — où le coefficient multiplicateur entre la partie et le tout est l'unité : un seul et même contexte (vu de deux façons différentes) peut proposer un apprentissage contradictoire à différents niveaux.

Il faut à présent signaler un autre phénomène singulier — à savoir que les prémisses de la communication sont généralement auto-justificatrices. Par leur fonctionnement même, elles peuvent créer le consensus qui semblera les justifier. Celui qui croit que tout le monde est son ami — ou son ennemi — émettra des messages et agira significativement en fonction de sa prémisse. Il affrontera le monde d'une manière qui poussera ce même monde à confirmer sa conviction. Or, il a acquis cette conviction en premier lieu sous l'effet cumulé des contextes d'apprentissage qui constituaient antérieurement son flux communicationnel avec une certaine personne.

Une étude sur les psychopathologies fonctionnelles devient ainsi une recherche sur la dynamique de la communication vécue par le patient. Mais chose assez singulière, en raison même du fait que les prémisses communicationnelles sont auto-justificatrices, il n'est pas souvent nécessaire de remonter dans le passé pour étudier leur étiologie. Les prémisses sont auto-justificatrices dans le présent et par conséquent celui qui a l'esprit « dérangé », comme celui qui est normal, crée continûment autour de lui l'environnement qui fournit l'étiologie typique de ses habitudes communicationnelles — de ses symptômes. Il suffit d'examiner les rapports familiaux actuels d'un patient pour voir fonctionner ici et maintenant la constellation qui est à l'origine de ses symptômes. De fait, il est possible et fructueux d'étudier le fonctionnement d'un hôpital psychiatrique classique pour y découvrir des indices de la raison pour laquelle les patients sont mentalement malades.

Cette ample description des échanges interpersonnels comme une série de contextes d'apprentissage suggère la possibilité de deux sortes de résultats psychopathologiques : l'apprentissage d'une erreur particulière, et la rupture ou distorsion du processus d'apprentissage lui-même. Historiquement, c'est le premier résultat qui fit l'objet de la plus grande attention dans les premiers temps de la psychanalyse, quand on insistait sur le fait que certaines névroses proviennent d'expériences uniques et extrêmement douloureuses vécues durant l'enfance. En fonction de ce qui a été dit plus haut, nous pourrions repenser cette théorie et y voir un apprentissage de l'erreur — l'erreur étant alors une généralisation impropre d'une expérience personnelle terrifiante, douloureuse ou trop gratifiante. Aujourd'hui, on attache moins d'importance théorique à cette forme de pathogenèse, mais son existence, toutefois, n'est pas contestée.

Par contraste, la théorie psychiatrique moderne insiste davantage sur les résultats psychopathologiques qui proviennent d'une expérience continue et répétée plutôt que d'un traumatisme isolé. De ce point de vue, la probabilité qu'une simple erreur soit engendrée chez un individu lors d'un apprentissage est bien moindre, puisque, après tout, ses opinions, issues d'une multitude de cas, sont dans cette même mesure justifiées par la répétition des cas. A partir de ce genre d'étiologie, il faut plutôt s'attendre à la distorsion du processus d'apprentissage lui-même. Il s'agit d'un type de résultat pathologique plus abstrait, plus insaisissable, et plus difficile à corriger par quelque pratique thérapeutique, puisque tout apprentissage lors de cette expérience passera par le processus d'ores et déjà déformé.

Il est toutefois nécessaire de donner quelque substance à l'expression « distorsion de l'apprentissage ». Il me faut indiquer quelles sortes de séquences interpersonnelles pourraient avoir cet effet sur l'un et/ou l'autre des participants.

Un contexte d'apprentissage est un segment structuré de façon bien déterminée du courant d'échange entre deux personnes. Nous savons grâce aux données expérimentales que, tout en étant extrêmement variable, une certaine structuration des contextes d'apprentissage est toujours présente. Les événements dont se compose le contexte (stimulus, réaction et renforcement) peuvent être diversement reliés entre eux et constituer néanmoins une totalité structurée. En d'autres termes, nous avons ici affaire à des *gestalten* (les unités de l'échange) et nous sommes donc à nouveau confrontés à la nature particulière de ces unités. Bien qu'elles soient pour une bonne part l'œuvre des individus concernés, et qu'elles soient nécessairement le produit de la manière dont ces individus perçoivent et ponctuent ce qui se passe, leur perception est inéluctablement guidée par la culture et par l'arbitraire social. Cette perception peut être rigide ou flexible. Mais le fait essentiel est que les règles de cette ponctuation font partie de ce système de conventions et de prémisses sur lequel repose la communication. Il faut en effet considérer l'apprentissage de la communication comme une série de contextes emboîtés.

Ce que je suis en train de décrire est une procédure étrangement invertie, un processus en quelque sorte lové sur lui-même. On peut exprimer cela de bien des façons, et peut-être la plus simple est-elle d'énoncer que le courant communicationnel est une série ordonnée de contextes à la fois d'apprentissage et d'apprentissage à l'apprentissage.

Dès lors, la signification de l'expression « distorsion des processus d'apprentissage » prend forme. Elle se référerait à tous les cas où un individu ponctue le courant de communication d'une manière différente de celle de son interlocuteur, mais qui sont néanmoins renforcés par la souffrance résultant de sa vision idiosyncrasique de la relation. De son point de vue de locuteur, il croira s'être attiré une sanction pour ce qu'il pensait être en train de communiquer, alors qu'il subit en fait une punition fondée sur la perception de ses messages par l'autre.

Il est clair que cet enchaînement d'idées, s'il est en substance correct, va nous conduire à une théorie formelle de la stabilité et de l'instabilité dans les rapports humains. Nous pourrions par conséquent effectuer des recherches sur ce que les ingénieurs appellent des critères de stabilité. Est-il possible de classer les degrés et les types de malentendus de façon à distinguer les situations qui seront corrigées par les participants (si bien que le système se maintient dans un état d'équilibre) d'autres situations, qui conduisent à une détérioration progressive ? A l'heure actuelle, une telle question ne peut être posée qu'en termes très généraux, et il n'est pas possible de concevoir une réponse significative. Un point intéressant doit cependant être signalé. Nous avons affaire à des entités dont le comportement n'est en aucun cas descriptible en termes d'équations linéaires ou de logique monotone. En fait, le phénomène suivant semble se produire dans beaucoup de cas. Un processus de changement progressif s'installe dans une relation dyadique. La situation devient alors plus ou moins intolérable pour l'un et/ou l'autre des partenaires, et, au paroxysme de la tension, une explosion se produit. A la suite de quoi, le système retourne à l'état qu'il connaissait avant le changement. Mais il se peut aussi qu'émergent des structures de communication entièrement nouvelles. Il existe, après tout, des séquences d'échange plus vastes et plus longues qu'aucune de celles que nous avons rencontrées à l'intérieur des brèves tranches de données sur lesquelles repose ce livre.

Du peu que nous savons des rapports entre les détails subtils de l'interaction humaine et les cycles plus longs du cours d'une existence, il y a tout lieu de croire que les cycles plus longs sont toujours des agrandissements ou des reflets répétés du modèle inclus dans les menus détails. A vrai dire, *cette hypothèse d'après laquelle le microscopique reflètera le macroscopique est une justification majeure de la plupart de nos procédures de tests.* Une fonction majeure des techniques de micro-analyse est par conséquent d'aboutir, à partir de petites quantités de données, à des aperçus pénétrants sur les rapports humains, qui autrement n'auraient pu être obtenus qu'à l'aide d'une observation de longue haleine, ou à partir des données notoirement sujettes à caution de la reconstitution par anamnèse.

Au fond, ce qui nous intéresse dans ce livre, c'est de présenter les techniques de l'examen microscopique des rapports interpersonnels. Bien que, cela va de soi, les mots que se disent les sujets aient de l'importance, la question à laquelle nous nous attachons, celle de la description des relations entre les sujets, n'est pas une question à laquelle on peut répondre à l'aide d'un quelconque résumé de la signification lexicale de leurs messages. Il y a une immense différence entre la description mécanique : « A a donné à B telle et telle information », et la description de l'interaction, où « A a répondu immédiatement à la question de B ».

Le but ultime des méthodes esquissées à grands traits dans ce livre est d'aboutir à une présentation des processus par lesquels s'agencent les relations entre les hommes. Une étude de ces rouages qui ne tiendrait pas compte du contexte qui les dépasse ne peut offrir d'intérêt à long terme ; une analyse des relations interpersonnelles qui ne serait pas consolidée par un exposé de la complexe machinerie qui les sous-tend ne peut mériter notre confiance.

ALBERT E. SCHEFLEN

Systèmes de la communication humaine

Il existe de nombreuses façons d'enregistrer, de reconstruire et de représenter la structure du comportement au cours d'une interaction. L'une de ces façons consiste à supposer que toute interaction possède un ordre du jour, un plan d'organisation ou un programme culturel, « intériorisé » d'une manière ou d'une autre par chaque participant, et que ce plan peut être abstrait par l'observation d'un nombre suffisant d'exemples de l'interaction en question [1]. Après avoir examiné suffisamment d'exemples de la même structure comportementale dans un type donné d'interaction de la même catégorie culturelle, je peux reconstruire une carte ou *programme* de cette interaction. Ce plan représente la manière dont les participants ont probablement appris à exécuter cette interaction. Si nous étions capables d'étudier toutes les interactions possibles d'un groupe donné, je pourrais dessiner une carte détaillée et systématique de tous les actes de ce groupe. Cette carte représenterait sa culture. Ou encore, si je pouvais suivre un individu d'interaction en interaction, je pourrais préparer un programme y décrivant ses rôles. Ce programme représenterait son profil comportemental.

Lorsque l'on a construit des programmes pour de nombreux

1. Pour mener à bien ce genre d'analyse, il faut respecter deux principes méthodologiques :

(1) *Observer quelles actions se produisent effectivement.*
Nous ne devons pas nous fier aux méthodes introspectives. Ni les sujets, ni les informateurs, ni les juges ne peuvent décrire un tant soit peu systématiquement les comportements. Il ne faut pas non plus compter sur ses propres jugements, ni utiliser des variables données à l'avance. Il faut enregistrer *tout* ce qui se produit. Pour notre part, nous réalisons des films sonores de toute interaction que nous désirons étudier [286].

(2) *Maintenir constants l'arrière-plan culturel et subculturel de ses sujets, ainsi que les contextes de l'interaction.*
D'une façon générale, les sujets doivent accomplir les mêmes interactions dans les mêmes situations, dans les mêmes circonstances d'observation.

types d'interaction, on peut en induire certaines considérations sur la nature ou sur les propriétés des programmes en général. Voici certaines des propriétés ou qualités que nous avons pu observer dans nos recherches :

1. *Les programmes évoluent et sont transmis culturellement.*

Dans chacun des divers groupes ethniques se sont développés des modes particuliers d'exécution des tâches de la société : manger, se baigner, se battre, faire la cour, etc. La connaissance de ces programmes est transmise de génération en génération, des hommes d'expérience aux novices, par un processus d'apprentissage qui reste en grande partie inconscient. Des programmes ou des variantes spécifiques se sont développés au sein de chaque division subculturelle, c'est-à-dire par région géographique, par classe sociale, par groupes religieux et professionnels, etc.

2. *Les programmes se déroulent dans des contextes spécifiques.*

C'est dans des situations particulières que des programmes donnés seront suscités ou « déclenchés ».

Les quatre contextes suivants au moins sont décisifs.

Le cadre physique. Par exemple, les funérailles dans notre culture se déroulent en privé ou dans des maisons funéraires. Le cadre, les ornements et d'autres facteurs physiques sont établis par la coutume.

L'occasion. Les programmes peuvent être limités à certains moments de la journée, du mois ou de l'année, ou se produire lors de périodes sociales ou cosmologiques particulières. La date de Pâques, par exemple, est établie en fonction des phases de la lune et de l'équinoxe de printemps.

La structure sociale. Il se peut que le programme se produise seulement au sein de groupes d'une composition donnée, et qu'en retour le programme accompli y détermine les rapports mutuels.

La structure culturelle. Les programmes ne sont que des unités dans la culture qui les englobe, et ils se produisent en relation temporelle et spatiale avec d'autres programmes.

3. *Les programmes prescrivent la forme de tous les comportements, et pas seulement du langage.*

Non seulement le comportement verbal, mais tous les modes de comportement sont codifiés et structurés par la tradition. Si, par exemple, nous provenons d'une certaine région du Midwest, nous ne parlerons pas seulement le dialecte du Midwest, mais (jusqu'à un certain point) nous bougerons, nous nous assiérons, nous marcherons, nous ferons des gestes et des grimaces, nous mangerons, travaillerons, ferons la cour et tondrons le gazon comme les gens de cette région ont appris à le faire.

Puisque tous les comportements sont (potentiellement) communicatifs, nous pouvons les classer selon un tableau du comportement communicatif. Il est d'usage de parler de comportement verbal et non verbal, mais le schéma suivant est plus complet*.

(I) le comportement vocal
- (a) linguistique
- (b) paralinguistique [316]

(II) le comportement kinésique
- (a) mouvements corporels y compris l'« expression » faciale [35 ; 39 ; 41]
- (b) éléments provenant du système neuro-végétatif comprenant la coloration de la peau, la dilatation de la pupille, l'activité viscérale, etc.
- (c) la posture [285]
- (d) les bruits corporels

(III) le comportement tactile [111]

(IV) le comportement territorial [64] ou proxémique [155]

(V) d'autres comportements communicatifs (peu étudiés), comme par exemple l'émission d'odeurs

(VI) le comportement vestimentaire, cosmétique, ornemental, etc.

Puisque le comportement, dans chacune de ces modalités, peut être senti, vu, entendu ou perçu autrement encore, nous pouvons parler de canaux de la communication tels que le locutif-auditif, le kinésique-visuel, et ainsi de suite.

Rapports entre ces modalités. Les diverses modalités du comportement peuvent être mises en relation de façon directe et manifeste, de telle sorte qu'il y ait duplication du message ou redondance. Celle-ci sert à réduire l'ambiguïté. Par exemple, la montée ou la chute de la voix à la fin de la proposition syntaxique anglaise est

*. Le schéma original a été légèrement modifié en fonction de deux articles ultérieurs de Scheflen [288 ; 289].

invariablement accompagnée par le haussement ou l'abaissement des paupières, de la tête ou des mains [285; 43]. Quand les locuteurs utilisent des pronoms ambigus, ils ont coutume d'en montrer le référent de la tête, de la main ou des yeux.

En d'autres occasions, le comportement semble convoyer sous ses différentes modalités des messages très différents, sinon antithétiques. Par exemple, nous pouvons faire montre de vigueur en parole et d'épuisement au plan kinésique, tenir un langage de classes moyennes et offrir un maintien et des gestes de classes inférieures, etc.

En utilisant des modalités différentes, les membres de l'interaction s'intègrent régulièrement et naturellement dans un sous-groupe quant à la conversation, dans un autre sous-groupe au plan kinésique et dans un autre encore au plan du toucher ou des jeux de regard.

Mode d'exécution. La tradition prescrit la manière dont les unités doivent être réalisées. Exécuter une unité très lentement, en rougissant ou avec un air d'ennui peut être une déviation qui interrompt un programme.

4. *Le programme exige une stricte intégration des unités structurales.*

Il existe, bien entendu, un grand nombre de structures comportementales possibles, même au sein d'une seule culture. Ces différentes structures, cependant, sont constituées par un certain nombre d'intégrations de micro-unités comportementales. Il n'y a que 43 phonèmes en anglais [166; 178], une trentaine de gestes [1] et un nombre inconnu mais restreint d'expressions faciales et de postures. La variabilité provient de la façon dont ces unités de base sont intégrées au sein d'unités supérieures. Les unités sont hiérarchiquement intégrées de plusieurs façons : (1) les unités discursives et kinésiques sont structurées hiérarchiquement à l'intérieur de chaque modalité*, (2) les unités sont intégrées entre modalités, (3) les unités exécutées par chaque participant sont intégrées dans l'interaction [286], (4) les unités sont intégrées dans le temps, si bien que les programmes possèdent une progression et une allure.

1. Communication personnelle avec R. Birdwhistell (1965).

*. Cf. § 3.

L'intégration effective des unités est bien entendu réalisée par une coordination des exécutions. Une telle coordination se fonde sur la *reconnaissance* et la *régulation*.

La reconnaissance. Souvenons-nous que les unités sont structurées selon des règles strictes. En d'autres termes, les unités se manifestent sous des formes régulières. De ce fait, il est possible de les percevoir comme des *gestalten* et donc de percevoir des intégrations complexes plus vastes de façon rapide mais inconsciente [245].

Les unités possèdent également des éléments spéciaux qui indiquent leur état d'achèvement et de « réalisation en cours ». A la fin de la proposition syntaxique anglaise, par exemple, l'arrêt de l'articulation est marqué par une certaine hauteur de ton et une certaine oscillation du corps. Dans les unités plus grandes, on constate une modification de la posture à la fin de chaque segment [285]. Cet élément terminal n'indique pas seulement que de petites unités sont achevées : la posture adoptée entre les modifications signale qu'une unité plus large est toujours en cours. Puisqu'un rapport s'installe entre certaines postures et certaines unités et que certains ensembles posturaux entre participants sont associés à certaines relations interpersonnelles, la posture sert à désigner le genre d'unité et le type de relation présents dans l'interaction.

La régulation. Les façons régulières de hocher la tête, battre des paupières [40], soutenir le regard [286; 195], etc., offrent un commentaire continu à chaque participant sur la compréhension des échanges et sur l'approbation de l'allure de leur déroulement. Chaque participant dispose de mécanismes de rétroaction auditifs, visuels et proprioceptifs, et des signaux peuvent lui indiquer une dislocation des unités ou une rupture de la synchronie interactionnelle.

5. *Les programmes définissent la structure sociale du groupe en action*.

Fondé sur une certaine tradition culturelle, le programme prescrit habituellement au moins les aspects suivants de la structure sociale, et limite par là les types de groupes et de participants qui peuvent le réaliser.

La composition du groupe. Le programme peut exiger que seules les personnes de tel sexe, de tel âge, de tel statut social ou de telle capacité soient aptes à prendre part à sa réalisation. Le nombre des participants peut également être limité ou divers regroupements peuvent être requis.

La nature des rapports pendant l'exécution. Un programme peut réclamer que les participants maintiennent entre eux certains rapports, par exemple, qu'ils soient apparentés ou de même niveau social. Généralement, le programme fixera la nature et la limite des rapports pendant l'exécution, qui sera encadrée de systèmes de valeurs, de normes et de tabous.

La désignation des rôles. Les programmes comportent souvent des comportements spécialisés ou bien requièrent que certains actes soient accomplis seulement par des femmes, par des personnages de statut élevé, etc.

6. *Mais une unité n'est pas nécessairement exécutée par un seul et même individu.*

Une unité donnée, d'habitude exécutée par une seule et même personne, peut l'être par plusieurs membres de l'interaction dans certains cas : par exemple, un locuteur peut commencer un énoncé, et un autre l'achever. Un seul et même membre peut encore exécuter simultanément plusieurs unités dans différents registres comportementaux, et remplir ainsi en même temps divers points du programme tels que soutenir une conversation dans un sous-groupe, toucher un voisin pour l'introduire dans le cercle de la conversation et corriger, d'un froncement de sourcil, l'écart de conduite d'une autre personne.

7. *Les programmes offrent de nombreuses variantes ou alternatives.*

Tout comme de nombreux mots possèdent un synonyme, la plupart des unités d'un programme semblent comporter des « èmes » [257] ou unités équivalentes qui peuvent être substituées l'une à l'autre de façon interchangeable sans interrompre le déroulement du programme. En fait, de larges portions du programme tout entier peuvent se présenter sous une certaine variante ou alternative. Il arrive souvent que nous ne puissions déterminer aucune systématicité dans ces modifications, mais voici quelques conditions de variation que nous avons explorées.

Les variantes traditionnelles liées à quelques situations critiques. Si un personnage-clé est absent, si des interruptions extérieures se produisent, ou si le cadre physique habituel n'est pas disponible, des modifications appropriées et des programmes alternatifs sont mis en place. Généralement, les mêmes situations critiques sont fréquemment survenues dans l'histoire d'un même peuple et une alternative traditionnelle peut être automatiquement établie [240].

Les variantes innovatrices. Quoique nous n'en ayons pas vérifié expérimentalement la possibilité, il est généralement admis que les sujets sont capables d'inventer des modifications en l'absence d'alternatives traditionnelles. Certaines de ces innovations finissent apparemment par être intégrées dans les programmes courants [240]. Miller, Galanter et Pribram [245] décrivent des programmes de création de plans.

La métacommunication. La nécessité a probablement exigé que certaines représentations se développent dans un but de démonstration ou de dramatisation des événements à l'intention de ceux qui n'y assistaient pas. Au fur et à mesure que l'homme développait la parole, ces représentations lui permirent de nouer une histoire, de raconter une plaisanterie, de monter une scène, de décrire ce qui s'était passé la veille. En d'autres termes, il pouvait alors communiquer sur la communication. Ceci est connu sous le terme de *métacommunication*. Les signaux qui indiquent : « ceci n'est pas réel ; ceci est à propos du réel », Bateson les a appelés des signaux métacommunicationnels [13].

Une des formes de métavariante (ou représentation) consiste en des déclarations ou systèmes de mythes surgis dans toutes les cultures à propos de leurs comportements. Ces énoncés constituent des justifications sociales ou individuelles, des conceptions téléologiques, des jugements de valeur, etc. Chaque membre d'une culture semble apprendre non seulement *les comportements programmés mais les idées relatives à ces comportements*. C'est ce dernier type d'information qu'on obtient lorsqu'on pose des questions à un sujet sur son comportement.

Il est évident qu'il doit exister un nombre incroyable de programmes et de variantes — au point, en fait, qu'il est facile de voir pourquoi nous pouvons continuer à croire que le comportement humain se produit de façon aléatoire ou en vertu du libre arbitre. Tout le problème est que nous l'avons observé sans faire référence à la culture et au contexte où il s'insère.

LES SYSTÈMES ENGAGÉS DANS LA COMMUNICATION

Il est clair qu'isoler le programme ne rend pas justice à la complexité dynamique de son exécution réelle. Le programme est produit par des acteurs sociaux. Mais une fois qu'on a entr'aperçu la complexité d'un programme, le grand nombre de ses variantes et la richesse des méta-énoncés qu'un enfant doit apprendre, accumuler et produire pour être une personne, on débouche sur une conception très différente des communicateurs et de la communication.

Voilà qui ne vient pas conforter nos conceptions antérieures d'un mono-déterminisme simple, ni les modèles réducteurs que nous avions l'habitude d'utiliser. Au contraire, nous aboutissons à une vision d'une grande complexité, offrant une perspective entièrement différente sur le déterminisme.

Tout individu a été élevé dans un groupe social; sinon, il n'aurait pas survécu [240; 305]. Le comportement de ce groupe a été déterminé par sa tradition culturelle, et le jeune enfant y a appris à agir d'une façon régulière et prévisible. (Quels aspects de son comportement ont été transmis par l'hérédité, cela, nous l'ignorons.) Tout au long de son existence, il vivra dans une structure sociale, et les modèles qu'il a appris seront préservés et renforcés. Même lorsqu'il sera seul, il agira, et peut-être même pensera [334] de façon conforme aux unités et programmes acquis. Ces modèles affecteront jusqu'à son style propre, ses productions idiosyncrasiques et ses écarts personnels.

Il a appris à produire sa propre contribution comportementale en fonction d'un indice ou d'un contexte approprié. Il connaîtra aussi quelque chose de la programmation des autres participants à l'interaction, ainsi que des dispositifs régulateurs qui permettent le maintien du programme. Et tout ce comportement, si le lecteur peut encore supporter ce surcroît de déterminisme, semble être intégré non en simples enchaînements de cause à effet, mais en processus rétroactifs simultanés à multiples niveaux. Les modifications essentielles les plus dérangeantes pour la théorie sont celles qui vont : *(1)* de la simplicité à la complexité, et *(2)* du communicateur, comme auteur et créateur, au concept de structuration suscitée ou déclenchée.

Approche systémique de l'organisme humain en tant que communicateur

Puisque la communication exige le rappel de programmes complexes et un traitement continu de l'information, nous allons devoir comprendre au moins deux types de systèmes, ainsi que leurs relations mutuelles.

En premier lieu, une certaine carte cognitive de la structure du comportement (correspondant aux contextes) doit être stockée dans la mémoire et rappelable à tout moment. Une telle carte doit constituer l'image d'un système de comportement.

En second lieu, le traitement de l'information aux niveaux organique et suborganique réclame une conception systémique des processus que nous appelons aujourd'hui la perception et le *feedback,* le souvenir et l'intégration, l'activité neuromusculaire, etc.

La psychologie moderne de l'*ego* et la psychologie cognitive ont avancé des propositions théoriques sur les processus d'intégration. La plus sophistiquée à ma connaissance est liée au concept d'images et de plans de Miller, Galanter et Pribram [245]. Ces théoriciens ont également développé un nouveau modèle de la rétroaction pour représenter la mise à l'essai et l'activation des plans. Leur schéma reprend la structure hiérarchique du comportement. Miller a développé des postulats sur les sous-systèmes de traitement de l'information, mais ces conceptions reposent sur le postulat de la boîte noire [1]. Nous sommes grandement handicapés ici par un manque de connaissance sur la mémoire.

1. Bien entendu, les processus ne peuvent être observés directement sans dommage. Une récente stratégie pour tourner les limitations de la boîte noire consiste à construire des ordinateurs qui simulent le système nerveux [55] et des programmes d'ordinateur qui simulent les programmes de comportement [251].

De ces idées nous pouvons tirer le concept heuristique d'un organisme humain communicatif, à savoir que la personne, sous des conditions appropriées, participe à la communication. De plus, pour disposer de mécanismes intacts de traitement de l'information, cette personne devra avoir appris correctement les systèmes de communication de son groupe social et devra être désireuse ou capable de les utiliser. Une fois que l'on a, par suite de recherches, défini avec précision ce que sont ces structures comportementales, on possède une base pour définir systématiquement l'anormalité et la déviance [1].

Quelques conditions d'organisation sociale nécessaires à la communication

Que le comportement communicatif approprié ait été exécuté ne signifie pas, bien entendu, qu'une communication se soit pro-

---

Ces efforts ont jusqu'à présent été limités par le fait que l'attention s'est portée uniquement sur le discours écrit, et que les processus de communication restent conçus en simples chaînes de *bits* digitaux.

1. Ces développements ont des implications importantes pour la psychopathologie et la psychiatrie. En voici quelques-unes parmi les plus évidentes :

(a) Puisque le comportement anormal est généralement non communicatif, nous possédons une base pour classer la déviance, en déterminant d'abord les programmes normaux, puis en observant la nature et l'effet des actions non programmées sur l'interaction.

(b) Le comportement peut être non communicatif parce qu'un participant a été éduqué dans une culture différente de celle des autres membres d'un groupe. Dans ce cas, ce comportement n'est pas pathologique. Puisque de telles différences culturelles existent, nous devons mettre fin à la pratique qui consiste à faire comme si les normes de notre propre environnement étaient des normes biologiques, universelles. Nous devons au contraire étudier la déviance par des comparaisons interculturelles.

(c) L'apprentissage défectueux peut se situer dans le comportement, dans la manière de l'accomplir, ou dans les méta-énoncés dont il est l'objet. Nous pouvons par les méthodes introspectives trouver des anormalités dans l'*attitude*, qui ne sont pas nécessairement doublées d'anormalités dans le *comportement ;* inversement, des sujets qui se conduisent de façon déviante peuvent avoir des attitudes et des valeurs ordinaires. L'inconscient pourrait être défini de façon opératoire comme la divergence entre le comportement effectif et les métaconceptions portant sur ce comportement.

duite*. Avant tout, le comportement doit être accompli au cours de relations sociales. Pour que se réalise un programme, deux personnes ou davantage, de formation culturelle similaire, doivent entrer en rapport, et l'organisation sociale du groupe exécutant doit posséder au moins les caractéristiques suivantes.

Les membres doivent disposer de canaux de communication, parfois à distance, mais d'habitude en face à face, afin de pouvoir se voir, s'entendre et souvent se toucher.

La cohésion du groupe doit être maintenue au moins jusqu'à l'achèvement du programme.

Le contact avec l'organisation sociale supérieure doit être maintenu à la fois pour intégrer les divers programmes et afin que chaque membre du groupe puisse conserver sa position dans d'autres groupes.

Il est fréquent qu'un groupe doive préserver sa continuité entre deux exécutions, et doive poursuivre des activités à aussi long terme que le remplacement et la formation de nouveaux membres.

Quand les participants à l'interaction sont parfaitement familiers avec un programme, celui-ci peut être exécuté sans qu'il y ait besoin d'échanger la moindre information nouvelle. Il suffit de quelques échanges régulateurs simples. Les dispositifs régulateurs suivants sont communément utilisés.

De constantes réductions d'ambiguïté. Par leur configuration, des unités et marqueurs assurent l'orientation des participants. L'ambiguïté apparaît quand ces unités et marqueurs, tels les hochements de tête et la vivacité gestuelle habituelle, se répètent trop souvent ou disparaissent.

Des signaux d'avertissement ou de régulation. A l'apparition d'une anomalie ou d'une mauvaise compréhension, un des membres du groupe produira un signal qui, dans ce contexte, avertira d'un écart et, généralement, opérera une correction. L'avertissement consiste souvent en un signal kinésique ou vocal spécial qui semble ne se produire en aucune autre circonstance dans l'interac-

*. C'est-à-dire qu'un message ait été transmis. Exceptionnellement, Scheflen utilise « communication » dans le sens de transmission. Dans le sens systématique, utilisé partout ailleurs dans ce texte, communication ne peut logiquement prendre l'article indéfini.

tion. Dans la culture américaine, ces signaux comprennent un type de froncement des sourcils, le décroisement des jambes préparant la station debout, une pression tactile appliquée sur la personne en faute et le geste qui place horizontalement l'index sous les narines [284; 286].

Un recalibrage. Lorsque l'interaction s'égare ou s'effrite, on peut fréquemment observer que le programme s'arrête et qu'il n'est repris qu'après une répétition des annonces et présentations diverses que les membres du groupe produisent au début de l'interaction [1]. Nous présumons que les conduites initiales de mise en place sont réaffirmées. Nous appelons « recalibrage » cette procédure de correction.

On peut dire qu'en général la régulation et le contrôle de routine d'une interaction sont exercés par l'intermédiaire d'activités non verbalisées, et que l'activité lexicale est employée pour des recalibrages, modifications et instructions particulières. Il est possible qu'il soit plus efficace de diriger les processus fondamentaux de conservation et de régulation au moyen d'un contrôle automatique et inconscient. La conscience est ainsi gardée en réserve pour des difficultés et instructions spéciales.

LA COMMUNICATION

Ceci nous conduit à une question cruciale, à laquelle beaucoup de sciences se sont heurtées [69; 116; 63]: comment pouvons-nous dire que l'information a été transmise et perçue ? Lorsque des événements importants, de l'information nouvelle ou une discussion sont en jeu, les sujets peuvent certainement savoir qu'ils s'en sont aperçus ou du moins pouvons-nous observer qu'ils se conduisent de façon modifiée. Pour les comportements non lexicaux et moins manifestes, il peut n'y avoir aucune perception consciente, et le fait qu'un participant à l'interaction agisse ensuite de façon appropriée à l'égard d'un autre peut seulement signifier qu'il va de

1. Communication personnelle de R. Birdwhistell (1965).

l'avant avec sa propre exécution du programme. Nous répondons dès lors à la question en supposant que toute l'information nécessaire a été transmise si le programme s'est déroulé sans accroc. Théoriquement, nous pouvons mesurer la quantité d'information transmise en déterminant l'exécution « idéale » du programme par évaluation des avertissements, des retards et des défaillances. Nous pouvons indiquer avec exactitude quand il y a mauvaise communication en repérant où se produisent ces accrocs.

La communication peut, en somme, être définie comme le système de comportement intégré qui calibre, régularise, entretient et, par là, rend possibles les relations entre les hommes [1]. Par conséquent, nous pouvons voir dans la communication le mécanisme de l'organisation sociale, tout comme la transmission de l'information est le mécanisme du comportement communicatif.

1. Communication personnelle de R. Birdwhistell (1965).

2

Recherches sur l'interaction : approche micro-analytique

RAY L. BIRDWHISTELL

Un exercice de kinésique et de linguistique : la scène de la cigarette

traduit par Yves Winkin

Titre original : « A Kinesic-Linguistic Exercice : The Cigarette Scene », in *Kinesics and Context : Essays on Body Motion Communication* (kinésique et contexte, essais sur la communication par le corps en mouvement), Philadelphie, University of Pennsylvania Press, 1970, p. 227-250.

EDWARD T. HALL, *Proxémique*

traduit par Alain Cardoen
et Marie-Claire Chiarieri

Titre original : « Proxemics », *Current Anthropology*, vol. 9, n° 2-3 (1968) p. 83-95.

RAY L. BIRDWHISTELL

Un exercice de kinésique et de linguistique : la scène de la cigarette

Doris et Gregory, alors que la caméra est rechargée et recommence à filmer la scène, reprennent place sur le canapé. Chacun a devant lui une chope de la bière maison, offerte par Doris. Le regard de celle-ci passe de Gregory à la chope puis se pose sur les allumettes qu'il tient en main. De la main gauche, Doris porte une cigarette à ses lèvres tandis que sa main droite s'éloigne de la chope posée sur la table basse. Gregory poursuit : « C'est un enfant de quatre ans et demi très, très intelligent. Tenez, ce dessin qu'il nous a apporté est très avancé pour un enfant de quatre ans et demi. » Tout en parlant, il ouvre sa pochette d'allumettes, en extrait une allumette et la craque sous la pochette refermée. Il déplace l'allumette enflammée et la met en contact avec la cigarette de Doris, tandis qu'il termine sa phrase. Pendant qu'il parle, les mouvements de Doris s'accordent avec ses manipulations de l'allumette, jusqu'à ce que la cigarette soit allumée. Elle dit : *I suppose all mothers think their kids are smart, but I have no worries about that child's intellectual ability* (« Je suppose que toutes les mères pensent que leurs gosses sont intelligents, mais je ne me fais pas de soucis sur la capacité intellectuelle de cet enfant »). Il s'écoule 3/8e de seconde entre *child's* et *intellectual* ainsi qu'entre *intellectual* et *ability**. Gregory déclare alors — ses premiers mots coïncidant avec la seconde hésitation de Doris et *ability :* « Non, c'est un enfant très intelligent. » Tout en parlant, Doris laisse tomber la main droite sur le bord de la table, puis la laisse glisser légèrement sur la gauche pour rajuster la bride de son soulier, avant de la ramener derrière elle près du divan. Ce mou-

*. L'analyse portant ici sur la structure accentuelle de la phrase prononcée par Doris, il est apparu préférable de ne pas chercher à la transposer en français, la ligne prosodique de la langue française étant très différente de celle de l'anglo-américain.

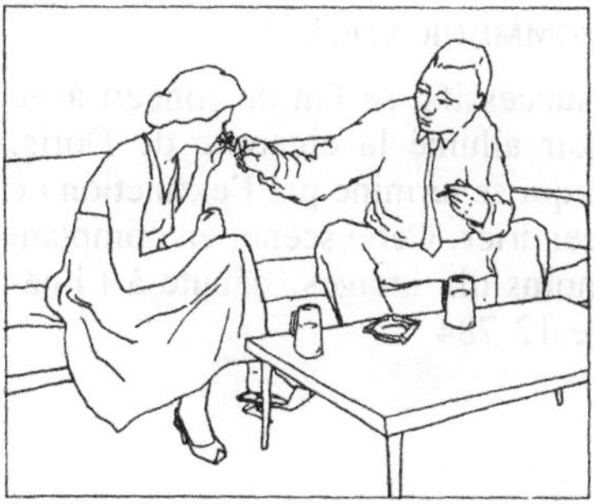

… Tout en parlant, il ouvre la pochette, en extrait une allumette et la gratte sous la poche repliée. Il déplace la flamme et la met en position de contact avec la cigarette de Doris… (12 660)

… I suppose all mothers think…

… Tout en parlant, Doris laisse tomber la main droite sur le bord de la table… (12 725)

… their kids are smart but…

… puis la laisse glisser légèrement sur la gauche pour rajuster la bride de son soulier… (12 759)

… I have no worries about…

… avant de la ramener derrière elle près du divan (12 824).

… that child's intellectual ability.

vement, dans ses déplacements successifs, se fait de concert avec celui de Gregory qui, après avoir allumé la cigarette de Doris, dessine dans l'espace un triangle qui se termine par l'extinction de l'allumette et son dépôt dans le cendrier. Cette scène, en comptant une approximation de plus ou moins dix images, débute à l'image12 529 et se termine à l'image 12 784.

Introduction

« La scène de la cigarette », une séquence interactionnelle qui dure environ 18 secondes, est restée une référence de base pour l'analyse linguistico-kinésique tout au long de la décade qui a suivi l'étude originale des films de Doris et Gregory [1]. Les techniques de tournage se sont améliorées, les budgets sont devenus suffisamment fournis pour permettre l'enregistrement prolongé en son synchrone de séquences de conversation, d'entretien et d'interaction, longues d'une demi-heure, voire d'une heure, et, grâce au perfectionnement du repérage des images par Jacques van Vlack*, la corrélation entre les activités phonique et gestuelle est devenue plus précise. D'autres films ont suscité notre intérêt scientifique. Mais cette scène, où Gregory et Doris simultanément discutent des mérites de Bruce, le fils de Doris, âgé de quatre ans et demi, et s'engagent dans le rapprochement et le retrait, rythmés comme une danse rituelle, de l'allumette et de la cigarette, est demeurée comme un corpus riche de données qui ne sont pas encore toutes analysées. La cadence spéciale de ce moment de l'interaction que Gregory (images 12 756-12 786 et 12 786-12 826) clôture par un

1. Ce texte est extrait de *The Natural History of an Interview* (Norman Mac Quown, dir. pub.). La recherche décrite dans ce rapport non publié fut entamée au *Center for the Advanced Study in the Behavioral Sciences* durant l'été de 1956. Gregory Bateson, Henry Brosin, Charles Hockett, Norman Mac Quown, Frieda Fromm-Reichmann et l'auteur sélectionnèrent, pour analyse, dix minutes d'un entretien précédemment enregistré et filmé par Bateson. L'étude de différentes scènes de ce corpus a été poursuivie de façon sporadique par Mac Quown et ses étudiants, Birdwhistell et ses étudiants et par Henry Brosin jusqu'au moment de cette rédaction (juin 1967).

*. Jacques van Vlack : caméraman spécialisé dans le cinéma scientifique, qui a très souvent travaillé avec Birdwhistell.

changement de rythme, comme s'il maniait une baguette de chef d'orchestre, donne à la scène une importance critique, qui doit être prise en compte dans toute évaluation finale de la relation entre Gregory et Doris. L'apparente incongruité des mouvements corporels par rapport au contenu des propos échangés et l'intégration, fluide comme l'ajustement d'une main à un gant, des mouvements rythmiques des deux participants dans l'acte mécanique qui consiste à allumer une cigarette, a fait de cette scène un excellent instrument de démonstration. Dans nos premières estimations, la qualité spectaculaire de l'échange avait masqué la signification d'autres comportements qui s'y déroulaient. La catégorie parakinésique « rythmique-disrythmique » avait, dans de premières évaluations, englobé des données qui, lorsque nos analyses devinrent plus fines, purent être identifiées comme des kinèmes d'accentuation et des kinémorphèmes suprasegmentaux. Le présent exercice a pour but d'amener la recherche initiale au niveau des techniques mises au point plus récemment.

Du kine au kinème

Ainsi que nous l'avons écrit ailleurs [32; 33; 36], la théorie et la méthodologie de la kinésique ont été influencées de façon constante par celles de la linguistique descriptive et structurale. Dès les premières découvertes morphologiques, il a été clair que le comportement communicatif perceptible à l'œil présentait des propriétés formelles au moins analogues à celles qu'on pouvait repérer dans le comportement communicatif perceptible à l'oreille. J'ai eu la chance de me trouver en contact constant avec des chercheurs en linguistique : ce contact a déterminé le mode d'investigation et l'appareil terminologique de la recherche en kinésique [1].

1. Dans le même temps, à cause d'une profonde admiration pour la discipline et la rigueur de la linguistique, j'ai réagi contre l'exigence à la mode et souvent irréfléchie des distinctions « émiques-étiques ». Au long de la recherche kinésique, tout a été fait pour rester prudent dans l'abstraction d'éléments isolables du mouvement corporel (kines) en classes manipulables d'allokines (kinèmes). La « distribution complémentaire » est une idée d'une grande force méthodologique pour le linguiste et s'est révélée être un outil efficace pour l'analyse phonologique. Mais, à cause de la stratification multiple du comportement gestuel, à la fois

Les distinctions entre kine et kinème, kinémorphe et kinémorphème restent utiles et efficaces. Cependant, ces termes sont seulement des moyens heuristiques. Nos attributions doivent être considérées comme de premières approches, aussi longtemps que nous ne serons pas plus sûrs de la morphologie et de la syntaxe de

---

quant aux parties du corps à envisager et aux arrangements temporels, les qualités distributionnelles des unités de la kinémorphologie sont plus difficiles à repérer au sein des données empiriques.

Au moment où ces lignes sont écrites, un kinème est une classe d'allokines dont la substituabilité peut être démontrée au sein de kinémorphes.

Si la présence de plus d'un allokine est découverte dans le même voisinage structural, le kine qui le représente peut être :
(a) membre de plus d'une classe kinémique
(b) un kine insuffisamment raffiné, ou
(c) la morphologie n'a pas été suffisamment analysée, et nous nous heurtons probablement à un chevauchement entre niveaux du courant comportemental*.

*. Ce rappel très technique des bases théoriques de la kinésique, placé dans le corps du texte original, appelle une seconde note, plus générale. La terminologie et la démarche intellectuelle de la kinésique sont calquées sur celles de la linguistique descriptive de Smith et Trager [301 ; 316]. Il convient d'en rappeler les principaux points. Parmi les milliers de sons que peut produire l'appareil phonateur, seuls une trentaine sont retenus pour fonder une langue. Pour les distinguer des sons (ou « phones »), les linguistes les appellent *phonèmes* — ceci étant bien sûr un raccourci outrageant pour la linguistique, qui a passé trente ans de son histoire à définir cette notion. Les sons retenus par une langue peuvent être prononcés de différentes façons sans que l'on passe au phonème suivant. Ainsi, (p) peut s'approcher de (b) sans se confondre avec lui — d'autant que (p) et (b) ne sont jamais prononcés seuls mais dans un certain *contexte* phonologique, constitué des sons environnants. Toutes ces variations dans la prononciation d'un son qui ne modifient pas celui-ci sont les « *allophones* » de ce son. L'ensemble des « allophones » de (p) forment une « classe » qui est le phonème /p/. En termes plus techniques, toujours empruntés à la linguistique descriptive américaine, des sons sont dits « allophones » soit s'ils apparaissent dans les mêmes contextes (ils sont dits en « variation libre » ou en « distribution libre »), soit s'ils n'apparaissent jamais dans le même contexte (leur distribution est dite alors « complémentaire »). Par exemple, les (i) de *vide* et de *vite* sont des allophones du phonème /i/ parce que l'un n'apparaît jamais à la place de l'autre (cf. [90, p. 223]). Mais au contraire d'une substitution entre /p/ et /b/ dans *plan* et *blanc*, les deux (i) ne servent pas à distinguer un mot d'un autre.

Deux disciplines linguistiques traitent de ces questions : la *phonétique* traite des sons en général, la *phonémique* (ou phonologie) traite uniquement des phonèmes. Sur la base de cette opposition entre « phon-étique » et « phon-émique », certains linguistes et anthropologues américains ont proposé de parler de la « distinction

la kinésique (même limitée à la gestualité anglo-américaine). L'histoire de la recherche phonologique rassure le chercheur en kinésique qui n'est pas trop sûr de la validité de ses modèles ; la recherche de demain les confirmera ou les rejettera.

La vision et l'audition

La plus ancienne recherche en kinésique visait seulement à établir les corrélations les plus manifestes entre mouvements du corps et comportement verbal [32]. Il me restait encore à comprendre la possibilité ou la nécessité du film sonore : je résistais, en fait, à l'idée antérieurement suggérée par Mac Quown [235] que l'avenir de la recherche linguistico-kinésique dans ses relations avec les phénomènes sociaux passait par un enregistrement parallèle des

---

étique-émique » pour parler de façon générale de la différence entre les unités dégagées par l'observateur (qui étudie une culture, un comportement, etc.) et les unités pertinentes pour les utilisateurs (qui découpent et structurent cette matière).

Dans ses travaux kinésiques, Birdwhistell suit de très près cette façon de voir. Il prend ainsi l'exemple du clin d'œil. Ce n'est au départ qu'une manifestation neuromusculaire parmi les milliers que peut produire le visage. Mais c'est une manifestation particulière parce qu'elle a été retenue par la culture. Elle ne signifie rien en elle-même mais elle se distingue d'autres jeux musculaires : c'est un *kine,* la plus petite unité de mouvement corporel qui puisse être extraite et distinguée d'un autre mouvement. Le chercheur s'aperçoit que ce clin d'œil peut être produit selon diverses vitesses, intensités et positions, sans que ces variations n'en changent le « sens ». Pour parvenir à cette conclusion, le chercheur en kinésique doit montrer à des informateurs (dont les caractéristiques socioculturelles sont connues) plusieurs « variétés » de clin d'œil (sous forme de films par exemple). Les kines [clin d'œil] qui entraînent chez ces informateurs les réponses « c'est la même chose », ou « c'est différent, mais ça ne signifie rien de différent », sont dits *allokiniques.* Ils forment des classes de kines dénommées *kinèmes.* Birdwhistell suggère ainsi que la gestualité, comme le langage, est composée d'environ cinquante kinèmes (y compris les kinèmes prosodiques — cf. *infra*).

Revenons à la linguistique. Après avoir déterminé les phonèmes, il faut, au niveau suivant, reconstituer les *morphèmes,* ou classes de morphes allomorphes. C'est le travail de la *morphophonémique.* La procédure de découverte des phones et phonèmes est appliquée aux morphes et morphèmes. Le morphe est « tout élément phonique à valeur significative, qui ne saurait être analysé en éléments

phénomènes phonétiques et microkinésiques suivi d'une analyse poussée. En tant qu'anthropologue, j'étais attiré par les éléments les plus évidents, dont je croyais qu'ils pouvaient être abstraits et généralisés par une simple découpe soigneuse du flux complexe qu'est un message. La détermination de ces éléments, croyais-je, conduirait à la compréhension de ce qu'est la communication — soit, pour moi, hier comme aujourd'hui, la structure dynamique qui sous-tend l'ordre et la créativité au sein de l'interaction sociale.

Les données complexes qui commencèrent à émerger lorsque la recherche sur les mouvements du corps s'engagea dans des comparaisons entre différentes cultures, ainsi que les invitations de Henry Lee Smith Jr. et George L. Trager à étudier le mouvement corporel comme une structure possédant ses propres règles d'ordre, me forcèrent à me concentrer sur le comportement humain visible réduit au silence. De petites séquences filmées et l'accès à un projecteur muni d'un ralentisseur fournirent, dès 1956, les

---

phoniques significatifs plus petits» [90, p. 259]. Des morphes appartenant à la même classe sont dits allomorphes, la classe étant le *morphème*. Les morphes sont techniquement définis par le fait que «leur substitution, ou bien n'est jamais possible dans un même contexte, ou bien est possible dans tout contexte» [90, p. 259]. Par exemple, le «i» de «ira» et le «al» de «allons» ne sont pas substituables mais renvoient à «aller»; «peux» et «puis», qui renvoient à «pouvoir», sont toujours substituables. Les morphèmes sont alors constitués en mots: c'est le travail de la *morphologie*.

Birdwhistell procède de la même manière. La *kinémorphémique* établit les *kinémorphèmes*, ou classes de kinémorphes allokinomorphes. La *kinémorphologie* regroupe ensuite les kinémorphèmes en *constructions kinémorphiques*, équivalentes des «mots» du langage. De même que le linguiste étudie alors la *syntaxe* (l'organisation des mots en propositions), le kinésiciste tente de voir comment s'organisent les *constructions kinémorphiques complexes*.

Après avoir déterminé ces différents «segments», le linguiste et le kinésiciste peuvent encore étudier les éléments «suprasegmentaux», c'est-à-dire les éléments prosodiques qui accentuent, ponctuent, découpent le flot verbal et gestuel. Dans la perspective descriptive américaine, on peut parler de phonèmes et de morphèmes suprasegmentaux. Birdwhistell parle dès lors de kinèmes et de kinémorphèmes suprasegmentaux. Il analyse dans le présent texte les *joncteurs*, qui encadrent les segments gestuels, et les *accentuations*, qui accompagnent le discours oral.

Enfin, linguistes et kinésicistes peuvent explorer les vastes domaines de la *paralinguistique* et de la *parakinésique*, c'est-à-dire l'ensemble des émissions vocales et corporelles, respectivement, qui «tournent autour» de l'acte signifiant sans vraiment s'y intégrer.

bases pour une analyse du système kinésique américain. La recherche se poursuivit en n'ignorant pas la présence de la vocalisation ou d'un comportement perceptible à l'oreille, mais ce comportement était enregistré au seul niveau de l'articulation, comme le fait un corps en mouvement — et non comme un comportement verbal. Or, dès les premières tentatives de synthèse de ces données, il apparut clairement qu'au-delà de l'activité buccale engagée dans la production de la parole, de vastes secteurs du comportement corporel semblaient être activés, à tout le moins modifiés, par la présence de la verbalisation. Ce ne fut pas avant la mise sur pied des réunions de recherche du groupe de Palo Alto [1] que l'isolement d'un tel comportement devint pertinent pour la recherche en kinésique.

De ces réunions, de séances de travail menées avec Smith et Trager, et de recherches toujours en cours à l'*Eastern Pennsylvania Psychiatric Institute* et au *Western Pennsylvania Psychiatric Institute and Clinic* [2], proviennent les idées qui ont conduit au repérage d'une variété d'éléments du comportement corporel se produisant autour de la parole. Ce comportement, caractéristique de la conversation, semble posséder des propriétés structurales différentes de celles qu'on peut dégager pour les phénomènes proprement kinésiques.

Dans la Scène de la cigarette, les actes qui consistent à allumer la cigarette, chez Gregory, à manipuler une allumette et, chez Doris, à rajuster la bride de son soulier, peuvent être désignés comme des *comportements instrumentaux*. Le fait que Doris et Gregory soient assis pour une longue conversation est aussi, à un niveau, un acte instrumental. Cependant, dire qu'un acte est instrumental ne le définit pas, en soi, comme dénué d'une *valeur de signal* ou de message. L'accomplissement de n'importe quel acte en présence d'autrui en fait une pratique individuelle et sociale. Certes, des actes tels que marcher, fumer, manger, tricoter, raboter, doivent encore être classés comme des actes « instrumentaux »

1. Gregory Bateson, Ray Birdwhistell, Henry Brosin, Frieda Fromm-Reichmann et Charles Hockett.

2. Le travail de Harvey Sarles, William Condon, Felix Loeb et Joseph Charny au *Western Pennsylvania Psychiatric Institute and Clinic* s'est révélé inestimable à la fois comme vérification et comme stimulant pour le travail mené ici, à l'*Eastern Pennsylvania Psychiatric Institute*.

et/ou « orientés vers une tâche », jusqu'à ce que nous en sachions plus sur leur structure communicative [1]. Mais ainsi que le montre l'analyse de la scène, l'attribution du caractère instrumental au cadre général du comportement ne doit pas nous empêcher d'examiner un comportement co-occurrent — que celui-ci participe manifestement à l'accomplissement de la tâche en question ou qu'apparemment il demeure sans importance pour elle. Il est tentant de voir dans les actes instrumentaux accomplis au sein d'une situation sociale des « porteurs » d'autres messages. Il est cependant tout aussi justifié, d'un autre point de vue, de donner la priorité à l'acte de communication lui-même. Pour l'instant, j'utiliserai le concept de *contexte alternatif.* L'un des actes peut être le contexte de l'autre.

Il existe un deuxième type de comportement ordinaire qui résiste à l'analyse kinésique, tout en ayant une forme structurée et une nette valeur de message. On pourrait inclure dans cette catégorie, celle des *démonstratifs,* les gestes auxquels on recourt pour faire saisir un plan, ou les mouvements d'illustration qui accompagnent habituellement les discussions féminines sur la couture, la mode ou la coiffure. Appartiennent aussi à cette catégorie les mouvements d'illustration qui accompagnent les discussions, masculines cette fois, sur la pêche, le bricolage et les événements sportifs. Sur la base des données encore limitées fournies par l'anthropologie différentielle, il apparaît clairement que les démonstratifs sont des formes conventionnelles, mais ils ne semblent pas suivre les règles kinésiques, du moins dans la culture américaine. Aucun démonstratif précis n'apparaît dans la présente scène. Cependant, le geste contenu, lancé dans trois directions par Gregory pour éteindre son allumette, suivi d'un mouvement plus large de la cigarette qui change la cadence même de la scène, pourrait bien se révéler, à mesure que nous obtenons plus de données comparatives, comme à la fois un acte « instrumental » et un acte « démonstratif ». Que l'acte soit instrumental, c'est clair. Sans plus de données de confirmation, nous ne pouvons en revanche définir l'*acte* lui-

1. Le travail de Marvin Harris est une approche de ce problème. Cf. *The Nature of Cultural Things* [165] ainsi que le compte rendu de cet ouvrage par Duane Metzger [244].

même comme un démonstratif — le changement de cadence pouvant fort bien être, à l'occasion, en et par lui-même le démonstratif.

Les gestes instrumentaux et démonstratifs durent souvent plus longtemps que les propositions qui les accompagnent. Mais ce n'est pas une règle absolue. Par exemple, un locuteur peut découper une forme dans l'espace tout en décrivant un objet de sorte que l'image spatiale coïncide avec la phrase. Similairement, un acte instrumental, se rapportant ou non au contexte des paroles qu'il accompagne, peut s'achever en deçà ou au-delà du temps utilisé par le comportement verbal.

Un troisième type de comportement corporel doit être mentionné ici, bien qu'il ne soit encore que très imparfaitement compris. Ce comportement se retrouve, de façon caractéristique, dans toute situation interactionnelle, qu'une conversation ait lieu ou non. Le *comportement interactionnel* comprend une variété de mouvements par lesquels une partie ou l'ensemble du corps s'avance ou se retire, ou maintient soigneusement une même distance, par rapport aux autres participants de la scène d'interaction. Edward T. Hall [148, 152 155] a accompli une œuvre de pionnier en isolant certains aspects de ces phénomènes dans son travail sur la proxémique. L'analyse par Scheflen [286] des structures du mouvement dans l'entretien psychiatrique offre une autre piste pour appréhender les déplacements du corps comme autant de messages. Son étude, qui se rattache au travail plus ancien de Bateson et Mead [23] sur les mouvements complémentaires, en miroir et en parallèle, entre participants d'une interaction, indique qu'une logique, qui reste à formuler, découpe l'interaction en segments. Le travail de Condon sur la « synchronie » et la « dissynchronie » dans l'interaction suggère en outre que des ensembles réguliers de mouvements interpersonnels pourront nous offrir progressivement des mesures touchant les signaux communicatifs interactionnels [1]. L'analyse a montré qu'un certain nombre de catégories comportementales sont pertinentes pour l'étude de l'interaction. Le com-

1. Conversation privée avec William Condon. Son analyse révèle qu'il existe une très ferme coordination entre les plus subtils mouvements des participants d'une conversation.

portement en question, qui peut être aussi bien une cadence imprimée à l'interaction qu'une dissociation dans le comportement des acteurs (au point qu'ils apparaissent isolés les uns des autres), semble souvent constituer quasiment un commentaire permanent de l'interaction, adressé à ceux qui y participent (cf. aussi [36]). Le concept de « métacommunication » proposé par Bateson vient ici bien à propos. Le terme de « méta-interactionnel » pourrait bien ouvrir la voie à une recherche plus vaste sur les fonctions de telles variations du comportement. Dans le cas de la Scène de la cigarette, on pourrait — dépassant les données fournies par notre corpus — interpréter l'acte de Doris comme la demande auprès de Gregory d'une relation interpersonnelle plus intense que celle qu'il a paru offrir jusqu'alors. En tant qu'hôte, *elle* a offert la bière. La requête non verbale qu'elle adresse à Gregory — savoir : qu'il lui allume sa cigarette — *peut* ne pas être plus qu'un acte d'invitation à une étiquette formelle. A un certain niveau d'analyse, le geste de Gregory peut être compris comme une réciproque de celui de Doris. La cadence imprimée à cette partie de la scène, qui la distingue des vingt minutes restantes, se maintient jusqu'à ce que Gregory la réduise (la freine) de moitié en agitant l'allumette et la cigarette. Cette action est très particulière et doit être prise en considération dans toute description définitive de l'interaction. Cependant, le point sur lequel il faut ici attirer l'attention est que, tout au long de la séquence où Doris déplace son bras et son corps dans un rythme accordé aux mouvements de Gregory, d'autres choses continuent de se produire. La « danse » n'est pas plus exclusive que le « rajustement du soulier » de Doris — l'interaction est multidimensionnelle dans le temps et dans sa structure.

Revenons aux données. Doris, tout en continuant à parler de son fils, se détourne de Gregory, « tend » la main vers un verre qu'elle ne prend pas, laisse glisser sa chaussure par le talon, puis rajuste la bride et laisse sa main glisser loin de son soulier, avant de la reposer à nouveau sur la table. Dans le même temps, elle a « refermé » son corps, rapprochant le tronc des jambes, tandis qu'elle énonce : *all mothers think their kids are smart, but...* Sa main touche la table à *but*. Elle se tourne alors à nouveau vers Gregory et concentre son regard sur lui lorsqu'elle dit : *I have no worries about that child's intellectual ability,* tout en secouant la tête avec animation. Nous trouvons à nouveau ici une « couche » de comportement qui ne peut être prise en compte ni dans une structure kinésique stricte, ni dans aucune des catégories dégagées plus haut. La mauvaise qualité du film ne nous permet pas de confirmer l'impression que le tonus de son visage change à mesure qu'elle parle. Nous ne pouvons pas non plus déterminer si le mince sourire sur lequel s'ouvre la scène forme, avec le changement de tonus, un signal qui, par renvois croisés, souligne la valeur d'avertissement que comporte la complexité de la phrase. Nous pouvons détecter ces phénomènes, enregistrés sous le terme de « parakinésique », en contrastant ces scènes-ci avec plusieurs autres prises dans le film en son entier. Mais leur « interprétation » exigerait des données plus abondantes que celles qui sont fournies par le film et l'enregistrement dont nous disposons.

Puisque le morceau que nous examinons ne contient pas d'exemples clairs de *marqueurs kinésiques*, nous n'entamerons pas de discussion sur ces mouvements qui paraissent être liés à certaines formes lexicales particulières. Ils se produisent d'ordinaire, mais irrégulièrement, dans des situations d'élocution où apparaissent des formes pronominales ambiguës; où le lexème ne définit pas clairement le temps, la position, la possession et la pluralité; où des propositions adverbiales semblent exiger un renforcement ou une modification. Le fait qu'ils n'apparaissent pas ici, ou soient enfouis dans d'autres phénomènes, peut être significatif ou ne pas l'être. Le chapelet de mots et d'images sur lequel nous concentrerons la discussion est constitué par la phrase de Doris : *I suppose all mothers...* Comparé à d'autres chapelets du corpus, le comportement verbal présente ici une sorte de stéréotypie. Il est impossible, à partir des données disponibles, de dire si cette stéréotypie provient du fait que Doris a utilisé cette phrase auparavant dans ses rapports avec le monde extérieur, si ces mots sont en quelque sorte du remplissage à un moment critique de la relation, ou si ce que nous entendons n'est pas du tout une répétition mécanique mais ce que Fromm-Reichmann décrivit une fois dans une conférence comme la « voix du désespoir ». Quoi qu'il en soit, quelle que soit notre rationalisation, l'absence de marqueurs perceptibles vaut la peine d'être notée et pourra prendre un sens lorsque nous en saurons plus sur les codes de l'interaction.

Le problème

Nous nous concentrons dans le présent exercice sur ce que *dit* Doris dans la situation enregistrée. Notre problème n'est pas ici de déterminer ce qu'elle *veut dire*. Par la même occasion, sur la base de l'idée que la description s'approche de l'explication lorsqu'elle traite des portions plus importantes du corpus, il serait utile de décrire plus adéquatement celui-ci. Charles Hockett a réalisé une première transcription de la séquence, qui ne fut que légèrement modifiée lors d'une seconde analyse, menée indépendamment par Norman Mac Quown. Les conventions de Smith et Trager [301] sont utilisées ici, avec cependant quelques légères modifications répondant aux préoccupations de Hockett.

Dans le but de prendre un certain recul sur l'aspect lexical du morceau, on remit une transcription dactylographiée, écrite selon l'orthographe anglaise courante, à douze femmes d'âge et de milieu comparables à ceux de Doris, et on leur demanda de commenter la phrase. Toutes, sauf une, déclarèrent qu'il s'agissait d'une « parole de femme » courante, qui consiste à s'excuser avant de parler avec fierté de son enfant. Le seul point inhabituel était la présence du *but* au lieu d'un *and*. L'unique exception à la conclusion « c'est une parole de femme » vint d'une personne qui déclara : « C'est une phrase faite pour cacher le *but*. Elle est très préoccupée par son enfant. » L'attitude générale sur le *but* concordait avec l'évaluation des psychiatres Henry Brosin et Frieda Fromm-Reichmann, qui virent dans cette conjonction le signal lexical central de la phrase [1].

Une analyse minutieuse des données linguistiques (cf. les tableaux 1A, 1B, 1C) conduit à la discussion que voici. La structure du discours habituel de Doris contient de longues séries d'accentuation secondaire. De plus, l'accent tertiaire sur *I* (tableau 1B) au

1. Il est intéressant de noter que dans un groupe de contrôle de six femmes, à qui l'on demanda de se rappeler cinq phrases, dont celle-ci, cinq minutes après les avoir lues, quatre personnes écrivirent la phrase sous la forme suivante : *I suppose* (dans un cas : *guess*) *all women think kids are smart* (dans deux cas : *bright*) *and I have no worries* (dans un cas : *I'm not worried*) *about that child's* (dans trois cas : *my child's*) *intellectual ability*.

début de la (seconde moitié de la) séquence n'est pas inhabituel. Ce qui l'est plus, c'est de trouver deux joncteurs double croix (#) si rapprochés. D'ordinaire, Doris produit de très longs enchaînements sans joncteurs terminaux. Il s'agit d'un phénomène qu'on retrouve souvent dans les entretiens psychiatriques (bien que celui-ci n'en soit apparemment pas un). On l'a interprété comme un moyen d'éviter d'être interrompu ou interprété.

A nouveau, les particules vocales ici produites ne sont pas étrangères à la façon de parler de Doris. La rugosité qui caractérise l'émission des mots *think their kids are smart,* se retrouve dans d'autres portions du corpus. Par contre, l'émission traînante de *are smart but I have no worries about that child's* n'est pas courante chez elle, en ce sens qu'elle porte sur deux segments de propositions syntaxiques. *Si nous voulions essayer de rendre compte des différentes significations de la phrase de Doris,* l'émission traînante qu'elle y utilise mériterait une étude comparative plus approfondie.

TABLEAU 1A. Transcription linguistique : "*I suppose all mothers think their kids are smart but*"

lc***						♀–							–♀
fn**<											⌢–		
VSg*ʔm													?
Int		3		2						$\underline{3}$ 2	3 #		⋮
StrJ		∧	∧	∧	∧	∧		∧		/			⋮
Sgm		ay +	spoz +	ɔhl +	məð ərz +	θink +	ðer +	kidz	ər +	smart		| bət	⋮
		I	suppose	all	mothers	think	their	kids	are	smart		but	
	(673)	(676)	(683)	(688)	(694)	(705)	(711)	(716)	(719)	(724)	(730)	(732)	
		676	683	686	691	698	702	706	710	718		725	

* ʔ,h,r,ə,m, Vocal Segregates (Trager)
** <, Crescend (Hockett); ⌢ Drawling (Trager)
*** ♀, Rasp (Trager)

La transcription phonétique n'est pas reprise ici. Les chiffres encerclés sont ceux attribués aux images en 1956 ; les autres chiffres ceux du film sonore de 1967.

TABLEAU 1B. Transcription : “*I have no worries about* ”

*In		⩓–				
VSg	hr ʔəʔmʔ—ʔ					
Int		| 2		3	3 2	| 2
StrJ		| \	^	^	/	|
Sgm		| ay +	haev +	now +	wariyz	| əbawt +
		I	have	no	worries	about
		(756)	(757)	(764)	(767) (773)	(780) (785)
		752	755	760	763	778

* ⩓ Overloud. (Trager)

TABLEAU 1C. Transcription : “*That child's intellectual ability* ” *

*In/fn			⩓			>	
VSg			hr				r
Int			⋮	⋮		3 1	#
StrJ		^	⋮	⋮ \	^	/	|
Sgm	ðæt +	cayldz	⋮	⋮ intilekcuwil +		əbilitiy	|
	that	childs		intellectual		ability	
	(786) (788)	(791)	(795)	(806)	(814)	(820)	(833)
	783	789		804		831	

* > Fading (Hockett)

*. Ces tableaux, qui ne pouvaient être traduits, se lisent de la façon suivante : Les entrées sont, de bas en haut :

— Sgm = *Segmentals* = transcription phonologique ;

— StrJ = *Stress Junctures* = accents toniques, propres à la langue anglaise, qui scandent la phrase en la faisant monter et descendre. Quatre accents sont distingués : primaire (noté : /), secondaire (/\ ), tertiaire (\ ) et faible (◡).

— Int = *Intonation* = hauteur de la voix (*pitch* = fréquence des vibrations), divisée en quatre niveaux : bas (noté : /1/), moyen (/2/), haut (/3/) et très haut (/4/). L'intonation comprend en outre, dans le système de Trager et Smith utilisé ici, des « joncteurs terminaux » *(terminal junctures)* qui ponctuent la fin d'une proposition par une modification de la hauteur et du volume de la voix. Trois joncteurs sont distingués : soutenu ou « simple barre » (noté : / | /), montant ou « double barre » (/ ‖ /) et descendant ou « double croix » (/ # /).

Les travaux linguistiques sur le silence sont encore peu avancés. Les « hésitations » et les « pauses » ont été soulignées par plusieurs chercheurs comme des phénomènes dignes d'étude, mais, même lorsqu'elles sont analysées statistiquement, nous n'apprenons pas encore grand-chose sur leur usage conventionnel. Cependant, dans le cas de Doris, le quart de seconde (grosso modo) qui s'écoule entre *worries* et *about* et entre *child's* et *intellectual* vaut la peine d'être noté, particulièrement si nous cherchons (consciemment ou non) à montrer que la phrase implique qu'elle a effectivement des soucis et, parmi ces soucis, des soucis pour son enfant. Même si nous ne nous préoccupons pas ici de la signification de la scène, la recherche du sens nous reprend toujours, et une augmentation de notre corpus de données pourrait accroître encore notre compréhension de la situation. Regardons donc comment cette phrase est ponctuée kinésiquement.

— VSg = *Vocal Segregates* = particules vocales qui « ressemblent beaucoup aux sons du langage, mais qui s'en distinguent par leur étendue et leur enchaînement » (Trager [316, p. 5]). Suggéré par Bateson, ce terme s'applique à des groupes de sons comme *uh-uh* et *uh-huh* (vibrations des cordes vocales qui, aux États-Unis, signifient respectivement « non » et « oui », au grand désespoir des étrangers qui les confondent toujours). Chacune de ces particules a été classée par Trager, qui leur a attribué un symbole de notation. On peut en repérer un chapelet dans le tableau 1B, dans le « silence » qui suit le mot *but* (correspondant aux images 730 à 755, non mentionnées dans le tableau).

— fn = se rapporte soit à l'intensité de la voix, qui augmente ou diminue (il s'agit du *crescendo* et du *fading*, notés par Hockett par les symboles < et >, respectivement), soit au débit, rapide ou traînant (il s'agit en l'occurrence de la voix traînante — *drawling* — sur le segment *are smart but I have no worries about that child's*, que Trager note par les symboles [⌒– –⌒]).

— Lc = *(vocal) lip control* (tableau 1A) = contrôle de la tension musculaire des lèvres (et plus exactement du larynx). Sur les mots *think their kids are smart but*, Trager a décelé une certaine rugosité *(rasp)* dans la voix de Doris, qu'il a notée par [♀– –♀].

— In- = *Intensity* = volume de la voix. Doris élève la voix en prononçant : *I have no worries about that child's*. Trager note ce volume élevé par les signes [Â– –Â] qui signifient « très haut *(overloud)* — degré II » sur une échelle à trois niveaux.

Il faut enfin « traduire » les lignes verticales pointillées, qui signifient « arrêt momentané de la parole » (ici, après *but* et après *child's*) et les lignes verticales pleines, qui appartiennent aux joncteurs terminaux (cf. *supra*).

Le lecteur est renvoyé à Trager [316], Pittenger and Smith [258] et Mac Quown [235].

Joncteurs kinésiques

Dès le début de l'investigation systématique des structures de la gestualité américaine, il est apparu évident que nous n'avions pas affaire à un ensemble de formes gestuelles isolées et déconnectées. La découverte de joncteurs kinésiques chez les Américains (et Anglo-Canadiens) permit de poser les bases d'une kinésique structurale. L'analyse révéla non seulement que des segments de mouvement étaient reliés entre eux morphologiquement, mais, en outre, que des segments plus longs et des formes complexes étaient réunies ou séparées selon des conventions de jonction. Les courants de comportements corporels se trouvent découpés et reliés par des déplacements du corps, repérables à l'analyse, et analogues aux joncteurs double croix (#), double barre (//) et simple barre (/) du courant verbal*. Ce fait rehaussa l'intérêt pour l'étude de la kinémorphologie et libéra la kinésique de l'atomisme amorphe de ses études plus anciennes, dominées par le langage des « gestes » et des « signes ». En outre, lorsque nous essayâmes d'étudier des situations d'interaction au moyen de l'analyse de contexte [286], la nécessité d'une analyse rigoureuse a exigé que nous nous servions d'une façon ou d'une autre de marqueurs pour décomposer explicitement le flot comportemental, et y dégager des segments que l'on pourrait soumettre à une analyse comparative. Les marqueurs kinésiques apparurent parfois en même temps que les marqueurs linguistiques, mais offrirent souvent une forme très différente. Ce fait renforça nos conclusions sur l'existence de données qui ne paraissent pas s'insérer dans les joncteurs terminaux linguistiques. L'indépendance des joncteurs kinésiques devint évidente lorsque le large déplacement du corps que j'appelai joncteur kinésique** triple croix [K#], servit à mettre en relation et à segmenter des morceaux beaucoup plus longs du comportement des sujets engagés dans une conversation. De façon encore un peu imprécise, nous en sommes venus à comparer le segment comportemental

*. Cf. la note p. 174-175.

**. Tout joncteur kinésique est désigné par un K précédant les symboles utilisés pour les joncteurs verbaux.

délimité par des joncteurs kinésiques triple croix au paragraphe ou à la strophe de l'écriture. Nous n'avons pas entrepris la recherche systématique qui serait nécessaire pour établir une relation entre ce joncteur et le contenu de l'interaction mais, au moment où ces lignes sont écrites, nous pouvons avancer qu'une relation s'établit souvent, mais pas toujours, entre ce joncteur et des changements dans le contenu (verbal) *ou* des changements dans la structure des rapports interpersonnels. Seule une recherche plus approfondie permettra de dire avec assurance si de tels phénomènes sont autonomes, interdépendants ou en distribution libre.

Au cours des dernières années, mes travaux ont porté sur des séquences verbales complexes, extraites de conversations et comparées avec l'énonciation de formules statistiques simples et complexes [43]. Ces recherches ont montré deux autres types de jonction. Le premier, appelé « joncteur de liaison » (*tie juncture* [K.]), n'a été repéré qu'en relation avec des constructions nominales. Le second, appelé « joncteur de maintien » (*hold juncture* [K=]), se produit régulièrement en conjonction avec de complexes séquences discursives et semble avoir une fonction discrètement sémantique. Ce joncteur consiste à maintenir dans une position donnée une certaine partie du corps, tandis que d'autres continuent à exécuter d'autres fonctions. Il intègre ainsi au contenu du discours des variations en incise et apparemment inopportunes, conserve une cohérence à des thèmes complexes, jette des ponts entre le discours de base, des excursus explicatifs et des diversions apparemment triviales.

Ces six joncteurs kinésiques sont des outils de travail. L'état encore rudimentaire de la recherche ne nous permet pas pour l'instant de les considérer soit comme des éléments structuralement équivalents entre eux, soit comme appartenant à différents niveaux d'activité. Mon *sentiment* est que les joncteurs de liaison [K.] et simple barre [K/] se révéleront appartenir à un niveau différent de celui dont relèvent les joncteurs double croix, double barre, triple croix et de maintien. Mais cela peut n'être que la conséquence du type de données que j'ai analysées, non d'une question de structure *.

*. Un tableau de synthèse, définissant chacun des kinèmes de jonction de façon très technique, n'a pas été repris ici.

Trois des kinèmes de jonction ont été définis avant que ne commence une recherche sérieuse sur l'*intégration* des données kinésiques et linguistiques. [K#], [K//] et, bien qu'il n'eût pas encore reçu de statut propre, [K#] furent aisément repérés comme formes opératoires pour les constructions kinémorphiques complexes. Ce n'est qu'au cours de la recherche linguistico-kinésique que [K/], [K=] et [K.] émergèrent respectivement du courant comportemental. A partir de là, le travail s'engagea, en quelque sorte, dans deux directions. La micro-analyse permit d'abstraire par la description articulatoire les unités du premier niveau (les kines) et, à partir de là, de monter progressivement jusqu'aux kinémorphes complexes. Par ailleurs, et de façon heureuse, j'avais pressenti antérieurement que certains changements de direction, d'intensité ou d'étendue des mouvements scandaient le passage de kinémorphe à kinémorphe. Des exemples s'accumulèrent en tel nombre que, dès le moment où les joncteurs « terminaux » furent découverts, leur fonction dans les chaînes de kinémorphes put être postulée. A partir de là, une syntaxe approximative fut mise au point afin de permettre l'investigation de séquences à la fois verbales et gestuelles. Cette procédure se révéla immédiatement payante.

La Scène de la cigarette fut au départ choisie comme unité d'analyse à cause de cette interaction unique où Gregory allume la cigarette de Doris. Au moment où l'on rechargeait la caméra, Doris rapportait à Gregory qu'un psychologue avait examiné son fils et avait conclu qu'il ne requérait aucune attention spéciale. Le bruit de la caméra qui repart semble faire sursauter Doris, qui opère une large rotation du corps. Ce mouvement est analysé comme un joncteur kinésique triple croix. La fin de la scène est marquée par le changement de position de Gregory, qui éteint l'allumette d'un geste triangulaire et la jette dans le cendrier. A ce moment, le caméraman fait une nouvelle mise au point et nous ne pouvons déterminer si Doris accepte la réorientation proposée par Gregory. Le fait qu'après un silence étalé sur 34 images elle pose fermement la main sur la table et change (elle aussi) de position indique qu'elle acquiesce. Il vaut la peine de noter que, même après ces importants déplacements corporels, ils continuent à parler de la personnalité du petit garçon.

La séquence de Doris, qui est celle qui nous intéresse ici, peut être annotée de la façon suivante :

K. K/ K# K#
// I suppose all mothers think their kids are smart but I have
K =
K/ (?) K. K#
no worries about that child's intellectual ability // [1]

Le joncteur kinésique simple barre (K/), repéré dans l'espace phonatoire entre *worries* et *about,* est douteux car, si la tête est ici la seule partie du corps engagée dans un mouvement manifeste, elle rencontre *dans son activité même* les exigences articulatoires minimales d'une position d'arrêt *. Cependant, aucun arrêt (par rapport à la structure de son mouvement d'ensemble) ne se manifeste dans cette activité. L'analyse du film ne me conduit pas à déceler la présence d'un kinémorphème //visage figé// ou d'une « désaccentuation » (cf. *infra*). L'« hésitation » dans les hochements de tête entraîne la notation « simple barre » (K/), mais je n'y crois pas très fort. Il se peut simplement que la kinésique, comme la linguistique, doive apprendre à traiter des achèvements d'activité qui ne sont pas codifiables selon les systèmes de classification en vigueur. Par contre, [K=] est explicite ; le tronc de Doris, jusqu'alors très actif, se maintient dans la même position pour le reste de la séquence. Je soupçonne que ce soit ce [K=] qui donne l'impression de la présence d'un [K/].

Mac Quown et moi avons insisté sur le fait que l'analyse du comportement communicatif humain se trouvait encore dans un état d'approximation telle que, pour autant que nous en ayons le temps, nous ne pouvions nous permettre, tant en linguistique qu'en kinésique, de négliger la transcription des détails les plus microscopiques de l'enregistrement. Nous avons estimé qu'il serait plus profitable à long terme d'étudier de courtes séquences de façon

1. Cf. *infra,* les tableaux 3A, 3B, 3C pour une corrélation avec la transcription linguistique.

*. Le joncteur kinésique simple barre (K/) traduit une « pause » dans l'activité corporelle.

intense que de décrire de longs morceaux à partir d'unités plus larges. Le lecteur s'apercevra que, dans la transcription annotée qui accompagne *The Natural History of an Interview,* le niveau kinésique « macro » est souvent peu élaboré et arbitraire. Au contraire de la linguistique, qui possède une tradition de recherche, la kinésique n'a pas de normes qui lui permettraient de régulariser la dimension et la pertinence des formes que nous appelons « macro ». D'un autre côté, l'expérience des dix dernières années n'a pas infirmé ma décision, selon laquelle la micro-analyse est suffisamment fine *pour nos objectifs,* si nous prenons en considération une image sur trois d'un film tourné à 24 images/seconde [1]. Au fil des années, le niveau « micro » a continué à offrir des données et à confirmer des hypothèses élaborées à partir de niveaux bien supérieurs de l'analyse.

Les kinèmes d'accentuation

Les données ont la capacité de se cacher dans un corpus; elles offrent par contre peu de résistance à des techniques d'extraction fausses, trop raffinées ou trop rudimentaires. Dans le cas des comportements qui devaient devenir les phonèmes kinésiques d'accentuation, deux facteurs ont contribué à tout obscurcir. Le premier trouve son origine dans une classification beaucoup trop ouverte appelée « effort verbal » dans laquelle je plaçais les activités non kinémorphiques qui se produisaient entre les joncteurs, déjà dégagés à cette époque. Ces activités pouvaient être approximativement corrélées avec les variations de hauteur de la voix et de l'accentuation. Mes conclusions étaient encore renforcées par un support introspectif, qui consistait à parler devant un miroir. Naïvement et innocemment influencé par ces faits, j'éliminai tout d'abord des variations de mouvement aussi patentes comme artifices de la production verbale. Notre difficulté à superposer parole et

1. L'élégant travail de Condon, Sarles, Loeb, Charny et leurs collègues constitue à mon avis une confirmation partielle de cette position. De plus, il semble y avoir toute raison de croire, sur la base des données qu'ils décrivent, qu'une kinésique articulatoire est en train de se développer. Elle facilitera l'enregistrement des micro-systèmes de mouvements particuliers.

mouvement, due à la pauvreté de nos techniques de corrélation, contribua à l'élaboration d'une théorie de l'artifice verbal. Ce n'est que plus tard, lorsque Henry Lee Smith et George L. Trager travaillèrent à renforcer ma connaissance de la linguistique descriptive et à affiner mon oreille, qu'il me devint évident que, si la production de chapelets de paroles exige clairement un effort ou du moins un certain travail, les régularités que j'apercevais ne pouvaient pas (par suite d'une apparition systématique dans sa variation) être ainsi rejetées.

Les accents kinésiques ont été présentés en détail dans un autre travail [43]. Il suffit de dire ici que quatre variations distinctes de la structure du mouvement — habituellement, de la tête, de la main ou des sourcils — servent à ponctuer le flot du discours. Ces accents ont été dénommés « primaire » /V/, « secondaire » /Λ/, « non accentué » /—/ et « désaccentué » /O/. Une accentuation au moins se produit entre chaque joncteur terminal kinésique : par définition, il s'agit d'un accent primaire.

L'exemple suivant, extrait d'un film, peut servir à illustrer ce phénomène des accentuations. En réponse à la question : *//What was John's last name?//*, *//Doe* *// est ponctué par un mouvement unique, *//Dŏe//*. Si l'on voulait souligner dans la question qu'il s'agit de *John* (et non de, disons, *Harry*), la question elle-même serait ponctuée par un accent kinésique primaire sur *//John//* tandis que *//last name//* recevrait soit la combinaison d'un accent secondaire et d'une non-accentuation :

V Λ –
// John's last name//

soit la combinaison de deux accents secondaires :

V Λ Λ
// John's last name//

soit la combinaison de deux non-accentuations :

V – –
// John's last name//

*. Trad. fr. : « Quel était le nom de famille de John ? — Doe. »

Si, au contraire, c'est *name* et non *John* qui est mis en avant, la structure accentuelle s'inverse (*//name//* reçoit l'accent primaire, tandis que *//John's last//* reçoit l'une des trois combinaisons qu'on vient d'évoquer). Soit :

∧ – ∨ ∧ ∧ ∨ – – ∨
//John's last name// ou *//John's last name//* ou *//John's last name//*

Le troisième accent ou « non-accentuation » fut découvert après qu'on eut isolé la « désaccentuation », qui est constituée par un abaissement de l'accentuation en dessous du degré zéro de la séquence produite. On découvrit ainsi dans le corpus filmé :

∧ – ∨ O O ∧ ∨ ∧ ∨
// What is Johns you know Bills friends last name// *

La séquence prend une forme plus nette lorsque les joncteurs kinésiques sont ajoutés :

K// ∧ – ∨ K=O O K/ ∧ ∨ K# ∧ ∨ K#
// What is Johns you know Bills friends last name//.

Bien que plusieurs milliers d'exercices aient été effectués à partir de données sonores filmées, il n'est pas encore possible d'établir une règle qui fonde une relation absolue entre, d'une part, ces accents et joncteurs kinésiques et, d'autre part, les structures linguistiques de l'accentuation et de l'intonation (sur la base des conventions de Smith et Trager) qui les accompagnent. En général, un accent kinésique primaire tend à coïncider avec l'accent linguistique primaire. Cependant, dans plus de 20 % des cas, cette correspondance ne s'établit pas. Un examen attentif des données montre que dans les cas où le volume et la hauteur de la voix atteignent ensemble leur sommet, la ponctuation kinésique se produit généralement sous la forme d'un accent primaire. Cependant, il y a des exceptions. De même, une longue chaîne d'accents linguistiques secondaires ou une longue émission phonatoire pla-

*. Trad. fr. : « Quel est le nom de famille de John, tu sais, l'ami de Bill ? »

cée à une hauteur moyenne (/2/) est souvent accompagnée d'une désaccentuation kinésique, mais pas toujours. Dans les phrases nominales, qui sont souvent scandées sur des combinaisons accentuelles secondaire-primaire, primaire-secondaire ou tertiaire-primaire *, l'accentuation kinésique peut ou non être compatible avec ces accents linguistiques. En résumé, on peut dire que, statistiquement, la structuration de l'accentuation kinésique tend à correspondre avec celle de l'accentuation linguistique ; mais cette relation n'est pas invariable. Je suppose qu'une recherche plus approfondie au niveau sémantique et une sophistication plus grande de la recherche quant à la relation entre structurations accentuelles linguistique et kinésique permettront de mieux comprendre ces phénomènes. Je me sens attiré par une conception de la structure communicative qui comporterait la possibilité que, au moins pour la langue anglo-américaine, les éléments suprasegmentaux kinésiques et linguistiques puissent être en variation libre. Je m'empresse de dire, cependant, que dans l'état présent de notre connaissance c'est à moi qu'incombe la charge de la preuve d'une telle proposition [1].

1. Le concept de « variation libre », qui est utile en analyse structurale, peut dérouter le lecteur qui s'intéresse à des approches psychologiques ou sociologiques de la signification. Ce terme veut simplement désigner le fait que des formes d'un niveau donné peuvent être substituées l'une à l'autre sans adaptation structurale spéciale *à ce même niveau*. A tous les niveaux des structures linguistiques ou kinésiques, des formes « émiques » sont abstraites à partir des membres d'une même classe, décrits comme étant en variation libre l'un par rapport à l'autre. Ceci n'implique pas que le choix d'un élément, au sein d'une série de possibilités alternatives (définies en termes structuraux) à un niveau donné dans la structure, soit sans conséquence au niveau de l'interaction sociale. La différence entre /ðiy/ et /ðə/ (*thuh* et *the*) peut paraître triviale à un niveau de l'analyse, mais se révéler d'une grande importance à un autre niveau. Ces formes, qui peuvent apparaître identiques dans certaines analyses morphologiques ou syntaxiques, se montreront absolument distinctes aux niveaux sémantique et phonologique. Parallèlement, le fait que, dans un flux comportemental, les mouvements de la tête puissent être vus comme ceux qui portent tous les signaux d'accentuation kinésique, alors que, dans un autre flux, cette activité est remplie par des mouvements des sourcils et, dans un troisième, par des mouvements de la main, n'a pas grande conséquence pour une analyse kinémorphologique. Cependant, ce point peut revêtir une signification essentielle pour les questions posées à ces données au niveau de l'interaction sociale.

*. Cf. ici encore la note de la p. 174-175.

Après avoir formé, sans en être encore trop assuré, l'hypothèse que nous pouvons découvrir, à certains niveaux de l'analyse, au fur et à mesure que la recherche avance, des formes structurales kinésiques et linguistiques qui soient mutuellement substituables, nous ne pouvons pas avancer que le « choix » qu'a opéré le locuteur n'a pas de conséquences sur l'*interaction*. Nous postulons une interdépendance entre *structures* linguistiques et kinésiques, non une équivalence finale de leurs fonctions sémantiques ou interactionnelles. Dans la discussion qui suit, on verra que des distinctions structurales opérées dans le flot verbal formalisé n'apparaissent pas dans le flot gestuel formalisé *et vice versa*. A un niveau de l'analyse, il est possible de dire que l'activité kinésique suprasegmentale vise à faire des distinctions qui *auraient* pu être faites par des suprasegmentaux linguistiques, et que nous ne nous serions pas rendu compte de ces distinctions si nous n'avions examiné le flot comportemental que sous ses aspects destinés à l'ouïe. Il est en outre possible de dire que ces mêmes distinctions (toujours à ce niveau de l'analyse) *auraient pu* s'opérer dans le flot linguistique, et sans altérer l'activité structurale du courant kinésique. Tout ce que nous disons se résume donc à ceci : *à moins d'analyser à la fois le courant linguistique et le courant kinésique,* nous n'avons pas la possibilité de savoir *quelles sont les distinctions* que le locuteur a faites.

Il est tentant de dire que, lorsqu'un canal offre une distinction qui n'est pas faite dans un autre, l'intégration des deux canaux offre la signification « réelle ». Cela voudrait dire que l'accomplissement d'une séquence donnée contient *une* signification particulière. Or, en aucune circonstance, le lecteur ne doit se méprendre sur le corpus heuristiquement limité que nous examinons dans le présent exercice. Sur la base d'un examen de longues séquences interactionnelles enregistrées et filmées, j'ai toute raison d'affirmer la proposition suivante : dans l'expérience humaine, de multiples courants de signification circulent en permanence, quel que soit le moment où l'on procède à l'observation. La coupe particulière que nous opérons au sein du flot comportemental dans un but d'analyse est toujours partielle. Ce n'est que lorsque nous en viendrons à comprendre les règles générales de la structure de la communication que nous serons capables de déterminer la pertinence des éléments significatifs relevés dans des séquences particulières. En bref, j'espère qu'à mesure que nous gagnerons un contrôle plus complet sur les formes complexes de la linguistique et de la kinésique, nous parviendrons à examiner de courtes séquences où nous maîtriserons de mieux en mieux les données aujourd'hui passées sous silence dans un corpus restreint. Je pense qu'une grande partie des arguments aujourd'hui populaires en linguistique sur la « grammaire », la syntaxe et la signification ne sont viables qu'en raison de l'univers réduit qu'on examine.

Nous pouvons maintenant revenir aux kinèmes d'accentuation. Ils se combinent pour former à un niveau supérieur un ensemble de kinémorphèmes suprasegmentaux. Ceux-ci, analysés dans des travaux portant sur l'énonciation de phrases complexes et de formules statistiques (cf. [43]), se présentent de la manière suivante :

<table>
<tr><th>Kinèmes d'accentuation</th><th></th><th>Kinémorphèmes suprasegmentaux</th></tr>
<tr><td>/ v /</td><td>=</td><td>/v/</td></tr>
<tr><td>/∧v/or /-v / or /-∧ /</td><td>=</td><td>/‾v/</td></tr>
<tr><td>/v∧/or / v- / or /∧- /</td><td>=</td><td>/v‾/</td></tr>
<tr><td>/-v̇-/or / v̇ /or /-v̇∧ /</td><td>=</td><td>/Y/</td></tr>
<tr><td>/vK|v/or /vK#v/ or/v⁀v/</td><td>=</td><td>/v⁀v/ *</td></tr>
<tr><td>/ooK||/or /ooK#/or/oo||/</td><td>=</td><td>/–o–/ *</td></tr>
<tr><td>/oov/</td><td>=</td><td>/‾v/ (*)</td></tr>
<tr><td>/voo/</td><td>=</td><td>/v‾/</td></tr>
</table>

Les tableaux 2A, 2B et 2C *(infra)* montreront comment les mouvements corporels de Doris accentuent son comportement verbal aux niveaux kinique, kinémique et kinémorphique. L'équilibre structural de cet extrait saute aux yeux. Le joncteur /K =/ est l'élément ajouté à la dernière section de l'énoncé. Cependant, si on choisit de l'ignorer et de le remplacer par le joncteur douteux /K/ /, nous arrivons à la disposition suivante :

// v /v‾ # ‾v # ‾v / v #//

1. La recherche fera peut-être apparaître que / v⁀v / et / –o– / appartiennent à un niveau structural supérieur. Le fait que ces formes s'entrecroisent avec des joncteurs terminaux (K) rendra ou non nécessaire un tel déplacement.

Cet équilibre pourrait être en rapport avec la cadence sur laquelle Gregory et Doris se déplacent dans leur danse interactionnelle. D'un autre côté, il peut s'agir d'un facteur stylistique en relation avec la production d'une phrase stéréotypée. Au stade actuel de la recherche en kinésique et en communication, de telles propositions ne sont pas beaucoup plus que les conjectures.

TABLEAU 2A. Transcriptions kinémorphique (K_1), kinémique (K_2) et kinique (K_3)*.

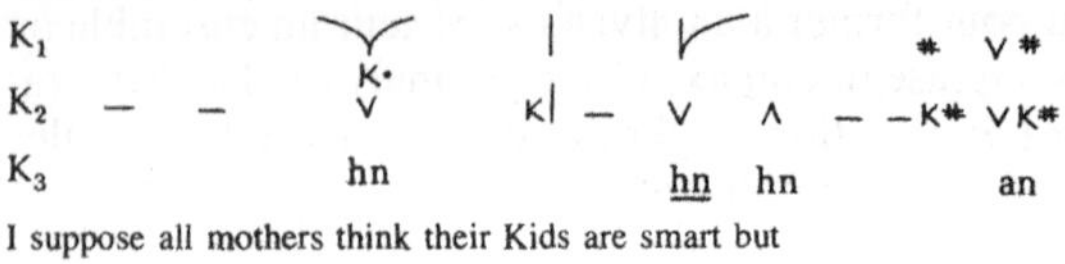

TABLEAU 2B.

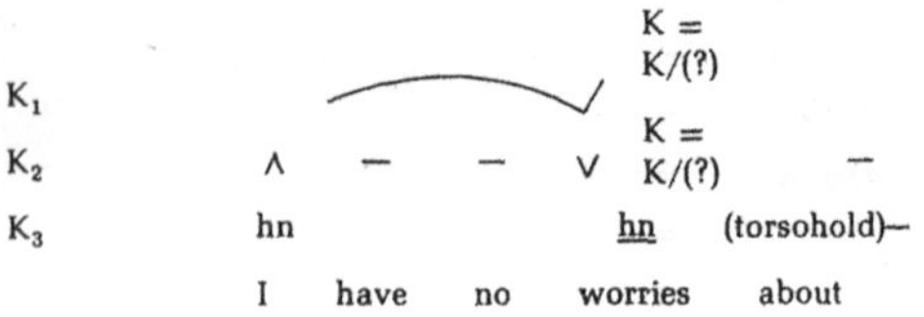

TABLEAU 2C.

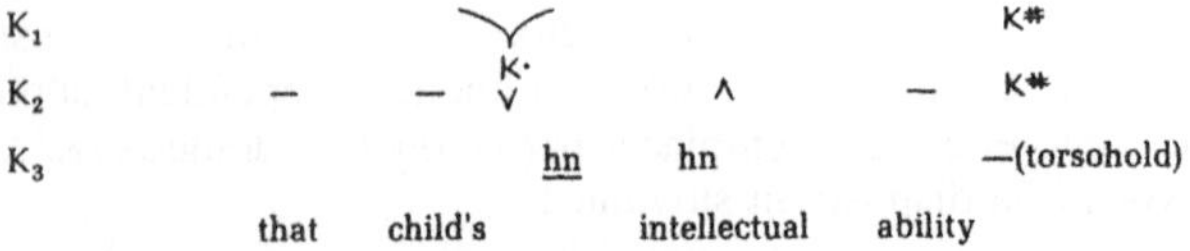

*. Ces tableaux peuvent se lire de la façon suivante. Les mouvements de Doris sont analysés à trois niveaux. Le niveau le plus « profond » est celui de l'analyse kinique (K_3), qui rassemble les « phones gestuels » produits au cours de l'interaction. Il s'agit ici de hochements de tête (hn= *head nod)* et d'un mouvement du bras qui se rapproche du corps (an). Dans les tableaux 2B et 2C, Birdwhistell note

Il nous reste à faire un dernier travail pour terminer cet exercice. Dans les tableaux 3A, 3B et 3C, les matériaux linguistiques et kinésiques ont été réunis dans un but de comparaison. Un examen rapide de ces tableaux révèle une série de points qu'il faudrait étudier plus attentivement :

1. Le mouvement de l'accentuation kinésique était attendu sur
V Λ Λ
/mothers/ ou sur */all/*, comme dans *//all mothers//* ou *//all*
V V
mothers//. Il apparaît en fait ici sous la forme *//all mothers//*,
V V Λ Λ
comme dans *//hot dog//*, qui contraste avec *//hot dog//* et //hot
V
dog//.

V Λ
2. La forme *//their kids//* apparaît ponctuée de façon spéciale par la combinaison kinésique accentuelle primaire-secondaire.

3. Aucune de ces distinctions kinésiques n'apparaît reprise par une accentuation ou une intonation linguistique (marqueur verboïde ?).

4. Le joncteur kinésique simple barre (K/) entre */mothers/* et */think/* ne se marque pas dans le courant linguistique.

5. L'accentuation et l'intonation linguistiques apparaissant au-dessus de */smart/* sont absentes dans le courant kinésique, mais peuvent être subsumées sous le joncteur kinésique double croix (K#).

6. L'accent kinésique primaire sur */but/*, encadré par deux joncteurs kinésiques double croix, semble en termes d'insistance comparable, mais non identique, à la situation linguistique correspondante où le */but/*, de façon assez compliquée, n'est pas spécialement souligné par la hauteur ou le volume de la voix mais est suivi d'une « pause » et d'un coup de glotte [transcrit dans les tableaux par une ligne verticale pointillée], et constitue le point

---

que le torse se maintient dans la même position durant l'énonciation de *about that child's intellectual ability* (torsohold). Au niveau suivant, celui de l'analyse kinémique (K_2), qui correspond à une analyse phonologique (phonémique), les kinèmes prosodiques (accents et jonctions) sont mis en place. Enfin, au niveau de l'analyse kinémorphique (K_1), les kinèmes s'assemblent pour former des kinémorphèmes, à la façon des phonèmes constituant des morphèmes.

d'ancrage des éléments paralinguistiques (VSg, tableau 3B). */But/* est pris dans l'émission vocale rugueuse qui marque *//think their kids are smart but//* et, en même temps, fait partie de l'émission vocale traînante qui couvre *//but I have no worries about that childs//*. Il est par contre exclu de l'élévation de voix qui s'étend sur *///I have no worries about that childs//*.

7. Le */I/* initial, qui n'est pas ponctué kinésiquement, est prononcé à une hauteur de voix de niveau 3 (haut). Cela est peut-être dû au fait que Doris allume la cigarette à ce moment, masquant ainsi un accent kinésique ou un marqueur pronominal. Le second */I/* est marqué par un accent kinésique secondaire (peut-être enrichi d'un marqueur pronominal), tandis qu'elle parle en plaçant un accent tertiaire sur */I/*.

8. La structure de l'intonation sur */no worries/*, décomposée par Hockett en « haut-haut (+)-moyen » (3-*3*-2), trouve un parallèle assez exact dans l'accent kinésique primaire (∨) sur */worries/*. Je pense que la structure kinésique accentuelle faite d'une combinaison secondaire-primaire ou primaire-secondaire, à laquelle on aurait pu s'attendre dans cette construction, a été absorbée dans la construction kinémorphique du « hochement de tête » qui s'étend sur *///I have no worries about that childs//*.

9. L'accent kinésique primaire inséré entre */childs/* et */intellectual/* est d'un intérêt particulier pour le parallèle qu'il nous offre

∨

avec la forme *//all mothers//*. Des formes statistiquement plus normales auraient été :

∧ ∧ ∧ ∨

//that childs intellectual ability//

∨ ∧ ∧ ∧

ou *//that childs intellectual ability//*

∧ ∨ ∨ ∧

ou *//that childs⁀intellectual ability//*

Le symbole /⁀/ placé sur la troisième construction indique une continuation du mouvement, qui paraît traverser les joncteurs kinésiques simple barre ou double croix. La pause linguistique, notée par Hockett, peut avoir ici une certaine importance. Il faut remarquer aussi l'apparition à cet endroit de particules vocales (VSg) et la terminaison par une émission vocale surélevée et traînante.

TABLEAU 3A. Transcriptions linguistique et kinésique.

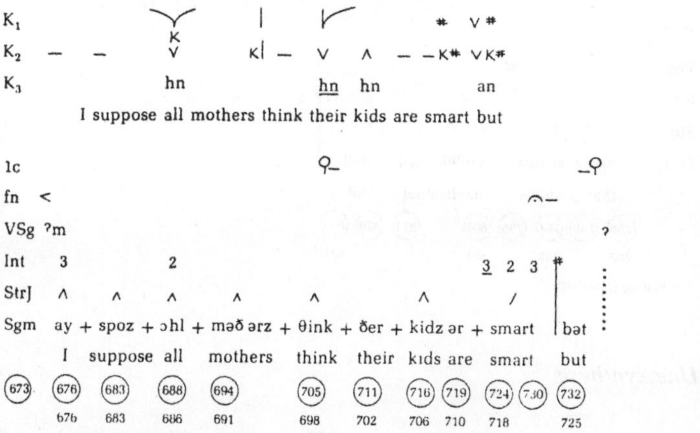

TABLEAU 3B.

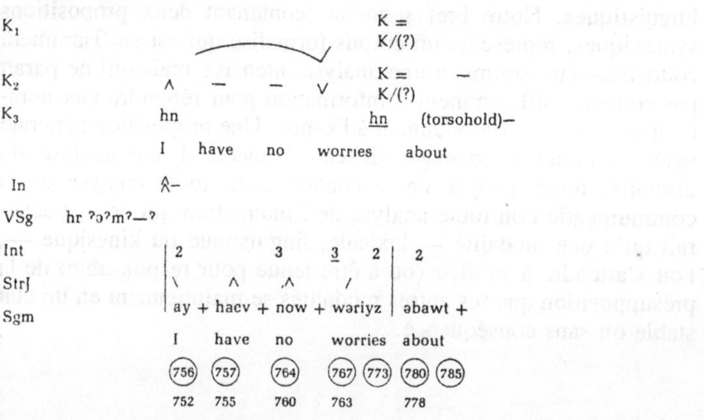

TABLEAU 3C.

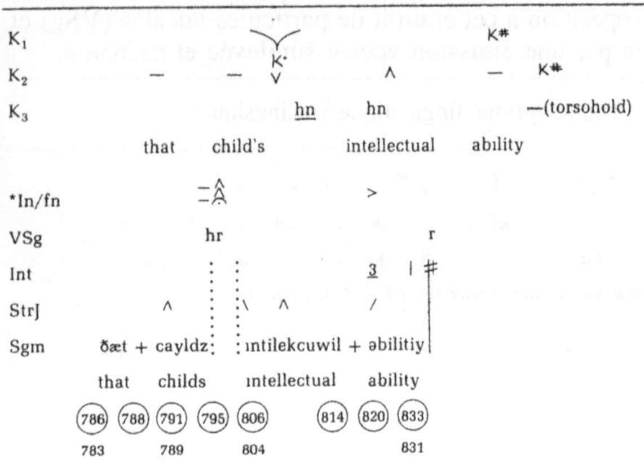

* > Fading (Hockett)

Une synthèse

La liste de ces neuf points est suffisante pour illustrer quelques-unes des complexités auxquelles doivent faire face le linguiste, le kinésiste ou le chercheur en communication qui tentent d'évaluer à ce niveau d'analyse la relation entre les phénomènes kinésiques et linguistiques. Notre bref segment, contenant deux propositions syntaxiques, représente un corpus formalisé qui est suffisamment court pour être soumis à une analyse intensive mais qui ne paraît pas contenir suffisamment d'information pour répondre aux nombreuses questions qui viennent à l'esprit. Une proposition générale peut du moins se dégager de ces données. Toute analyse du discours, toute analyse de la conversation, toute analyse de la communication ou toute analyse de l'interaction qui ne s'attacherait qu'à une modalité — lexicale, linguistique ou kinésique —, doit s'attendre à souffrir (ou à être tenue pour responsable) de la présupposition que les autres modalités se maintiennent en un état stable ou sans conséquence.

EDWARD T. HALL

Proxémique [1]

L'homme occidental a conceptualisé l'espace de nombreuses façons, depuis l'*espace social* de Bogardus [50; 51] et l'espace *socio-culturel* de Sorokin [303] jusqu'aux topologies de Lewin [211]. Hallowell [163] a étudié la distance sur le plan technique en décrivant comment elle se mesurait dans différentes cultures [2]. Jammer [190] a traité les concepts d'espace (y compris leurs fondements historiques) du point de vue de la physique. La proxémique [3], l'étude de la perception et de l'usage de l'espace par l'homme, ne se rattache directement à aucun de ces travaux. Elle est beaucoup plus proche, au contraire, du complexe des activités

1. La recherche dont il est question ici a été financée par le *National Institute of Mental Health* et la *Wenner-Gren Foundation for Anthropological Research*. [L'édition originale de cet article comprend encore deux tableaux de synthèse et de nombreux commentaires par Ray L. Birdwhistell, Bernhard Bock, Paul Bohannan, A. Richard Diebold Jr, Marshall Durbin, Munro S. Edmonson, J. L. Fisher, Dell Hymes, Solon T. Kimball, Weston La Barre, Frank Lynch, J. E. Mac Clellan, Donald S. Marshall, G. B. Milner, Harvey B. Sarles, George L. Trager et Andrew P. Vayda, auxquels répond Edward T. Hall dans une note finale. Faute de place, nous n'avons pu inclure ici ces discussions. Nous invitons le lecteur intéressé à se reporter à la source américaine : *Current Anthropology*, vol. 9, nº 2-3 (1968), p. 95-108 — NdE.]

2. L'introduction de Hallowell [163] à son chapitre 9 (« Facteurs culturels dans l'orientation spatiale ») est particulièrement applicable à la perception de l'espace.

3. Au cours de son développement, on a qualifié la proxémique d'« espace social comme biocommunication » et de « micro-espace dans les rencontres interpersonnelles ». Il s'agissait en fait de définitions techniques abrégées dont la référence exacte n'était connue que de quelques spécialistes. En outre, l'intérêt largement répandu pour les activités liées à l'espace intersidéral a stimulé la distinction entre mon travail et celui des spécialistes de la conquête de l'espace. Je décidai d'inventer un nouveau terme qui désignerait, d'une façon générale, l'objet de mon domaine. Parmi les termes envisagés : la topologie humaine, la chaologie ou étude de l'espace vide, l'oriologie ou étude des frontières, la chorologie ou étude de l'espace organisé. J'ai finalement choisi la « proxémique », terme qui m'apparut être le plus approprié au public qui serait sûrement confronté avec le sujet dans un proche avenir.

comportementales et de leurs extensions, connues des éthologistes sous le concept de *territorialité*. Elle traite essentiellement de la notion de distance *en dehors* du champ de la conscience [1] et doit beaucoup aux travaux de Sapir [273] et de Whorf [334].

En raison de l'orientation même de mes intérêts, les sujets de mes recherches proxémiques furent principalement des membres de ma propre culture. Comme Bateson [12], j'ai appris à m'attacher plus à ce que les gens font qu'à ce qu'ils disent quand ils répondent à une question directe ; à être particulièrement attentif aux matériaux que l'on ne peut manipuler consciemment et à chercher des modèles plutôt qu'un contenu [155]. Pourtant, à l'exception de quelques cas particuliers, je n'ai jamais pu être absolument certain de l'exactitude de mes propres interprétations de comportements observés dans d'autres cultures : dans ces interprétations, je ne suis pratiquement sûr que de mes propres réponses fugitives. En travaillant de façon détaillée au niveau microculturel [155, p. 96], et uniquement lorsqu'il était possible de détecter des réponses aux niveaux tant affectif que comportemental, j'ai en fait été amené à étudier de plus près ma propre culture, telle qu'elle m'apparaissait par contraste avec d'autres cultures. Dans cette optique, je suis en accord avec Lévi-Strauss [208] lorsqu'il parle de l'anthropologie du futur comme d'une science où les sujets s'étudient eux-mêmes. Mon approche a consisté à m'utiliser moi-même avec d'autres comme moyen de mesure (ou de « contrôle », si l'on veut) chaque fois que nous étions soumis à des environne-

1. La citation suivante [151] parle des niveaux de conscience : « Toute culture produit d'une manière caractéristique une série de comportements structurés qui se placent simultanément à plusieurs niveaux de conscience différents. Il est important dès lors de spécifier à quel niveau de conscience on se réfère.

A la différence de la plupart des sujets que l'anthropologie aborde (au niveau de l'observation), les modèles proxémiques, une fois étudiés, sont gardés loin en dehors du champ de la conscience. Il faut donc les étudier sans recourir à l'exploration du conscient des sujets. Les questions directes ne donnent que peu de variables importantes, pour ne pas dire aucune. Ces questions portent sur des sujets tels que la famille et la maison. En proxémique, on a affaire à des phénomènes comme le ton dans la voix ou même la tension et l'intonation de la langue (anglaise). Ce sont là des éléments qu'il est difficile au locuteur de modifier consciemment, étant donné qu'ils font partie intégrante de la langue. »

Cf. aussi Hall [148, chap. 4] pour une description plus complète sur les niveaux de conscience en rapport avec le changement.

ments culturels opposés. Ce point est important car on ne peut être que vaguement conscient de sa propre culture si l'on n'est pas confronté à des individus d'autres cultures [1].

Je fus conscient pour la première fois de mon intérêt pour l'usage que l'homme fait de l'espace en formant des Américains pour le service outre-mer. J'avais découvert alors que la manière de structurer le temps et l'espace constituait une forme de communication à laquelle on obéissait comme si elle était partie intégrante des sujets et dès lors universellement valide. Dans un article de 1963 [151], j'écrivais : « Les Américains d'outre-mer étaient confrontés à une série de difficultés dues aux différences culturelles de la structuration de l'espace. Les gens se tenaient "trop près" pour leur parler, et, lorsque les Américains reculaient à une distance de conversation confortable, on trouvait qu'ils étaient des personnages froids, distants, renfermés et qu'ils se désintéressaient des gens du pays [2]. » Les ménagères américaines se plaignaient du « gaspillage d'espace » dans les maisons du Moyent-Orient. En Angleterre, les Américains, qui étaient habitués aux relations de bon voisinage, s'offusquaient quand ils se rendaient compte que leurs voisins n'étaient ni plus accessibles ni plus amicaux que les autres. En Amérique latine, ceux qui étaient habitués aux pelouses non clôturées des faubourgs américains trouvaient que les hauts murs créaient en eux un sentiment d'« exclusion ». Même en Allemagne, où tant de mes concitoyens se sentaient chez eux, des modèles d'usage de l'espace radicalement différents conduisaient à des tensions inattendues. Il ne faisait aucun doute que ces différen-

1. Le problème de la conscience de soi a été pour les psychologues une pierre d'achoppement pendant des années. Nous ne savons pas du tout comment le cerveau interprète les données que les sens lui transmettent. Récemment, on a quelque peu avancé dans l'explication du problème. Il semblerait en effet qu'il s'agisse de *contrastes* au niveau du récepteur, plutôt que d'une simple stimulation déclenchant une réponse spécifique [228].

2. On ne peut jamais être certain au départ de la signification véritable de ce genre de comportement. A la longue, on apprend à prêter attention aux remarques fortuites qui accompagnent la réponse originale. Au lieu de dire d'un Américain en particulier qu'il était froid, réservé ou distant, un Arabe fit remarquer : « Que se passe-t-il ? Est-ce qu'il trouve que je *sens* mauvais ? » Dans cet exemple, la référence au sens olfactif était un indice précieux pour comprendre le mécanisme d'établissement des distances chez les Arabes.

ces de comportement spatial apparemment minimes entraînaient une incompréhension considérable et rendaient le choc culturel plus brutal encore, souvent même jusqu'au point d'être une cause de maladie. L'examen des réactions très fortes et très vives aux signaux spatiaux chez ces Américains d'outre-mer mettait en lumière un grand nombre de structures restées implicites aux États-Unis. Ces observations dirigèrent ma pensée vers Whorf. Comme je l'ai énoncé ailleurs [155] :

> Les implications de la pensée de Whorf ne sont devenues évidentes qu'à une poignée de personnes. Difficiles à saisir, elle deviennent en quelque sorte effrayantes lorsqu'on y songe attentivement. Elles coupent à la racine la doctrine du « libre arbitre » puisqu'elles montrent que tout homme est prisonnier de la langue qu'il parle [1].

Ma thèse consiste à reprendre les principes que Whorf et ses disciples ont établis à propos de la langue et à les appliquer à l'ensemble du comportement façonné par la culture, plus particulièrement aux aspects de la culture qu'on considère le plus souvent comme évidents et qui fonctionnent, ainsi que Sapir [272] l'a bien énoncé, « selon un code secret et complexe qui n'est écrit nulle part, connu de personne, mais compris par tous [2] ». C'est ce *code secret* et complexe qui se confond avec ce que l'on se représente communément comme l'expérience phénoménologique. On a longtemps cru que l'expérience, c'était ce que les hommes partageaient, et qu'il était possible de surmonter la langue en se référant à l'expérience pour atteindre un autre être humain. Cette croyance implicite (et souvent explicite) sur le rapport de l'homme avec l'expérience repose sur l'hypothèse que, lorsque deux êtres humains sont soumis à la même « expérience », leur système nerveux reçoit virtuellement les mêmes données et leur cerveau répond de

1. En soulignant l'importance des observations de Whorf, je ne prétends nullement qu'il n'existe pas de réalité extérieure à découvrir, et je pense que c'était aussi l'avis de Whorf. La réalité peut rester constante, mais ce que les différents organismes perçoivent est en grande partie déterminé « par ce qu'eux ont l'intention d'en faire » comme disait un collègue.

2. Par « tous », on suppose que Sapir voulait dire les membres d'une communauté ethnique donnée.

façon similaire. La recherche proxémique jette un sérieux doute sur la validité de cette hypothèse, particulièrement lorsque les cultures sont différentes. Les peuples de cultures différentes vivent dans des mondes sensoriels différents (cf. *la Dimension cachée* [155, chap. 10 et 11]). Non seulement ils structurent l'espace différemment, mais ils l'expérimentent différemment parce que leur *sensorium* est « programmé » différemment [1]. Il existe un crible ou un filtre sélectif qui accepte certains types de données et qui en rejette d'autres. Parfois ce sont des individus qui « sélectionnent » un ou plusieurs de leurs sens ou une portion de leur capacité de perception. En d'autres occasions, ce sont les murs qui, en faisant écran, accomplissent ce filtrage. C'est là une des nombreuses fonctions importantes de l'architecture.

Si l'expérience spatiale diffère en fonction d'une structuration différente des sens et d'une attention (inattention) à certains aspects spécifiques de l'environnement, il s'ensuit que ce qui est une surpopulation pour un groupe ethnique ne l'est pas forcément pour un autre. Dès lors, il n'existe pas de seuil universel de surpeuplement, ni de moyens de mesurer le surpeuplement pour toutes les cultures. Les questions qu'on devrait plutôt se poser sont : « Les personnes concernées sont-elles *stressées* et, si tel est le cas, à quel degré, et quels sont les sens concernés ? » La réponse à de telles questions fait appel à des spécialistes de nombreuses disciplines, comme la pathologie, la biochimie, la psychologie expérimentale

1. On ne peut que faire des suppositions sur les méthodes précises qui font que les jeunes apprennent à choisir de façon sélective certaines choses et à en écarter d'autres, et à favoriser un canal sensoriel tout en en supprimant un autre. Cependant, on peut raisonnablement admettre que la culture fournit, entre autres choses, une structure à un programme de renforcement au sens skinnérien, relativement élaboré et très détaillé, quoique moins artificiel que ceux des travaux expérimentaux, dans lequel les renforcements individuels sont de si courte durée que, normalement, ils ne sortent pas du contexte où ils se produisent. Les travaux de Condon [77] et d'autres ont montré jusqu'à quel point les sujets étaient capables de réagir et de coordonner leur comportement pendant une conversation. L'examen image par image d'un film 24 et 48 images/seconde et l'étude d'encéphalogrammes effectués au même moment révèlent un comportement organisé, cohérent et synchronisé qu'il n'est pas possible d'observer normalement sans l'aide de caméras à grande vitesse. On peut suggérer alors que le renforcement positif et négatif ne peut survenir et ne survient qu'au niveau subliminal.

et la kinésique [1]. Les travaux de Gibson [119] sur la perception, ceux de Kilpatrick et d'autres [196] sur la psychologie transactionnelle ont permis une sérieuse avancée.

En 1953, Trager et moi-même avons postulé une théorie de la culture basée sur un modèle linguistique [2]. Nous soutenions qu'avec le modèle que nous utilisions il devait être finalement possible de rattacher les principaux systèmes culturels (il y en a plusieurs) à la physiologie de l'organisme ; c'est-à-dire qu'il devait exister non seulement une base prélinguistique, mais également une base préculturelle. En 1959, je proposai que le terme *« infra-culture »* fût employé pour les manifestations comportementales « qui ont précédé la culture mais que l'homme a élaborées pour parvenir à la culture » [148, p. 55]. Il s'ensuivit qu'il pouvait être utile, dans l'analyse d'un système culturel primaire comme la proxémique, d'examiner sa base infraculturelle. Une vue sur les diverses manifestations de la territorialité (et il y en a beaucoup) devrait apporter à la fois une base et la perspective utiles pour la considération des élaborations plus complexes de l'espace par l'homme.

A cet égard, on peut apprendre beaucoup des éthologistes [3]. Il est difficile de considérer l'homme parmi les autres animaux, encore que, à la lumière de ce qu'on connaît de l'éthologie, on pourrait fort bien considérer l'homme comme un organisme qui a élaboré et spécialisé ses *extensions* [4] à un point tel que celles-ci remplacent rapidement la nature. En d'autres mots, l'homme a

1. La relation entre la proxémique et la kinésique [32 ; 167 ; 77] a été évoquée ailleurs [152]. En un mot, la proxémique ne se préoccupe pas au départ de l'observation et de l'enregistrement des détails gestuels et des mouvements corporels. Elle traite de l'architecture, de l'ameublement et de l'utilisation de l'espace, tandis que la kinésique n'est, actuellement, qu'indirectement concernée par l'environnement. Le système de notation en proxémique est plus simple que celui qu'on utilise en kinésique. La proxémique cherche à déterminer comment nous établissons les distances (question d'épistémologie). Il est important que le chercheur en proxémique ait la meilleure connaissance possible de la physiologie de l'œil, ainsi que des nombreuses autres façons de percevoir la distance.

2. Une version de cette série originale de postulats a été publiée en 1959 [148].

3. Margaret Mead [239] a également suggéré que les anthropologues gagneraient beaucoup à étudier les travaux des éthologistes.

4. Le terme « extension » résume le procédé par lequel l'évolution s'accélère lorsqu'elle se produit à l'extérieur du corps [148 ; 155].

créé une nouvelle dimension, la dimension culturelle, avec laquelle il maintient un état d'équilibre dynamique. Ce processus est celui par lequel l'homme et son environnement se façonnent réciproquement. L'homme est maintenant à même de créer son propre biotope. Il est par conséquent à même de déterminer *quelle sorte d'organisme* il sera. Cette pensée est effrayante si l'on pense au peu de connaissances que nous avons de l'homme et de ses besoins. Cela revient également à dire que l'homme est véritablement en train de créer différents types de sujets dans ses taudis, ses asiles, ses villes et ses faubourgs. Pis encore, les problèmes que l'homme rencontre en tâchant de créer un monde universel sont beaucoup plus complexes qu'on ne le pensait auparavant. On s'est rendu compte aux États-Unis qu'un taudis pour un groupe pouvait être pour un autre groupe un environnement sensoriellement enrichi [113; 117; 2].

Les travaux uniques d'Hediger en zoologie et sur le comportement animal sont particulièrement importants pour la proxémique. Il s'est consacré à l'étude de ce qui se produit lorsque l'homme et l'animal sont en présence : dans la nature, dans les zoos, dans les cirques ainsi que dans des situations expérimentales. Hediger a démontré une idée capitale, que les anthropologues souhaiteraient appliquer à l'homme, à savoir que, si l'on veut effectivement s'engager dans une interaction avec un organisme, il est essentiel d'acquérir une maîtrise de base des systèmes de communication de celui-ci. La position à laquelle Hediger croit profondément, c'est que l'erreur la plus commune dans l'interprétation du comportement animal est d'anthropomorphiser ou d'interpréter les communications des animaux comme s'il s'agissait d'humains. Ses études sur le processus de domestication non seulement soulignent la nécessité de bien comprendre le monde symbolique sensoriel d'une espèce (comment elle délimite son territoire, par exemple, ou quels sont les composants qui entrent en jeu pour construire son biotope), mais mettent aussi l'accent sur l'importance de connaître la façon spécifique qu'a l'espèce de structurer la distance, au-delà de considérations strictement territoriales [168; 169; 170]. Par exemple, il est essentiel pour la survie d'un organisme en captivité que sa réaction de fuite soit réduite, voire supprimée. De plus, cela nous donne une définition opérationnelle de la domestication.

Hediger a établi la distinction entre les espèces *à contact* et *sans contact* [1] et il a été le premier à décrire en termes opérationnels la *distance personnelle* et la *distance sociale* (cf. *figures 1, 2* et *3*). Il a aussi démontré que la *distance critique* est si précise qu'on peut la mesurer en centimètres [2].

Schäfer [282] a étudié à la fois l'« espace critique » et les « situations critiques ». Alors qu'il nous mettait en garde contre le danger de tirer des analogies des formes non humaines, il a décrit des réactions sociales et de groupe au surpeuplement et formulé les concepts de « densités critiques » et de « crises », qui non seulement sont très suggestifs pour l'homme, mais semblent envelopper des processus qui recouvrent un spectre extraordinairement vaste d'espèces vivantes.

Des études récentes sur l'espacement chez les animaux révèlent que l'une des fonctions essentielles d'un espacement correct est de permettre la réalisation de ce que Tinbergen [313 ; 314] nomme les « chaînes d'action ». Tinbergen a montré que la vie des épinoches et d'autres espèces est constituée de séquences comportementales qui peuvent être prédites selon des paradigmes établis. Si une séquence est coupée ou interrompue, il faut tout recommencer depuis le début [3]. Selon Spitz [306], les animaux et les hommes ont besoin, aux stades critiques de leur vie, de volumes spécifiques d'espace pour pouvoir jouer les différentes scènes qui ponctuent l'exécution de la plupart des actes importants d'une existence.

Les découvertes des spécialistes en éthologie et en psychologie animale suggèrent que *(a)* chaque organisme vit dans son monde

1. Mac Bride n'est pas entièrement d'accord avec la distinction de base que fait Hediger. Il soutient, au contraire, que les animaux peuvent, à certaines périodes, être « à contact » et, à d'autres, « sans contact ». Une polémique épistolaire amicale, entre Mac Bride, Hediger et moi-même, a résolu bon nombre des objections de Mac Bride. Il apparaît maintenant que, comme la dominance en génétique, le comportement à contact et sans contact est une question de degré et de situation.

2. Pour une description de ces distances, cf. *la Dimension cachée* [155].

3. Le concept de territorialité est complexe, car il comprend toute une série de schémas comportementaux. Carpenter [64], par exemple, répertorie 32 fonctions associées à la territorialité. Dans le contexte où j'utilise le terme, le fait important est que *les paradigmes sensoriels ne soient ni interrompus ni entravés.*

Fig. 1 — Photo de H. Hediger illustrant la distance individuelle chez la mouette rieuse. Hediger [169, p. 66] fut le premier à décrire de manière systématique les différentes distances observées par les animaux et à introduire le concept de distance individuelle.

Fig. 2 — Distance personnelle chez le pélican *(photo : Edward T Hall).*

Fig. 3 — Pélicans sur une balustrade. L'observance de distances constantes entre les individus d'une espèce se retrouve sur l'eau (fig. 2), sur la terre ferme et en vol *(photo : Edward T. Hall).*

subjectif [1], qui est fonction de son appareil perceptuel; dès lors, une séparation arbitrairement supposée entre l'organisme et son monde modifie le contexte et en fausse ainsi la signification [2]; *(b)* la ligne de démarcation entre l'environnement interne et externe de l'organisme ne peut être établie avec précision [3]. La relation organisme-biotope ne peut être comprise qu'en la considérant comme une série de mécanismes cybernétiques en équilibre sensible, dans lesquels le *feedback* positif ou négatif exerce un contrôle discret mais continu sur la vie. *C'est-à-dire que l'organisme et son biotope constituent un système unique et homogène* (à l'intérieur d'une série de systèmes plus vastes). Considérer l'un sans se référer à l'autre n'aurait aucun sens.

Deux autres études éthologiques attirent l'attention sur la connexion entre la territorialité et le contrôle de la population [4].

1. Lissman [217] déclare à ce propos: « L'étude des adaptations originales de l'anatomie, de la physiologie et du comportement des animaux mène à cette conclusion bien connue que chacun a évolué pour s'adapter à la vie dans chaque recoin de la planète. Chaque animal vit aussi dans un monde subjectif et privé qui n'est pas accessible à l'observation directe. Ce monde est constitué d'informations recueillies de l'extérieur sous la forme de messages captés par ses organes sensoriels. »

2. Les chercheurs en sciences sociales formés dans la tradition nord-européenne connaissent bien le piège qui consiste à parler d'une dichotomie langue-culture. Nous faisons parfois nos observations en contexte, mais ce n'est pas toujours le cas. La plupart sinon la totalité des « découvertes » de Berelson et de Steiner [27] séparent, de façon conceptuelle et opérationnelle, l'organisme, y compris l'homme, de la matrice qu'est la vie. Leur interprétation de la version de l'étude de Zeigarnik [342] adoptée par Lewin [211] va dans le sens d'actes *instinctifs (drives)* plutôt que *sociaux*. Il ne restait plus à Spitz [306] qu'à replacer en contexte le travail de Zeigarnik. Le chapitre de Berelson et Steiner sur la culture est particulièrement fragmenté. Le travail des psychologues transactionnels se singularise dans leur étude par son absence. On reste sur l'impression que, pour la plupart des Américains, on ne « connaît » réellement quelque chose qu'*à partir du moment où on l'extirpe de son contexte*. Au risque de dire des évidences, je voudrais souligner ce qui de plus en plus semble faire l'unanimité chez les éthologistes et les écologistes, à savoir que l'organisme et l'environnement sont étroitement liés et que considérer l'un indépendamment de l'autre n'est qu'un artefact, lié à notre façon particulière de voir les choses.

3. Cf. le chapitre 3 de *la Dimension cachée* [155].

4. D'autres études ont contribué à l'élaboration de ma pensée: [3; 52; 61; 62; 74; 75; 86; 93; 99; 100; 101; 110; 121; 122; 126; 168; 169; 177; 180; 207; 217; 223; 225; 227; 229; 256; 259; 263; 282; 296; 310; 313; 314; 340].

L'étude classique de Christian [73] sur le cerf Sika de l'île James propose une thèse selon laquelle les populations sont contrôlées par des mécanismes physiologiques sensibles à la densité. Au cours d'un symposium sur le surpeuplement, le *stress* et la sélection naturelle [75], le résumé suivant fut présenté :

> De toute évidence, la mortalité résultait du choc consécutif à de sévères désordres métaboliques ayant vraisemblablement pour cause, à en juger par les données histologiques, une hyperactivité adrénocorticale prolongée. Cette mortalité massive ne peut s'expliquer ni par une épidémie, ni par la famine ou aucune autre manifestation de cet ordre.

L'étude de Christian compte parmi les nombreux travaux similaires sur l'effondrement de population [1] dû au *stress* provenant d'une surcharge sensorielle (surpopulation) [2].

Les expériences et les observations de Calhoun sont également dignes d'attention en ce qui concerne leurs données comportementales [3]. Il plaça des rats de Norvège sauvages dans un enclos de 1 000 m² où la nourriture était abondante, et les laissa se reproduire librement. Leur nombre se stabilisa à 150 sans jamais dépasser 200 [60]. Calhoun découvrit que même dans une population réduite à 150 rats, les combats entraînaient de telles perturbations dans le comportement maternel que seuls quelques petits survivaient. Les rats ne se répartissaient pas uniformément dans l'enclos, mais s'organisaient en une douzaine de colonies d'une moyenne de douze rats chacune (selon toute vraisemblance, le nombre maximum de rats pouvant vivre harmonieusement dans un groupe naturel).

1. Parmi ceux-ci, le travail de Paul Errington [99, 100, 101] est remarquable. Ses études sur les rats musqués et leurs réactions comportementales au *stress* du surpeuplement sont des plus révélatrices. Il déclare que *les rats musqués ont en commun avec l'homme* la tendance à devenir sauvages lorsqu'ils sont soumis au *stress* du surpeuplement (c'est moi qui souligne).
2. Voir mon résumé [155] des travaux de Christian.
3. Il est impossible de rendre justice à Calhoun dans un résumé. On ne peut comprendre sa pensée en son fondement que lorsqu'on a maîtrisé la totalité de ses écrits. Pour comprendre ses expériences en laboratoire, par exemple, il faut s'être familiarisé avec ses premières études faites à l'extérieur dans un environnement naturel.

Les troubles observés chez les rats surpeuplés de Calhoun ressemblent étrangement à ceux que connaissent actuellement certains Américains vivant dans des conditions d'entassement urbain très dense. Les études comparatives sur les humains sont rares ; cependant, Chombart de Lauwe [70 ; 71] a collationné des données sur des familles d'ouvriers français et a montré qu'il existait une relation statistique entre les conditions de vie en surpopulation et la pathologie sociale et physique. Aux États-Unis, une enquête sur la santé des habitants de Manhattan [307] a fait apparaître que seuls 18 % des sujets d'un échantillon représentatif ne souffraient d'aucun trouble émotionnel, alors que 23 % d'entre eux connaissaient des traumatismes graves ou étaient réduits à l'incapacité de travail.

MÉTHODES ET STRATÉGIES DE RECHERCHE

Dans la préface du livre de Jammer *Concepts of Space* [190], Einstein a résumé un grand nombre de problèmes méthodologiques de la proxémique :

> Le regard de l'homme de science se tourne vers les phénomènes qui sont accessibles à l'observation, en vue de les résumer et de les conceptualiser. Lorsqu'il essaye de parvenir à une formulation conceptuelle de la masse immense et confuse des données empiriques, l'homme de science a recours à tout un arsenal de concepts dont il est imprégné quasiment depuis la plus tendre enfance. Il n'est que rarement, sinon jamais, conscient du problème éternel que posent ses concepts. Il utilise ce matériel conceptuel, ou, pour être plus exact, ces outils de pensée conceptuels, comme quelque chose d'évident, d'immuable, quelque chose qui a une valeur de vérité objective et dont on ne peut pratiquement pas douter, et en tout cas pas de façon sérieuse.

Un des objectifs de mon étude de la proxémique a été d'examiner une mince tranche de la vie américaine — l'expérience de l'espace — et de me pencher sur certains aspects que les Américains considèrent comme évidents. Je n'ai pas insisté sur le *contenu*, latent ou manifeste, mais bien sur les détails structuraux, sur les éléments perceptuels implicites.

La plupart des individus, malgré leurs efforts, ne peuvent déterminer que très peu d'éléments entrant dans leur perception [1]. Ils peuvent seulement décrire le produit fini. C'est pourquoi le problème du chercheur en proxémique est de mettre au point des techniques qui permettent d'isoler et d'identifier les éléments de la perception de l'espace. Son but est de trouver pour les données sensorielles l'équivalent de la structure phonologique ou du tableau périodique des chimistes. Il faut que ses données soient vérifiables et que les éléments puissent être combinés et donner des résultats prévisibles. Lorsqu'on explore un nouveau domaine, la difficulté consiste à trouver des modèles de procédure. C'est ainsi que la linguistique descriptive, qui a été confrontée à des problèmes similaires, a fourni des méthodes applicables à la proxémique.

Depuis l'époque des néo-grammairiens, les linguistes ont admis que *la langue est un système*, offrant structure et régularité. Les systèmes d'écriture sont construits, comme des jeux de cube, à partir des sons de la langue représentée. Ceux-ci sont identifiables et limités en nombre. Le meilleur moyen de les isoler consiste à recueillir des échantillons de la langue parlée comme données de base et à en consigner ensuite les détails avec le plus de précision possible, en utilisant un système de notation basé sur des procédés physiologiquement identifiables, de sorte que tout observateur exercé puisse faire les mêmes transcriptions. En linguistique, les éléments structuraux ancrés dans la physiologie ont été établis. Ces éléments structuraux n'étaient pas connus en proxémique lorsque j'ai commencé mes recherches. Pourtant, il était clair que dans la perception de l'espace, quelque chose de plus que le système visuel entrait en jeu. Des questions se posaient alors : Quels autres systèmes ? Comment savons-nous qu'ils ont été correctement identifiés ?

Au cours de mes premières recherches, j'utilisai un grand éventail de méthodes et de techniques afin d'identifier les éléments de

1. Les sujets étaient anglais, français, allemands, suisses, hollandais, espagnols, arabes, arméniens, grecs, sud-asiatiques, indiens, japonais et africains de l'ouest.

la perception de l'espace ; non pas seulement parce que la proxémique semblait comporter plusieurs types différents de variables, mais aussi selon le principe que ce que j'apprenais d'une façon pouvait m'aider à vérifier ce que j'apprenais d'une autre façon. Quelques-unes des techniques de recherche, brièvement décrites ci-dessous, sont : l'observation, l'expérimentation, les interviews (structurées et non structurées), l'analyse du lexique anglais et l'étude de l'espace tel qu'il est recréé dans la littérature et dans l'art.

L'observation

Lorsque, pendant une longue période, on observe comment des individus réagissent à l'espace et comment ils l'utilisent, on peut commencer à discerner avec assurance des schémas de comportement proxémique. Si la photographie n'est qu'un appoint pour d'autres disciplines utilisant les méthodes d'observation (une extension de la mémoire visuelle, en quelque sorte), elle représente une aide absolument indispensable dans l'enregistrement du comportement proxémique (voir *figures 4* et *5*). Elle fige les actions et permet au chercheur de réexaminer les séquences autant de fois qu'il le désire. La difficulté, c'est de photographier les sujets sans troubler ou modifier leur comportement. En utilisant un appareil très petit (Minox), que j'emmène toujours avec moi, j'ai appris à photographier discrètement et, à partir de là, à me servir également d'appareils plus gros [1]. Plusieurs milliers de photos ont été prises jusqu'à présent ; elles montrent des individus dans des conditions naturelles aux États-Unis, en France, en Angleterre, en Italie, en Grèce et en Suisse. Ces photos constituent un ensemble de données permettant de vérifier les observations visuelles.

1. Pendant ces trois dernières années, nous avons utilisé un Nikon 35 mm motorisé avec chargeur 250 vues. Les agrandissements de négatifs 24 x 36 sont de bonne qualité et ont une netteté dans le détail excellente pour un prix modique. Cet appareil est un peu moins encombrant qu'une caméra 16 mm haut de gamme. L'appareil 35 mm demi-format (18 x 24) s'est également révélé être un instrument compact et pratique. Les caméras 8 mm et super-8 ne nous ont donné jusqu'à présent ni la qualité ni les ralentis nécessaires pour ce genre de travail.

Fig. 4 — Pendant deux ans, des photos ont été prises pour recenser les distances personnelles dans les lieux publics. La photo ci-dessus montre une aire d'embarquement pour tramways suffisamment longue pour permettre à deux véhicules de s'y arrêter et de charger simultanément les passagers. Cette disposition permettait de réduire l'encombrement typique des situations où un seul tram à la fois peut ouvrir ses portes. Le quai était délimité d'un côté par les rails et de l'autre par une rue à grande circulation. Nous avons pu observer là un espacement comparable à celui des mouettes d'Hediger sur une balustrade (cf. fig. 1) *(photo : Edward T. Hall).*

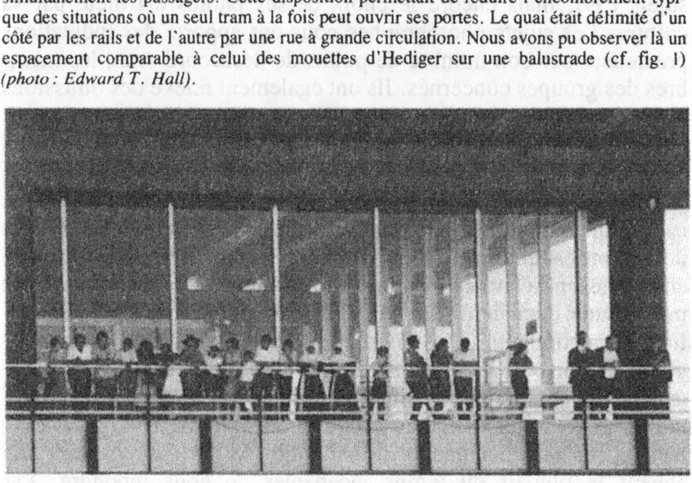

Fig. 5 — Distances individuelles entre Italiens dans la salle d'attente surplombant l'aéroport de Rome : La photo a été prise au petit matin d'une chaude journée d'été *(photo : Edward T. Hall).*

L'appareil photo, ainsi que les photos, sont des outils extraordinairement complexes et raffinés (cf. [59; 76]). En proxémique, la photographie a été utilisée comme mode d'enregistrement et de remémoration et comme outil pédagogique. Elle s'est avérée également très utile pour étudier comment les sujets structuraient leur propre monde perceptuel. Voici un bon exemple : j'avais demandé à un de mes assistants, un Allemand, de prendre une photo « intime » et une photo « publique » d'un sujet féminin. Je m'attendais à une image déformée pour la photo intime et à une image très fouillée pour la photo publique. Surprise : le portrait intime fut net et précis ; quant à la photo publique, il la fit volontairement floue, « ... parce qu'on n'est pas censé regarder les gens en public » (ni les photographier, non plus).

Au cours de récentes études sur le comportement proxémique des différents groupes ethniques aux États-Unis, mes étudiants et moi-même avons découvert qu'il était essentiel que le photographe soit un des membres du groupe que nous analysions. En effet, le photographe est non seulement en interaction constante avec ses sujets [59], mais encore le choix de ses photos est dicté par sa culture. Les sujets photographes nous ont apporté des indications précieuses sur bon nombre de points de désaccord entre les membres des groupes concernés. Ils ont également relevé des omissions importantes dans les textes photographiques réalisés par d'autres (extérieurs au groupe). Par exemple, en photographiant aux États-Unis des Noirs, des Porto-Ricains et des Espagnols des classes populaires, nous tentions de découvrir la manière spécifique dont ces groupes ethniques codifient et organisent leur perception lors de rencontres en face à face. (Mon expérience des relations interculturelles m'avait appris que les différences de comportement proxémique menaient à ce que Goffman [127] appelle l'« aliénation interactionnelle ».) Au départ, un de mes assistants (un photographe allemand) avait photographié des sujets noirs américains des classes populaires en situation d'interaction. On avait ensuite montré à ces sujets des diapositives et des photos 20 × 24 d'eux-mêmes, en leur demandant de nous dire ce qu'il s'y passait. Ils étaient la plupart du temps incapables de nous répondre. Par contre, lorsqu'on demanda à un des sujets noirs d'utiliser lui-même un appareil muni d'un moteur d'entraînement rapide et d'appuyer sur le déclencheur chaque fois que *lui* verrait quelque chose se produire, il prit une série de photos qui, pour moi, Américain blanc moyen, me paraissaient toutes identiques. Des discussions avec le photographe noir et les sujets ont fait apparaître qu'ils avaient produit et enregistré un dialogue extrêmement structuré, comprenant des signaux plus subtils et très différents de ceux employés par la population blanche de classe moyenne. Il semblait que dans ce groupe particulier de Noirs des classes populaires, une bonne partie de l'information était transmise par de très petits mouvements des mains et des doigts. Pour mes étudiants et moi, ces mouvements étaient pratiquement imperceptibles [1].

Une autre source de données, outre l'observation directe et les photos, provient des remarques que font spontanément les gens lorsqu'on enfreint leurs convenances spatiales. De telles remarques contribuent souvent à identifier les éléments structuraux du système proxémique étudié. Des exemples qui reviennent souvent sont des observations comme celles-ci :

> *I wish he would stop breathing down my neck. I can't stand that!*
>
> (si seulement il pouvait arrêter de me souffler son haleine dans la figure. C'est quelque chose que je ne peux pas supporter !)
>
> *have you noticed how she is always* touching *you. She can't seem to keep her hands to herself*
>
> (avez-vous remarqué comme elle n'arrête pas de vous toucher. A croire qu'elle ne peut garder ses mains en poche)
>
> *he was so close his face was all distorted*
>
> (il était si proche que son visage était tout déformé)

Toucher les gens, orienter sa respiration dans leur direction ou en tâchant de les éviter, les regarder en face ou éviter leur regard, se tenir si près d'eux que l'ajustement visuel en devient impossible, tels sont des exemples de comportements proxémiques qui peuvent être parfaitement convenables dans une culture et tout à fait tabous dans une autre.

1. La recherche dont il est question ici est actuellement en cours et figurera dans un manuel de procédure et de méthode de recherche en proxémique (= [157] — NdE).

Des situations expérimentales abstraites

Il est possible d'apprendre beaucoup sur la façon qu'ont les membres d'une culture donnée de structurer l'espace à différents niveaux d'abstraction, en créant des situations simples où ils manipulent des objets [1]. J'ai donné à mes sujets des pièces de monnaie et des crayons et je leur ai demandé de les disposer de façon telle qu'ils soient « proches les uns des autres », « éloignés les uns des autres », « côte à côte » et « l'un à la suite de l'autre » ; et ensuite de me dire quand deux objets étaient « ensemble » ou non. Les sujets arabes n'y arrivaient pas ou refusaient de se prononcer sur la question de savoir si deux objets étaient ensemble ou non *quand la région environnante n'était pas précisée*. Autrement dit, les Arabes voyaient les objets *dans un contexte ;* les Américains ne les considéraient que *l'un par rapport à l'autre*.

Les entretiens structurés

Mon épouse et moi avons interviewé en profondeur des sujets américains et étrangers, selon un schéma bien précis. Les plus courts entretiens duraient six heures ; le plus long a duré six mois et continuait à fournir des renseignements alors que cette phase du travail était terminée. Il apparut au cours de ces études que, même si les réponses aux questions pouvaient varier selon les sujets, c'était le schéma entretien lui-même qui nous apprenait comment les sujets structuraient et expérimentaient l'espace. On pouvait tirer des conclusions de leur façon de répondre aux questions et des difficultés qu'entraînait la compréhension de certaines d'entre elles.

1. Little [218, 219] a montré que la corrélation entre les façons de percevoir deux personnes, deux silhouettes, deux poupées ou deux cylindres en bois est telle qu'on peut les interchanger pour n'importe quel usage pratique. Cependant, il faut observer que, dans chacun de ces contextes, le sujet juge les rapports spatiaux *en tant que spectateur extérieur* et non *comme participant*.

Le guide d'entretien commençait par une question générale concernant la maison et le ménage, ainsi que les activités et la dénomination des différents endroits dans la maison. La maison avait été choisie comme point de départ non seulement parce que tout le monde en a une, mais aussi parce que nous savions par expérience que les sujets étaient en général à même de parler des choses concrètes de la maison, même quand ils trouvaient difficile ou déplacé d'aborder d'autres thèmes. Une fois que le dessin de la maison avait été réalisé à l'aide de croquis et de diagrammes, le même domaine était abordé d'une autre façon en explorant des thèmes tels que l'intimité du foyer, les limites de la maison, les règles de voisinage et la situation du logis dans son cadre social et géographique. La disposition des meubles à la maison et au bureau donnait des renseignements supplémentaires sur les relations sociales, ainsi que certains traits sémantiques comme les mots ou les concepts difficiles à traduire. Quelque quatre-vingt-dix thèmes en tout ont été ainsi traités.

Un des traits importants de notre guide était d'être suffisamment inséré dans la culture américaine pour susciter chez les sujets étrangers des questions qui montraient non seulement les structures de leur système proxémique, mais aussi des aspects de notre système que nous considérions comme évidents. « Où allez-vous pour être seul ? », une question normale pour un Américain, déroutait les Arabes et parfois même les irritait. Les réponses typiques étaient du genre : « Qui veut être seul ? », « Où allez-vous pour être fou ? », « L'enfer, c'est le paradis sans les gens ». Entrer sans autorisation dans la propriété de quelqu'un est conçu aux États-Unis comme une violation universellement admise des règles sociales. Pourtant, nous n'avons pas réussi au cours de nos entretiens à déceler chez les Arabes des villes une notion semblable, pas même approchante.

La structure même de nos interviews s'est révélée être un instrument de recherche précieux. Cela tient à quelque chose de subtil et d'important à la fois. En respectant un protocole standard, nous poursuivions la recherche à deux niveaux simultanément : le niveau A était la discussion proprement dite, les réponses aux questions ; le niveau B (le plus important, fondamental) était le contraste dans la structure de deux systèmes culturels, l'un servant à découvrir l'autre. Il apparut que les sessions les plus intéressantes étaient celles où les sujets étrangers étaient en discordance avec nos catégories spatiales.

Une partie de notre questionnaire concernait le comportement d'écoute [1], et était destinée à obtenir des informations sur la façon de regarder son interlocuteur pour en obtenir une réaction. Cette partie s'avéra la plus importante de notre questionnaire. Ce qui apparut dans les entretiens avec les sujets étrangers ne fut pas une réponse directe aux questions, mais une série de plaintes sur le fait que les Américains n'écoutent jamais, ou sur ce qu'ils communiquent par *leur façon* d'écouter. Les Arabes trouvaient que nous étions toujours gênés. Qu'est-ce qui leur faisait penser cela ? Le fait que nous retenons notre haleine et que nous ne la dirigeons pas vers l'interlocuteur. Les sujets latino-américains, eux, se plaignaient que les Américains n'écoutaient jamais ou étaient souvent inattentifs, conclusion qu'ils tiraient du fait que nous détournions notre regard par moments. Les renseignements que nous cherchions par ce mode d'enquête étaient relatifs au type d'engagement perceptuel des deux sujets.

Analyse du lexique

Je soutiens depuis longtemps [148; 160] que la *culture* est principalement un processus de communication. Ce processus se retrouve à plusieurs niveaux simultanément, certains étant plus explicites que d'autres. La langue est un de ces niveaux explicites. Boas [49] fut le premier anthropologue à souligner le rapport entre la langue et la culture. Il mena son raisonnement de la manière la plus simple et la plus évidente qui soit, en analysant le lexique de différentes langues. Whorf [334] alla plus loin que Boas et suggéra

1. Depuis longtemps, on estime qu'il va de soi que c'est le signal, le signe ou le message qui représente chez le chercheur en sciences sociales le centre de ses recherches sur la communication. Je me suis rendu compte, il y a quelques années, que le décalage qui surgit dans les communications interculturelles provient du fait que le locuteur ne savait pas si son interlocuteur écoutait ou non [153].

que la langue joue un rôle prédominant dans le façonnage du monde perceptuel d'une culture. Il déclare :

> Nous découpons la nature selon les lignes établies par notre langue. Les catégories et les types que nous isolons dans le monde phénoménal ne s'y trouvent nullement...

Whorf a fait remarquer que, chez les Hopi, le temps et l'espace sont indissociablement liés ; changer l'un revient à changer l'autre :

> Dans le monde de la pensée Hopi, il n'y a pas d'espace imaginaire... Autrement dit, les Hopi ne peuvent « imaginer », contrairement aux Indo-Européens, les endroits tels que le paradis ou l'enfer. De plus, les espaces « vides » correspondant à une pièce, une chambre ou un hall ne sont pas vraiment *« nommés »* à la manière des objets, mais plutôt localisés...

L'influence de Sapir et de Whorf, qui s'étend bien au-delà des limites de la linguistique descriptive, m'a fait revoir le lexique du petit *Oxford Dictionary* pour en extraire tous les termes ayant une connotation spatiale comme : « au-dessus », « en dessous », « loin de », « ensemble », « à côté de », « près de », « adjacent », « superposable », « niveau », « debout ». En tout, quelque 20 % de ce dictionnaire, soit à peu près 5 000 éléments lexicaux, furent recensés [1].

L'interprétation de l'art

Parallèlement à la pensée de Whorf sur le langage, les psychologues transactionnels ont démontré que la perception n'est pas

1. Il va sans dire que, si l'anthropologue ne connaît pas bien la relation qui existe entre la langue et le reste de la culture, il n'est pas possible d'utiliser le lexique comme instrument d'analyse. Dans cette optique, mon collègue Moukhtar Ani, qui s'est consacré des années à la préparation d'un dictionnaire anglais-arabe, m'a été d'un secours considérable. Plongé dans son travail lexicographique, il a pu montrer clairement des différences qui, normalement, n'auraient pas transparu.

passive, mais apprise et, en fait, hautement structurée. Elle constitue une véritable transaction à laquelle le monde et celui qui le perçoit participent tous deux. Une peinture ou une gravure doit donc être conforme à la *Weltanschauung* de la culture à laquelle elle fait adresse et aux structures perceptuelles de l'artiste au moment de la création de l'œuvre. Les artistes savent bien que la perception est une transaction ; en fait, ils considèrent cela comme évident. L'artiste est à la fois un observateur et un communicateur. Sa réussite dépend en partie de sa capacité à analyser et organiser les données perceptuelles en des formes significatives pour son public. La façon dont les impressions sensorielles sont utilisées par l'artiste fournit des données tant sur l'artiste que sur son public.

Giedion [120], Dorner [88] et Grosser [138] ont contribué à une compréhension spécifique de la manière dont l'homme européen a élaboré son organisation perceptuelle à travers les âges [1]. Grosser, par exemple, explique que le portrait se distingue de toutes les autres formes de peinture par une proximité psychologique qui « dépend directement de la distance physique réelle, mesurable, qui sépare le modèle du peintre ». Il fixe cette distance entre 1,20 m et 2,40 m, et fait remarquer qu'elle engendre cette « qualité » caractéristique du portrait, « cette sorte particulière de communication — presque une conversation — que le spectateur est en mesure d'entretenir avec la personne peinte ». Grosser montre aussi les problèmes de raccourci et de déformation qui se produisent lorsque le peintre ou l'observateur se rapproche trop de son sujet ; ses observations s'apparentent étroitement à celles que j'avais faites en décrivant comment mes sujets percevaient les autres lorsqu'ils se trouvaient « trop près ».

La distinction que Gibson [119] établit entre le *champ visuel* (l'image projetée sur la rétine) et le *monde visuel* (l'image stable qui se crée dans l'esprit) est essentielle pour comprendre la différence entre les œuvres des deux artistes comme Hobbema et Rembrandt. Le monde visuel peint par Hobbema est celui que l'on perçoit à travers une fenêtre, c'est une synthèse de centaines, sinon

1. On peut analyser l'art occidental selon les catégories de perspectives de Gibson [119]. La perspective linéaire n'est qu'une des multiples façons de voir les objets en profondeur.

de milliers, de champs visuels [1]. Il a virtuellement fixé sur la toile des séries généralement perçues en un instant. Lorsqu'on se sert de l'art comme d'une donnée culturelle, la difficulté majeure est de faire la distinction entre la technique de l'artiste (qui, seule, révèle la charpente de sa création) et son « sujet », qui se veut peut-être persuasif et qui est souvent discutable [2], car les goûts esthétiques diffèrent. Malgré toutes ces difficultés, les données sont suffisamment riches pour justifier de grands efforts.

L'analyse de la littérature

Un examen des impressions sensorielles de l'écrivain est une très bonne approche de son monde perceptuel. Si un écrivain recourt à la vision pour créer des images, on peut déterminer, sur la base de ces images, le type de vision qu'il utilise. S'agit-il d'une vision fovéale, maculaire ou périphérique ? Dans le système établi par Gibson, quel type de perspective emploie-t-il ? Quel rôle jouent ses sens olfactif et tactile ?

Les écrivains expriment des expériences que le lecteur connaît déjà et qu'il aurait exprimées lui-même s'il avait possédé la capacité analytique, l'entraînement et la technique nécessaires. Lorsque l'écrivain atteint son but, il y a une coïncidence étroite entre ses descriptions et le modèle sensoriel de ses lecteurs, puisqu'il évoque chez eux des images spatiales.

1. Comme tous les grands artistes, Rembrandt peignait en jouant de la profondeur; sa communication se situait à plusieurs niveaux différents. Dans plusieurs de ses toiles, il existe deux champs visuels ou plus, de façon telle que l'œil passe de l'un à l'autre. Il était incontestablement en avance sur son temps, et il a certainement dû en enfreindre la tradition artistique. Sa façon de reproduire la perception *instantanée* est, semble-t-il, extrêmement précise (pour ceux d'entre nous qui ont appris à regarder selon la tradition européenne). Ce n'est que récemment que la culture populaire a commencé à le comprendre.

2. Il est important de souligner que les méthodes employées dans cette série d'études n'avaient rien à voir avec le niveau d'analyse qu'on applique aux styles artistiques et aux questions de contenu, dans le sens conventionnel du terme. L'analyse du contenu et du style sont des approches valables de l'analyse artistique, mais elles conviennent plus à l'analyse intrasystémique qu'à la comparaison entre *deux ou plusieurs systèmes différents*.

La question que je me suis posée est la suivante : « Quels sont les éléments que fournit l'écrivain au lecteur pour lui permettre de construire une image spatiale ? » Il me semblait que l'analyse de passages particulièrement évocateurs pour ce qui touche au plan spatial serait intéressante. Je demandai à des sujets de repérer de tels passages dans un échantillon d'une centaine de romans représentatifs. Les textes les plus employés furent ceux qui contenaient des images spatiales que les sujets avaient très nettement visualisées au cours de lectures antérieures. Cet ensemble de passages, sur lesquels des observations avaient été données spontanément, s'est finalement révélé très précieux.

En littérature comme en peinture, la représentation de l'espace change avec le temps et reflète assez précisément, semble-t-il, comment évoluent dans une culture la conscience de la nature ainsi que les modèles proxémiques. Mac Luhan [233] fait observer, par exemple, que la première référence à la perspective visuelle à trois dimensions dans la littérature apparut avec *le Roi Lear,* dans la scène où Edgard tente de convaincre le duc de Gloucester, devenu aveugle, qu'ils se trouvent au bord des falaises de Douvres. Dans le livre de Thoreau, *Walden,* on trouve une multitude d'images spatiales. Lorsqu'il parle de sa petite cabane et de son influence sur sa conversation, il écrit :

> Nos phrases ont besoin d'*espace* pour déployer et réformer leurs colonnes dans les intervalles de la conversation. Comme les nations, *les individus doivent posséder leurs frontières,* naturelles et largement calculées, et *même un terrain neutre* pour les séparer les uns des autres... Dans le cas des bavards invétérés et des bruyants causeurs, la promiscuité est admissible jusque dans *le coude à coude et la rencontre des haleines.* Mais dès que la conversation implique réserve et réflexion, le besoin se fait sentir d'une distance qui puisse neutraliser *toute cette chaleur et cette moiteur animales* [1].

Mark Twain était fasciné par l'imagerie spatiale et par sa distorsion. Il s'arrangea pour créer des paradoxes spatiaux impossibles, dans lesquels le lecteur « voit » des détails à des distances incroya-

1. C'est nous qui soulignons.

bles et où il est aux prises avec des espaces si vastes que son esprit vacille en cherchant à les comprendre. La plupart des distances chez Mark Twain sont visuelles et auditives. Kafka, dans *le Procès,* est sensible au corps et au rôle de la perception kinésique de la distance. Chez Saint-Exupéry, la vitalité des images tient dans l'utilisation de perceptions kinésiques, tactiles, olfactives et auditives.

CONCEPTS ET MESURES

Trois catégories d'espace

Il s'est avéré utile pour la recherche proxémique d'être à même de déterminer dans quelle mesure l'espace était considéré, selon les cultures, comme fixe, semi-fixe ou dynamique [151 ; 155]. En général, on donne aux murs et aux frontières territoriales un caractère fixe. Cependant, le territoire peut être saisonnier, comme chez les Bédouins nomades de Syrie ; dans ce cas, on peut le considérer comme semi-fixe ou dynamique. Le mobilier peut être fixe ou semi-fixe. La distance interpersonnelle est généralement considérée comme informelle [1] ; elle est dynamique pour la plupart des peuples originaires d'Europe du Nord. Ces distinctions sont très importantes pour les rencontres interculturelles. Le fait de considérer comme mouvant ce que d'autres considèrent comme fixe peut être à l'origine de sérieux problèmes. C'est ainsi, par exemple, qu'un immigrant allemand aux États-Unis, qui considérait le mobilier comme un élément fixe, avait fait boulonner au sol le fauteuil de son bureau destiné aux visiteurs, ce qui avait causé la

1. Dans ce contexte, le terme informel se rapporte à l'un des trois niveaux de culture, les deux autres étant les niveaux formel et technique. Le niveau culturel formel est celui qui s'intègre entièrement dans la culture : il est connu de tous et personne ne le met en doute. Le niveau informel est constitué d'attitudes imprécises de type situationnel. Le niveau technique est l'activité expliquée et analysée en détail (cf. [148]).

consternation générale parmi les visiteurs américains. Un de mes sujets chinois m'a signalé qu'en Chine il ne viendrait jamais à l'idée d'un visiteur de déplacer le mobilier pour le rendre conforme à sa définition personnelle de la distance d'interaction, sauf s'il en a été expressément prié par son hôte. Parmi mes étudiants américains, qui proviennent de régions, de classes sociales et de groupes ethniques différents, couvrant donc un vaste éventail culturel, une moitié déclarait ajuster le mobilier à sa norme propre et informelle, l'autre moitié pas.

Espaces sociopète et sociofuge

Un autre type d'observation pour les enquêteurs en proxémique est de savoir si l'espace est organisé de façon à favoriser la communication entre les sujets (socio*pète*) ou, au contraire, leur isolement (socio*fuge*) [255]. Ce qui est sociofuge dans une culture ou une sub-culture peut être sociopète dans une autre. Un collègue arabe me faisait remarquer, par exemple, que sa salle de loisirs, petite et lambrissée, était « *sehr gemütlich* », « très confortable », pour des amis allemands, mais qu'elle produisait l'effet inverse sur les Arabes, qui la trouvaient oppressante.

Le rapport de la langue parlée et de la proxémique

Le contenu de la conversation est lié à la distance et à la situation, ainsi qu'aux relations entre les participants, leurs émotions et leurs activités. Le rapport de l'analyse linguistique à la distance et à la situation qu'a établi Joos [193] s'applique également au cadre de référence de la proxémique. Ses cinq styles — intime, décontracté, consultatif, formel et glacé — correspondent grosso modo aux zones intime, personnelle, sociale-consultative et publique des modèles proxémiques aux États-Unis. Le fait que Joos considère la langue comme une *transaction* (introduisant la notion de *feedback*), et non pas comme un processus unilatéral, rend son modèle conceptuel particulièrement applicable à la proxémique. Ses travaux sont également pertinents dans la mesure où il introduit le concept de « dialecte situationnel » [150] [1].

Hockett [178] a défini la communication : tout événement qui déclenche une réaction de la part d'un organisme. (Cette définition pourrait s'appliquer à l'environnement, encore qu'il ne soit pas sûr que Hockett l'ait voulu.) Au départ, il avait établi pour le langage une liste de sept traits distinctifs :

1. la double articulation (unités ou *cénèmes* qui se construisent);
2. l'interchangeabilité (A peut jouer le rôle de B et vice versa);
3. le déplacement (dans le temps ou dans l'espace);
4. la spécialisation (l'association de significations spécifiques à des choses spécifiques);
5. l'arbitraire (il n'y a pas nécessairement de connexion entre l'événement et le symbole);
6. la productivité (des formes nouvelles peuvent être créées);
7. la transmission culturelle (par opposition à la transmission génétique).

Plus tard, Hockett [179] étendit sa liste à treize points dans le but d'affiner et de clarifier sa définition. Ce faisant, il résolut certains problèmes et en créa d'autres. Les traits distinctifs conçus par Hockett représentent une percée considérable dans la compréhension de la communication. En tant que forme de communication culturellement élaborée, la proxémique répond à chacun des sept traits distinctifs originaux de Hockett, y compris la productivité

1. Le terme « dialecte situationnel » se rapporte aux différentes formes de langage utilisées dans des *situations* spécifiques et qui en sont caractéristiques, comme la « langue de bois » officielle, la langue de la place du marché ainsi que les jargons spécialisés des différentes professions, occupations et groupes sociaux. La connaissance du dialecte situationnel fait d'un individu un membre du groupe à part entière. L'expression de « dialecte situationnel » m'a été suggérée à l'origine par Edmund S. Glenn lors d'une conversation en 1960. Il n'existe pas à ma connaissance de relevé exact des dialectes situationnels d'une langue. Un tel inventaire donnerait une bonne mesure de la complexité sociale relative d'une culture donnée. Leach [204], lorsqu'il parle des différentes « marques d'origine » de l'anglais selon les « catégories sociales », fait allusion en fait aux dialectes situationnels. L'article de Lantis [202] se rapporte aussi aux dialectes situationnels.

(l'architecte ou le dessinateur cherchant de nouvelles formes). Généralement, des études linguistiques fondées sur la phylogénèse, comme celle exposée par Hockett, et les travaux conduits sur la base infraculturelle de la proxémique suivent, semble-t-il, des chemins parallèles. Voici quelques points de départ. Le déplacement dans le temps et dans l'espace d'une forme naissante mais reconnaissable peut s'observer chez les mammifères, dans la délimitation de leur territoire. Lorsque les ongulés sont effrayés par une panthère, ils produisent, au moyen de la glande qu'ils ont dans les sabots, un signal olfactif qui prévient du danger leurs congénères se trouvant sur la même piste. En nous offrant un schéma bien présenté qui compare les systèmes de communication à travers genres et espèces, Hockett a non seulement précisé un certain nombre de points applicables à toutes les facettes de la vie, mais encore les a mis en relation d'une façon originale. Il ne faut pas considérer ces points comme des absolus, mais bien comme des positions dans un continuum. Par exemple, le *feedback* total n'existe pas en tant qu'*absolu* parce que le locuteur n'entend et n'est conscient que d'une *partie* de ce qu'il dit. La double articulation (les « petits arrangements d'un stock relativement restreint de sons que l'on peut distinguer les uns des autres et qui, en soi, sont dépourvus de signification ») s'avérerait, par la substitution d'un seul mot (« information » au lieu de « sons »), caractéristique de toute vie, commençant avec l'ADN et l'ARN et se terminant avec les formes de la communication dont l'existence est patente, mais qu'il faut encore analyser en termes techniques.

Pas de mécanisme universel connu d'établissement des distances

L'observation, les entretiens, l'analyse de l'art et de la littérature, tout cela laisse supposer qu'il n'existe *pas* chez l'homme de mécanisme (ou de mécanismes) fixe d'appréciation des distances qui soit universel et valable pour toutes les cultures. Un des problèmes de la recherche proxémique, c'est d'abord que les sujets sont incapables de décrire comment ils établissent leurs distances, et ensuite que les divers groupes ethniques établissent leurs distances différemment. En fait, ce sont leurs unités de mesure qui sont différentes. Certaines distances augmentent ou diminuent selon les circonstances. *La distance interpersonnelle résulte d'une myriade de signaux sensoriels codés d'une façon déterminée.* Par exemple, les Américains de classe moyenne d'origine nord-européenne établissent visuellement la plupart de leurs distances interpersonnelles [151; 152; 155] [1]. Ce mécanisme s'opère dans une certaine mesure à partir des signaux provenant du *feedback* musculaire des yeux, lorsque le sujet commence à loucher, n'arrive plus à focaliser son regard, etc. D'autres références visuelles utilisées sont la dimension de l'image rétinienne, la perception du détail et le mouvement périphérique. L'interaction visuelle des Arabes est intense; leur engagement est direct et total. Les Arabes regardent leur interlocuteur fixement; les Américains ne le font pas. Le sens olfactif des Arabes contribue activement à établir et maintenir chez eux le contact. Ils ont tendance à rester à l'intérieur de la bulle olfactive de leur interlocuteur. Les Américains, au contraire, restent à l'écart.

Tous les sens entrent finalement en jeu dans l'établissement de la distance; ils sont à la proxémique ce que l'appareil vocal (dents, langue, palais dur, palais mou, cordes vocales) est à la phonétique. Si l'on considère que l'homme est en transaction constante avec son environnement, tantôt activement, tantôt passivement, on comprend qu'un *crible sélectif* est aussi nécessaire qu'une *stimulation structurée* des sens. Il n'est dès lors pas étonnant que l'un de nos sujets, un professeur allemand, ait trouvé que même la solide architecture américaine du début du XXe siècle ne lui convenait pas parce que les bruits extérieurs n'étaient pas assez étouffés quand il travaillait à son bureau. Inversement, des études de Fried et Gleicher [113] et de Fried [112] ont montré que les Bostoniens du West End d'origine italienne avaient besoin, eux, d'une participation auditive considérable. A mon avis, le traumatisme qu'ils ont subi lorsqu'on les a transplantés du West Side de Boston dans les immeubles plus modernes est dû, en partie, à un mélange sensoriel inhabituel et peu agréable. Ils se sentaient exclus de la société. Des Américains de classe moyenne qui travaillaient en Amérique latine ressentaient un manque d'engagement *visuel* avec leurs voisins et

1. La vision n'entre pas seule en jeu, mais elle est bel et bien présente.

un sentiment d'exclusion à cause de ces murs de brique sans lesquels les maisons latino-américaines n'auraient pas le caractère de propriété privée. Les Français, accoutumés à toute une série d'odeurs caractéristiques lorsqu'ils se promènent dans les rues de la ville, peuvent éprouver une privation sensorielle dans l'environnement urbain des États-Unis, avec son odeur âcre et uniforme.

J'ai décrit ailleurs [152] un système de notation du comportement proxémique reposant sur huit dimensions ou échelles sensorielles : *(1)* posturale-sexuelle, *(2)* sociofuge-sociopète, *(3)* kinesthésique, *(4)* tactile, *(5)* rétinienne, *(6)* thermique, *(7)* olfactive, *(8)* vocale. Ce système permet à l'enquêteur de concentrer son attention sur des segments comportementaux spécifiques qui lui permettront, à leur tour, de distinguer le comportement d'un groupe de celui d'un autre.

> Malgré leur *apparente* complexité, les systèmes culturels sont organisés de façon telle que leur contexte puisse être étudié et contrôlé par n'importe quel membre du groupe (...). Les anthropologues savent bien que, ce qu'ils recherchent, ce sont des distinctions structurées qui vont au-delà des différences individuelles et qui sont intégrées intimement à la matrice sociale dans laquelle elles se produisent.

DOMAINES A EXPLORER

La recherche en proxémique illustre un fait que les anthropologues connaissent bien : ce qui est évident dans une culture peut à la limite être inexistant dans une autre. Il est donc impossible de dresser une liste des questions qui permettent de révéler la structure des systèmes proxémiques. Nous savons, par l'expérience des entretiens approfondis dont nous avons parlé plus haut, qu'un questionnaire n'est qu'une caisse de résonance ethnocentrique. Malgré les efforts consentis, il s'est révélé impossible d'établir un questionnaire qui ne soit pas influencé par la culture. La liste suivante, qui reprend les questions relatives à la recherche proxémique, reflète elle aussi les implications culturelles de son auteur, non seulement dans leur structure, mais dans leur contenu.

1. Combien de genres de distances les gens respectent-ils ? (Il serait utile de connaître la gamme des comportements humains à cet égard.)

2. Comment ces distances sont-elles distinguées ?

3. Quelles sont les relations, les activités et les émotions associées à chacune de ces distances ?

4. En général, que peut-on qualifier d'espace à organisation fixe, semi-fixe et dynamique ?

5. Qu'est-ce qui est sociofuge, sociopète ?

6. Frontières :

(a) Comment les frontières sont-elles conçues ?

(b) Quelle est leur degré de permanence ?

(c) En quoi consiste la violation de frontières ?

(d) Comment sont-elles délimitées ?

(e) Quand et comment sait-on qu'on se trouve à l'intérieur de frontières ?

7. Existe-t-il une échelle des espaces allant, par exemple, du plus intime et plus sacré au plus public ?

8. En rapport avec les questions 1 et 7, y a-t-il une hiérarchie des distances entre les gens ? Qui est admis dans chacune d'entre elles, et dans quelles circonstances ?

9. Qui peut toucher, et dans quelles circonstances ?

10. Y a-t-il des tabous pour ce qui est de toucher, regarder, écouter et sentir ? A qui s'appliquent-ils ?

11. Quelle nécessité de se cacher y a-t-il ? Pour quels sens et quelles relations ?

12. Quelle est la nature de l'engagement sensoriel dans les différentes relations du cours normal de la vie quotidienne ?

13. Quels sont les besoins spatiaux spécifiques ?

14. Quels sont les mots du vocabulaire qui se rapportent à l'espace ?

15. L'espace est-il utilisé de façon particulière entre supérieurs et subordonnés ?

[Voir tableau de synthèse p. 347-348]

3

Recherches sur la famille : approche systémique

DON D. JACKSON

La question de l'homéostasie familiale

traduit par Yves Winkin

Titre original : « The Question of Family Homeostasis », *The Psychiatric Quarterly Supplement*, 31, 1re partie, 1957, p. 79-90. Reproduit dans *Communication, Family and Marriage* (communication, famille et mariage), textes rassemblés par Don D. Jackson, Palo Alto, Science and Behavior Books, 1968, p. 1-11.

PAUL WATZLAWICK

Structures de la communication psychotique

traduit par Yves Winkin

Titre original : « Patterns of Psychotic Communication », in *Problems of Psychosis* (problèmes de la psychose), textes rassemblés par P. Doucet et C. Laurin, Amsterdam, Excerpta Medica, 1971, p. 44-53.

DON D. JACKSON

La question de l'homéostasie familiale

La psychiatrie tend manifestement, de plus en plus, à ne voir dans l'individu émotionnellement malade qu'un élément dans un champ de forces qui s'étend de ses processus intrapsychiques aux aspects les plus vastes de sa culture. Certains verraient l'homme comme une collection d'individus isolés, strictement définis par leurs pulsions biologiques; ceux-là méprisent les « culturalistes » dont le prestige continue néanmoins à grandir. Les contributions de Horney, Sullivan, Fromm et d'autres dans le champ de la psychiatrie, de même que celles de nombreux psychologues, sociologues et anthropologues, sont suffisamment connues pour qu'on n'y revienne pas ici.

Plus récemment, Johnson, Szurek et d'autres ont rendu un précieux service à la psychiatrie en montrant, lors d'interventions thérapeutiques conduites en collaboration *(collaborative therapy)* sur des cas précis, comment les désirs inconscients d'un des parents influencent le comportement de l'enfant. Cette prise de conscience de l'importance des interactions dans la détermination des modèles comportementaux s'est traduite par des changements de technique dans la méthode thérapeutique. Ainsi, on entend parler aujourd'hui de cliniques pour enfants où l'on insiste pour voir la mère *et* le père, et de thérapie de groupe pour les mères de schizophrènes et les épouses d'alcooliques.

Le but de mon exposé n'est pas de répéter ce qui a déjà été dit, mais d'envisager certains aspects techniques et théoriques de la structure des interactions familiales: *(1)* un changement chez le patient en cours de traitement entraîne d'importantes modifications chez d'autres membres de la famille; *(2)* la relation est manifeste entre les modèles d'interaction familiale (tout particulièrement parentale) et les catégories de la nosologie psychiatrique.

Le terme d'*homéostasie familiale* a été choisi sur la base des travaux théoriques de Claude Bernard et Walter Cannon. Il souligne bien, en effet, la relative constance de l'environnement interne, une constance maintenue — au vrai — par tout un jeu de forces dynamiques. On pourrait également aborder l'expression dans les termes de la théorie de la communication : il faudrait ainsi décrire l'interaction familiale comme un système d'information fermé, tel que les variations de comportement, ou *output,* sont réinjectées [*fed back*] dans le système afin d'en corriger les réactions. Par exemple, un jeune garçon avait gagné à l'école un concours de popularité. En rentrant à la maison avec sa mère, il s'était rendu compte qu'elle n'était pas entièrement contente de son succès. Cette constatation avait entraîné différentes réactions d'adaptation, y compris une baisse de sa popularité. Une autre réaction avait été l'indifférence du père envers la mère et un accord tacite selon lequel l'enfant devrait pourvoir aux besoins de celle-ci. Il apparut au psychiatre qu'une partie intégrante du traitement de ce jeune garçon consisterait à prendre des précautions contre les troubles de la mère.

L'étude de l'homéostasie familiale ne consiste nullement en une approche sociologique de la famille américaine (par exemple). Elle s'attaque plutôt à un problème très pratique, auquel presque chaque psychiatre doit être confronté : quel effet le patient produit-il sur sa famille dès le moment où il entre dans le cabinet du psychiatre ? Plus précisément, si une psychothérapie à long terme ou une psychanalyse est entreprise, le psychiatre doit tenir compte de l'effet qu'un changement dans les relations interpersonnelles du patient aura sur les membres les plus proches de sa famille. Il est vrai que, dans la plupart des cas, ce problème peut être rapidement écarté, le traitement se terminant de façon heureuse à la fois pour le patient et pour sa famille. Dans quelques cas, cependant, une intervention psychiatrique adéquate supposera que soit bien comprise la situation familiale entière. Le terme « famille » se rapporte ici aux « autres-qui-comptent » *(significant others)* dans la vie du malade : soit le père, la mère, les frères et sœurs, l'épouse, ou d'autres encore. En outre, « la famille » se rapporte au groupe avec lequel le psychiatre va faire connaissance en récoltant et en traduisant les souvenirs du patient. Ce groupe comprend des personnes qui vivent aujourd'hui, les membres de la famille d'enfance du patient (qui sont semblables, mais pas nécessairement identiques, à ceux de sa famille actuelle), et des parents issus en vérité de ces déformations qui sont propres aux conditions biologiques particulières de l'enfance. Dès lors, pour étudier la famille du sujet, le psychiatre doit utiliser un concept à quatre dimensions, dont l'une est le temps. La vision du « comment cela a dû être » est noyée par le brouillard des fictions familiales. La famille, telle que ses membres s'y décrivent au passé, contraste généralement avec ce qu'ils y ont été vraiment. La famille que le patient décrit en premier lieu est d'habitude la version offerte à la consommation publique. Ce n'est qu'après plusieurs entretiens que la famille réelle se présente à l'examen du psychiatre. Si le thérapeute refuse de se préoccuper de relations familiales compliquées, en cherchant à savoir qui a signifié quoi pour qui, il ne pourra voir le patient que sous des formes extrêmes. Le patient sera conceptualisé soit comme un individu hostile occupé à lancer des projections à la façon des signaux radar, soit comme une violette qui se dessèche dans le désert de l'hostilité des autres.

Dans nos tentatives pour comprendre nos patients, nous nous occupons de phénomènes encore mal compris, tels que l'« énergie psychique » et les « forces instinctuelles ». On oublie parfois qu'*une raison pour laquelle beaucoup d'entre nous continuent à manifester des tourments névrotiques, c'est que nous nous arrangeons pour trouver des gens avec qui nous intégrer à un niveau névrotique*. La tendance à vivre le présent dans les termes du passé est aussi constante, consistante et impressionnante que les battements du cœur. L'analyse aujourd'hui de plus en plus fine des relations interpersonnelles montre que les « acteurs dramatiques » particuliers, avec lesquels chacun de nous met sa vie en scène, sont aussi rarement choisis par hasard que la distribution des rôles dans une production de Broadway. Le psychiatre solitaire, travaillant avec un seul individu, peut avoir tendance à le voir comme un faisceau de forces intrapersonnelles, à la manière d'un commandant de compagnie se préoccupant de la disposition de ses troupes dans son secteur. Pour peu qu'on abuse du concept de projection, les « autres-qui-comptent » dans la vie du patient peuvent si facilement être vus comme des élaborations de ses machinations mentales qu'ils risquent de ne jamais atteindre forme et substance dans le cabinet du thérapeute.

Il arrive couramment que le psychiatre pour adultes tente seulement de modifier les symptômes de son patient et ne soit donc pas capable de concevoir la famille comme une unité homéostatique. Les psychiatres pour enfants en sont venus, à quelques exceptions près, à traiter l'enfant et les « autres-qui-comptent » selon la thérapie dite « en collaboration ». Cependant, même dans les cliniques pour enfants, le traitement tend alors à se concentrer sur la mère et non sur la famille vue comme un tout. Des personnes potentiellement importantes, telles que le père, la grand-mère et d'autres, sont exclues. Quelques sommités ont attiré l'attention sur le caractère virtuellement fallacieux de cette pratique. Cette incapacité à approcher globalement le groupe familial peut nous empêcher de comprendre pourquoi, par exemple, un rejet maternel brutal semble produire une schizophrénie dans certains cas et pas dans d'autres. Avant de foncer au cri de « constitution » ou « hérédité », il serait important de connaître quel est l'effet sur le père du rejet de l'enfant par la mère ; ou de noter si une tierce personne, quelque part aux alentours, ne manifeste pas une tendresse occasionnelle envers l'enfant, le sauvant peut-être ainsi de la psychose.

Essayer de placer le malade en un lieu donné et imaginer les forces émotionnelles en jeu est un travail intellectuel assez abstrus. Notre compréhension des phénomènes de transfert et de contre-transfert peut nous aider, mais ces concepts ont leurs limites. Par exemple, si le thérapeute sent que le patient est dans un « transfert dirigé vers le père », il peut tendre à penser uniquement en termes de « père du patient », au lieu de penser le père comme une *Gestalt*, c'est-à-dire comme un composé de personnes différentes dans différentes conditions. Il peut aussi ne pas penser aux interactions parentales, à la relation de la mère au patient, aux attitudes de la mère et d'autres envers le père, etc. Il est possible qu'un enfant qui remarque une différence frappante entre son père-à-la-maison et son père-au-club croie voir sous ce contraste que le père éprouve des sentiments de haine envers la mère, en dépit d'une ambiance constante à la maison. La présence de parents éloignés et d'autres personnes à titre de membres permanents du ménage augmente géométriquement la possibilité que l'enfant recueille des indices sur qui ressent quoi envers qui. Ainsi, les insinuations de la mère sur d'autres membres de la famille paternelle peuvent être ressenties par l'enfant comme un rejet par la mère de certains aspects du père, voire de l'enfant lui-même. Si le parent méprisé est quelqu'un dont l'enfant a reçu de la tendresse, une situation très conflictuelle apparaît. Les aspects cachés d'une telle situation sont parfois gravés à jamais dans la mémoire de l'enfant, lorsque ce parent a quitté la maison; et à partir de là les difficultés entre le père et la mère ou entre ceux-ci et cet aspect de l'enfant que ce parent représentait remontent à la surface.

L'oncle paternel d'une patiente avait vécu avec les parents de celle-ci jusqu'à son mariage. La patiente avait alors dix ans. La haine de la mère envers son beau-frère était en partie visible. Cependant, cette haine semblait détourner du mari une partie de l'hostilité que sa femme lui destinait, et l'oncle soutenait ainsi moralement son frère. A la suite du départ de l'oncle, quatre événements survinrent, qui semblèrent à peine accidentels: les parents commencèrent ouvertement à se disputer; la mère tenta sérieusement de se suicider; le père prit un métier qui le faisait beaucoup voyager; la patiente s'enfonça doucement dans une série de phobies.

L'image incroyablement complexe qu'on obtient en étudiant les inter-relations familiales peut être comparée à ce que sont pour les mathématiques les relations mutuelles entre des corps en mouvement. Considérer simultanément plus de trois corps est encore aujourd'hui une tâche insurmontable pour l'esprit humain. Puisque l'homme est la mesure de toute chose, nous acceptons nos limites conceptuelles et nous utilisons au mieux les palliatifs disponibles. Un de ceux-ci est constitué par la thérapie conduite en collaboration. C'est une technique excellente quand elle est utilisée convenablement. Le déploiement du drame psychique, lorsque deux ou plusieurs thérapeutes rapportent leurs découvertes et les mettent en corrélation, allie figurativement la dynamique du jeu d'échecs à la topologie fascinante du puzzle. Malheureusement, la psychothérapie en collaboration est difficile à conduire parce que les thérapeutes doivent s'occuper l'un de l'autre en plus de leurs patients.

Nous pouvons encore enrichir notre travail théorique en ajoutant une dimension temporelle à notre conception plus ou moins spatiale de la constellation familiale. Une telle conception temporelle peut s'obtenir en reconstruisant l'image probable des interactions familiales à l'époque que le patient évoque, ou à l'époque où tel symptôme s'est très vraisemblablement constitué. Nous pouvons utiliser les informations récoltées sur les collatéraux, sur l'âge de l'un ou l'autre des parents au moment où se produisirent d'importants événements, sur le traitement inégal des enfants par les parents, etc. Avec ces informations, nous pouvons tenter de reconstituer le contexte — qui nous permettra de comprendre ce qui a pu être important pour le patient à cette période de sa vie.

Si l'on considère les difficultés de la formation d'un concept portant sur les interactions émotionnelles au sein du groupe familial, une réaction assez normale consisterait à se demander : « Quelle est la valeur d'un tel exercice de macération cérébrale pour le psychiatre ? » Deux avantages importants sont faciles à prévoir : d'une part, une facilité accrue pour comprendre le malade et aider ceux qui traverseront une période critique par suite des changements produits chez le patient ; d'autre part, des implications théoriques et heuristiques.

Dans deux situations assez bien connues, on prend presque automatiquement en considération les « autres-qui-comptent » du patient. Le cas le plus connu, dont nous avons déjà parlé, est celui où le traitement d'un enfant serait vain, sinon dangereux, si la mère et/ou le père n'acceptait pas d'entrer également en traitement. Une autre situation, plus spectaculaire, est celle de la « folie à deux », ou, comme Gralnick l'appelle avec pertinence, « psychose par association ». En fait, la folie à deux est à peine une caricature des principes sous-tendant toute interaction familiale. Un psychiatre familier avec ce fait pourra — dans certaines situations — ne pas entreprendre d'intervention, notamment une psychothérapie à long terme, à moins que le ou les membres vitaux de la famille n'entrent également en traitement ; ou à moins que des dispositions ne soient prises pour qu'un autre membre de la famille puisse entrer en thérapie si le besoin en devenait évident. La plupart d'entre nous connaissent ces situations où une personne entame une thérapie — et bientôt toute la famille se retrouve répartie entre les membres de la confrérie psychiatrique des environs. Susciter au coup par coup une telle série de traitements peut donner de bons résultats si l'argent et les équipements psychiatriques sont disponibles ; mais ce n'est pas toujours le cas. De toute façon, il serait utile de disposer dès le début de quelques données à partir desquelles on pourrait dire si d'autres membres de la famille risquent ou non d'avoir besoin d'un traitement. De plus, il va de soi qu'une curiosité aiguë à propos de l'ensemble des inter-relations familiales aidera à comprendre le membre de cette famille qui suit la thérapie. La famille du patient, c'est également celle de son enfance, et l'on ne cherchera pas seulement à savoir à quoi ressemblaient son père ou sa mère, mais encore à déterminer leurs rapports mutuels et la signification de ceux-ci pour le patient. Les significations que peuvent prendre le sexe du patient, sa position au sein de la famille et d'autres éléments encore sont des facteurs dynamiques, subtils mais importants, dans la formation des structures émotionnelles. Il est possible que notre classification des désordres mentaux, qui est aujourd'hui largement descriptive, prenne une signification plus riche grâce à une compréhension phénoménologique du diagnostic — conçu en termes d'interaction parentale. Par exemple, on peut avancer que, dans une situation où la mère rejette sa fille, tandis que le père, narcissique, accepte mieux celle-ci que sa femme, la fille tendra, entre autres difficultés émotionnelles, à développer des symptômes hystériques où s'exprimeront notamment des difficultés sexuelles et une surévaluation des hommes.

Rares sont les moyens dont nous disposons aujourd'hui pour mesurer ou même dégager le profil d'un facteur tel que l'interaction parentale et son effet sur la constitution des structures émotionnelles de l'enfant. Épistémologiquement, nous n'avons pas ici une bonne connaissance — notamment quantitative — des variables en jeu. Cependant, le médecin est bien placé pour étudier de telles forces, s'il note soigneusement les changements qui se produisent dans la famille du patient au fur et à mesure que celui-ci modifie ses réactions à l'égard d'autrui. L'auteur voudrait donner quelques exemples, très simplifiés, de la façon dont on peut conceptualiser des catégories nosologiques à partir des structures d'interaction familiale. Ces hypothèses sont présentées uniquement pour illustrer une façon de penser; il faudra encore de longues recherches avant de donner à de telles structures une valeur étiologique. Dans chaque cas, il ne faut voir que les différences de *degré* et non de nature. Ainsi, la situation hystérique est très proche de la situation schizophrénique et, en fait, pourrait en devenir une, si des tensions inhabituelles devaient se produire dans la vie du patient, telles que la mort d'un de ses parents, ou chez l'enfant, une grave maladie physique. Lorsque le mot « enfant » est utilisé dans les exemples ci-dessous, il est fait référence à celui des enfants qui, pour de multiples raisons (âge, sexe, ordre de naissance, etc.), est le plus important dans l'interaction étudiée.

1. Le développement de symptômes hystériques est favorisé par une situation dans laquelle une fille sert de dépositaire principale des désirs sexuels et agressifs refoulés de ses parents, mais ce surtout si d'autres facteurs sont également présents. Ces facteurs sont :

(a) une mère ambivalente, qui s'offre à l'éclatement en « bonne » et « mauvaise » mère, l'éclatement étant de plus favorisé par l'attraction du père envers sa fille et la tendance de la mère à pousser celle-ci vers lui. Une troisième figure, qui sert de « bonne » mère (comme une grand-mère ou une collatérale plus âgée), peut freiner l'évolution vers une situation psychotique, mais elle favorisera néanmoins le développement de la personnalité hystérique ;

(b) la mère doit être capable de manifester de l'intérêt pour sa fille (surtout quant à sa maladie), bien qu'elle ne puisse lui manifester de tendresse.

2. Dans une famille où l'hostilité réciproque des parents est plus ou moins contenue sous une *apparence* de solide unité, malgré un désaccord *secret* à propos de l'enfant, celui-ci développera des moyens spécifiques pour intégrer la contradiction. Par exemple, si la mère craint visiblement toute agression, y compris la sienne propre, et si le père, en dépit d'une façade sévère, lui permet d'exploiter cette peur au travers de symptômes phobiques (il masque alors son hostilité en assumant un rôle protecteur envers sa femme et son enfant), l'enfant pris au milieu d'une telle situation peut manifester des phobies, et, particulièrement dans le cas d'une fille, présenter une crainte marquée de la « perte de contrôle » — une crainte ayant trait à des expressions sexuelles et agressives.

3. Si la mère est une personne froide qui dissimule le rejet de l'enfant en jouant un rôle de martyr et en prétendant que le père « ne vaut rien » ; et si, en outre, le père est mort, divorcé, ou accepte largement de se laisser calomnier, le fils est alors entouré

d'éléments pathogènes écrasants. Par exemple, si ce garçon constitue une forte déception pour sa mère, qui lui eût préféré une fille, un foyer favorable à divers degrés de difficultés homosexuelles se développera. Si la mère est visiblement faible et ressent le besoin de nier ses propres sentiments — spécialement à travers le mécanisme qui consiste à dire une chose et à en signifier une autre —, se crée alors la possibilité que se produise une personnalité préschizophrénique chez le fils [1]. Certains désordres psychosomatiques peuvent se produire dans la situation, assez proche de la précédente, où la mère rejette fortement l'enfant, tandis que le père est capable de lui manifester une tendresse passagère mais réelle. Ces désordres peuvent également survenir au cours d'une thérapie intensive, lorsque le thérapeute est investi par le patient schizoïde de forts sentiments de dépendance et d'hostilité, issus de la disposition parentale qui vient d'être décrite.

4. Des individus fortement obsessionnels peuvent provenir d'une constellation familiale moins pathogène mais similaire à celle décrite au paragraphe précédent. Parmi les techniques parentales, il faut alors seulement ajouter l'hypocrisie, l'intellectualisation et la religiosité.

5. Un enfant peut développer une personnalité psychotique dans une situation familiale instable où il est confronté dès son plus jeune âge à de multiples figures mouvantes et antagoniques.

6. La personnalité maniaco-dépressive peut être associée à une interaction parentale quelque peu spéciale où la mère est une personne malheureuse qui accentue l'obligation de l'enfant de la

1. L'auteur considère l'expression « mère schizophrénogène » comme assez inutile et probablement trompeuse. Il n'a jamais étudié un cas de psychose schizophrénique où ce ne soit pas l'entourage de l'individu en général qui l'avait laissé tomber. En plus des « actes de Dieu », d'une maladie physique, d'une tension inhabituelle, etc., un trait important de la situation schizophrénique est l'incapacité ou la répugnance des autres membres de la famille à sauver l'enfant du rapport incroyablement sado-masochiste qui le lie à sa mère. Que le père soit un individu épanoui et agressif ou, comme c'est plus souvent le cas, un personnage faible et passif, il ne peut ou ne veut pas donner à l'enfant l'« autre » qui lui serait si nécessaire. Le lien de l'enfant à sa mère empêche toute maturation, notamment parce que d'autres expériences (autres que celles de la relation mère-enfant) n'ont plus qu'une signification affaiblie, en ce sens que *tout problème fait retour au problème original*.

dédommager de ce que le père et d'autres lui ont refusé. Elle est ambitieuse pour son enfant, bien que la lutte, l'ambition et le succès de celui-ci constituent une menace pour elle, qu'elle conjure parfois par des dénigrements et des propos pessimistes. Le père peut être un individu apparemment épanoui, qui souligne toute l'ambition qu'il a pour sa progéniture, mais qui est plus agressivement et plus ouvertement menacé par son enfant que la mère. Ni le père, ni la mère, aussi intelligents soient-ils, ne peuvent être d'un grand secours pour enseigner à l'enfant les bases de la vie sociale. Contrastant quelque peu avec les parents schizophrénogènes, ils insistent ici sur la réussite et les « apparences » d'une façon telle que leur comportement peut superficiellement apparaître comme un ajustement assez adéquat.

Ces hypothèses ne sont qu'une façon possible de réfléchir sur la nosologie psychiatrique — et on espère qu'elles seront comprises comme telles. Toutes sont présentées sommairement. Comme on l'a dit plus haut, le développement de la réflexion psychiatrique dans une perspective interactionnelle pourrait contribuer à découvrir, par exemple, des situations où de sérieux désordres apparaîtront chez un parent ou un conjoint du fait qu'il « pompe » de la santé mentale dans la maladie de la personne en traitement. Une telle situation se produisit dans le cas suivant.

Un jeune schizophrène est conduit chez le psychiatre par sa fiancée et son frère aîné. Ceux-ci l'ont plus ou moins enlevé à ses parents, qui estiment qu'il est incurablement malade et souhaitent seulement se dévouer pour lui, prendre soin de lui. Le psychiatre perçoit qu'une intense hostilité entre la fiancée et le frère est masquée par une commune sollicitude pour le patient. Il devine que la même situation règne entre les parents du patient. Il conseille une psychothérapie intensive, et recommande au frère et à la fiancée de ne pas louer une maison afin de prendre soin du patient comme ils en avaient l'intention. Il s'efforce tout particulièrement de décourager cet arrangement. Il se demande en effet pourquoi la jeune femme est si attachée au patient, au point de quitter sa maison, son emploi et ses amis afin de s'occuper de lui, et pourquoi le frère (dont la position sociale était importante) a pris un congé sans solde, alors qu'il a si souvent été absent pendant la période de maturation du patient qu'il est difficile de s'expliquer sa vive affection pour lui.

Il va sans dire que ces deux personnes ne tinrent pas compte de ce conseil. Le psychiatre se sentit alors obligé de traiter la situation en soutenant fermement le patient et en faisant éclater le conflit entre le frère et la fiancée aussi vite que possible. Le jeune homme fit de rapides progrès ; quelques mois plus tard, le frère partit en claquant la porte, après une dispute avec la fiancée, au cours de laquelle le patient défendit celle-ci. Fait intéressant, le frère ne reprit pas son emploi. Au contraire, il s'engagea fanatiquement dans des mouvements psycho-religieux qui soulignaient combien la psychothérapie était fruste, démodée et sans doute malhonnête. Pendant ce temps, le patient s'améliorait si bien qu'il put prendre un emploi. Et il devenait de plus en plus clair qu'il ne se trouvait pas à l'aise avec sa fiancée. Lorsqu'il lui déclara plus ou moins ouvertement qu'il rompait, elle réagit par un épisode psychotique. Soit dit entre parenthèses, elle avait déjà été soumise à un examen psychiatrique, à l'époque où le patient était encore dans un profond état psychotique, et le psychiatre qui l'avait examinée n'avait pas diagnostiqué autre chose qu'une légère névrose.

Mettre ainsi l'accent sur les mécanismes homéostatiques à l'intérieur du groupe familial n'est pas sans importance au niveau thérapeutique. La pratique psychiatrique ferait un bond en avant si nous pouvions accroître notre capacité à prédire, avec une marge d'erreur relativement étroite, ce que pourrait être la conséquence d'un traitement à domicile pour le patient et sa famille, ou si nous pouvions pronostiquer quand un accouchement risque d'entraîner une psychose postnatale chez la femme ou un épisode schizophrénique chez le mari. Les brefs exemples cliniques suivants décrivent des situations mettant en jeu des mécanismes homéostatiques.

1. Une jeune femme soignée pour dépressions chroniques commençait à manifester une plus grande assurance en elle-même. Son mari, qui désirait initialement qu'elle devienne un moindre fardeau pour lui, commença à téléphoner assez souvent au psychiatre pour lui faire part de l'« aggravation » de l'état de sa femme. Le thérapeute n'avait pas examiné le mari au moment où la femme était entrée en traitement. Lorsque l'importance de son

anxiété devint claire, il était devenu trop agressif pour entamer une thérapie. Il se montra de plus en plus tendu, appelant finalement le psychiatre un soir pour lui dire qu'il craignait que sa femme ne se suicidât. Le lendemain matin, il avait mis fin à ses jours.

2. Un mari avait insisté pour que sa femme entreprenne une thérapie à cause de sa frigidité. Après quelques mois, elle se sentit moins inhibée sexuellement — sur quoi le mari devint impuissant.

3. Une jeune femme atteinte d'anorexie nerveuse avait été persuadée par son mari d'entamer un traitement. Après une période d'acting out intense, assez dangereuse, elle parvint à engager une relation plus intime avec son mari. Le plaisir initial de celui-ci devant cette réaction fut gâché par un ulcère duodénal.

4. Une jeune femme avait demandé une psychothérapie pour une variété de raisons, dont *aucune* ne comprenait une mésintelligence maritale. Sa mère était morte quand elle avait deux ans, de même que la mère de son mari. Ils avaient tous deux moins de vingt ans lorsqu'ils s'étaient mariés. Après un début orageux, ils avaient trouvé un ajustement mutuel plaisant, bien que fortement symbiotique. La femme craignait la grossesse, mais elle et son mari désiraient un enfant et espéraient que la thérapie leur permettrait d'en avoir un. Sur la base d'une information beaucoup plus importante que celle que nous pourrions présenter ici, le psychiatre estima qu'un traitement individuel mettrait leur mariage en danger. Si la femme se trouvait enceinte, le mari, non soutenu, pourrait bien se trouver sérieusement perturbé. Le mari accepta d'entamer une thérapie avec un autre psychiatre. Une période orageuse, mais finalement profitable, se concluait à l'avantage de chacun.

Conclusion

L'auteur voudrait suggérer que l'intérêt porté à l'interaction familiale n'est qu'un développement logique dans l'histoire « naturelle » de la psychiatrie. Si le pas est logique, qui conduit le regard psychiatrique du symptôme unique à l'ensemble des traits de la personnalité, et des forces instinctives aux relations interpersonnelles comme aux possibilités offertes par le contexte, le pas n'est pas moins logique qui mène du savant solitaire, retiré dans sa tour d'ivoire, au psychiatre « familial ». Aux États-Unis, le médecin, plutôt que l'avocat ou le pasteur, a longtemps joué le rôle de conseiller familial. Cette longue tradition se transforme aujourd'hui ; le médecin s'efface, et le psychiatre prend une importance accrue.

Avec l'aide de sociologues, de psychologues sociaux et d'anthropologues, les psychiatres sont en train d'amasser un ensemble de données sur la famille, qui pourront être utilisées pour la mise au point d'interventions thérapeutiques. Il est important d'étudier le complexe des interactions familiales pour au moins quatre raisons : pour la valeur d'une telle étude lors du traitement d'un patient ; pour la possibilité qu'elle donne de venir en aide aux autres membres de la famille en leur évitant des contre-réactions douloureuses ; pour l'économie et la rapidité qu'offre une thérapie menée en collaboration ; et, finalement, pour les retombées possibles dans la recherche d'une nosologie psychiatrique qui soit intelligible en termes de genèse. Tout mode possible de pronostic revêt une importance pratique pour le psychiatre. Prévoir les conséquences des réactions du patient à la thérapie, de même que celles des personnes qui comptent pour lui, devient un point crucial du traitement, qui fonde finalement sa réussite ou son échec. Jusqu'à présent, ces moyens de prévision n'ont pas reçu d'attention particulière dans nos formulations psychodynamiques, ou dans notre enseignement.

Un pronostic qui s'est souvent révélé exact dans l'expérience de l'auteur concerne le conjoint d'une personne manifestement dépendante entamant une psychothérapie. Si le traitement réussit un tant soit peu, la patiente se sentira plus compétente, mais son conjoint sera bouleversé. Pour plusieurs raisons :

(a) il ne peut plus déguiser sa propre crainte de dépendance sous des plaintes à l'égard de son épouse ;

(b) la liberté et la compétence accrues de celle-ci augmentent son propre désir de dépendance ;

(c) ces circonstances affaiblissent toutes deux ses « contrôles ».

Les psychiatres devraient être de mieux en mieux à même de pronostiquer de telles situations, avant, par exemple, que le mari ne développe un ulcère. Le psychiatre qui se fixe sur « ce-patientet-lui-seul-qui-est-dans-mon-cabinet» peut, dans certains cas, mésuser de son savoir. A moins qu'on ne conçoive le patient comme une force sociale dynamique en interaction avec d'autres sujets, la connaissance psychiatrique peut véritablement ne réussir qu'à brouiller les cartes.

Note de l'auteur : Ce texte a été rédigé il y a presque quatre ans *. Bien que certaines idées exprimées ici aient été modifiées ultérieurement, l'auteur pense qu'il est important de publier ce document tel quel, afin que ces modifications apparaissent de façon évidente **.

*. Soit en 1952 ou 1953.
**. Cf. les travaux de Jackson publiés dans Watzlawick et Weakland [329].

PAUL WATZLAWICK

Structures de la communication psychotique

> Tu me dis que tu vas à Fès.
> Mais si tu dis que tu vas à Fès,
> Cela signifie que tu n'y vas pas.
> Mais il se trouve que je sais que tu vas à Fès.
> Alors pourquoi me mentir, à moi qui suis ton ami ?
>
> *Dicton marocain*

Il existe une histoire singulièrement appropriée à notre propos, même si elle est probablement apocryphe. C'est celle des montres de la ville colombienne de Cartagena. Chaque jour à midi, rapporte cette histoire, un coup de canon était tiré du haut de la forteresse, et les habitants de la ville en profitaient pour mettre leurs montres à l'heure. Un voyageur, passant par Cartagena, remarqua que le coup de canon avait presque toujours une demi-heure d'avance, et, d'un naturel curieux, découvrit par le commandant de la forteresse que cet officier envoyait chaque matin un soldat en ville pour comparer l'heure de sa montre avec celle d'une pendule réputée pour sa précision et exposée dans la vitrine de l'horloger local. Quand le voyageur voulut ensuite savoir d'où l'horloger tenait l'heure « juste », l'artisan lui répondit très fièrement qu'il vérifiait toujours l'heure de sa pendule sur celle du coup de canon de la forteresse et que depuis de nombreuses années il n'avait jamais constaté la moindre différence.

Ceux qui s'intéressent à la communication psychotique n'ont commencé que très récemment à prendre au sérieux l'essence d'une telle histoire — qu'ils l'aient ou non connue. Pendant longtemps, les paroles proférées par une personne jugée folle passèrent pour être le fruit d'un esprit perturbé, et, conformément à la mentalité de chaque époque, ce désordre fut attribué à des forces divines ou diaboliques, des causes physiques, des processus primaires ou des archétypes. Aussi divergentes que soient ces opinions, elles ont pour le moins en commun deux postulats : d'abord, que le désordre réside dans l'esprit du patient et, ensuite, que ses paroles sont dénuées de toute signification (comme « le bruit produit par un chat marchant sur le clavier d'un piano»), ou qu'alors elles ne peuvent avoir qu'une signification *intra*psychique. Or, la distorsion de la réalité par le commandant de la forteresse, l'horloger et les habitants de Cartagena ne réside pas dans la tête d'une personne donnée, mais plutôt dans le registre *supra*personnel de leur processus de cohabitation et de leur partage d'information.

Certes, cette interdépendance des perceptions de la réalité par des individus étroitement associés n'est nullement une découverte récente. Elle a été décrite il y a une centaine d'années par deux psychiatres français, Lasègue et Falret, dans une publication d'une élégance de style et d'une validité de fond pour ainsi dire intemporelles, intitulée «La folie à deux, ou folie communiquée» [203] qui, pendant longtemps, semble n'avoir été guère plus qu'un bloc erratique dans le courant principal de la pensée psychiatrique. Après leur description du malade, les auteurs poursuivent en ces termes :

> Dans le délire à deux, l'aliéné, l'agent provocateur, répond, en effet, au type dont nous venons d'esquisser les principaux traits. Son associé est plus délicat à définir, mais avec une *recherche persévérante, on arrive à saisir les lois auxquelles obéit ce second facteur de la folie communiquée*... Une fois que le *contrat tacite* qui va lier les deux malades a été à peu près conclu, il ne s'agit pas seulement d'examiner l'influence de l'aliéné sur l'homme supposé sain d'esprit, mais il importe de rechercher *l'action inverse* du raisonnant sur le délirant et de montrer par quels compromis mutuels s'effacent les divergences [1].

Dans cette vision remarquable de l'aliénation mentale, la pathologie est par conséquent appréhendée comme un processus interactionnel *, interpersonnel — quelque chose de plus et de différent de la somme des apports des partenaires à leur relation, une *qualité émergente* dont la complexité ne peut pas être ramenée

1. C'est moi qui souligne.

*. En fait, on sait que ces thèmes ont par ailleurs reçu un développement considérable dans le champ psychanalytique français, à travers d'abord les études de la «folie à deux», puis le principe fondateur, débordant même le champ concret des relations interpersonnelles, que tout sujet reçoit de l'Autre son message sous une forme inversée.

à la folie d'une seule personne dont l'autre partenaire serait la victime plus ou moins impuissante.

S'il en est ainsi, la question qui se pose est de savoir quel genre de mécanismes communicatifs sont associés à l'issue psychotique. Remarquez bien que la question n'est pas de savoir ce qui *provoque* cette issue. Les mécanismes que je décris ici ne présentent pas une relation linéaire de cause à effet. Plus exactement, leur causalité est circulaire — tenant souvent du cercle vicieux, l'effet rétroagissant autant sur la cause que la cause déterminant l'effet. L'étude de la communication psychotique n'est pas une *théorie* de la maladie mentale, du moins pas dans l'état actuel de nos connaissances ; c'est un constat de *ce* qui se passe, non du *pourquoi*. Cela peut donner une meilleure idée pour savoir où regarder et ne pas regarder. Si, par exemple, il devient impossible de décrire la schizophrénie comme un phénomène individuel, les interprétations génétiques et physiologiques devront être remaniées en profondeur pour faire place à cette entité nosologique nouvelle : le système interpersonnel. Pour l'instant, on ne peut dire qu'une chose avec assurance : c'est seulement au prix d'une destruction conceptuelle de la qualité spécifique des structures communicatives en question (qu'on décrira ci-dessous), en la forçant dans le moule de la dichotomie classique cause-effet, qu'on peut parler de trouble d'une part et de normalité d'autre part. C'est encore le prix qu'il faut payer pour pouvoir dire que le comportement d'une personne manifestement très « dérangée » répond aux critères nosologiques de l'une ou l'autre psychose.

Un pas de plus doit être franchi avant de se tourner vers des modèles de communication spécifiques de la psychose. Ce pas est de loin le point de passage le plus faible, car il est d'une part basé sur une évidence immédiate du sens commun, mais d'autre part ne repose sur aucune explication pleinement satisfaisante. C'est mon intuition personnelle, sans preuve objective, qu'un cinquième, peut-être, de toute communication humaine sert à l'échange de l'information, tandis que le reste est dévolu à l'interminable processus de définition, confirmation, rejet et redéfinition de la nature de nos relations avec les autres. *Pourquoi* en va-t-il ainsi ? La réflexion reste ouverte. *Qu'il en soit bien ainsi* a été formellement démontré, principalement par la psychologie du développement et les expériences de privation sensorielle. Personne ne peut rester sain d'esprit, ni même survivre, par la seule communication avec soi-même. L'affirmation du mystérieux Kaspar Hauser [1] qu'il avait été, aussi loin qu'il s'en souvienne, toujours enfermé dans une sombre cellule carrée est simplement incroyable. D'autre part, on peut prêter intuitivement un sens à un épisode ancien — assez réfrigérant — de la recherche psycholinguistique, bien qu'il aille — ou peut-être parce qu'il va — très au-delà du phénomène d'hospitalisme décrit par René Spitz. Selon la chronique de Fra Salimbene de Parme, l'empereur Frédéric II, qui voulait retrouver le langage originel de l'homme, fit élever quelques enfants par des nourrices qui devaient prendre soin d'eux à tous égards, mais sans leur parler. De cette manière, l'empereur espérait découvrir s'ils se mettraient spontanément à parler hébreu, grec ou latin. Malheureusement, et malgré l'excellence du plan de recherche, « tout cela fut en vain, car les petits moururent tous ».

Qu'un organisme humain soit totalement privé de langage est, bien sûr, une monstruosité exceptionnelle. Mais des millions d'enfants grandissent dans des univers interpersonnels où la communication, avec ou de la part d'autres humains, n'existe que de façon plus ou moins mutilée ou déformée. L'erreur de Frédéric II était la croyance, répandue au XIIIe siècle, que le langage et, avec lui, la raison sont un don de Dieu reçu à la naissance. Mais la croyance inverse, à savoir que la démence est innée (au moins en ce sens qu'elle a pour origine et pour siège la tête de l'individu), a toujours cours, même si peu de gens aujourd'hui discuteraient l'affirmation que, comme le langage, la perception du monde doit s'acquérir. Pour citer Lidz *et al.* :

> Nous considérons que l'homme n'est pas naturellement doté d'une logique interne des relations causales, mais plutôt que l'entourage dans lequel il est élevé *influence sa manière de percevoir, de*

1. Il apparut à Nuremberg le 26 mai 1828, avec une lettre de recommandation anonyme adressée aux autorités locales. Il déclara qu'il était né en 1812, mais qu'à part cela il ne pouvait fournir aucune lumière sur son passé, sinon le souvenir de son isolement. De nombreuses théories romantiques sur son origine surgirent bientôt. L'énigme redoubla quand, le 14 décembre 1833, il rentra chez lui frappé de plusieurs coups de couteau, portés apparemment par un agresseur inconnu, et mourut trois jours plus tard.

> *penser, et de communiquer*... Le patient schizophrène est plus enclin à se replier sur lui-même à travers une distorsion de la symbolisation de la réalité... ayant été élevé au milieu de l'irrationalité et exposé chroniquement à des communications intrafamiliales qui faussent et dénient ce qui devrait être l'interprétation évidente de l'environnement, *y compris la reconnaissance et la compréhension des impulsions et du comportement affectif des membres de sa famille* [212, p. 305] [1].

Mais il existe une différence significative entre la perception des objets et celle des relations. C'est là un point d'une pertinence immédiate pour mon thème. Les objets ont des propriétés, et si le doute ou le désaccord naît à leur propos, la vérification de leur vraie nature est habituellement possible, même si elle se révèle parfois extrêmement difficile. Dès lors, dans ce genre de controverse, le désaccord peut être évacué si, et lorsque, la preuve objective concernant les propriétés d'un objet devient disponible ; à ce moment, il est sensé de dire que l'un avait raison et l'autre tort. Mais dans le domaine des relations humaines, il n'y a pas de vérité objective dont un partenaire serait plus conscient que l'autre et sur laquelle un accord serait possible. Dans ce domaine, il n'y a que des conceptions individuelles de la nature de la relation, et ces conceptions sont fatalement plus ou moins discordantes. Discuter pour savoir quel partenaire a tort ou raison n'a dès lors plus de sens. Donnons un exemple. Si A dit à B : « Vous avez quelque chose contre moi » (et par là définit leur relation telle que lui, A, la voit), B peut répondre : « Vous pensez toujours le pire de moi », et donc énoncer *sa* vision de la relation. Visiblement, il n'y a pas moyen de découvrir la nature « réelle » de celle-ci, simplement parce que les relations ne sont pas des objets « réels » comme les choux et les rois. Aussi évident que tout cela puisse paraître en termes théoriques, c'est là, en pratique, que réside la principale erreur sous-tendant la plupart des conflits humains (et certaines recherches psychiatriques), à savoir : la croyance naïve que notre propre perception de la réalité interpersonnelle est, de toute évidence, la seule possible, et exacte ; et que l'autre doit être fou ou méchant pour la voir différemment.

1. C'est moi qui souligne.

Normalement, un certain « consensus pratique » est atteint dans les rapports humains à travers le processus sus-mentionné de négociation, ratification et renégociation. Dans les rapports troublés, les tentatives de négociation sont parfois si ineptes et grossières qu'aucun des participants ne peut se permettre un accord : le fossé entre les définitions données de la relation, trop large, menace la survie psychologique de chacun. Ce qui mène à la solution de compromis que Wynne *et al.* ont appelé « pseudo-mutualité ». Celle-ci implique un dilemme caractéristique : « La divergence est perçue comme conduisant à la rupture de la relation et doit dès lors être évitée ; mais, si la divergence est évitée, la croissance de la relation est du même coup impossible » [341, p. 205].

Même dans les meilleures circonstances, l'obtention d'une relation mutuellement satisfaisante et enrichissante pour l'*ego* est une tâche difficile, parce qu'elle requiert la capacité de métacommuniquer, c'est-à-dire de communiquer à propos de la communication elle-même. On ne connaît pas encore grand-chose aujourd'hui sur les processus de communication qui se déroulent dans le domaine de la métacommunication, « où la validité dépend de la croyance », pour employer l'heureuse expression de Gregory Bateson [268, p. 212]. En cherchant ici à systématiser en trois groupes les structures en question, on ne prétend pas être exhaustif, ni impliquer une différence qualitative entre ceux-ci et des modes de communication plus normaux ; comme ailleurs en psychopathologie, les frontières sont fluides.

I. LA TANGENTIALISATION ET LA DISQUALIFICATION

Si la déclaration *a* par la personne A est suivie de la déclaration *b* par la personne B, et si *b*, d'une part, reconnaît la volonté de communication de A, mais, d'autre part, néglige à la fois le contenu de *a* (le message) et le but de A (son émetteur), nous obtenons une *réponse tangentielle*, telle que Ruesch l'a définie et décrite. Il donne l'exemple suivant :

> Johnny court à la rencontre de sa mère, criant joyeusement : « Regarde, j'ai attrapé un ver. » La mère regarde Johnny et, d'une voix sèche et rabat-joie, répond : « Va laver ces mains sales. » L'enfant, complètement déçu, découragé et interloqué, rentre dans la maison. En commençant directement un nouveau message — l'ordre de se laver les mains — quand elle voit les doigts couverts de boue de son rejeton, la mère a, en fait, négligé le message intentionnel de son fils. Si la mère avait dit : « oui, c'est un joli ver », puis marqué une pause, elle aurait pu alors entamer un nouveau message : « et maintenant, va laver ces mains sales ». [266, p. 54.]

Une variété de réponses, appelées *disqualifications transactionnelles,* a été décrite par une équipe de Buenos Aires (Sluzki *et al.* [300]). Ils postulent que « si les indicateurs métacommunicatifs sont absents et que le contenu n'est pas conforme au contexte, ou si ces indicateurs sont présents mais que le contenu ne s'y accorde pas, on assiste à une disqualification du message *a* par le message *b* ». Comme ils le soulignent, la disqualification peut produire le rire ou la colère, mais plus sûrement la confusion, étant donné que A ne peut savoir clairement si B est d'accord ou en désaccord avec le contenu de *a,* s'il le rejette ou le prend mal, ou encore le connaît déjà. A ne sait sur quel pied danser. Dans l'un des exemples avancés, le fils se plaint : « Tu me traites comme un enfant », et la mère de rétorquer : « Mais tu es mon enfant. » L'effet d'une telle réplique peut être émotionnellement tout à fait abasourdissant ; il est, en fait, très proche de la « technique de confusion » amplement étudiée par Erickson [98] à propos des mises en transe. Pour vaincre l'effet de cette disqualification et remettre le discours sur ses rails, le fils devrait entreprendre un subtil travail de métacommunication, en faisant remarquer à sa mère qu'il utilisait le mot « enfant » dans le sens d'« âge relatif », alors qu'elle utilise le mot dans un autre sens, celui de « progéniture ». Mais, spécialement si le fils est classé comme « malade », il peut lui être très difficile de faire passer cette clarification, alors que la mère peut n'avoir, elle, guère de difficulté à prendre cette tentative pour une nouvelle preuve d'une constitution perturbée et querelleuse.

II. LA MYSTIFICATION

Dans le second groupe, la divergence n'apparaît pas entre affirmation et réplique, mais entre la déclaration de l'un et les perceptions, sentiments et intentions de l'autre. Le terme « mystification » fut pris par Laing aux écrits de Marx, où il désigne un aspect particulier du rapport entre les classes laborieuse et possédante :

> En déguisant les formes d'exploitation sous des apparences de bienveillance, les exploiteurs dupent les exploités en les amenant à se sentir solidaires de leurs exploiteurs et reconnaissants pour ce qui n'est que leur exploitation, et, ce qui n'est pas le moindre, à ressentir la rébellion comme folie ou félonie. [199, p. 343.]

Dans sa forme la plus abstraite, une communication mystifiante s'énonce : « Ce que vous voyez (ou pensez, ou entendez, ou sentez) est faux. Moi, je vous dis comment les choses sont (ou ce que vous devez entendre, penser ou ressentir). » Un message de ce genre n'aura que peu d'effets sur une personne habituée à se fier à ses propres perceptions de la réalité interne ou externe. Mais là où la survie de l'un des partenaires est un jeu (tout particulièrement dans le cas de l'enfant vis-à-vis de ses parents) ou dans d'autres situations extrêmes (telles que la persécution politique ou le lavage de cerveau), de tels messages mettent le récepteur dans *une situation intenable* — un autre terme de Laing. Si le récepteur est incapable ou qu'il lui soit défendu de démystifier la situation en métacommuniquant à son propos, il est pris au piège ; et il ne pourra jamais s'en échapper si la mystification se trouve étendue à sa conscience de la mystification elle-même. Dès lors, comme Laing le fait remarquer, « la personne mystifiée est par définition trompée mais peut ou non se *sentir* trompée » [199, p. 343].

Dans leur étude de l'interaction entre parents et enfants dans les familles de schizophrènes, Johnson *et al.* [191] ont trouvé essentiellement le même phénomène et l'ont décrit ainsi :

> Quand ces enfants percevaient la colère et l'hostilité d'un des parents, comme ils le faisaient à de multiples occasions, le parent niait immédiatement s'être fâché et insistait pour que l'enfant le niât aussi, de sorte que l'enfant était confronté à ce dilemme : fallait-il croire le parent ou ses propres sens ? S'il croyait à sa perception, il gardait un ferme contrôle de la réalité ; s'il croyait le parent, il maintenait une relation dont il avait besoin, mais tronquait sa perception de la réalité. [191, p. 143.]

Une importante variante de ce thème apparaît quand un rapport est d'abord défini d'une manière et, sitôt sa définition acceptée par le partenaire, soudainement redéfini d'une autre manière, le partenaire étant accusé d'être fou ou méchant pour n'avoir pas vu la chose dans la nouvelle optique. Bien sûr, dès que le partenaire se conforme à la seconde définition, il peut aussitôt être blâmé de ne pas accepter la première. Ce genre d'interaction fut en premier lieu décrit par Searles dans un article innovateur au titre suggestif : « L'effort pour rendre l'autre fou » [295]. Dans cet article, Searles décrit six schémas qu'il a très fréquemment observés dans son travail avec des schizophrènes, leurs parents ou leur conjoint (et occasionnellement aussi leur thérapeute). Par exemple, A peut modifier la qualité émotionnelle d'un échange avec B en traitant le même thème d'abord sur le ton de la plaisanterie puis sur le mode sérieux ; il peut dès lors reprocher à B soit de blaguer à propos d'une chose sérieuse, soit de manquer de sens de l'humour. Un autre exemple est la situation inverse, à savoir celle où A maintient la qualité émotionnelle de l'interaction, mais change de propos, de sorte qu'un thème sérieux et un thème trivial sont traités sur la même « longueur d'onde émotionnelle ».

III. LE PARADOXE

Finalement, il existe un type de message qui contient en lui-même sa propre contradiction, à la différence de la séquence en deux étapes qui consiste à imposer d'abord une définition du rapport et ensuite à la briser en morceaux pour la remplacer par une autre (celle que décrit Searles). La structure d'un tel message est essentiellement la même que celle des fameux paradoxes de la logique formelle. Mais, alors que ces derniers ont une portée pratique réduite, l'importance psychopathologique du paradoxe en communication humaine est grande. Pour autant que je sache, c'est Wittgenstein qui, le premier, comprit la signification pratique du paradoxe quand il écrivit :

> Les différentes manifestations semi-comiques du paradoxe logique ne présentent d'intérêt que dans la mesure où elles rappellent à chacun le fait qu'une forme sérieuse du paradoxe est indispensable si nous voulons convenablement comprendre sa fonction. La question se pose : quel rôle une telle erreur logique peut-elle jouer dans un jeu de langage ? [338, p. 100.]

Prenons, par exemple, le classique paradoxe du menteur, c'est-à-dire la proposition « Je suis en train de mentir » (une version simplifiée de la fameuse autodéfinition d'Épiménide de Crète, qui aurait dit : « Tous les Crétois sont des menteurs »). Manifestement, ce message présente une structure très inhabituelle car il affirme en même temps quelque chose (« Je suis en train de mentir »), et quelque chose à propos de sa propre affirmation (« Je mens, donc je mens aussi quand je dis "je mens" »). Or, il n'est pas trop difficile de voir que, si un tel message est une injonction, il ne peut y être obéi qu'en y désobéissant ; et que, s'il s'agit d'une définition de soi ou d'autrui, la personne ainsi définie n'est ce qu'on la dit que si elle ne l'est pas, et ne l'est pas si elle l'est ! Les conditions sont réunies pour une confusion à grande échelle de la réalité interpersonnelle. Par exemple, dans une version légèrement modifiée du célèbre paradoxe du barbier, le barbier est un soldat qui a reçu l'ordre de raser tous les hommes de la compagnie qui ne se rasent pas eux-mêmes, et aucun autre. Alors que cet ordre ne crée aucune difficulté en ce qui concerne tous les autres soldats (qu'ils se rasent eux-mêmes ou non, des règles univoques couvrent les deux possibilités), il place le barbier lui-même dans une position intenable : il ne peut se raser lui-même que s'il ne se rase pas lui-même. D'un point de vue strictement logique, ce résultat paradoxal prouve simplement qu'il ne peut exister un tel barbier et que toute l'histoire repose sur une base logique fallacieuse. Mais il n'y a absolument aucune raison de croire que dans la vie réelle un ordre absurde de ce genre ne puisse être donné. La structure pragmatique d'une telle situation interpersonnelle a été présentée ailleurs [327]. Je passerai simplement ici en revue les éléments de base qui fondent une impasse de ce genre : *(a)* une relation complémentaire (ex. : parent et enfant) ; *(b)* un message à structure réflexive négative, c'est-à-dire niant ce qu'il affirme et affirmant ce qu'il nie ; *(c)* une situation qui ne peut être évitée, couplée à l'incapacité ou à l'impossibilité de dissoudre le paradoxe en métacommuniquant à son sujet. Des modèles de communication de ce genre furent initialement étudiés dans les années cinquante par un groupe de recherche que dirigeait Gregory Bateson, et présentés dans un article aujourd'hui classique, postulant la théorie de la double contrainte et examinant ses relations avec la schizophrénie [21].

De cette présentation très cursive de diverses structures de la communication psychotique, il serait facile de tirer la conclusion que toutes sont des « rues à sens unique », avec un membre de la relation minant insidieusement l'équilibre mental de l'autre. Ce qui signifierait que la perspective communicationnelle ne constitue jamais qu'un renversement de la relation de cause à effet : alors que, dans une perspective plus traditionnelle, la démence du patient affecte son entourage, ici l'environnement humain affecte le patient. Mais, au vu de la *circularité* des relations humaines, aucune de ces conceptions causales linéaires n'est adéquate. Chacun des modèles décrits plus haut peut paraître avoir pour origine un des deux partenaires, selon la manière dont la continuité de l'interaction est ponctuée. Dès lors, un point de « départ » arbitraire leur est assigné. Or, chacun de ces modèles non seulement produit une certaine réaction, mais la réaction elle-même perpétue le schéma. Il n'est tout simplement pas possible de se comporter avec logique et cohérence dans un contexte illogique et incohérent. En conséquence, il n'y a pas de dichotomie bourreau-victime — un point développé avec toute la clarté souhaitable par Weakland [330, p. 373].

Cette réciprocité peut être illustrée en repensant ici à un schéma suggéré ailleurs [324]. Un père alcoolique mystifiera probablement ses enfants en exigeant d'eux qu'ils le voient comme un père aimant et tendre et non comme l'ivrogne effrayant et violent qu'il est effectivement. Dès lors, si ses enfants manifestent leur peur lorsqu'il revient ivre à la maison et les menace, ils sont placés dans l'impasse de devoir nier leur perception afin de se prêter à la mascarade de leur père. Supposons qu'après qu'ils y ont réussi, le père les accuse soudainement de tenter de le tromper en masquant leur peur, c'est-à-dire les accuse de ce comportement-là même qu'il leur a fait adopter sous la terreur. Dès lors, s'ils laissent paraître leur effroi, ils seront punis pour avoir sous-entendu qu'il est un dangereux ivrogne; s'ils cachent leur peur, ils seront punis pour leur « insincérité » ; et, s'ils étaient capables de protester et de métacommuniquer (ex. : « regarde ce que tu nous fais... »), ils risqueraient la punition pour « insolence ». La situation est véritablement intenable. Si l'un d'eux, maintenant, essayait de s'échapper, en prétendant qu'il y a « un énorme gorille noir crachant du feu » dans la maison, on pourrait très bien appeler cela une hallucination. Mais, pris dans son contexte, il serait plus intéressant d'y voir peut-être le seul comportement possible. Le message de l'enfant nie : *(a)* qu'il s'agit d'un message se référant au père, *(b)* qu'il s'agit même d'un déni; c'est-à-dire que la crainte de l'enfant a maintenant une raison, mais d'un genre tel qu'elle sous-entend que ce n'est pas une vraie raison. Comme il n'y a manifestement pas de gorilles noirs aux environs, l'enfant, en fait, dit : « Tu m'apparais comme une bête dangereuse qui sent l'alcool » ; mais en même temps il nie cette signification en usant d'une métaphore innocente. Un paradoxe est contré par un autre, emprisonnant ainsi le père. Il ne peut plus forcer son enfant à cacher sa peur, si ce n'est pas lui que l'enfant craint, mais une figure « imaginaire ». Et il ne peut interpréter le fantasme, car cela reviendrait à admettre qu'il ressemble effectivement à ce dangereux animal — en fait, qu'il est celui-ci.

Inutile de le dire, j'ai commis dans cet exemple l'erreur même contre laquelle je me suis fréquemment élevé. J'ai, en effet, assigné un point de départ à une interaction et consécutivement sous-entendu que tout ce qui en découlait était l'effet inévitable de cette cause. Je ne vois pas d'autre moyen de *présenter* cet exemple [1], sinon en procédant à une rétrospection quasi infinie, jusqu'à considérer que l'alcoolisme du père fait bien sûr partie de l'interaction familiale, qu'il peut y être amené par certains problèmes où les enfants jouent un rôle considérable, etc., etc. Comme on l'a mentionné plus haut, le présent article a pour objet *ce qui se passe* dans la communication psychotique, et non le *pourquoi*. Un soupçon gagne aujourd'hui du terrain parmi les chercheurs : rechercher le *pourquoi* pourrait se révéler un exercice stérile, parce que nombre de structures d'interaction (et peut-être toutes) apparaissent d'une manière hautement complexe mais contingente et fortuite, qui peut être inaccessible à toute enquête ultérieure. Le « ce-qui-se-passe » de l'interaction, pour sa part, est observable beaucoup plus directement et de façon moins déductive, et pourrait, en fin de compte, offrir ce dont nous avons besoin pour comprendre et changer un système d'interaction humaine. Ouvrons brièvement ici une parenthèse pour consolider cette hypothèse.

L'interaction humaine ne se déroule pas par hasard. En effet, à mesure qu'une relation se développe, elle se structure de plus en plus; cela signifie que, dans le grand nombre de comportements possibles, certains deviennent plus fréquents (et dès lors plus prévisibles), alors que d'autres ne sont jamais utilisés. D'un point de vue heuristique, il est utile de considérer les systèmes humains (et certainement aussi animaux) comme gouvernés par des règles. Dans cette perspective, il n'importe aucunement de savoir comment, quand, pourquoi et par qui l'une quelconque de ces règles hypothétiques fut introduite. Ce qui importe, c'est de voir que le système tourne comme s'il était contrôlé par de telles règles (ou régularités), et comme si toute violation d'une règle appelait certaines contre-mesures pour rétablir la stabilité du système. Plus le système est sain, plus vaste est le répertoire de règles, et plus les règles elles-mêmes apparaissent flexibles. Plus le système est « malade », plus les règles en sont étouffantes et strictes. Mais,

1. Également liée au problème de la représentation adéquate de données sur l'interaction est la difficulté d'inclure la communication non verbale dans la description. Pour éviter l'impression que les schémas ici décrits sont de nature purement verbale, on ne saurait trop rappeler que ces communications peuvent tout aussi bien être transmises non verbalement, ou être un mélange de matériaux verbaux et non verbaux .

outre cette différence, le système malade semble dépourvu d'un trait essentiel qui caractérise le système sain : les systèmes pathologiques semblent privés de métarègles utilisables, c'est-à-dire de règles permettant de *changer* leurs règles. Dès lors, il s'impose d'emblée que, d'une part, un tel système ne peut efficacement faire face à une situation pour laquelle ses règles (son répertoire de comportements) sont inadéquates, et que, d'autre part, il ne sera pas capable d'engendrer de nouvelles règles pour maîtriser la situation en cause. Un tel système s'engagera alors fatalement dans un genre de résolution des problèmes d'une vaine circularité, qu'on peut très bien appeler un jeu sans fin [327, p. 236-239]. Ce phénomène ne se limite pas aux relations humaines ; il surgit dans des formes analogues en informatique sous le nom de *« halting problem »*, partout où il existe une procédure de calcul

> qui nous permet de déterminer la valeur des éléments de son domaine, mais, si l'on tente d'obtenir une valeur fonctionnelle pour un élément qui n'est pas de son domaine, nous entraînera dans une suite de calculs à l'infini, sans jamais nous dire clairement qu'aucune valeur ne peut être atteinte. [84, p. 10.]

La même chose est vraie des relations internationales. Ainsi, par exemple :

> Nos chefs politiques et militaires sont quasi unanimes dans leurs déclarations publiques pour dire que nous devons aller de l'avant et rester en tête dans la course aux armements. Ils sont tout aussi unanimes à ne rien dire à propos de ce qui se passera *alors*. A supposer que nous atteignions l'état de dissuasion mutuelle idéal... qu'adviendra-t-il alors ? Aucun homme sain d'esprit ne peut sûrement envisager notre planète tournant, jusqu'à l'éternité, divisée entre deux camps armés résolus à se détruire l'un l'autre, et appeler cela « la paix » et « la sécurité ». *Le fait est que la politique de dissuasion mutuelle ne prévoit rien pour sa propre solution* [1]. [254, p. 155.]

Si un système peut être qualifié de pathologique dans la mesure où il est incapable de générer des règles pour le changement de ses

1. C'est moi qui souligne.

propres règles, la fonction de la thérapie est d'y introduire de nouvelles règles d'interaction. En entrant en communication avec une personne qui n'est pas prise dans son jeu sans fin, le système — ainsi élargi — peut regarder son ancien état de l'extérieur, pour ainsi dire, et s'ouvrir ainsi à un changement spécifique. A nouveau, il semblerait que Wittgenstein ait anticipé cette propriété de base des systèmes d'interaction, même s'il le fait dans un contexte différent. Parlant de la conscience du jeu en général et du potentiel de changement en particulier, il écrit :

> Supposons (...) que le jeu est tel que quiconque commence peut toujours gagner par un simple truc particulier. Mais nous n'en avons pas conscience — donc c'est un jeu. Maintenant, quelqu'un attire là-dessus notre attention — et cela cesse d'être un jeu (...). Cela signifie ceci (...) : l'autre n'a pas attiré notre attention sur quoi que ce soit ; il nous a enseigné un jeu différent à la place du nôtre. Mais comment le nouveau jeu peut-il avoir rendu l'ancien caduc ? — Nous voyons maintenant quelque chose de différent, et nous ne pouvons plus naïvement continuer à jouer. [338, p. 100.]

Il est possible que, dans un futur pas trop lointain, la recherche en communication humaine fournisse au clinicien des données plus fiables, qui lui permettent de comprendre des jeux sans fin spécifiques des systèmes humains, ainsi que les outils grâce auxquels il puisse susciter un changement. Aujourd'hui, on ne peut encore offrir que trois hypothèses exploratoires sur la prépondérance, dans les familles dérangées, de formes particulières de mystification, de disqualification, de double contrainte, etc. Grossièrement simplifiées et, de nouveau, présentées comme si elles surgissaient d'un point de départ particulier, ces hypothèses sont les suivantes :

1. Si un individu est puni pour une *perception* correcte du monde extérieur ou de lui-même par quelqu'un qui compte pour lui (ex. : un enfant puni par un de ses parents), il apprendra à se méfier des données fournies par ses sens. L'« autre-qui-compte » lui dira probablement de s'efforcer de percevoir correctement, avec ce sous-entendu : « Tu dois être malade pour voir les choses ainsi. » Conséquemment : *(a)* le sujet rencontrera des difficultés à se comporter de façon adéquate tant dans des contextes impersonnels

qu'interpersonnels, et *(b)* il peut avoir tendance à s'engager dans une vaine recherche de significations supposées, que la personne exerçant une influence sur lui voit apparemment très clairement, mais que lui-même ne peut déceler. Examiné hors contexte, ce comportement satisfera au critère nosologique de la schizophrénie.

2. Si un individu exerçant de l'influence sur un autre attend de celui-ci qu'il ait des *sentiments* différents de ceux qu'il a réellement, ce second individu se sentira finalement coupable d'être incapable de ressentir ce qu'il devrait ressentir afin d'être approuvé par le premier. Ce sentiment de culpabilité peut alors lui-même être classé parmi les sentiments qu'il ne devrait pas avoir. Un dilemme de cette sorte survient le plus fréquemment quand la tristesse normale et occasionnelle d'un enfant (ou sa déception, ou sa fatigue) est interprétée par un des parents comme un reproche silencieux d'échec parental. Le parent réagit alors typiquement par le message : « après tout ce qu'on a fait pour toi, tu devrais être heureux ». La tristesse se trouve ainsi associée à la méchanceté et à l'ingratitude. Dans ses tentatives infructueuses pour éprouver ce qu'il devrait éprouver, l'enfant manifestera des symptômes qui, pris hors contexte, sont ceux de la dépression. On peut prolonger cette hypothèse pour l'apparition de la dépression dans certains autres contextes : ceux où quelqu'un se sent, ou est tenu, responsable d'une situation sur laquelle il n'a aucun contrôle (tel un conflit conjugal entre ses parents, la maladie ou l'échec de son père, de sa mère ou d'un parent, ou encore des attentes parentales qui excèdent les ressources physiques et/ou émotionnelles de l'enfant).

3. Si un individu est exposé par une personne qui compte pour lui à des injonctions qui à la fois exigent *et* interdisent certaines *actions*, une situation paradoxale s'établit, dans laquelle l'individu (de nouveau, l'exemple le plus connu est celui de l'enfant) ne peut obéir qu'en désobéissant. Cette injonction s'établit sur le modèle : « fais ce que je dis, pas ce que je voudrais que tu fasses ». C'est, par exemple, l'ordre donné par une mère à son fils adolescent d'être à la fois un citoyen en règle et un casse-cou. Le résultat est un comportement qui, vu hors contexte, répond à la définition sociale de la délinquance. Autres exemples : les parents qui honorent la réussite à tout prix, par tous les moyens, loyaux ou cyniques, mais réprimandent ensuite l'enfant en lui disant qu'« il faut

toujours être honnête » ; ou la mère qui commence à mettre sa fille en garde à un âge précoce contre les dangers et la laideur du sexe, mais qui insiste pour que sa fille soit « populaire » auprès des garçons.

Assez pour ces hypothèses. Elles constituent une tentative pour rapporter la perspective fondée sur la communication à la nosologie clinique courante. Qu'il soit raisonnable de s'attendre à une relation terme à terme en ce domaine reste une question ouverte. Quand on connaîtra mieux les effets comportementaux (pragmatiques) de la communication humaine et la nature complexe du système que forme la pathologie, une révision de notre conception de la maladie mentale deviendra sans doute inévitable.

4

Recherches sur la vie institutionnelle et publique : approche ethnographique

STUART J. SIGMAN

« Qui a donné l'ordre de larguer la bombe atomique ? » Une relation ethnographique des règles de conversation dans un établissement gériatrique

traduit par Yves Winkin

Titre original : « 'Who pushed the Button to Drop the A-Bomb ?' An Ethnographic Account of Conversational Rules in a Geriatric Setting », version abrégée d'une contribution au 29e Congrès annuel de l'*International Communication Association* (Association internationale de communication), Philadelphie, mai 1979.

ERVING GOFFMAN, *Engagement*

traduit par Alain Cardoen
et Marie-Claire Chiarieri

Titre original : « Involvement », chapitre III de *Behavior in Public Places : Notes on the Social Organization of Gatherings* (le comportement dans les endroits publics ; observations sur l'organisation sociale des rassemblements), New York, The Free Press, 1963, p. 33-42.

STUART J. SIGMAN

« *Qui a donné l'ordre de larguer la bombe atomique ?* »

Une relation ethnographique des règles de conversation dans un établissement gériatrique

La question m'a été posée un jour de 1978 par plusieurs pensionnaires d'un home de vieillards où j'effectuais une recherche ethnographique de cinq mois. Malgré la présence de plusieurs infirmières au moment de cette discussion, c'est vers moi que ces vieilles dames se sont tournées lorsque leur mémoire a fait défaut. Comme va le montrer l'analyse, ceci n'est pas un phénomène exceptionnel à *People's Home* [1]. Les pensionnaires se montraient souvent hésitants quand il s'agissait d'aborder certains sujets avec des membres du personnel. Ceux-ci, à leur tour, ont pu être observés à plusieurs reprises en train de décourager activement certaines conversations. Sur la base de cette observation, je voudrais avancer une première suggestion : être âgé et, plus spécifiquement, être âgé dans le contexte d'une institution pour personnes âgées, nécessite la maîtrise (habituellement implicite) de règles organisant l'adaptation du comportement communicatif à ce contexte. De plus, l'adhésion à ces règles ou leur transgression se répercute sur la définition du statut, du rôle, des relations sociales, etc., que s'accordent mutuellement les membres de l'institution.

Pour les pensionnaires du home étudié dans le présent travail, s'acheminer vers une réponse à la question : « Qui a donné l'ordre de larguer la bombe atomique ? » exigeait la connaissance des obligations et des privilèges établis entre eux et à l'égard du

1. Ce travail s'intéresse aux structures de la communication interpersonnelle et non aux personnes et institutions. Dès lors, tous les noms sont fictifs et aucune critique n'est émise à l'égard de qui que ce soit.

personnel, ainsi qu'une connaissance des situations physiques et temporelles qui autorisaient, encourageaient ou proscrivaient certaines conversations et certains sujets de conversation. Pour le chercheur, la nature de ce système de règles et l'apparente inégalité de statut associée au contrôle du système offrent une perspective sur le rôle de la personne âgée et le rôle des institutions gériatriques dans la société américaine. Dans ce travail, je voudrais donc entreprendre l'analyse de données que l'on pourrait insérer à long terme dans une étude ethnographique plus large, qui concernerait les manières dont la conversation en face à face possède une structure infracommunicationnelle et participe activement à la « construction » des relations sociales. Le choix du terme « infracommunicationnel » revient à Birdwhistell [42], qui envisage la communication comme un processus pluriel où les canaux, isolés pour des raisons heuristiques, sont considérés comme des « partiels » contribuant à l'ensemble. Le comportement verbal est ainsi guidé par un ensemble infracommunicationnel de règles socioculturelles, qui forment avec les règles régissant d'autres canaux la trame du processus permanent qu'est la communication. De cette manière, je m'intéresse ici à la conversation en tant qu'elle participe à ce processus, par là contribuant et en même temps se soumettant à la structure sociale.

Les données de ce rapport sont fournies conformément aux méthodes de l'ethnographie de la communication, telles qu'elles ont été suggérées de façon indépendante par Hymes [183] et par Birdwhistell [46]. L'approche ethnographique fut choisie pour l'intérêt qu'elle porte depuis toujours à l'analyse du comportement au sein d'entités sociales et symboliques plus vastes. Pendant cinq mois, de janvier à mai 1978, au cours de visites successives, j'ai noté dans un carnet les conversations entre pensionnaires, personnel et visiteurs d'un home de vieillards de Philadelphie. En même temps, j'observais d'autres activités sociales et je m'entretenais avec les pensionnaires et le personnel. Rassemblées, ces multiples données m'ont permis de faire correspondre les conversations à différentes activités sociales, zones physiques et relations interpersonnelles du home. Mes données portent ainsi sur des conversations intégrées dans la vie quotidienne de l'institution.

People's Home se situe dans un faubourg aisé du nord-est de

Philadelphie. C'est un établissement moderne, dessiné comme un ranch. L'aile la plus ancienne date du début des années soixante et le pavillon le plus récent a été achevé en 1975. Environ cent cinquante personnes y résident. Durant mon séjour, qui s'est effectué principalement pendant l'hiver, les pensionnaires sont rarement sortis à l'extérieur (et ont reçu très peu de visiteurs de l'extérieur).

La plupart des conversations décrites ici ont pris place dans le salon principal et la salle à manger contiguë, ou dans l'ensemble formé par le salon de beauté et la salle de kinésithérapie. Vu qu'il ne m'a pas été possible d'entrer en contact avec la population de sexe masculin, la plupart des données sont extraites de l'observation de conversations entre femmes (cf. *infra*).

Avant d'en venir à l'examen des règles qui régissent les conversations à *People's Home*, il est nécessaire d'examiner brièvement comment s'y établit dans son ensemble la présence ou l'absence de la parole.

Hymes [182] suggère que la parole n'est pas partout prisée de façon identique et que les contextes où sa présence est pertinente doivent être précisés pour chaque communauté langagière. Les pensionnaires de *People's Home* rapportent qu'il est rare qu'une conversation continue se développe, à la fois entre eux et avec les membres du personnel. Mes propres observations semblent confirmer ces déclarations. Bien que je n'aie jamais chronométré aucun des pensionnaires, je serais prêt à soutenir que ceux-ci ne parlent pas plus de vingt minutes par jour. Au cours des trois, quatre premières semaines d'enquête, je me suis surpris à écrire des notes comme celle-ci : « silence continu durant l'heure qui vient de s'écouler », « les échanges ne vont jamais au-delà de deux ou trois phrases », etc. [1].

Une vieille dame de quatre-vingts ans commentait ainsi les conversations entre pensionnaires : « Les gens ne parlent pas beau-

1. De façon à ne pas fermer prématurément le *corpus* à la suite d'une conception *a priori*, une grande souplesse a été utilisée dans la définition de ce que peut être une « conversation ». Un contact verbal prolongé étant extrêmement rare parmi les pensionnaires, ainsi qu'entre eux et le personnel, il a été nécessaire d'examiner le contenu de toute manière de parler — salutations au passage, brefs bavardages, petites discussions à table, demandes de service, etc.

coup... Parfois, nous restons bouche cousue... Puis quelqu'un lâche un petit mot et nous savons que tout est en ordre. » Il est intéressant de noter que, à l'une ou l'autre occasion, tous mes informateurs de base exprimèrent un avis négatif sur la parole « trop abondante ». Les pensionnaires étaient fiers du fait que, s'ils n'avaient rien à dire, ils ne se sentaient pas obligés de maintenir un flot de paroles avec les membres de leur entourage. De plus, ces pensionnaires soulignèrent que seuls les patients séniles « s'asseyent et parlent sans s'arrêter » et que, de toute façon, à *People's Home* il n'était pas « convenable » de parler à n'importe qui, surtout parmi les hommes.

C'est ici qu'il faut examiner de plus près les relations entre les hommes et les femmes du home. Les pensionnaires de sexe féminin et les membres du personnel avaient, à l'égard des hommes, deux attitudes proches mais distinctes. Tout d'abord, toute formation d'un couple hétérosexuel était découragée — même les couples mariés vivaient en chambres séparées et habituellement dans des pavillons différents. Les infirmières et les membres de l'intendance plaisantaient souvent entre eux à propos de l'homme et de la femme aperçus régulièrement ensemble dans la salle à manger ou dans un des salons ; ils taquinaient à ce propos la pensionnaire, ce qui avait souvent pour effet de rompre la paire. La plupart des activités sociales paraissaient avoir été conçues pour attirer les femmes et ne laisser aux hommes que la possibilité de se plaindre que l'on ne faisait rien pour eux — jeu de loto au lieu de jeux de cartes, jardinage au lieu de base-ball, etc.

Ensuite, les femmes avaient peur des hommes. A peu près la moitié d'entre eux étaient d'anciens militaires sortis des hôpitaux psychiatriques de l'Armée. Les femmes se répétaient constamment des histoires sur ces hommes et évitaient activement de les rencontrer en vis-à-vis. Les femmes surprises à parler aux hommes dans d'autres circonstances qu'un échange occasionnel de salutations étaient rejetées par les autres ; elles étaient cataloguées parmi les « dissolues » ou les « simples d'esprit » [1].

1. J'ai été également invité par les femmes à ne pas rester avec les hommes. Ces craintes, jointes à la résistance rencontrée chez plusieurs pensionnaires de sexe masculin, expliquent pourquoi la plupart de mes données sont extraites de conversations féminines.

Nous pouvons maintenant nous tourner vers un examen des conversations qui se tiennent à *People's Home*. Je me limiterai ici le plus souvent aux échanges entre pensionnaires et membres du personnel, car ce sont ces conversations qui révèlent au mieux la structure du pouvoir au sein de l'institution.

C'est tout d'abord par leur brièveté que l'on peut caractériser la plupart des interactions verbales entre pensionnaires et membres du personnel. Ces échanges avaient le plus souvent lieu lorsque ceux qui y participaient se croisaient dans leurs déplacements d'un lieu à l'autre du home [1]. L'analyse des entretiens révèle que les pensionnaires s'enorgueillissaient d'avoir des relations amicales avec les membres du personnel, malgré la brièveté de leurs conversations. Ces relations conversationnelles apparurent fondées avant tout sur trois catégories de thèmes :

1. Les événements émergeant du contexte immédiat, telle l'attente d'être servi à table, pouvaient être utilisés comme « sujets » de conversation.

> (Midi. Les pensionnaires sont assises autour des tables dans le salon « A », attendant le déjeuner.)
> Un des hommes de peine entre. Il est très alerte, et mon impression est qu'il « réveille » tout le monde :
> *L'Homme :* Comment ça va, *baby ?*
> *Ellen :* Tu viens manger ?
> *L'Homme :* Ouais, j'ai une de ces faims, *baby*.

2. En relation étroite avec les thèmes de la première catégorie, il faut citer les références aux anomalies issues de ce contexte immédiat, c'est-à-dire les événements qui ne correspondent pas aux attentes. Par exemple, si un pensionnaire ou un membre du personnel était aperçu dans une section du bâtiment qu'il ne fréquentait habituellement pas — et il faut noter que les pensionnaires restaient en général aux alentours immédiats de leur chambre — ou si le vêtement porté ne correspondait pas à l'heure du

1. En fait, presque toute parole qui ne concernait pas directement les tâches explicites du personnel prenait place dans le salon principal ou dans les couloirs du pavillon. Les pensionnaires se plaignaient d'ailleurs du fait que des membres du personnel entraient souvent dans leur chambre sans dire un mot et sans s'excuser.

jour, de brèves remarques étaient émises par l'une ou l'autre des parties.

(Dans le salon « A », après le déjeuner.)
Une aide-infirmière qui travaille habituellement dans les pavillons « C » et « D » entre avec des plateaux.
Mme Raymond : Hé, bonjour, que faites-vous ici ?
L'Aide : Ils ont mélangé les plateaux.
Mme Raymond : Ah, bien. Je pensais qu'ils vous avaient envoyée par ici.
L'Aide : Non, pas encore. Comment allez-vous ?
Mme Raymond : Bien, merci.
L'Aide : Parfait. Bon, allez, au revoir.

3. La relation de rôle entre un membre du personnel et un pensionnaire offrait souvent aux deux participants un ensemble d'expériences qu'ils pouvaient supposer communes et qui pouvaient servir de thèmes de conversation, par exemple la nourriture avec un cuisinier, le jardinage avec un membre du personnel de maintenance.

(Interview avec Frances Smith.)
SJS : De quoi parlez-vous avec les gens de la cuisine ?
Frances Smith : Ils ont eu longtemps un cuisinier noir appelé Teddy. Quand il s'en allait le soir, je lui disais toujours que ses gâteaux d'anniversaire étaient tellement bons. Et il me répondait toujours qu'il était si facile de cuisiner pour moi.

Ces échanges semblent représenter ce que Malinowski a appelé la communion phatique — « ... un genre de propos où des liens se créent grâce à un simple échange de mots » [237, p. 151]. Très peu d'information nouvelle apparaît offerte ici ; l'accent est mis au contraire sur le renforcement permanent de la relation interpersonnelle.

Enfin, il faut noter que la plupart des propos échangés ont trait aux gens et aux événements du home. Les interactions entre pensionnaires et personnel semblent donc être conduites selon une règle de sélection limitant le contenu verbal à des thèmes internes à l'établissement mais extérieurs aux interlocuteurs. Quelques rares cas de conversations « personnelles » se sont cependant présentés, qu'il faut étudier pour leur caractère de contre-exemple.

Par « thèmes personnels », j'entends ceux qui se rapportent à la famille, aux sentiments privés, à la carrière professionnelle et à la vie antérieure à la retraite et à l'entrée au home. La connaissance de l'un par l'autre était fort inégale à *People's Home*. Les pensionnaires offraient généralement plus d'information sur eux-mêmes que ne le faisait le personnel, qui adhérait aux principes des écoles paramédicales de ne pas s'engager dans des conversations personnelles avec les patients. En outre, il n'était pas apparemment toujours possible aux pensionnaires d'offrir cette information privée. Le personnel limitait les occasions de rencontre.

L'analyse des données a ainsi montré que seules trois situations sociales autorisaient les pensionnaires à prendre la parole sur des thèmes personnels. Tout d'abord, il n'était pas rare qu'ils demandent à des membres du personnel de composer un numéro de téléphone pour eux ; ou qu'ils demandent de la petite monnaie pour téléphoner à longue distance. Pendant ou après le service, les pensionnaires fournissaient une explication pouvant excuser l'interruption du travail de l'autre. Cette justification consistait habituellement en une référence à la personne appelée ou à soi-même.

> (Au bureau de la réception, à l'entrée.)
> *Claire Markowitz :* Excusez-moi, est-ce que je peux avoir de la petite monnaie pour deux dollars ?
> *Rosemary :* Pour le téléphone, hein ?
> *CM :* Oui. Je veux être sûre d'avoir assez quand je téléphonerai à mon fils demain.
> *Rosemary :* Bien sûr.
> *CM :* Il habite à Cincinnati, avec sa famille. C'est un docteur.

Ensuite, la présence physique de parents des pensionnaires pouvait susciter une conversation sur la famille de ceux-ci avec un membre du personnel : introduction, référence à des événements familiaux, etc. L'exemple suivant est à la fois très général et unique. Le parent qu'il s'agit d'introduire est l'auteur de ces lignes et la dame faisant la présentation prétendait stratégiquement être ma tante, afin de m'aider dans mes aventures commerciales :

Mme Karp avait antérieurement compris ma présence au home comme celle d'un étudiant vendant des revues pour payer ses études.

> (Après le dîner, dans la chambre de Mme Karp.)
> Une aide entre. Elle nous salue et nettoie le plateau de Mme K. Celle-ci m'introduit comme son neveu « qui va à l'Université avec une bourse ». L'aide dit que c'est très bien et que Dieu doit bénir tous les enfants et leur fournir une éducation. Elle donne à Mme K. le morceau de pain que celle-ci lui avait demandé. Après le départ de l'aide, Mme K. m'explique qu'elle a dû mentir à propos de mon statut de neveu, mais que c'était pour moi la seule façon de réussir (à vendre mes revues).

Il est évident que d'autres analyses de cette particulière interaction pourraient être proposées, notamment à la lumière du fait que Mme K. recevait très rarement la visite de membres de sa famille. Néanmoins, sa décision de me traiter comme son neveu tout au long des cinq mois de mon travail fixa le cadre de ses conversations avec le personnel à mon propos.

La troisième situation sociale où les propos personnels étaient légitimes se définissait par une localisation précise dans *People's Home*. Une discussion étendue de sa vie privée (autant par les pensionnaires que par le personnel) n'est apparue appropriée qu'au salon de beauté (dédoublé en salle de kinésithérapie). C'était un des rares lieux où l'autorité pavillonnaire habituelle ne s'exerçait pas et où les membres du personnel (deux kinésithérapeutes et une esthéticienne) encourageaient l'« exposition de soi ». Il faut d'ailleurs noter qu'il s'agissait aussi d'un des rares lieux du home où s'établissait un contact physique entre pensionnaires et personnel. Comme le disait une de celles-là : « C'est juste comme un salon de beauté à l'extérieur. Toutes les femmes bavardent à n'en plus finir. »

Dans la plupart des autres situations de *People's Home*, des sanctions normatives empêchaient de poser au personnel des questions qui auraient pu être indiscrètes. Lorsque je lui demandai si elle parlait jamais avec le personnel, Esther Feigenbaum me répondit : « Bien sûr que je leur parle, c'est certain. (Mais) on ne peut pas devenir familier avec eux, parce que c'est eux qui dirigent. »

Les pensionnaires sur lesquels j'ai pu compter à titre d'informateurs déclarèrent tous que c'étaient les autres pensionnaires, « ceux qui ne sont pas bien », « ceux qui sont séniles », ou « ceux qui ne savent pas », qui posaient des questions inopportunes au personnel.

Cette règle devait même s'appliquer aux conversations avec moi. Un jour, plusieurs pensionnaires et membres du personnel étaient assis autour d'un poste de télévision dans un des salons, après une petite fête d'après-midi. Une des pensionnaires se tourna vers moi et me demanda : « Ainsi, à qui appartiens-tu ? Qui est ta petite amie ? » Un peu embarrassé, je m'apprêtais à lui donner quelques détails de ma vie privée, dont je m'étais déjà ouvert à d'autres membres du personnel. Mais la directrice des activités récréatives se tourna rapidement vers la vieille dame et lui dit : « Gloria, vous savez pourtant que vous ne pouvez pas poser ce genre de questions », et à moi : « Vous ne devez pas vous sentir obligé de lui répondre, vous savez ». Lorsque le groupe se dispersa, une autre pensionnaire vint vers moi pour excuser sa compagne de pavillon en déclarant qu'elle « ne savait vraiment pas ce qu'elle disait ».

Au cours de mes visites à *People's Home*, la même règle était strictement appliquée chaque fois que des membres du personnel pouvaient entendre la conversation. Mais les choses se détendaient lorsque les pensionnaires et moi étions seuls, en train de partager des gâteaux dans le salon ou un repas dans la salle à manger. De façon assez intéressante, il faut noter que cette même atmosphère se retrouvait avec d'autres visiteurs réguliers. Ainsi *People's Home* recevait chaque semaine la visite d'un groupe de jeunes religieuses. La conversation entre les religieuses et les pensionnaires allait bon train dans les pavillons où le personnel était au repos ou absent. Mais lorsque celui-ci était présent, plus de temps était consacré à chanter.

Pour terminer, je voudrais présenter par contraste les conversations entre membres du personnel tenues en présence de pensionnaires. A *People's Home*, il n'était pas inhabituel d'observer ceux-là en train de bavarder entre eux à propos d'événements et de personnes extérieurs à l'établissement, en excluant apparemment les pensionnaires présents du cercle de la conversation.

Ainsi, un jour, quatre pensionnaires et trois membres de l'administration étaient assis autour d'une grande table, en train de remplir des enveloppes. Les trois secrétaires parlaient entre elles *(1)* d'une récente visite à un jardin botanique proche ; *(2)* de leurs fiancés ; *(3)* de leurs amies de chambre à l'université. Elles étaient assises l'une à côté de l'autre ; quand elles évoquaient un de ces trois thèmes, leurs postures et leurs jeux de regard formaient un ensemble fermé. Au sein de l'interaction plus large avec les autres personnes présentes, la conversation se limitait à trois autres thèmes : *(1)* trouver plus d'enveloppes ; *(2)* choisir quelqu'un pour timbrer les enveloppes ; et *(3)* définir la meilleure technique pour remplir les enveloppes.

Je demandai plus tard aux trois secrétaires pourquoi elles ne parlaient apparemment pas aux pensionnaires de leur vie en dehors de l'établissement. Toutes trois répondirent que les vieux « ne s'intéressent plus à ce genre de conversation ».

Ce qui me paraît particulièrement intéressant à ce propos, c'est que les pensionnaires montrèrent beaucoup d'intérêt, tout au long de mon étude, à parler avec moi d'événements qui, selon le personnel, les laissaient indifférents. Les pensionnaires vinrent souvent me trouver (ainsi que d'autres — rares — visiteurs) pour des points d'histoire récente ou de « connaissance générale » qu'ils avaient oubliés. En outre, j'ai eu fréquemment l'occasion de répondre à des questions sur des livres, pièces de théâtre ou films récents et de donner mon opinion sur des événements d'actualité [1].

Parvenu à ce point de l'analyse, il peut être pertinent d'introduire le concept de « statut de participation » développé par Goffman [134]. Le « statut de participation » peut être entendu comme la position qu'on attribue à ses interlocuteurs, quant au niveau de leur contribution à l'interaction, et notamment quant à leurs droits et devoirs dans une relation de communication. Exclure de la conversation et exclure certains thèmes de conversation étaient ainsi deux moyens comportementaux utilisés par le personnel de

1. Je remplissais peut-être une fonction sociale nécessaire à l'institution. A plusieurs reprises, la directrice des activités récréatives a commenté mes « visites sociales » auprès des pensionnaires, en déclarant qu'elles avaient un effet très positif. Mes visites, selon elle, permettaient aux pensionnaires de bavarder avec quelqu'un de l'« extérieur » alors que le personnel d'animation, trop restreint, ne pouvait mettre en place des situations d'interaction d'une telle étendue.

People's Home pour définir le statut de participation à la communication des pensionnaires. Comme nous l'avons vu, les membres du personnel m'ont déclaré qu'ils ne cherchaient pas à exclure intentionnellement les pensionnaires du cercle de la conversation. Ils ne faisaient qu'accepter les souhaits des pensionnaires. En d'autres termes, une définition sociale de ceux-ci s'était créée, les décrivant comme des personnes qui n'étaient plus concernées par les affaires du monde extérieur. Cette définition servait de guide au personnel qui ne devait ainsi plus se soucier de s'entretenir de certains thèmes avec les pensionnaires. Réciproquement, ceux-ci n'essayaient apparemment pas de se joindre aux conversations du personnel, dont ils étaient exclus dès le début. Nous pourrions dire qu'ils acceptaient la définition de « personnes recluses » et le statut institutionnel inférieur qui y était associé. Ils se soumettaient dès lors aux attentes du personnel quant au comportement à adopter à *People's Home*. A partir de là, on peut voir comment l'analyse des règles qui gouvernent un comportement social particulier, la conversation, débouche sur un travail beaucoup plus large : l'étude des règles qui régissent la vie en société.

ERVING GOFFMAN

Engagement

I. LE DIALECTE CORPOREL

Lorsque des individus se trouvent réunis en des circonstances qui n'exigent pas que des paroles soient échangées, ils s'engagent néanmoins, qu'ils le veuillent ou non, dans une certaine forme de communication. C'est que dans toute situation, une signification est assignée à divers éléments qui ne sont pas nécessairement associés à des échanges verbaux : il faut entendre par là l'apparence physique et des actes personnels tels que l'habillement, le maintien, les mouvements et les attitudes, l'intensité de la voix, les gestes comme le salut ou les signes de la main, l'ornementation du visage et l'expression émotionnelle en général.

Dans chaque société, ces possibilités de communication sont codifiées. Si bon nombre des éléments utilisables peuvent demeurer négligés, il en est toujours au moins quelques-uns qui sont susceptibles d'être pris en charge par des règles et de se voir accorder une signification commune. A moitié conscient qu'un certain aspect de son comportement s'offre à la vue de tout son entourage, l'individu tend à se comporter en fonction du caractère public de sa conduite. En fait, il lui arrive d'utiliser certains actes comme des signes simplement parce qu'ils peuvent être perçus par d'autres. Et même si les personnes présentes ne sont pas tout à fait conscientes de la communication qu'elles reçoivent, il n'en reste pas moins qu'elles ressentiront avec acuité quelque chose d'anormal si le message est inhabituel. Il existe donc un symbolisme corporel, un dialecte des attitudes et des gestes individuels, qui tend à susciter chez l'acteur ce qu'il suscite dans son entourage — l'entourage ne comprenant que les personnes qui se trouvent en sa présence immédiate et celles-là seulement [1].

1. L'activité corporelle comme base d'interaction sociale est abordée dans les travaux en sciences sociales sous la dénomination de « communication non ver-

Ces signes expressifs corporels sont aptes à traduire tout ce qu'un individu peut vouloir dire dans un énoncé verbal. Ils jouent ainsi un rôle dans l'interaction centrée, par exemple, autour d'une conversation. Cependant, la particularité d'un grand nombre de ces manifestations, lorsqu'on les considère comme des moyens de communication, c'est qu'on peut difficilement les affiner ou les dissimuler, si bien qu'elles tendent, à la limite, à devenir accessibles à tout un chacun aux alentours. De plus, alors que ces signes sont impropres à des messages discursifs prolongés, ils semblent parfaitement convenir, contrairement à la parole, à la transmission d'informations sur le statut social de l'acteur, sur l'image qu'il se fait de lui-même, de ses interlocuteurs ou du lieu. Ces signes sont donc à la base d'une interaction diffuse (éparpillée), même s'ils peuvent également jouer un rôle dans une interaction centrée*.

Dans le domaine de l'interaction diffuse, aucun participant ne peut officiellement « prendre la parole » ; il n'y a pas de centre d'attraction officiel. Et même si un individu accorde à ce genre de conduite une attention toute spéciale, afin de faire bonne impression sur un de ceux qui se trouvent sur les lieux — ainsi, la jeune fille qui a mis le parfum que son fiancé préfère —, une telle attitude sera présentée comme si elle était fondamentalement destinée à l'entourage tout entier.

Le dialecte corporel est, comme on a vu, un discours conven-

---

bale ». Les aspects posturaux de ce comportement ont été dessinés de façon systématique par Gordon W. Hewes, « World Distribution of Certain Postural Habits » [175]. On peut en trouver une étude générale particulièrement fine chez Ray Birdwhistell, *Introduction to Kinesics* [32]. Voir aussi Jurgen Ruesch et Weldon Kees, *Nonverbal Communication : Notes on the Visual Perception of Human Relations* [269], Thomas S. Szasz, *The Myth of Mental Illness* [311], S. Feldman, *Mannerisms of Speech and Gestures in Everyday Life* [106, deuxième partie], David Efron, *Gesture and Environment* [92], Martha Critchley, *The Language of Gesture* [83] et Edward T. Hall, *The Silent Language* [148].

*. Dans *Behavior in Public Places* [129], dont ce texte constitue le chapitre III, Goffman oppose l'interaction diffuse ou éparpillée *(unfocused interaction)*, qui « concerne la gestion de la co-présence physique pure et simple » [129, p. 24], à l'interaction centrée *(focused interaction)*, qui se produit « lorsque des personnes se rassemblent et coopèrent ouvertement au maintien d'un seul objet d'attention, en particulier en prenant la parole tour à tour » [129, p. 24].

tionnalisé [1] ; il est aussi, nous allons le voir, un discours normatif. C'est-à-dire qu'il existe, d'une manière caractéristique, une obligation de transmettre certaines informations en présence d'autrui, et une obligation de ne pas en transmettre d'autres, tout comme on attend de la part des gens qu'ils se montrent sous tel ou tel aspect. Il semble y avoir une entente sur la signification des comportements non seulement tels qu'ils sont vus, mais aussi tels qu'ils devraient être montrés.

Même si un individu peut s'arrêter de parler, il ne peut s'empêcher de communiquer par le langage du corps. Il peut parler à propos ou non. Il ne peut pas ne rien dire. Assez paradoxalement, la meilleure façon de donner un minimum d'information sur soi-même — bien que ce soit encore beaucoup —, c'est de s'ajuster et d'agir conformément aux attentes de son groupe social. (Le fait qu'il soit de cette façon possible de dissimuler des informations sur sa propre personne est un des motifs pour maintenir les convenances.) Il faut remarquer enfin que si, dans une société, personne n'est en mesure d'utiliser la totalité ou même une grande partie du langage expressif, chacun aura malgré tout une certaine connaissance du même vocabulaire de symboles corporels. En fait, la compréhension d'un dialecte corporel commun est une des raisons d'appeler un ensemble d'individus une société.

II. L'ENGAGEMENT

Ayant admis que tout individu propose de l'information au moyen d'un dialecte corporel, il reste à savoir de quoi traite cette

1. La distinction de George Herbert Mead entre gestes « signifiants » et « non signifiants » n'est pas parfaitement satisfaisante ici. Le dialecte corporel implique quelque chose de plus qu'une « conversation de gestes » non signifiante, parce que le dialecte tend à éveiller la même signification chez l'acteur et chez le spectateur et tend à être employé par l'acteur à cause de sa signification pour le spectateur. Il semble cependant que quelque chose de moins qu'un symbolisme signifiant soit impliqué ici : un échange prolongé d'actes significatifs n'est pas chose courante ; il faut conserver l'impression qu'une marge d'engagement spontané et non réfléchi sous-tend encore l'acte ; l'acteur sera généralement à même de nier la signification de son acte, si on le met au défi d'en répéter l'exécution.

information. Pour tenter de répondre à cette question, jetons un coup d'œil sur l'une des formes de convenances les plus évidentes, l'« activité de circonstance » ou d'*« occasion »*.

Au cours de toute occasion sociale*, on peut s'attendre à rencontrer des activités qui font intrinsèquement partie de l'occasion : au sens où il est normal, par exemple, qu'au cours d'un rassemblement politique on s'attende à entendre des discours politiques. Une telle « activité de circonstance » ou d'occasion sera selon toute vraisemblance reconnue comme appropriée aux situations sociales qui se créent sous l'égide de l'occasion sociale correspondante, ce qui donne toute sa signification à la phrase proverbiale qu' « il y a un temps et un lieu pour chaque chose ». Mais il faut se demander alors pourquoi on qualifie telle activité donnée d'appropriée à telle occasion sociale. Chose plus importante encore, l'exercice d'une activité de circonstance semble ne constituer en soi qu'un des aspects de la convenance, qu'une des façons de s'adapter.

Il y a du moins un point prometteur dans ces considérations. Être *impliqué* dans une activité de circonstance signifie y maintenir une certaine attention intellectuelle et affective, une certaine mobilisation de ses ressources psychologiques ; en un mot, cela signifie s'y *engager (to be involved in it* [1] ***)*. Davantage, lorsqu'on cherche à déterminer comment cet engagement a été réparti, dans une situation donnée, sur différents éléments du comportement obligatoire, on découvre qu'il n'existe ici qu'un nombre limité de thèmes et

1. Le terme *involved* (engagé, impliqué) comporte également d'autres connotations dans la langue de tous les jours : celle de *commitment* (engagement de sa parole), au sens de « se déclarer responsable et avoir la charge de certaines actions » ; et celle de *attachment* (attache, lien), au sens de se donner corps et âme à quelque chose. En raison de cette ambiguïté, j'ai parfois employé *engagement* (engagement, promesse, obligation) là où j'emploierai dans cet ouvrage le terme d'*involvement*. Voir « La distance au rôle », *Encounters* [127, p. 83-152].

*. Une « occasion sociale » *(social occasion)* est définie par Goffman comme « une affaire sociale, une entreprise ou un événement d'une certaine ampleur, limitée dans le temps et dans l'espace, et typiquement facilitée par un équipement fixe... Une réception, une journée de travail dans un bureau, un pique-nique ou une soirée à l'Opéra sont des exemples d'occasions sociales » [129, p. 18].

**. Nous utiliserons le terme français « engagement » conformément à l'usage consacré en la matière (cf. la traduction par A. Kihm de *Rites d'interaction* [131, p. 101-120]).

que chaque thème s'exprime à travers des éléments très divers du comportement. Pour faire bref, en traduisant les actes concrets, obligatoirement accomplis dans l'interaction en termes d'expression de l'engagement, nous pouvons montrer une équivalence fonctionnelle entre des phénomènes aussi divers que l'habillement, la posture, l'expression du visage et l'activité instrumentale. Sous des différences apparentes, nous pouvons ainsi entrevoir une structure commune. Pour analyser les convenances propres aux situations sociales, il faudra donc se tourner vers une analyse des règles sociales qui déterminent les conceptions et les répartitions individuelles de l'engagement [1].

La première chose à noter dans l'expression « engagement en situation », c'est son ambiguïté terminologique. Je ne veux parler ici que des engagements *localisés**, ceux qui sont soutenus *au sein* de la situation ; l'expression « engagement dans la situation » a bien la même signification, mais aussi une signification plus précise : celle qui renvoie à la façon dont un individu a pu, en quelque sorte, se donner à la situation prise *dans son ensemble*, étant conduit ainsi à un engagement faisant corps avec la situation. Je me propose d'employer l'expression « engagement *au sein* de la situation » pour qualifier la façon dont un individu prend en main ses actes localisés et je m'abstiendrai momentanément d'employer l'expression « engagement *dans* la situation ».

L'engagement qu'un individu soutient au sein d'une situation

1. L'engagement en tant que variable a été traité par E. F. Borgatta et L. S. Cottrell Jr. [54, p. 416-417]. Un aspect de l'engagement, l'intensité, a été étudié par T. R. Sarbin [279, p. 233-235]. Ma propre interprétation de l'engagement est tirée de Gregory Bateson et Margaret Mead, *Balinese Character* [23].

* Dans la terminologie de Goffman, une occasion sociale entraîne la formation de « rassemblements » *(gatherings)* d'au moins deux personnes. Dès qu'un individu se trouve ainsi en présence d'un autre individu, une « situation sociale » prend place, qui obéit à des règles ou « convenances » propres *(situational proprieties)*. Tout acte produit dans une situation sociale est dit « localisé » *(situated)* ; il comprend des aspects « accidentellement localisés » *(merely-situated)*, qui auraient pu se produire en dehors de la situation sociale en question, et des aspects « situationnels » *(situational)*, qui appartiennent en propre à cette situation. Ainsi, explique Goffman, une conversation comprend des éléments dépendant intrinsèquement de la situation et d'autres qui auraient pu être transmis par correspondance, c'est-à-dire sans qu'il y ait co-présence physique des participants [129, p. 17-18].

donnée est question de sentiment intérieur. L'évaluation de l'engagement repose et doit reposer, en revanche, sur une forme d'expression extérieure.

C'est ici que nous pouvons commencer à analyser les effets du dialecte corporel. Car — trait intéressant — si l'activité corporelle semble être particulièrement bien faite pour diffuser ses informations à travers une situation sociale tout entière, de même, ces signes semblent conçus pour fournir des informations sur l'engagement de l'individu. De la même manière qu'un individu découvre qu'il doit transmettre un message corporel, et que tel message doit être le bon, il s'aperçoit qu'en présence d'autrui il va inévitablement transmettre des informations sur la façon dont son engagement se répartit entre différents actes et que la manifestation d'une certaine distribution est obligatoire. Au lieu de parler d'un dialecte corporel nous pouvons maintenant être un peu plus précis et parler d'un *« dialecte de l'engagement »* et des règles qui régissent sa *répartition*.

Le dialecte de l'engagement utilisé par un groupe social donné semble être une convention apprise; il faut donc s'attendre à rencontrer de vraies difficultés avec les études comparant des cultures, voire des subcultures, différentes. Le même type de rassemblement peut dans des cultures différentes faire appel à des obligations d'engagement différentes. Par exemple, dans une production théâtrale en Extrême-Orient, il est demandé de la part du public une attention moins soutenue et moins tendue que dans un théâtre des États-Unis. Par ailleurs, il arrive aussi qu'une même indication comportementale soit par convention porteuse d'implications différentes dans une société donnée et dans une autre société. C'est ainsi que les membres d'une communauté religieuse manifesteront leur respect à l'égard de la Maison du Seigneur en se découvrant la tête, et que les membres d'une autre communauté prendront bien soin, eux, de la garder couverte. Lorsqu'on découvre une différence dans la conduite situationnelle de deux cultures, ou dans la même culture à des époques différentes, il devient difficile de déterminer la part de cette divergence qui revient à un changement dans l'idiome conventionnel servant à exprimer un engagement sous-jacent, et la part revenant à une modification de l'engagement lui-même.

III. LES PARE-ENGAGEMENTS*

L'engagement proprement dit n'est pas visible directement : on ne peut l'appréhender qu'au travers de ses signes conventionnels. Dès lors, il ne présente en soi qu'un intérêt relatif. Ce qui compte pour nous, c'est l'engagement « effectif », c'est-à-dire l'engagement que l'acteur croit maintenir et que son entourage croit qu'il maintient, ou encore l'engagement qu'ils croient que l'acteur est (ou devrait être) censé devoir maintenir.

Exiger de quelqu'un qu'il se donne à fond, c'est faire appel à sa détermination intérieure. Il arrive parfois, évidemment, qu'il n'ait pas envie de faire ce qu'il est censé devoir faire en telle occasion sociale. Dans ce cas, il peut dissimuler son attitude inadéquate et affecter un engagement approprié. Une autre solution, bien sûr, c'est que l'individu mal disposé se rende compte à l'avance qu'il ne sera pas capable, ou qu'il n'aura pas envie, de satisfaire aux règles de l'engagement, et qu'il s'abstienne simplement de prendre part à la situation. La possibilité de s'abstraire d'une situation peut également être ménagée pour lui par des personnes compatissantes. Par exemple, si quelqu'un doit recevoir de mauvaises nouvelles susceptibles de « l'abattre », il se pourra que le messager attende le moment opportun, quand le destinataire est seul, à l'écart, et qu'il y ait peu de chances qu'on vienne tout de suite requérir sa présence au sein du groupe [1]. Le destinataire pourra ainsi donner libre cours à son émotion sans troubler une situation sociale plus large, où l'on pourrait fort bien comprendre son état, mais ne pas admettre sa réaction.

Étant donné que les signes de l'engagement doivent être produits par le sujet et observés par d'autres avant que ces derniers puissent

1. Un exemple extrême de la façon dont un individu peut trouver protection auprès d'autres compatissants se rencontre dans les modes du comportement masculin de classe populaire, par lesquels une personne en état d'ivresse, visiblement incapable de produire un engagement approprié, sera physiquement soustraite aux autorités, dissimulée chez des amis ou des « copains ».

*. *Involvement shields*.

déterminer la pertinence de la répartition de cet engagement, on peut s'attendre à rencontrer toute une série de barrières contre la perception, utilisées comme pare-engagements, derrière lesquelles les individus vont en toute quiétude s'adonner à des activités qui font normalement l'objet d'interdictions. Du fait que l'engagement d'un individu est perçu par référence à l'ensemble du contexte de son activité, il lui est possible d'user de pare-engagements en entravant la perception des signes corporels ou des objets de l'engagement, ou des deux à la fois. Dans la société anglo-américaine, la chambre à coucher et la salle de bains sont probablement les principaux lieux de retraite ou lieux protecteurs [1], la salle de bains présentant ici un intérêt particulier parce qu'elle constitue dans la plupart des ménages le seul endroit où une personne puisse légitimement s'enfermer seule. Il n'est pas impossible que ce soit à ces seules conditions que certains individus se sentent en sécurité, et manifestent certaines formes d'engagement socialement inconvenantes [2].

Toutes les institutions sociales, d'ailleurs, possèdent des crevasses offrant cette sorte d'abris. A l'Hôpital Central *, par exemple, on trouvait contraire à la déontologie que les infirmières fument même à l'extérieur, dans le parc, parce qu'on estimait que le fait de fumer donnait une image de soi qui ne cadrait pas avec le monde douloureux des malades. Lorsque les infirmières stagiaires traversaient le tunnel qui reliait les deux moitiés du parc, il leur arrivait

1. Ces endroits et autres régions « postérieures » ont été traités en profondeur dans *The Presentation of Self in Everyday Life* [126, chap. 3].

2. L'existence de convenances propres à la situation a pu poursuivre jusque-là quelques catégories de personnes. Dans certains couvents, un comportement pudique est exigé, paraît-il, même si l'on est seul dans sa baignoire, en supposant apparemment qu'une divinité est présente. Au XVIe siècle, il arrivait que des voyageurs se voient obligés de partager leur lit d'auberge avec des inconnus du même sexe. On espérait, du moins en théorie, que le dormeur se conduirait avec dignité pendant la nuit, de façon à ne pas déranger outre mesure ceux qui partageaient la situation. Voir H. Nicolson, *Good Behaviour* [252, p. 134], et Norbert Elias, *Über den Prozess der Zivilisation,* « Über des Verhalten im Schlafraum » [95, I, p. 219-230].

* L'Hopital Central désigne ici l'hôpital psychiatrique St Elisabeth de Washington, DC. Il s'agit d'un hôpital fédéral de 7 000 lits desservant essentiellement le district de Columbia.

de ralentir le pas, pour allumer malgré tout une cigarette pendant ce court instant où elles étaient hors de la vue. Les jeux turbulents auxquels elles se livraient à ce moment-là montraient également qu'elles « abandonnaient leur rôle », qu'elles profitaient de ce que Everett C. Hughes a nommé le « relâchement du rôle* ».

Il existe des pare-engagements qui ont l'avantage d'être portatifs. C'est ainsi que, si les femmes de la société européenne n'utilisent plus d'éventails, sans parler des masques, pour dissimuler qu'elles rougissent ou manquent à rougir [1], ce sont les mains qui servent aujourd'hui à cacher des yeux clos quand ils devraient être ouverts [2], tandis qu'un journal peut cacher une bouche qui ne devrait pas être ouverte pour un bâillement. Pareillement, dans les établissements où règnent certaines contraintes, telles les prisons, une façon de ne pas laisser voir qu'on fume consiste à dissimuler la cigarette dans le creux de la main [3].

Une question qu'il faut se poser sur les pare-engagements, c'est de savoir si l'on juge légitime de les employer, c'est-à-dire, en poussant à l'extrême, s'il est permis de « quitter le jeu » lorsqu'on est seul. Par exemple, si une personne qui s'est mise tout à fait à l'aise voit surgir un visiteur, il est fort probable que tous deux éprouveront un sentiment d'embarras. Celui qui a été surpris n'avait pas tout à fait le droit, apparemment, de rester déshabillé, du point de vue de l'interaction ; quant à l'intrus, il n'avait pas le droit de surprendre l'autre dans une tenue inconvenante. Il faut ajouter qu'il y a ici une exception qui pour nous a de l'importance : par rapport à la personne découverte et à son statut, il existe des catégories de découvreurs, comme les serviteurs, les courtisans et

1. E. S. Turner, *A History of Courting* [318, p. 73].

2. Il est certain que fermer les yeux ne signifie pas toujours qu'on se retire de la situation parce qu'on s'assoupit. Il peut arriver qu'au cours de l'acte amoureux ou lorsqu'on écoute de la musique de chambre les yeux fermés soient un signe d'engagement émotionnel profond dans l'action. Dans ces cas-là, les yeux sont fermés d'une façon spéciale et indiquent que la personne, derrière ses paupières, reste présente et prête à agir au bon moment.

3. Cf. par exemple G. Dendrickson et F. Thomas, *The Truth About Dartmoor* [87, p. 171].

*. L'expression *role release* a également été traduite en français par « abandon de rôle » (cf. [128, p. 145]).

les jeunes enfants, qui n'ont pas le pouvoir social de faire d'actes accidentellement localisés *(merely-situated)* des actes à accomplir comme s'ils appartenaient en propre à une situation *(situational *)*. Comme pendant fonctionnel de leur incapacité, ces « non-personnes » détiennent souvent le privilège de pouvoir s'introduire dans une pièce sans s'annoncer, sans donner l'avertissement préalable auquel sont soumises les personnes à part entière : par exemple, donner un coup de téléphone ou frapper à la porte avant d'entrer [1]. Par ailleurs, c'est précisément lorsqu'un individu se croit à l'abri des regards extérieurs et puis s'aperçoit soudain que ce n'est pas le cas qu'on obtient la meilleure image de ce qu'il doit au groupe. C'est dans de telles circonstances, en effet, qu'on a le plus de chances de voir l'individu brutalement découvert se recomposer une attitude à la hâte et montrer involontairement et ce qu'il laisse de côté et ce qu'il affiche en vertu de la simple présence d'autrui. Pour se prévenir contre de tels embarras et pour créer en lui l'image que les autres ont de lui, l'individu peut conserver un comportement présentable même lorsqu'il se trouve seul. Nous sommes forcés par là d'admettre qu'un comportement appartenant en propre à une situation peut subsister même en l'absence de toute situation sociale réelle.

Nous considérons d'habitude les pare-engagements comme un moyen permettant à l'individu de donner l'impression qu'il conserve un engagement approprié alors qu'en réalité il transgresse les obligations que la situation exige de lui. Il nous faut aussi remarquer que si les formes les plus diverses de retrait de la situation peuvent procurer au psychotique l'instrument nécessaire pour se défendre contre le passé et le présent, il se peut également que le maintien prolongé de ce retrait devienne une nécessité éprouvante et exige à son tour toute une discipline. On observe ainsi chez certains de ces patients qu'ils utilisent des pare-engagements pour dissimuler non plus une absence mais au contraire une présence momentanée à la situation. Il semble que la télévision, les séries comiques des journaux du dimanche et les nouveaux visi-

1. Cf. *Communication Conduct* [124, chap. 16] et *The Presentation of Self* [126, p. 151-153].

*. Cf. pour ces termes la note p. 271.

teurs constituent pour les patients des incitations particulières, les amenant à montrer un vif intérêt à des moments où ils pensent ne pas être observés. Les modes de conduite suivants ont été relevés :

> La patiente se montre capable de centrer son attention sur les autres lorsqu'elle-même n'est pas impliquée et qu'elle ne se sent pas observée dans ce processus. Lorsque au cours d'une telle situation elle découvre qu'on l'observe, elle se replie aussitôt sur elle-même [1].

Même dans le cas plus habituel où le recours à l'abri dissimule un retrait de la situation, il ne faut pas se méprendre sur l'importance qu'a l'usage de tels moyens. L'utilisation d'un abri nous renseigne autant sur le pouvoir des obligations exigées par la situation que sur la tendance des sujets à leur échapper subrepticement. Quand il est franchement flagrant qu'on utilise un pare-engagement précisément pour se cacher, ou encore quand on pourrait l'utiliser et ne le fait pas, on a des exemples d'insolence situationnelle. En voici une illustration, extraite de mes observations à l'hôpital :

> Une salle d'hôpital surpeuplée pour patientes frappées de régression mentale. Une malade se rend compte que sa serviette hygiénique a été mal mise. Elle se lève et entreprend d'une façon méthodique et manifeste d'aller rechercher la serviette, en remontant le long de sa jambe par-dessous sa robe. Cependant, même en se penchant en avant, sa main n'arrive pas assez loin. Elle se redresse, défait sa robe aux épaules, comme si de rien n'était, et la laisse tomber à ses pieds. Elle remet alors la serviette en place tout à son aise, et puis se rhabille en ne cessant pas un seul instant de manifester non de l'ignorance, mais une indifférence souveraine, à l'égard de la nécessité de recourir à une ruse quelconque ou à un artifice. C'est sa façon d'agir, et non pas le but de l'action en soi, qui révèle son mépris de la situation.

Nous avons insisté sur cette notion de pare-engagement parce qu'elle met en évidence un aspect caractéristique de la conduite localisée. Étant donné que le domaine des convenances propres

1. M. Schwartz, *Social Interaction of a Disturbed Ward of a Hospital* [294, p. 94].

aux situations sociales est constitué par l'expérience mutuelle d'individus physiquement réunis et que les canaux de l'expérience peuvent être perturbés de nombreuses façons, nous n'avons pas tant affaire à un réseau de règles à suivre qu'à des règles qu'il faut prendre en considération soit pour les observer, soit pour les contourner soigneusement.

3

ENTRETIENS

C. Christian Beels, « Profile : Gregory Bateson », *The Kinesis Report,* vol. 2, n° 2, hiver 1979, p. 1-16.

Martha Davis, « An interview with Edward T. Hall », *The Kinesis Report,* vol. 1, n° 1, automne 1978, p. 6-15.

Ray Mac Dermott, « Profile : Ray L. Birdwhistell », *The Kinesis Report,* vol. 2, n° 3, printemps 1980, p. 1-16.

Carol Wilder, « From the Interactional View — A Conversation with Paul Watzlawick », *Journal of Communication,* vol. 28, n° 1, automne 1978, p. 35-45.

(Tous les entretiens ont été traduits par Jean-Pierre Simon.)

Lorsque quelqu'un devient célèbre, il semble entrer dans un processus de désincarnation. C'est une des raisons pour lesquelles cet ouvrage propose dans une troisième et dernière partie quatre entretiens : Gregory Bateson, Ray Birdwhistell, Edward T. Hall et Paul Watzlawick y apparaissent sans fard, répondant directement aux questions de leur interlocuteur.

Ces interlocuteurs ne sont pas des journalistes mais des chercheurs proches de notre Collège invisible. C. Christian Beels, qui s'entretient ici avec G. Bateson, a étudié l'analyse contextuelle sous la direction d'Albert Scheflen et en a retiré avec J. Ferber et J. Van Vlack un film étonnant [25], où l'on voit Don Jackson interviewer une famille venue en consultation. L'analyse fait progressivement apparaître une synchronie entre changements de thèmes et changements de positions corporelles, comme dans les travaux de Scheflen [291]. Beels dirige aujourd'hui le service de formation en thérapie familiale de l'Institut psychiatrique de l'État de New York.

Ray Mac Dermott a travaillé sous la guidance d'Albert Scheflen à l'époque où celui-ci dirigeait à New York, avec Adam Kendon, une étude sur la territorialité urbaine. Comme Kendon (cf. [195]) et Scheflen, Mac Dermott s'inspire dans ses travaux de microanalyse d'interactions de la méthode « structurale » de Birdwhistell. Il était tout désigné pour s'entretenir avec celui-ci. Mac Dermott enseigne actuellement au *Teachers College* de l'université Columbia à New York.

Martha Davis, qui s'entretient avec Edward T. Hall, provient d'un autre « collège invisible », constitué des élèves de Rudolf Laban et d'Imgard Bartenieff qui analysent les mouvements de la danse afin d'en tirer notamment certaines techniques psychothérapeutiques (cf. Davis [85]). Davis dirige la revue *Kinesis* et l'Institut de recherche en communication non verbale de New York.

Carol Wilder a connu Paul Watzlawick en enseignant la communication interpersonnelle à l'université d'État de San Francisco. Elle est aujourd'hui une de ses collègues, au *Mental Research Institute* de Palo Alto.

Entretien avec Gregory Bateson

par C. Christian Beels

J'ai interviewé Gregory Bateson en juin 1979 dans le New Jersey, où il devait prendre la parole à une conférence de thérapeutes familiaux. Ce matin-là, il avait terminé son intervention sur une vue du « libre arbitre » et du déterminisme qui impliquait une conception du changement en psychothérapie. Il est possible, devait-il dire, que la famille, le patient et le thérapeute fassent tous partie d'un système cybernétique autorégulateur déterminé à chaque moment donné, et qu'à ce moment-là il n'y ait aucune possibilité de changement. Si le thérapeute peut trouver le moyen de recalibrer le cadre ou contexte du système, ce système pourra s'orienter vers un déterminisme nouveau après un certain laps de temps, ce qui représente un changement. « Il se peut ainsi que vous ne puissiez pas avoir le libre arbitre maintenant, mais si vous changez le contexte du régulateur, vous pourrez l'avoir d'ici deux mois. » Bateson nous apprend à toujours ajouter le temps à nos modèles des systèmes vivants, afin qu'ils puissent s'animer.

Juste avant le déjeuner, nous nous sommes assis pour quelques minutes d'entretien.

BEELS : Quand, avec Margaret Mead, vous avez effectué le travail sur le terrain pour *Balinese Character* [23] dans les années trente, vous avez été parmi les premiers à vous servir d'une caméra pour enregistrer la signification et le contexte du mouvement. Le fait de vous trouver derrière la caméra a-t-il provoqué un changement dans votre conception des choses — par exemple, la possibilité d'observer le mouvement ultérieurement, d'une manière répétée ?

BATESON : Je me rappelle avoir eu des velléités photographique dès l'âge de neuf ou dix ans. Mon père dirigeait un important laboratoire de recherches qui disposait d'une chambre noire. L'un des chercheurs qui y travaillait, l'entomologiste C. B. Williams, me bricola un appareil fait d'une boîte percée d'un trou d'épingle, avec lequel j'ai pris mes premières photos — que je développais sur place, laissant un désordre épouvantable dans la chambre noire ! En fait, j'ai eu très tôt l'impression de mordre dans ce que je pouvais voir — les yeux sont des organes extrêmement oraux. Cette façon d'ingurgiter les choses est antérieure à toute attitude scientifique.

Mon livre sur la Nouvelle-Guinée, *Naven* [11], contient quelques-unes des premières photographies jamais présentées dans une étude anthropologique. Même de nos jours, vous savez, on se borne généralement à prendre quelques instantanés ou poses qu'on dissémine ensuite à travers le livre. *Naven* est sérieusement illustré.

Je passe pour l'un des fondateurs de la kinésique, alors que je n'ai pas participé aux recherches de micro-analyse effectuées par des gens comme Birdwhistell. J'ai travaillé avec Birdwhistell, et c'est à lui que nous devons la micro-kinésique sur le matériel original, mais ma propre contribution scientifique ne s'est pas située à ce niveau. Mon travail en a dérivé, en quelque sorte.

BEELS : Voulez-vous dire par là que votre travail n'a pas eu trait à la distinction entre le verbal et le non-verbal — que ces sujets ne vous ont pas intéressé ?

BATESON : C'est-à-dire que les modèles dont je me suis occupé ont été des deux types. Dans un certain sens, la distinction entre verbal et non-verbal a été une grave erreur. Nous y avons tous cru dans les années cinquante, mais je crois que ce n'était pas utile. Bien sûr, chaque mode de communication a ses caractéristiques propres. L'expression auditive diffère de l'expression visuelle, et l'expression kinésique est encore différente. Chaque code est différent et a ses propres implications ; nous ne changeons pas facilement de code, ce qui veut dire que les personnes plus sensibles aux codes non verbaux n'« entendent » pas les messages verbaux, tandis que les personnes plus sensibles aux codes verbaux n'« entendent » pas réellement les messages kinésiques, et ainsi de suite. Mais cela n'est guère en rapport avec mon sujet de ce matin, qui se situe à un tout autre niveau.

BEELS : Comment, dans les années cinquante, en sommes-nous arrivés à nous intéresser à la distinction entre verbal et non-verbal ?

BATESON : Bon, je sais comment cela s'est passé en ce qui me concerne. J'essayais alors de comprendre comment penser la communication, et j'y suis parvenu par le biais des loutres. Vous savez que j'ai réalisé un film sur le jeu entre loutres. Eh bien, le jour où nous sommes allés au zoo pour faire le film, nous avons découvert que les animaux classent leur comportement — qu'ils établissent une discontinuité entre le jeu et d'autres catégories de comportement. Étant donné que cette analyse s'appuyait sur des animaux, l'idée est apparue que la distinction entre les niveaux de communication pourrait dépendre du non-verbal. Mais il s'agissait là d'un simple accident : il se trouvait que nous étions en train d'étudier des animaux, et les animaux ne parlent pas.

BEELS : La distinction entre niveaux de communication, par exemple entre jeu et communication régulière, a fait son apparition dans l'article où vous estimiez que le *double bind*, la « double contrainte », pouvait contribuer à la genèse de la schizophrénie. Le problème de la communication pathologique résultait du fait que la communication à un niveau donné se trouvait disqualifiée par une autre. Et l'article concluait en précisant que le niveau disqualifiant était parfois un niveau non verbal *.

BATESON : Signifiant par là que la double contrainte s'effectue alors d'une manière non verbale. Je crois que cela n'a pas de sens,

*. Il s'agit de l'article intitulé « Vers une théorie de la schizophrénie », publié en 1956 par Gregory Bateson, Don Jackson, Jay Haley et John Weakland. Repris dans l'ouvrage de Bateson, *Vers une écologie de l'esprit*, t. II [18, p. 9-34].

et je pense que nos publications ultérieures ont corrigé cette idée. D'ailleurs, l'article dont vous parlez a induit beaucoup de personnes en erreur. Elles ont tenté de compter les doubles contraintes, ce qui revient à peu près à vouloir compter les chauves-souris dans un test de Rorschach. Il n'y en a pas. Il n'y a que les doubles contraintes dont vous êtes prisonnier — vous les faites vous-même. Quant au schizophrène, il fabriquera les siennes à tout instant, vous savez.

> BEELS : Dans son livre sur la double contrainte [299], Carlos Sluzki affirme qu'il s'agit en fait d'une formulation générale de la pathologie des systèmes sociaux et non pas d'une théorie spécifique de la schizophrénie. Il estime qu'elle s'applique à un grand nombre de désordres, par exemple à divers types de conflits névrotiques ou interpersonnels.

BATESON : Elle s'applique également à divers types de créativité. Je continue de penser qu'elle est d'une application particulièrement étroite dans ce que j'appellerais la psychose. Il y a aussi la névrose, mais qui est très différente. Je crois que la névrose, c'est apprendre une chose fausse et y croire trop profondément. La phobie, par exemple. La phobie des ponts, c'est apprendre à avoir peur des ponts, et alors les ponts deviennent dangereux. La psychose, elle, est la pathologie du système d'apprentissage lui-même. Ce n'est pas une pathologie de ce qu'on apprend. C'est la pathologie de l'appareil d'apprentissage.

> BEELS : Voilà qui évoque une image mécanique. Voulez-vous dire que la psychose est organique ?

BATESON : Écoutez..., l'appareil d'apprentissage, après tout, ne peut jamais être parfait.

> BEELS : Cela signifie-t-il que nous portons tous cette potentialité en nous ?

BATESON : Oui !

BEELS : Ne s'agirait-il pas d'une défectuosité des voies dites normales du cerveau ?

BATESON : Non, je ne pense pas. Je ne pense pas que le monde ait été conçu, réellement, pour être communicatif. En termes plus formels, vous ne pourrez jamais, à partir des théorèmes d'Euclide, parvenir aux axiomes. Il existe un nombre infini de systèmes d'axiomes pouvant cadrer avec ces théorèmes, et aucun ne pourra jamais être prouvé.

BEELS : Ce matin, vous avez parlé de la réflexion sur le libre arbitre et le déterminisme dans la pratique de la psychothérapie. Cela évoque une autre formulation que vous avez proposée dans l'article « Les catégories de l'apprentissage et de la communication * ». Vous disiez alors que la psychothérapie consiste la plupart du temps dans l'examen du caractère et des habitudes antérieures, et dans leur réapprentissage au même niveau. Vous appeliez cet apprentissage, l'Apprentissage II, pour le distinguer d'un apprentissage plus élémentaire au niveau des réflexes, l'Apprentissage I. Et vous ajoutiez qu'occasionnellement — rarement en fait — un autre niveau d'apprentissage est possible, l'Apprentissage III. Ce dernier se produit quand il y a *résolution* des contraires au Niveau II. Comme exemples vous donniez l'« illumination » zen, ou la psychose, ou parfois un coproduit rare et révélateur de la psychothérapie. Je ne peux pas déduire de cette publication ni de ce que vous avez dit ce matin si vous pensez qu'il y a là quelque chose que la psychothérapie devrait essayer d'atteindre.

BATESON : Eh bien, c'est ce dont j'ai parlé ce matin. Mais la psychothérapie n'est souvent qu'une tentative de ramener l'Apprentissage II à un niveau inférieur.

BEELS : En somme, une sorte de psychothérapie à la petite semaine.

*. *In* Gregory Bateson, *Vers une écologie de l'esprit*, t. I [17, p. 253-282].

BATESON : C'est effectivement une psychothérapie à la petite semaine : mais qui s'aviserait de mettre en cause les gens capables d'accomplir ce genre de tâches ? Il faut bien que quelqu'un fasse le travail courant.

BEELS : Mais comment l'Apprentissage III est-il relié à la révélation intérieure ou à l'illumination ?

BATESON : Il est certainement lié à ce qu'on appelle illumination dans la mesure où nous comprenons qu'apprendre la dépendance, l'allaitement, l'exhibitionnisme, ou toute autre chose de ce genre, c'est avoir appris *notre* dissection de l'univers. Et, bien entendu, il y a d'infinies manières de disséquer l'univers. Nous avons ainsi découvert quelque chose comme le *samsara,* comme la *maya,* l'illusion dans laquelle nous vivons tous. Mais nous ne savons pas grand-chose à ce sujet. En fait, nous arrivons là à des niveaux de spéculation pure. Cependant, en psychothérapie il ne s'agit pas, en général, de répandre l'illumination.

Connaissez-vous la pièce d'Eliot, *The Cocktail Party?* Tout l'argument tourne autour du fait que le mari et la femme sont des névrosés qui ont besoin d'une psychothérapie à la petite semaine ; mais il y a un autre personnage, une femme qui est en train de devenir une sainte. Elle a besoin d'illumination et va effectivement l'obtenir.

BEELS : Et elle s'éloigne bien loin de la psychothérapie.

BATESON : Oui, elle s'éloigne très loin, ce qui lui vaut d'être tuée — mais c'est là sa vie. Eliot savait une foule de choses sur ces thèmes-là.

BEELS : Avant de terminer, je voudrais vous dire que je viens d'achever la lecture de *Mind and Nature* [20]. C'est un livre passionnant, et surtout, il est clair — clair comme le son d'une cloche.

BATESON : Je suis très heureux de vous l'entendre dire. Vous savez... — qui donc est le sorcier de Castaneda * ?

*. Carlos Castaneda est l'auteur de plusieurs ouvrages mettant en scène un vieux sorcier mexicain [67 ; 68].

BEELS : Don Juan.

BATESON : Ah oui ! Il cite don Juan disant que l'un des nombreux obstacles à surmonter pour devenir un guerrier est la clarté. Il faut surmonter la clarté. Eh bien, je suis un ferme défenseur de la clarté — comme je suis un ennemi résolu des guerriers.

Entretien avec Ray Birdwhistell

par Ray Mac Dermott

Lorsque j'entrai dans son bureau à l' Annenberg School of Communications *de l'université de Pennsylvanie, Birdwhistell était déjà en plein travail, pour ne pas dire au milieu d'une phrase, dessinant vigoureusement un schéma au tableau noir, dans lequel il essayait de rendre clair non seulement ce que devait être l'étude du comportement communicatif mais encore ce qu'elle n'était pas, en fait.*

En évoquant le travail de toute une vie, Birdwhistell insista à chaque instant sur la nécessité de parler de méthode et d'épistémologie, plus que de résultats. La révolution à laquelle il a pris part n'est pas encore une révolution dans les faits découverts, mais une révolution dans la façon de « conduire l'acte de voir ». Birdwhistell dit de lui-même qu'il est un forgeron — non un moissonneur.

L'importance du contexte

MAC DERMOTT : Vous avez résumé vos premières tentatives en vue d'établir un « laboratoire d'histoire naturelle », comme autant de pas en direction de la notion de contexte. Il s'agit là d'un terme dont on abuse largement mais qui est pourtant rarement compris. Pouvez-vous nous indiquer très brièvement ce que vous entendez par contexte et comment cette notion se répercute dans la pratique de la recherche.

BIRDWHISTELL : Une définition succincte du « contexte » est qu'il s'agit d'un ici et maintenant ethnographique vérifié. Ce n'est pas un environnement, ce n'est pas un milieu. C'est un lieu d'activité dans un temps d'activité ; d'activité et des règles de signification de celle-ci — qui sont elles-mêmes de l'activité.

MAC DERMOTT : Vous semblez dire que le comportement ne se produit pas *dans* un contexte comme un potage de petites lettres se présente dans un bol, que notre langage nous trompe par l'emploi de la préposition là où elle n'a pas sa place.

BIRDWHISTELL : Je vais vous dire comment j'aime penser la chose : j'aime y penser comme à une corde. Les fibres qui forment la corde sont discontinues ; quand on les assemble en les tordant, ce ne sont pas ces fibres que l'on rend continues, mais la *trame*.

MAC DERMOTT : On organise la trame en contexte.

BIRDWHISTELL : Juste, et la trame n'est pas faite de fibres, mais quand on défait la trame on retrouve les fibres. Ainsi, même si chacune de ces particules semble traverser la trame de part en part, il n'en est rien. Voilà pour l'essentiel le schéma descriptif.

MAC DERMOTT : Un flux de communication n'est donc pas constitué d'unités discrètes qui, lorsqu'elles sont simplement ajoutées les unes aux autres et placées dans un environnement particulier, dégagent certaines significations. L'addition n'est pas suffisante pour créer un nouveau niveau de structure. Un contexte est un comportement qui facilite l'organisation du nouveau niveau. C'est comme si le potage avec les lettres de l'alphabet structurait son propre bol, comme si le comportement était son propre contexte.

BIRDWHISTELL : C'est évident. Je ne parle pas d'un environnement ; je ne parle pas d'extérieur et d'intérieur. Je parle des conditions du système. Au niveau des faits sociaux, les faits en question se réfèrent toujours systématiquement les uns aux autres, ce qui signifie que vous savez quand ils se trouvent ou non en relation de réciprocité.

MAC DERMOTT : Peut-on dire que les individus sont des contextes réciproques ?

BIRDWHISTELL : Pas les individus, les relations. Ce n'est pas la réponse individuelle qui importe ! Essentielle ici est ma définition de l'être humain — il faut deux membres à la puissance n de l'espèce *homo sapiens* pour faire un seul être humain. L'unité d'analyse n'est pas la personne. Ce que nous appelons une personne est un moment dans un ordre théorique donné. En prenant, il y a longtemps, mes distances par rapport à la théorie des rôles, j'ai compris qu'un système de transport n'est pas fait d'une voie ferrée, de gares, de wagons, etc., mais que la chose dans son ensemble, le système, devient le processus ; les parties ne sont pertinentes que dans la mesure où elles constituent le processus de transport. Aucune partie n'est une variable. Il n'y a pas de variables dans la nature ; il n'y a de variables que dans la théorie. Ce n'est qu'après avoir établi votre hypothèse et rendu explicites les conditions de vos recherches que les variables font leur apparition. Les variables sont des artifices de la procédure de recherche.

MAC DERMOTT : La démarche d'une bonne partie de la recherche expérimentale consiste à établir les variables avant de tenter de localiser les données contextuelles pouvant régir une séquence particulière de comportement. Je pense plus spécialement à la recherche qui distingue, au sein du flux de communication, des modalités prédéfinies — les plus connues étant le verbal et le non-verbal — ou des porteurs de messages prédéfinis tels que les personnes individuelles, généralement constituées en dyades. Il semble que cette façon de procéder viole les canons de l'investigation contextuelle dans un laboratoire d'histoire naturelle.

BIRDWHISTELL : Ni dans la manière dont je comprends la société et son histoire, ni dans la manière dont je comprends la biologie et les continuités de l'évolution (qui est toujours une évolution sociale, en raison de la nécessité de dépendance des membres d'une espèce pour sa continuité), il ne peut y avoir de membres individuels. La pluralité est un point de départ essentiel pour toute recherche sur la communication. Même au sein de la pluralité, la dyade est un terrible piège pour un grand nombre de chercheurs en sciences sociales. Voyez ce que nous apprend l'astronomie ! Les astronomes soutiennent que le problème des deux corps est sans solution — on ne sait comment le caser dans le système. Vous ne pouvez pas comparer deux choses. Tant que vous n'avez pas appris que la comparaison de deux choses n'est pas réalisable, tout ce que vous pouvez faire est d'observer les différences qu'il y a entre elles. Selon Bateson [16; 20], il n'y a aucun moyen de découvrir la différence que font les différences. En fait, les différences sont tout ce que vous pouvez découvrir ; et quand vous traitez du concept de cadre de la communication, votre problème consiste à découvrir ce qui s'organise et est organisé par de telles différences. Les relations entre les personnes sont à la communication ce que les fibres sont à la trame ; il en faut un très grand nombre pour découvrir non seulement comment elles diffèrent les unes des autres, mais aussi comment ces différences sont utilisées pour organiser le comportement. C'est la raison pour laquelle la formation que je donne à mes étudiants leur apprend toujours à regarder plus de deux choses à la fois. Cela les oblige à ne pas avoir d'individus dans ce qu'ils regardent ; cela les oblige à regarder du comportement. Je cherche à leur faire abandonner ce qu'ils considèrent comme étant l'unité de comportement, car cela n'est pas l'unité. L'unité se situe à un autre niveau. Il est très difficile de former les sujets en vue d'enregistrer des images de comportement plutôt que des images d'idées. Par exemple, quand j'apprends à mes étudiants comment il faut observer un match de basket, ils n'ont pas le droit de regarder où se trouve le ballon. S'ils ne savent pas où est le ballon sans le regarder, ils ne sont pas à l'intérieur du système. S'ils suivent le ballon, ils suivront des joueurs individuels, en tâchant même de deviner leurs intentions et leurs buts. Il verront le ballon mais non la trajectoire. Ils oublieront que la description d'un événement doit se faire selon les termes de la texture dans laquelle il a été tissé. L'acte intentionnel n'est donc qu'une partie du comportement, la portion témoin qui fait partie de l'événement mais qui n'en est pas la cause.

MAC DERMOTT : Et que dire de la division du corps en parties ou modalités, comme point de départ de l'investigation ? En d'autres termes, que pensez-vous de la recherche en communication « non verbale » ?

BIRDWHISTELL : Le corps n'est pas fait d'un ensemble de parties. Il est fait de systèmes interdépendants. Je trouve ridicule et déplacé de vouloir subdiviser un système organique ou un système social et d'agir comme si nous étions une petite voiture rouge avec des roues, des languettes et d'autres pièces détachables susceptibles d'être étudiées les unes après les autres. Ce n'est pas ainsi qu'est la nature !

MAC DERMOTT : Est-ce que le terme « injuste » va de pair avec « ridicule » ? « Injuste » à l'égard des personnes que vous étudiez ?

BIRDWHISTELL : Je dirais même qu'il est injuste par rapport à notre appréciation de l'*homo sapiens* de ne pas étudier les uns et les autres dans leur combat structuré avec le monde. C'est aussi l'une des raisons pour lesquelles je n'ai jamais espionné les gens. Je n'ai jamais ressenti le besoin d'une caméra invisible. Je n'emploierai jamais de bande magnétique cachée. Je ne pourrais guère m'imaginer achetant des jumelles obliques pour empêcher les gens de voir ce que je serais en train de faire. Les êtres humains sont ordonnés. Je m'intéresse à l'ordre à mesure qu'il se produit, et je m'intéresse à la compréhension de l'ordre à mesure qu'il s'accomplit.

MAC DERMOTT : Et la « communication non verbale » ?

BIRDWHISTELL : Je ne fais pas simplement de l'esprit quand je dis que parler de communication non verbale est comme parler de physiologie non cardiaque, quand je dis que la physiologie, non l'anatomie, est le modèle essentiel. Le foie n'est un foie que sur la table de dissection de l'anatomiste. C'est la *partie* d'un cadavre, insuffisante pour une fonction vitale. Les gens qui tirent les poissons hors de l'eau pour voir comment ils nagent fournissent les paradigmes de recherche pour ceux qui essayent d'étudier la communication en observant des sujets qui se trémoussent, font des grimaces ou remuent les orteils.

La communication comme collusion

MAC DERMOTT : Dans une publication récente [46], vous avez rapporté une merveilleuse histoire concernant la réponse de Bateson quand on lui demanda quel genre de requête il formulerait à l'égard d'un organisme ayant réussi à maîtriser son code de communication. Apparemment, sa réponse a été qu'il demanderait à cet organisme d'énumérer les conditions qui seraient requises pour lui permettre de dire la vérité. Tout à l'heure, vous avez mentionné que l'un des problèmes avec la plupart des approches de laboratoire est qu'elles occultent systématiquement la plupart des préoccupations contextuelles, détruisant par conséquent les conditions qui permettraient à un organisme de dire la vérité. Pourriez-vous en dire plus à ce sujet ?

BIRDWHISTELL : Tous les mensonges relèvent de la collusion ; toutes les vérités relèvent de la collusion. Il est très difficile d'amener une tête qui pense à ne pas oublier cela. Des psychanalystes se sont trompés en croyant que l'inconscient était bourré de choses mauvaises, et il n'est pas facile pour eux de se rappeler qu'il est bourré de choses normales — à la fois bonnes et mauvaises. Pareillement, il n'est pas facile de faire admettre que la nature de la vérité est toujours liée à la forme du contexte, que vérité et mensonge sont affaires de convention. En fait, ce qu'il s'agit réellement de démontrer ici, c'est que la condition d'émission du signal mettant en œuvre la tromperie peut se situer en des endroits variés au sein du système trompeur.

MAC DERMOTT : Par l'intermédiaire des personnes ?

BIRDWHISTELL : Oui.

MAC DERMOTT : Quel genre de travail descriptif serait nécessaire pour répondre à la question de Bateson ? Admettons, pour le moment, qu'il s'agisse d'une question littérale.

BIRDWHISTELL : Je pense qu'il est possible, quand on reste assez longtemps sur un film, de décrire quelques mensonges. En réalité, Bateson et moi, nous divergeons intellectuellement sur un certain nombre de points. Par exemple, il est parfaitement disposé à employer un terme tel qu' « ambigu » là où moi je dis simplement que l' « ambiguïté » est comme le « hasard », c'est-à-dire le fait d'une mauvaise observation. Chaque fois que nous découvrons du hasard, nous pouvons nous dire que nous avons échoué dans notre observation de l'univers. Rendre moins ambigu est dans la nature même des systèmes de communication. Voilà de quoi il retourne réellement. Donc, si je me proposais de rechercher le mensonge, je le rechercherais en dernier lieu. Après avoir établi où s'écoulent les continuités et régularités intégratives, je rechercherais une discontinuité et déciderais alors entre l'emploi du mot « mensonge » ou du mot « discontinuité ».

MAC DERMOTT : C'est un point important que vous soulevez là. La recherche du mensonge dans le comportement recèle en grand nombre les mêmes pièges qui guettent la recherche des intentions, des états émotifs, des traits de caractère, etc. A moins de situer tout cela dans les termes de la texture des activités collectives, nous courons le risque d'embrouiller la description avec nos propres suppositions sur ce qui se passe, y compris avec les préjugés inhérents à nos propres catégories de langage. Au lieu de trouver les divers contextes au sujet desquels il existe un accord pour les juger vrais ou faux entre les membres d'une culture, il est facile de retomber dans l'attribution du mensonge à des individus.

BIRDWHISTELL : Dès que vous rétrogradez méthodologiquement et que vous remettez en scène des individus, vous risquez de vous retrouver avec des menteurs, même si vous ne disposez pas du savoir ou de l'habileté nécessaires pour déceler le mensonge. A l'époque où je m'occupais de cliniques psychiatriques, j'avais l'habitude de dire à mes étudiants que chaque fois que l'on rencontre quelqu'un qui soutient qu'il a une mère, on sait qu'il est fou. Ce qui veut dire ceci : s'il se trouve quelqu'un pour croire qu'il existe une personne qui n'est pas aussi la sœur, la fille, l'amante de quelqu'un, qui n'est pas aussi une femme, qui n'est pas également âgée de cinquante ans, mais qui est *uniquement* sa mère, ce quelqu'un est fou, car alors la personne en question a été réduite à juste un signe, une définition. Et là, nous avons un des problèmes qui attendent un concept comme celui de menteur. Si vous vous proposez d'étudier un mensonge, il faut que le mensonge soit inséré dans la texture de l'interaction, non dans les phrases.

> MAC DERMOTT : N'est-ce pas cela même que vous avez mis en évidence à propos de l'étude des émotions [42 ; 44 ; 45] ? Les paroles sont toujours liées à la préparation de ce que certaines personnes vont faire ensemble, et leur vérité ou duplicité doit être interprétée en fonction du travail d'organisation qu'elles accomplissent. Le même raisonnement doit s'appliquer à toute espèce de configuration faciale. La manière dont elle doit être comprise dépend du contexte de l'acte d'interprétation.

BIRDWHISTELL : Si vous vous intéressez à la communication, dire que les muscles font l'expression revient assez à dire que l'air passant par les cordes vocales produit les phonèmes, que la phonétique articulatoire pourrait être substituée à la phonologie. C'est le problème de l'emploi d'une description anatomique pour quelque chose qui ne fonctionne pas de cette façon-là. L'anatomie ne rend pas compte de la collusion, des contrats, de la créativité. Le contexte est essentiel si vous vous intéressez au cadre de référence de la communication. Si tel n'est pas le cas, le contexte peut n'être guère plus qu'une position ou un lieu. Quelqu'un comme Chomsky, par exemple, ne prétend jamais parler de communication. Les psychologues, eux, affirment souvent qu'ils étudient le mécanisme de la communication, mais ils s'intéressent très peu au contexte tel que je l'entends. Dès lors, autant que je sache (et peut-être pour cette raison), il n'y a eu aucune contribution de la psychologie à l'étude de la communication sociale.

Enseignement et apprentissage

MAC DERMOTT : Prendre le contexte au sérieux signifie que vous avez beaucoup moins que d'autres recours aux catégories du langage que nous utilisons pour décrire (et pour organiser de façon réfléchie) notre comportement. Il est intéressant de noter que vous avez concentré votre travail sur les problèmes les plus difficiles pour une analyse de contexte. Vous avez ainsi étudié les façons de faire la cour, les relations entre parents et enfants, les désordres émotionnels, tous sujets à propos desquels nous possédons une psychologie populaire élaborée, capable d'inhiber les analyses contextuelles ; tous domaines où chaque membre de notre culture « doit » être compétent. A quoi voudriez-vous à présent vous attaquer ?

BIRDWHISTELL : Si je devais ajouter vingt-cinq ans de plus à ma période d'activité, je pense que je pourrais accomplir un travail assez intéressant sur la nature de l'enseignement. Nous avons toujours supposé que l'enseignement est une activité particulière qui se déroule nécessairement au sein de contextes spéciaux où se produisent en même temps certains types d'apprentissage. A mon avis, quand vous organisez une telle activité, vous vous occupez d'un calibrage * où le comportement est au moins aussi symétrique que complémentaire, où se trouvent mises en œuvre parmi les acteurs des participations structurées et des danses systématiques.

Je me suis intéressé à la différence entre le modèle de l'enseignement où celui-ci est conçu comme résultant d'une relation dyadique (la relation dite de maître à élève) et le modèle où l'enseignement est conçu comme résultant d'une relation contextuelle parfaitement définie, dans laquelle la question cruciale est le maintien d'un contact approprié au niveau approprié. Ce qui m'intéresse, ce sont les conditions auxquelles se maintient ce

*. Par calibrage, Birdwhistell entend l'ajustement l'un à l'autre des membres d'une interaction.

contact. Grâce à celui-ci, l'information qui n'est pas encore stockée dans des instructions spécifiques pénètre le système et en devient part intégrante. De cette façon, l'« apprentissage » peut avoir lieu.

Cet intérêt trouve ses racines dans mon travail sur la définition d'un bon danseur. Nous observions de bons danseurs de salon. Lorsque nous interrogions les filles, elles déclaraient que le bon danseur était celui qui tenait fermement sa cavalière et conduisait avec vigueur. Les garçons déclaraient que la bonne danseuse devait avoir un pas léger et pouvoir suivre immédiatement. Quand nous avons effectivement décomposé et étudié le mouvement, nous avons découvert que la bonne danseuse était en réalité celle qui savait conduire la danse et que le bon danseur était celui qui savait pressentir le mouvement à suivre. Lorsqu'ils ont eu connaissance de ce compte rendu, plus rien n'a marché entre eux, car ce dont ils avaient besoin à ce niveau de la compréhension de l'autre, c'était l'autre vision, l'autre mythe. Dans leur cas, l'enseignement consistait par conséquent à les laisser ensemble assez longtemps pour leur permettre d'apprendre à danser, en évitant soigneusement de briser l'illusion.

MAC DERMOTT : Si toutes les catégories dont nous disposons pour étudier notre comportement doivent être conçues en termes de contexte, il semble que le gros du travail reste à faire.

BIRDWHISTELL : Bien entendu ! Ce que j'ai fait n'est qu'une ébauche, et il faut maintenant aller jusqu'au bout. Je suis beaucoup plus soucieux de laisser une proposition ouverte que de la rendre convaincante. Nous avons besoin de description et de discipline. Nous avons besoin d'une capacité d'ignorance informée et systématique. Faute de quoi, nous serons injustes dans notre appréciation de l'*homo sapiens*. Nous pouvons détruire les gens, si les outils utilisés pour les étudier sont inadéquats.

Entretien avec Edward T. Hall

par Martha Davis

Edward et Mildred Hall vivent à Santa Fe, au Nouveau-Mexique. Bien que le couple ait vécu pendant de longues périodes dans d'autres régions des États-Unis, il est toujours revenu dans le Sud-Ouest, où il a des attaches particulières. Au cours de notre entretien, Edward Hall devait évoquer avec beaucoup de chaleur l'impact du Sud-Ouest, avec ses paysages extraordinaires, son air pur, son sens de l'espace et de la distance. Peut-être est-il assez normal qu'un homme qui s'est tant occupé des structures de la spatialité habite un endroit où la vue porte jusqu'à deux cents kilomètres.

DAVIS : Pensez-vous que certaines expériences particulières de votre enfance vous ont influencé au point de vous faire devenir anthropologue spécialisé dans les modèles de communication ?

HALL : Notre expérience avec une famille mexicaine du « vieux Mexique », que nous avions emmenée avec nous du Texas à Santa Fe et ensuite dans le Missouri, m'a fait comprendre ce que signifie réellement la culture. Cela s'est passé quand j'avais quatre ans, lorsque nous avons déménagé dans l'ouest du Texas. Ma mère avait besoin de quelqu'un pour l'aider à la maison, elle avait donc engagé Maria et ses deux filles. A Santa Fe, en raison de la présence de la population hispanique autochtone, elles n'ont pas eu de problèmes d'adaptation ; mais quand nous sommes retournés dans le Missouri, l'Église était la seule chose qu'elles parvenaient encore à comprendre. Elles ont été véritablement dépouillées de tout ce qui donne un sens à la vie. Elles ne pouvaient pas vivre dans le Missouri, et cela m'a profondément *marqué*.

DAVIS : Donc, une expérience cruciale dans la formation de votre intérêt ultérieur pour la diversité culturelle...

HALL : Oui, cela et le problème des Indiens. Nous avions beaucoup d'amis indiens. A cette époque, le Nouveau-Mexique ne ressemblait pas vraiment au reste des États-Unis. C'était un pays étranger.

DAVIS : Avez-vous rencontré votre équivalent, c'est-à-dire un expert en communication interculturelle, dans d'autres pays ?

HALL : Pas vraiment. Les meilleurs sont souvent des gens qui traduisent d'une façon naturelle et spontanée, mais ils ne sont pas capables de nous expliquer ce qu'ils font. Ils ne donnent pas de dimension technique à leur activité. J'espère pour l'avenir que chaque culture développera ses propres anthropologues et que certains aborderont le domaine interculturel, mais je crois que cela prendra pas mal de temps.

DAVIS : Il est probable qu'aucun autre chercheur dans le domaine de la communication n'a autant d'expérience que vous dans l'*application* de ses études à des problèmes concrets. Parmi nos lecteurs*, il y a des spécialistes qui travaillent très activement avec d'autres sujets, pour aider ceux-ci à se rendre compte de leurs communications inconscientes. Je pense ainsi aux thérapeutes qui ont recours à la danse et au mouvement, aux psychiatres qui repassent des vidéocassettes pour leurs patients, ou encore aux anthropologues qui collaborent avec des enseignants. Mais il faut bien reconnaître que la mise en évidence de schémas de comportement et d'interaction inconscients est la part la plus facile

*. Il s'agit des lecteurs de la revue américaine *Kinesis*, spécialisée dans l'étude de la communication non verbale.

de leur travail, quelles qu'en soient les difficultés. Ne faites-vous pas plus, pour ceux que vous conseillez, que les aider à se rendre compte de leurs modèles de communication ?

HALL : Écoutez..., une croyance implicite, répandue autant aux États-Unis qu'en Europe, veut que la prise de conscience amène le changement. Il se trouve, toutefois, que mes propres travaux ainsi que ceux du groupe de psychologues transactionnels (je veux parler du groupe transactionnel original, incluant Ames, Cantril, Ittelson et Kilpatrick) démontrent que la prise de conscience ne conduit au changement que dans des situations très particulières. Dans la situation la plus courante, c'est le comportement qui change, et, quand le comportement change, la perception change, et, lorsque la perception change, alors il en résulte une prise de conscience. En d'autres termes, c'est exactement l'inverse de ce que nous pensons généralement.

Le thérapeute ou le savant doit savoir quel type de programme ou d'habitude il lui faut instaurer pour changer le comportement qui, à son tour, changera la perception. Cette idée est relativement simple, mais difficile à comprendre pour la plupart des gens. Tenez, je vais vous donner un exemple relevant du domaine de la perception, celui dit de la « pièce déformée ». Donnez un bâton à votre sujet et demandez-lui d'atteindre une cible sur le mur : il ratera la cible. L'explication réside dans les circuits de rétroaction du système perceptif.

DAVIS : Voulez-vous parler de la « pièce déformée » où les figures paraissent plus grandes et où la perspective est exagérée ?

HALL : Oui. Vous pouvez expliquer à vos sujets en long et en large comment le système fonctionne et ce qui se passe exactement au niveau perceptif, cela ne modifiera en rien leur perception. Mais, dès que vous essayez de leur faire toucher la cible, et qu'ils l'atteignent effectivement, ils voient la pièce telle qu'elle est réellement. La prise de conscience ne leur apporte rien du tout, alors que le changement de comportement modifie l'ensemble de leur perception.

Il y a là des choses en jeu telles que les préjugés. Je me rappelle avoir fait une étude sur des gens qui avaient spontanément perdu leurs préjugés. Or, dans chaque cas, un changement de comportement avait précédé le changement au niveau de la perception.

DAVIS : Comment situez-vous, dans ce contexte, les behavioristes et le courant de la thérapie comportementale ?

HALL : Très peu de gens connaissent la nature réelle des nombreux niveaux de « programmes de renforcement », présents chez la plupart des êtres humains. Fondamentalement, c'est bien cela, la culture. Je veux dire qu'on peut concevoir la culture comme un réseau très vaste de schémas de renforcement extraordinairement subtils, qui sont ensuite intégrés à un niveau beaucoup plus élevé dans le cerveau, à partir de quoi les individus peuvent pressentir la structure du système, même si l'ensemble peut aussi très bien en demeurer étranger à la conscience. Ainsi, je n'écarte pas en soi la modification du comportement, mais je constate que la plupart du temps les gens qui prétendent opérer une modification n'en savent pas assez, fondamentalement, sur ce qu'ils font. Ils tiennent incroyablement vite pour acquises leurs prémisses. Et, si j'ai un conseil à leur donner, c'est au moins celui-ci : si vous voulez modifier le comportement, restez au sein de votre propre groupe. Ne transgressez pas les limites de votre classe ou ethnie, sans doute même pas de votre sexe.

DAVIS : Pouvez-vous nous dire comment vous procédez quand on a recours à vous ?

HALL : Je vais vous donner un exemple. J'avais un client dont le plus gros distributeur était au Mexique. Une part importante des affaires de mon client se traitait avec ce distributeur, mais ils avaient un problème de communication. J'ai donc décidé de me rendre au Mexique et de rester assez de temps avec ce distributeur pour m'imprégner de la situation. Je l'ai accompagné tous les jours à son travail. J'ai amené ma famille au Mexique et nous avons passé les fêtes de Noël ensemble. Au bout d'un mois, je savais sur son affaire tout ce qu'il fallait savoir.

Les membres de la direction générale de mon client sont alors venus au Mexique pour une réunion d'affaires normale, et j'ai pu étudier les rapports entre les interlocuteurs. En fait, j'ai découvert avec mon distributeur qu'il avait besoin de toute une série de renseignements que ces cadres supérieurs ne lui fournissaient pas. Son propre répertoire ne lui permettait pas de faire inscrire à l'ordre du jour ses besoins, c'est-à-dire des préoccupations qu'il voulait leur faire partager.

Alors là, il y a une chose que je ne peux pas vous expliquer, c'est comment le cerveau humain établit ses connexions. Mais lorsque, en tant qu'anthropologue, vous avez travaillé assez longtemps sur une situation interculturelle, vous commencez à sentir où sont les vrais problèmes. Un de vos soucis est de découvrir le genre de messages que les intéressés essaient de faire passer et où ils rencontrent des difficultés. Cela peut devenir extrêmement clair, mais il vous faut néanmoins être capable d'observer. Si vous posez trop de questions, les gens deviennent confus, perdent leur comportement naturel et se comportent de façon à vous faire plaisir. Mais ce n'est pas ça que vous voulez. Ce qu'il vous faut savoir, c'est où se situe leur problème. Vous devez avoir des techniques d'observation parfaitement au point et pouvoir traiter les gens comme des êtres humains. Il vous faut accepter de rester assez longtemps dans la situation pour parvenir à vous en imprégner. Je suis resté près de trois mois auprès de mon ami mexicain, le distributeur. Ses difficultés et les difficultés de mon client se résumaient en fait à un point de méthode, lequel est néanmoins un principe constant pour les Nord-Américains. Mon ami ne savait pas que, lorsqu'on rencontre des « Anglos », il faut absolument avoir un ordre du jour. Cela peut paraître dérisoire, mais cela suffit pourtant à faire la différence entre une opération réussie et une opération manquée.

DAVIS : Une fois que vous avez découvert cela, le lui avez-vous expliqué ?

HALL : Bien sûr ! Nous avons conçu son ordre du jour, et je lui ai appris comment l'introduire. Nous ne nous sommes occupés d'aucune prise de conscience culturelle, mais l'effet a tout simplement été magique. La prise de conscience est venue plus tard, quand mon ami a découvert que, de cette façon, il pouvait réellement obtenir toutes les discussions qui l'intéressaient, et qu'en outre les cadres supérieurs de la société étaient parfaitement raisonnables et tout à fait disposés à discuter de ses problèmes une fois qu'ils étaient inscrits à l'ordre du jour.

DAVIS : Vous arrive-t-il d'employer des films ou des vidéocassettes pour révéler aux gens certains de leurs modèles de communication ?

HALL : Non, j'utilise les films et les vidéocassettes pour la recherche, mais pas dans mon travail pour les clients. D'abord ce n'est pas pratique, ensuite il faut dire que, généralement, je ne travaille pas avec les clients au niveau de la micro-analyse. Nous avons fait certaines expériences au Japon, pendant lesquelles nous avons modifié la distribution des places assises en cours de négociations, mais nous avons dû constater que cette méthode n'était pas bonne.

DAVIS : Votre travail sur la proxémique a suscité une foule de recherches, au cours de ces dix dernières années, sur l'usage que l'homme fait de l'espace. Y a-t-il des tendances dans ces recherches qui vous surprennent ?

HALL : Dans un certain sens. Ce n'est pas vraiment décevant, mais j'espérais néanmoins que mon travail servirait plus souvent en tant que système entier. Jusqu'à présent, on en a surtout pris des petits bouts par-ci et des petits bouts par-là. Ce qui veut dire que la proxémique a été morcelée, alors qu'en réalité elle *est* un système au sein duquel tout concorde. Bien entendu, il est possible de prendre les petits bouts et de travailler avec. Par exemple, vous pouvez étudier les problèmes relatifs à la distance personnelle ou à l'emploi de l'espace architectural, ou encore toutes les questions touchant aux sens de la perception, puis travailler dessus. Mais vous resterez quand même avec des morceaux, et un système cohérent aura été rendu linéaire. Et, naturellement, ce qui est rendu linéaire s'en va dans une seule direction !

DAVIS : Mais comment l'ensemble aurait-il pu demeurer intact ? Cela aurait exigé un effort énorme, dans une sorte de situation de recherche centrale, pour maintenir son unité organique.

HALL : Probablement, oui, mais les gens pourraient au moins apprendre ce qu'est le système dans son ensemble. Je n'ai pas l'impression qu'ils le font, et ça c'est bien caractéristique des Américains. Ils prennent une partie, un petit bout, et hop !

DAVIS : J'essaye de me représenter ce que vous voulez dire. Un bon chercheur, qui voudrait maintenir l'ensemble intact, pourrait étudier avec vous, lire vos livres et travailler sur le *Manuel* *. Mais quand il ou elle en arrivera au stade de la recherche proprement dite, n'y aura-t-il pas fatalement un dilemme au niveau de l'argent, du temps, de la place et de la méthodologie ?

HALL : Peut-être, mais l'une des raisons pour lesquelles j'ai donné des programmes de travail sur ordinateur à la fin du *Manuel* était précisément d'aider les chercheurs désireux de garder la cohésion de l'ensemble. Je pense que les Japonais vont finalement aller dans ce sens, car ils semblent être pratiquement les seuls capables de suivre des directives.

D'ailleurs, il ne faut pas exagérer le dilemme devant lequel on pourrait se trouver. En fait, cela dépend essentiellement du niveau du contexte dans lequel vous situez votre travail. Si vous travaillez dans un contexte très, très bas, les choses deviennent nécessairement beaucoup plus linéaires, et c'est là où se situe le travail de la plupart des chercheurs. Le résultat en est que le matériel est légèrement déformé ou commence à perdre de sa signification.

DAVIS : Dans votre recherche, avez-vous l'impression de parvenir à un point où vous vous sentez frustré par les limites des méthodologies actuelles ?

*. Edward T. Hall, *Handbook for Proxemic Research* [157]. Il s'agit d'un « manuel de recherche en proxémique », que Hall a écrit en 1974 à l'intention des chercheurs.

HALL : Je me sens plus frustré par mes propres limites que par celles des autres. La méthode est toujours en rapport avec le problème à résoudre, et il s'agit donc en partie de savoir définir ce qu'on essaye de faire. Dans le cas de la proxémique, le problème consistait à découvrir comment les sujets établissent les distances. Il ne s'agissait pas de savoir s'ils le faisaient ou pas, interrogation par laquelle commence le plus souvent la recherche. Nous savions que des distances étaient fixées, car nous avions déjà une foule de données fournies par les Américains à l'étranger. Ils établissaient les distances correctement. Et puis nous disposions aussi de toute une série de films très intéressants sur lesquels nous pouvions pratiquer des analyses de durée et de mouvement. Par conséquent, la question était : comment les gens peuvent-ils établir les distances ?

Par exemple, j'avais déterminé expérimentalement qu'il était possible, en ne se déplaçant que d'un millimètre et demi au cours d'une conversation, de faire se déplacer une autre personne d'un millimètre et demi également. Quelles échelles les sujets appliquaient-ils ? En dernière analyse, la recherche devait porter sur les sens mis en jeu et découvrir comment les systèmes sensoriels se trouvent intégrés au niveau de la proxémique.

DAVIS : Mais vous ne vous sentiez pas dans une impasse quant à la méthodologie ?

HALL : Arrivé à un certain point, on se trouve toujours dans une impasse quand on ne sait pas exactement où on en est ! C'est très vexant, et on ne peut interroger personne d'autre, car où trouver un spécialiste en proxémique ? Il faut donc se faire à l'idée que lorsqu'on s'attaque à un certain type de problèmes, la panne est inévitable — et on doit se colleter avec elle ! Ce que je fais toujours, dans ces cas, c'est revenir au corps, à la physiologie, au cerveau.

Quant à la méthode, j'emploie deux modèles lorsque je tombe en panne. L'un est linguistique. Comment un linguiste résoudrait-il ce problème ? Je veux dire par là, un linguiste descriptif, au sens traditionnel du terme *. Les linguistes sont habitués au fait

*. Hall fait référence à la linguistique de Trager et Smith, que Birdwhistell et lui ont abondamment utilisée. Cf. p. 69-70 et 87-88.

que chaque langue représente un système entièrement nouveau. Cela signifie qu'il faut remonter aux points de structure élémentaires et ne rien accepter comme fait acquis. J'essaye d'aborder chaque chose comme si elle était entièrement neuve. Et, deuxièmement, je me demande quelles sont les parties de l'anatomie humaine, du système nerveux, de la physiologie impliquées dans ce système.

J'avais élaboré le système de notation de la proxémique depuis longtemps lorsque nous avons pu trouver un programme d'ordinateur approprié. Il s'agissait d'un programme mis au point pour des géologues. J'avais demandé à une très bonne étudiante, Jan Washbun, de travailler sur ce problème. (Là vous avez un autre aspect de ma méthodologie : je m'efforce toujours de mettre à contribution les gens les plus capables dans les domaines qui ne sont pas mon fort.) Et elle a découvert un programme de géologie où devaient être affrontés des problèmes d'une complexité comparable.

Les géologues veulent savoir jusqu'à quel degré deux événements extrêmement complexes sont ressemblants ou différents, et sous quel rapport ils se ressemblent. C'est exactement ce que je voulais faire en proxémique. Lorsqu'un Noir et un Blanc se trouvent en interaction, quand sont-ils réunis et quand ne le sont-ils pas ? La proxémique se sert d'échelles à dix-huit subdivisions et les relations réciproques peuvent devenir d'une très grande complexité.

Le programme des géologues convenait à nos besoins. Ils essayaient de comparer des strates, et ces strates comprenaient elles-mêmes entre dix-huit et vingt subdivisions. Leur idée était de prendre une série de strates à un endroit donné pour la comparer avec une série de strates à un autre endroit, et de parvenir à une sorte de méthode quantifiable et objectivable, permettant de les faire glisser les unes à côté des autres pour pouvoir observer jusqu'à quel degré elles étaient semblables ou différentes. Mais ça, c'est exactement ce que fait aussi le linguiste. Pour employer une image, je dirai qu'il le fait au microscope, où il pousse sa recherche jusqu'à des détails incroyablement infimes. La proxémique se situe à un niveau moins microscopique, mais le problème est similaire.

DAVIS : Quel équipement utilisez-vous dans vos recherches ?

HALL : L'ennui, avec l'équipement, c'est qu'à partir du moment où vous l'avez, vous y êtes lié et c'est finalement l'équipement qui décide pour vous. J'essaye donc d'utiliser l'équipement plutôt pour renforcer ce que je possède déjà. Un peu à la manière de Truman Capote, qui emploie des enregistrements pour contrôler sa mémoire. Nous utilisons les photographies et les films comme une sorte de système de soutien et pour affiner l'observation.

DAVIS : Même pour les détails infimes des mouvements du corps ?

HALL : En vous y entraînant, vous pouvez voir ce genre de choses. L'équipement vous aidera en cela. Il vous donne de la confiance ; les systèmes de notation sont également utiles. Toutes ces choses nous aident. Mais je crois que les chercheurs en sciences sociales ont eu tendance à se laisser dorloter.

DAVIS : Dans quelle mesure pensez-vous que les sujets filmés ou enregistrés sur bandes vidéo doivent être protégés ?

HALL : Écoutez, dans le monde entier chacun fait la distinction entre personnes de l'extérieur et intimes, entre ce qui est public et ce qui est privé. En tant que savant, il vous appartient de savoir *comment* ces distinctions sont opérées. Inévitablement, elles s'opèrent presque toujours d'une manière différente.

Vous êtes la personne de l'extérieur. Vous devez respecter les intimes et *vous tenir à l'écart de tout ce qui est privé.* Toute tentative de traiter le sujet d'une façon unique, légale et technique est vouée à l'échec, car cette démarche-là est l'essence même de l'ethnocentrisme. Si la science sociale ne peut pas accepter cette réalité, qui est la réalité de l'univers cognitif des autres, et si nous estimons que nous devons forcer autrui à accepter la nôtre, à ce moment-là faisons-nous tout simplement missionnaires et jouons cartes sur table !

DAVIS : Toute définition du public et du privé semble impossible en recherche psychothérapeutique, non ? Par définition, nous sommes dans un domaine tout à fait privé.

HALL : La thérapie a toujours un aspect public. Je vais vous donner deux exemples. Quand j'étais à Washington, j'ai interrogé des psychothérapeutes pour savoir comment ils installaient leurs patients dans l'espace disponible. Je leur posais la question suivante : « Où êtes-vous assis ? », ce qui n'est pas une affaire privée. L'un d'eux avait un bureau minuscule, trop petit pour la plupart de ses patients, ce qui faisait que le thérapeute était pratiquement assis sur son patient. J'ai découvert par la suite qu'il pouvait uniquement travailler avec des patients habitués aux distances personnelles très courtes, ce qui correspondait d'ailleurs à son propre type de personnalité. Un autre thérapeute était particulièrement bon avec les patients très dépendants. Et qu'est-ce que nous avons trouvé ? Qu'avec les patients dépendants, il était obligé de s'asseoir de manière à toujours avoir un pied, un bras ou n'importe quelle autre partie du corps à l'intérieur d'une sorte de cercle de dépendance. Il savait que son patient commençait à aller mieux quand — sans que l'autre s'en rende compte — il pouvait retirer un bras ou une jambe du cercle de l'espace personnel du patient. Bon, il n'y a rien de secret dans tout cela. L'identité d'aucun patient n'a été divulguée par ces constatations, alors que les points relevés ont été d'une importance cruciale pour la thérapie dans chaque cas particulier.

DAVIS : Sur quoi travaillez-vous en ce moment ?

HALL : Je travaille sur un livre qui traite de la liaison entre culture et cerveau. C'est extrêmement intéressant, une fois que vous pénétrez réellement le sujet. Il y a plusieurs années, j'ai développé un modèle à partir de l'observation directe du comportement qui correspond presque sous tous ses rapports aux modèles cérébraux qui sont actuellement publiés. Quand j'ai travaillé avec George Trager sur un modèle de la culture (au *Foreign Service Institute*, au début des années cinquante), l'une des conséquences de notre modèle conjoint a été la constatation qu'il devait y avoir deux manières de penser. Nous avons commencé à les rechercher et nous avons effectivement découvert deux modes différents que nous avons appelés *intégration par points* et *intégration par lignes*. Nous n'avons absolument pas voulu prétendre que l'un était supérieur à l'autre, simplement qu'ils étaient différents. Or, il apparaît maintenant que l'intégration par points et par lignes sont en fait les fonctions respectives du côté droit et du côté gauche du cerveau. Ce n'est d'ailleurs là qu'un exemple. Il y en a d'autres pour chacun des trois cerveaux. J'ai ainsi établi un parallèle complet avec les études de Mac Lean [232].

Ça, c'est un livre. Je travaille sur un autre qui est consacré à mon expérience de jeune homme, lorsque je travaillais avec les Indiens, quand ce pays était très, très différent. Il y a quelques leçons à tirer de ces années-là. J'ai pu porter ces deux livres en moi parallèlement parce qu'ils sont très différents. C'est parce qu'ils sont si différents que je peux travailler dessus en même temps.

Entretien avec Paul Watzlawick

par Carol Wilder

WILDER*: Votre premier livre, *Une logique de la communication* [327], est dédié à Bateson, « notre ami et notre maître ».

WATZLAWICK: Oui. Tout ce qui est sorti du *Mental Research Institute* porte sans aucun doute la marque du génie de Bateson. C'est un grand théoricien. Nos interprétations et nos applications personnelles de ses idées ne lui ont pas toujours plu; mais c'est probablement inévitable.

WILDER: Le premier axiome d'*Une logique* — « On ne peut pas ne pas communiquer » — a une belle résonance esthétique et évoque les dimensions tacites de la communication; mais certains ont soutenu qu'il repoussait les limites de ce qui constitue la communication au-delà de tout champ d'application utile ou significatif.

WATZLAWICK: Oui, c'est ce qui a été dit. En fait, cela se ramène généralement à la question suivante: « L'intentionalité est-elle une composante essentielle de la communication? » Si vous vous intéressez à l'échange d'information à un niveau que je qualifierai de conscient, volontaire et délibéré, alors, effectivement, la réponse

*. Carol Wilder et Paul Watzlawick se sont entretenus longuement au *Mental Research Institute*, à Palo Alto, en septembre 1977. Une partie de ce dialogue a été publié aux États-Unis en 1978. L'entretien qui suit a été reconstruit à partir de la transcription originale de 1977. Carol Wilder remercie E. Ruchames, M. Topkin et A. Bochner pour leur assistance dans la préparation de celle-ci.

est « oui ». Mais si vous adoptez notre point de vue et admettez que tout comportement en présence d'une autre personne est communication, alors il me semble que vous devez aller jusqu'à l'implication de l'axiome.

Je vais vous donner un exemple. Il y a plusieurs années, je participais à un séminaire sur la communication dans les montagnes Rocheuses. Cela se passait dans une station formée de chalets, et chaque chalet avait deux pièces. Le mur de séparation était plutôt mince, et la pièce voisine de ma chambre était occupée par un excellent ami et confrère. Un jour, après le déjeuner, je suis rentré pour une petite sieste, mais je ne m'étais pas encore endormi quand je l'ai entendu entrer dans sa partie du chalet. Il a alors commencé à faire quelque chose qui ressemblait à une petite danse de claquettes. Je me suis rendu compte qu'il ne se doutait pas que j'étais dans ma chambre, mais ce comportement influençait énormément le mien, car j'avais bien compris qu'il pensait être seul. Je me suis par conséquent efforcé de rester immobile : si j'avais bougé il aurait été très embarrassé. Dans cette situation précise, il y avait donc une absence totale d'intentionalité, avec néanmoins, en ce qui me concernait, *moi*, un impact énorme sur mon comportement, qui se trouvait frappé de restriction.

> WILDER : Alors, je vais vous poser la question dans l'autre sens. Existe-t-il un comportement qui ne serait pas communicatif à vos yeux ?

WATZLAWICK : Il est évident que s'il n'y a personne autour de vous, vous allez vous retrouver avec la vieille question : « L'arbre qui tombe dans la forêt fait-il du bruit s'il n'y a personne pour l'entendre ? » Pour qu'il y ait communication, il faut la présence d'au moins une autre personne.

Bien entendu, je ne nie pas qu'il puisse y avoir communication avec ce que les psychanalystes appellent des « introjections ». Je peux dialoguer mentalement avec une personne jouant un rôle important dans ma vie. En ce qui concerne toutefois les buts précis de notre travail, je préfère m'abstenir d'aller dans cette direction. Non pas parce que je pense que ce phénomène n'existe pas, mais plutôt parce que je crois qu'il ne peut pas être utilisé, mesuré ou étudié d'une façon tant soit peu raisonnable. Je sais que ce n'est pas précisément une attitude très courageuse, mais enfin..., c'est la mienne !

Voyez-vous, quand je parle de ces choses-là, j'en parle comme quelqu'un qui veut faire de la thérapie. Je ne m'intéresse pas, fondamentalement, aux aspects purement ésotériques d'une chose. Ce qui m'intéresse, c'est son utilité.

> WILDER : Vous avez soutenu que l'approche de l'École psychiatrique de Palo Alto présentait une discontinuité épistémologique par rapport au paradigme psychanalytique intrapsychique freudien. Dans quel sens en est-il ainsi ?

WATZLAWICK : Voyez-vous, je pense que ce qui était si radicalement nouveau dans la façon de Bateson d'approcher les problèmes psychiatriques était dû au fait qu'il était, parmi d'autres choses, anthropologue. Il abordait par conséquent les phénomènes du comportement dit psychopathologique à la manière d'un anthropologue observant le fonctionnement d'une culture étrangère. Quand il se rend sur le terrain pour examiner une culture qui n'est pas la sienne, il le fait avec un minimum de notions préconçues. Il essaye de voir *ce* que les porteurs de cette culture sont en train de faire et non pas d'avoir des idées *a priori* prétendant expliquer *pourquoi* ils sont en train de faire ce qu'ils font.

Cela diffère de l'approche psychiatrique orthodoxe, où il y a un modèle théorique de l'esprit humain, et où l'on s'occupe d'un comportement perturbé en essayant de le comprendre en fonction de cette idée plus ou moins préconçue concernant ce qui se passe *à l'intérieur* de l'esprit. Dans ce sens, les deux conceptions se trouvent en totale discontinuité ; car la vision orthodoxe considère l'*esprit* comme l'unité dernière de son étude, tandis que l'approche introduite par Bateson tient compte de ce qui se passe *entre* les sujets, et comment cela influence le comportement. Et, de plus, comment le comportement d'une personne peut être uniquement compris en fonction du comportement des autres personnes qui l'entourent et qui ont de l'importance pour elle, de leurs réactions, et du contexte dans lequel tout cela se place.

Cette attitude devait inévitablement conduire vers une épistémologie qu'on pourrait qualifier schématiquement de systémique ou cybernétique, alors que l'approche orthodoxe est monadique. Celle-ci se demande seulement ce qui se passe à l'*intérieur* du sujet. Vous pourriez également comparer cela, si vous voulez, à la différence entre le premier et le deuxième principe de la thermodynamique. Le premier principe repose sur un modèle énergétique. Ainsi, dans la théorie psychanalytique, la libido est une quantité d'énergie qui subit des transformations, régressions, etc. Le modèle qui sous-tend la thérapie familiale est, à l'opposé, un modèle systémique, cybernétique. Il se fonde sur l'échange d'information et ne pose pas la question de savoir *pourquoi* les gens se comportent comme ils le font mais plutôt *comment* les gens se comportent ici et maintenant, et comment ils s'influencent mutuellement. En ce sens restreint, le modèle systémique s'insère dans le domaine du second principe de la thermodynamique.

> WILDER : Là où vous vous écartez d'une façon particulièrement significative du modèle freudien, c'est quand vous affirmez qu'abstraction faite des causes et origines d'un problème, celui-ci est uniquement maintenu par la connexion interactionnelle présente. Ainsi, si on parvient à éliminer le comportement qui maintient le problème, le problème disparaîtra tout seul, quelle que soit son origine. N'est-ce pas retourner Freud sur sa tête ?

WATZLAWICK : Enfin, pas entièrement, car je pense que personne n'a jamais nié que les diverses attitudes humaines, les craintes, les espoirs et tout le reste, trouvent leur origine dans le passé. Je suis, effectivement, le résultat de toute ma formation et de toutes mes expériences antérieures, et des élaborations de mes expériences, et des interprétations de mes élaborations de ces expériences. Mais nous pensons que, pour *changer* ce qui constitue un problème ici et maintenant, il n'est pas nécessaire de remonter dans le passé et de comprendre toutes les causes. Cela s'impose uniquement si vous souscrivez à une épistémologie fondée sur ce que j'appelle une explication du type « premier principe de la thermodynamique », car vous travaillez à ce moment-là à partir d'une causalité linéaire qui court du passé dans le présent. C'est pourquoi, si vous voulez changer le présent, il vous faut analyser le passé.

Mais cela est une supposition théorique, pas quelque chose qui est dans la nature de l'*esprit* humain. C'est dans la nature de cette *théorie* particulière, et ce fait est en général négligé. « C'est la théorie qui décide ce que nous pouvons observer », disait Einstein. J'aimerais le paraphraser en disant qu'en thérapie, c'est la théorie qui décide ce que nous pouvons faire.

> WILDER : Dans votre travail, c'est généralement l'unité familiale qui fait fonction de paramètre en tant que système interactionnel. Certains ont mis en cause cette démarcation, indiquant qu'on ne pouvait pas aller très loin dans le recadrage des métarègles familiales, quand le fond du problème se situait en fait au-delà du cercle de la famille, dans quelque condition d'ordre économique ou social *.

WATZLAWICK : C'est là un point intéressant et qui revient sans cesse dans les discussions, en particulier au cours de mes présentations dans certains pays européens. Nous sommes attaqués comme étant les représentants d'une forme de thérapie qui tente de maintenir la mystification, pour que les gens se résignent au sort misérable qu'ils doivent endurer dans les démocraties occidentales.

Mais j'ai bien l'impression que cela nous conduit beaucoup trop loin dans le domaine politique. Voyez-vous, c'est comme si vous étiez médecin et que vous assistiez à un congrès de dermatologie pour écouter une conférence sur la meilleure façon de soigner une certaine maladie de la peau, et que quelqu'un se levait pour dire : « Mais à quoi riment toutes ces absurdités ? Chacun sait que cette condition de la peau est provoquée par la pollution de l'air ! Alors, que faisons-nous là à être assis et à perdre notre temps en vaines discussions sur la façon de traiter cette maladie, quand nous devrions être tous dehors en train de purifier l'air ? » En fait, les accusations de ce genre sont assez fréquentes. Mais je dirais que si telle est votre intention, vous pouvez ramener n'importe quel

*. Dans les publications de l'Ecole psychiatrique de Palo Alto, le préfixe *méta* renvoie à un niveau logique supérieur, c'est-à-dire que la métacommunication est la communication sur la communication ; le métalangage, le discours sur le langage ; etc. Dans notre cas particulier, les métarègles sont les règles régissant les règles (NdT).

problème humain à Adam et Ève, ou à l'inhumanité foncière de l'homme, ou à quelque chose du même ordre. Cependant, je ne sais pas dans quelle mesure cela pourra vous être utile. Je sais personnellement, par une triste expérience, qu'en poursuivant des buts utopiques on aboutit à des charniers et des camps de concentration. A partir du moment où vous sacrifiez ce qui est possible à ce qui est désirable, vous vous engagez dans une voie inhumaine.

WILDER : Il y a loin de la philosophie mathématique des Types Logiques et de la théorie des groupes, que vous invoquez comme « tentative d'illustration par analogie », à la pratique d'interventions thérapeutiques concrètes et spécifiques. Où se trouve le terrain de rencontre des deux ?

WATZLAWICK : Avant notre travail sur *Changements* [328], les personnes qui venaient au MRI comme visiteurs étaient, d'une part, impressionnées par notre approche, et, d'autre part, intriguées par le mode de nos interventions. A cette époque, il était difficile de saisir le fondement rationnel de notre démarche — ce que nous faisions semblait être complètement arbitraire et relever d'appréciations éminemment subjectives. Nous avions besoin d'un fondement théorique. Pour ce qui était des effets comportementaux du paradoxe, la théorie des Types Logiques avait déjà révélé son utilité. Ce qu'il fallait en plus, c'était un modèle révélant que dans certaines circonstances certains changements produisent tout simplement « plus de la même chose ». J'ai trouvé cela dans les concepts de base de la théorie des groupes, qui est d'une application particulièrement appropriée dans la problématique de la permanence et du changement.

Pour m'exprimer dans un registre plus pratique, je dirais ceci : des interventions qui semblent sortir du bleu du ciel — incongrues et apparemment le fruit du hasard — deviennent en réalité parfaitement compréhensibles dès qu'on veut bien se rappeler que la décision concernant une intervention est fondée sur l'examen des tentatives de *solutions*. Avant d'intervenir, nous étudions très soigneusement ce que le système a entrepris jusqu'alors pour faire face à sa difficulté, à sa douleur, ou à son problème. Nous pensons — et cela est issu de notre travail en thérapie brève — que ce qui maintient un problème en vie, et qui l'a peut-être provoqué à l'origine, est la mauvaise façon d'affronter une difficulté.

L'insomnie est l'un des exemples les plus fréquemment cités. A qui n'est-il pas arrivé, occasionnellement, de ne pas pouvoir dormir ? Dans un cas pareil, la plupart des gens réagiront en disant : « Bien, je n'ai pas pu trouver le sommeil la nuit dernière, mais ce soir je me sens suffisamment fatigué pour qu'il n'y ait pas de problème », et l'affaire sera oubliée. Mais certains sujets, pour une raison ou une autre (et cette raison n'a pas réellement d'importance), commenceront à se faire du souci. Peut-être ont-ils un parent qui souffre d'insomnie, et ils se diront donc aussitôt : « Ça y est, me voilà pris à mon tour ! » Ils sont donc déjà soucieux et inquiets, ce qui va les conduire à prévoir ce qui devra fatalement arriver. S'ils ne parviennent pas à s'endormir au cours des premières cinq ou dix minutes, ils commenceront à s'inquiéter et essaieront de résoudre cette difficulté par une sorte d'effort mental. Bien entendu, à vouloir essayer de résoudre le problème de leur insomnie de cette manière-là, ils ne réussiront qu'à rester éveillés, et à partir de ce moment vous pourrez observer une évolution stéréotypée qui conduira d'une façon presque directe aux somnifères et à de moins en moins de sommeil.

Dans ce genre de situation, nous avons d'abord une difficulté. Puis, cette difficulté est affrontée d'une manière erronée. Dans le cas que je viens de citer, cette erreur prend la forme d'un souci excessif, d'une attention excessive consacrée à la difficulté. Ensuite, les choses évoluent à partir de là — des solutions de plus en plus élaborées sont appliquées, mais qui ont pour seul résultat de faire de la difficulté un problème, puis de rendre ce problème de plus en plus complexe.

> WILDER : Il semble que votre approche thérapeutique se caractérise essentiellement par l'emploi de la « prescription du symptôme », où vous demandez en fait au patient d'aggraver le symptôme, dans l'espoir que, grâce à cette manipulation par exagération, le patient puisse commencer à se sentir en état de le maîtriser.

WATZLAWICK : Je dirais cela plus simplement. Je dirais qu'une fois que vous vous trouvez confronté avec une telle situation, vous devez faire quelque chose qui empêche le comportement perpétuant le problème ; et votre intervention sera par conséquent dirigée contre ce comportement particulier. Maintenant, pour parvenir à faire accepter cette idée, il vous faudra évidemment être capable d'utiliser un langage qui soit conforme à la façon de penser du patient lui-même ; mais dans son essence l'intervention restera la même. Vous estimez que cet homme devrait cesser de s'inquiéter au sujet de son sommeil, mais vous savez que vous ne pouvez pas le lui dire, car, cesser de s'inquiéter, il ne peut tout simplement pas le faire. Il vous appartient donc de trouver une autre justification pour votre intervention, « utiliser le langage du patient », comme dirait Erickson.

Il y a fondamentalement deux types d'interventions. L'un est employé avec les personnes qui viennent vous trouver en disant : « Écoutez, j'ai déjà essayé ceci et cela, et encore autre chose. Mais rien ne semble efficace. Je me demande si vous n'auriez pas une idée différente concernant ce que je pourrais faire et à quoi je n'aurais pas encore pensé. » A ces personnes-là, nous donnerons très souvent une prescription de comportement franche et directe. Mais devant d'autres sujets, nous pourrons être confrontés avec quelque chose de symptomatique dans un sens plus large. Ces personnes nous diront : « Voici ce que j'aimerais faire, mais ne puis pas faire. » Ou bien : « Voici ce que je ne voudrais plus faire mais ne puis m'empêcher de faire. Quelque chose en moi est là qui sabote mes propres intentions. » Dans ce type de cas, nous aurons plus probablement recours à un contre-paradoxe, le patient s'étant déjà enfermé lui-même dans un paradoxe. Il s'est mis dans une position intenable.

WILDER : Ainsi, il vous arrive d'être tout à fait franc et direct. Ce n'est pourtant pas l'impression que j'ai eue en lisant les exemples donnés dans *Changements*, où les interventions paradoxales semblaient être la règle plutôt que l'exception.

WATZLAWICK : Oui, bien sûr ; c'est parce que les interventions paradoxales sont plus intéressantes, plus spectaculaires, et parce qu'elles ont trait à des exemples plus cliniques. Mais parfois les situations sont en réalité très simples, et il vous suffit de dire :

« Faites ceci et cela. » Ensuite la personne s'en va, fait effectivement ceci et cela, et découvre que les choses peuvent être différentes.

WILDER : Au *Brief Therapy Center* du MRI et, je suppose, dans votre propre thérapie, vous vous fixez des buts restreints, concrets et spécifiques, quant à la durée et au champ d'application du traitement.

WATZLAWICK : A partir du moment où vous vous fixez un but concret, spécifique, raisonnable et accessible, votre thérapie sera concrète, relativement réussie, et orientée vers un but. Si vous vous fixez un but totalement vague, mal défini ou même pas défini du tout, votre thérapie sera mal définie et n'aura pas de fin. Quelques-unes parmi les grandes écoles de thérapie orthodoxe opèrent précisément avec de tels buts, qui peuvent devenir extravagants.

WILDER : Comment évaluez-vous l'efficacité de la thérapie brève ?

WATZLAWICK : Bon, si vous acceptez les plaintes du patient qui arrive dans votre cabinet comme une raison pour entamer un traitement, je ne vois pas pourquoi je ne pourrais pas accepter, pour raison de terminer ce traitement, le fait qu'il me dise qu'il se sent mieux. Ceci, bien sûr, apparaîtra à beaucoup comme une position horriblement lourde et vulgaire, parce que *eux* savent que le patient se paie seulement un « voyage dans le monde de la santé », et qu'il s'agit en fait d'une forme de résistance. Ces spécialistes aux yeux d'aigle peuvent détecter la pathologie sous-jacente que le patient ne fait que dénier, et ainsi de suite.

WILDER : Suivez-vous vos anciens patients ?

WATZLAWICK : Oui, nous réexaminons nos patients trois mois et douze mois après la dernière séance. Mais, par manque d'argent, nous sommes malheureusement en retard dans l'établissement de nos tables. Dans *Changements*, vous trouverez une présentation des 109 premiers cas, qui est bien sûr aujourd'hui tout à fait dépassée *.

WILDER : Il me semble que nous avons beaucoup insisté sur la théorie et sur l'expérience clinique, mais peu sur la recherche. Votre rejet du paradigme expérimental, jugé non approprié épistémologiquement, me paraît logique, mais je me demande où aller à partir de là.

WATZLAWICK : Il nous faut produire ce que les mathématiciens ont réussi à faire : il nous faut produire un système de métacommunication, de même que les mathématiciens ont produit un système de métamathématiques. La métacommunication est très difficile parce que nous n'avons qu'un seul langage pour décrire communication *et* métacommunication — d'où les constantes confusions entre les deux niveaux. Si nous avions un langage de la métacommunication, alors je pense que nous pourrions réellement étudier d'une façon systématique, mesurer et traduire tous ces phénomènes qu'en ce moment nous pouvons uniquement exprimer dans un langage mou, intuitif et descriptif.

WILDER : Voyez-vous toujours ce langage prendre la forme d'une algèbre du comportement communicatif ?

WATZLAWICK : Cela a été mon espoir depuis le moment où je me suis assis pour commencer à écrire *Une logique*. Mais cela se passait il y a une quinzaine d'années, et nous n'avons même pas encore un système cohérent au niveau de la sémantique. Alors, combien serait-il plus difficile encore d'y inclure la pragmatique du comportement !

WILDER : Quel type de recherche aimeriez-vous voir entrepris dans une optique interactionnelle ?

WATZLAWICK : Personnellement, j'aimerais aller dans la direction d'une élucidation préliminaire des mystères de la récursivité,

*. Cette présentation se trouve dans *Changements* [328], p. 137, n. 1.

c'est-à-dire de l'ensemble de la question de l'intérieur et de l'extérieur. Comment pouvons-nous acquérir la certitude qu'un système est libre de contradiction, quand nous sommes nous-mêmes à l'intérieur du système ? A mes yeux, il serait extrêmement intéressant de voir précisément quel genre de difficultés découlent du caractère incomplet inhérent à un système. Mais je crois que tout ce que nous ferons avant de posséder une épistémologie valable pour aborder ces choses sera, par nécessité, très peu satisfaisant.

Au niveau clinique, ce que j'aimerais vraiment faire, c'est examiner les échecs les plus flagrants subis au fil des années au *Brief Therapy Center*. Nous avons eu de très bons résultats dans de nombreux cas, mais, bien sûr, nous avons eu aussi un certain nombre de faillites totales. Je pense que nous pourrions apprendre beaucoup plus de nos échecs que de nos succès.

> WILDER : Selon plusieurs auteurs réunis dans l'ouvrage de Sluzki et Ransom [299], la recherche sur la double contrainte — spécialement la recherche expérimentale — s'est soldée en grande partie par un échec. Comment expliquez-vous cela ?

WATZLAWICK : Nous avons besoin d'une épistémologie nouvelle. Il n'y a pas que la recherche sur la double contrainte qui soit un échec ; toute la recherche sur l'interaction est dans la même situation. La raison est de nature épistémologique ou méthodologique.

Toute interaction est symbolique et il n'existe pas encore de moyen par lequel quelqu'un soit capable de quantifier ou de transcrire un symbole. Il faut dire aussi que de nombreuses doubles contraintes sont étalées dans le temps. Ce qui veut dire que l'injonction primaire, donnée à un certain moment, peut devenir une règle implicite qui n'est plus jamais reformulée. C'est juste « là » ; c'est contenu dans le contexte. Puis, fortuitement, l'injonction secondaire surgit et crée la double contrainte dans l'expérience de la personne contrainte. Ceci ne peut apparaître clairement à l'observateur extérieur. Celui-ci ne partage pas nécessairement les prémisses qui fondent le système mental de la personne contrainte. Il se peut donc fort bien que l'observateur, ignorant l'injonction primaire, ne voie que l'injonction secondaire et ne sache pas pourquoi celle-ci crée à un moment donné une impasse particulière dans l'expérience de l'autre personne. Notez bien, je vous prie, que je parle ici comme si tout le système était une relation à sens unique, de contraignant à contraint. En fait, bien sûr, tous deux sont pris par la double contrainte, tous deux sont « victimes » et « bourreaux » en même temps.

J'ai rencontré ce problème du laps de temps lorsque j'ai essayé de montrer des exemples de doubles contraintes à mes étudiants. Il y a très peu d'exemples de doubles contraintes, parce que peu de doubles contraintes se produisent sous une forme si compacte que vous puissiez dire : « Très bien, voici trente secondes d'enregistrement : il y a une double contrainte dedans. » Dans l'ensemble, en pratique, les doubles contraintes se produisent au sein de larges séquences temporelles.

WILDER : Est-ce que cela veut dire que la double contrainte est résistante à toute recherche systématique ? Qu'elle reste plutôt un concept littéraire ou philosophique ?

WATZLAWICK : La double contrainte reste un concept très immédiatement *expérientiel*, si vous voulez. Il est juste de dire que nos méthodologies actuelles sont inadéquates. Mais je le répète : celles-ci ne sont pas seulement inappropriées à la recherche sur la double contrainte. Elles sont inadéquates pour décrire quasiment tout phénomène vraiment interactionnel.

WILDER : Votre approche de la théorie de la communication se fonde sur votre intérêt pour la pathologie de la communication. Dans quelle mesure pouvez-vous extrapoler ce cadre de référence à des situations de communication plus « typiques » ?

WATZLAWICK : Je pense que les principes de la communication, et donc aussi les troubles de la communication, sont isomorphes dans les systèmes les plus divers qu'on puisse imaginer. Par exemple, je me suis récemment intéressé à l'application des principes de thérapie familiale à des organisations plus vastes. Quand vous êtes reçu dans une grosse société, la première chose qu'on vous montre, généralement avec beaucoup de satisfaction, est l'organigramme — ce beau tableau sur le mur avec tous ces petits rectangles et toutes ces flèches partant vers le bas, indiquant avec précision les relais de responsabilité et de communication. Ce tableau est censé représenter le fonctionnement exact du système. En réalité, ce schéma est aussi fidèle que n'importe quelle description que vous donneront les membres d'une famille concernant leurs rapports réciproques. Il est complètement absurde ; il ne fonctionne jamais de cette façon. Dans un certain sens, cet organigramme ressemble au « mythe de la famille ». « Nous sommes une famille heureuse. Nous sommes une famille démocratique. » Et ainsi de suite. La vérité, c'est que les choses se passent d'une manière totalement différente par en dessous. Ici, donc, nous avons un exemple de l'application d'une chose simple — que connaît chaque thérapeute familial — à un contexte où on ne penserait pas nécessairement qu'elle pût s'appliquer.

> WILDER : En tant que conseiller d'un organisme important — ou, si vous préférez, thérapeute d'une organisation névrosée —, comment appliqueriez-vous les principes de la thérapie familiale ?

WATZLAWICK : Je ferais la même chose qu'un thérapeute familial. Je demanderais d'abord : comment ce système fonctionne-t-il ? Quelles sont ses règles d'interaction réelles ? Qu'est-ce qui peut et qu'est-ce qui ne peut pas avoir lieu ici ? Ce qui distingue n'importe quel système, c'est qu'il ne s'organise pas au hasard, à travers toutes les diverses possibilités d'action et de réaction, tout système viable ne s'accordant en fait qu'avec un nombre plutôt restreint de comportements. Cela étant, dans la famille, nous voyons que l'état pathologique se manifeste quand un changement devient nécessaire et que le système familial ne peut pas engendrer de soi-même les règles pour le changement de ses règles. Et nous observons à peu près la même situation dans les organisations, du moins d'après le peu que j'aie pu en voir.

> WILDER : N'est-il pas vrai que, de par la définition même de votre modèle, les métarègles du système peuvent être uniquement changées par une intervention extérieure ?

WATZLAWICK : Non. Parce que, voyez-vous, le changement spontané se produit constamment en dehors de la thérapie. Vous touchez là un sujet qui est aujourd'hui pour moi de la plus grande importance ; la question de savoir comment se produit le changement spontané. Heureusement, la plupart du temps le changement a lieu sans qu'un thérapeute soit en train de tripoter le système ! Le changement humain est un phénomène omniprésent, mais nous ne savons pratiquement rien sur sa genèse. Comment le système parvient-il à sortir de son embarras, à l'instar du baron von Münchhausen, en se tirant par ses propres cheveux ? Cela arrive tout le temps, mais *comment* cela arrive-t-il ? Nous n'en savons pas grand-chose.

WILDER : Quels conseils ou recommandations me donneriez-vous pour l'application de l'optique interactionnelle à la situation pédagogique ?

WATZLAWICK : Dans un cadre non thérapeutique, vous vous apercevrez que la difficulté immédiate est toujours formulée sous la forme d'un reproche. «*Nous sommes* bien, mais *lui est* plutôt mauvais.» Vous obtiendrez très rarement ce que vous entendez assez fréquemment dans un cadre thérapeutique, quand quelqu'un vient vous trouver en disant : «Écoutez, j'ai un problème.» Dans l'interaction au sein d'un groupe restreint ou dans un contexte plus vaste, ce sont toujours *eux* qui *nous* font ceci ou cela.

Le deuxième problème que vous rencontrerez très probablement est l'idée qu'il existe une chose appelée «honnêteté», ce qui signifie pratiquement toujours «la façon dont je vois les choses». Mais, étant donné que cela s'appelle «honnêteté», c'est inattaquable. Si quelqu'un se permet de dire que selon lui ce n'est pas le cas, il passe pour fou ou malveillant. Ainsi, nous en revenons au problème inhérent à la supposition qu'il existe une vérité dernière et que j'en suis le dépositaire, et, puisque mes sentiments me font croire ceci et cela, je serais malhonnête si je ne vous jetais pas ceci et cela à la figure. Manifestement, cela ne résoudra rien et créera des conflits.

WILDER : Incontestablement, on crée un certain malaise quand on avoue ne pas croire que l'honnêteté soit toujours la meilleure voie à suivre. On offre le flanc aux accusations de machiavélisme et de manipulation.

WATZLAWICK : Oui, il est sûr que ce reproche sera toujours fait. Je crois, toutefois, qu'il révèle une méconnaissance totale du fait qu'une part importante de la communication consiste à savoir ce qu'on n'est *pas* censé dire, *pas* censé penser, *pas* censé voir, *pas* censé entendre. La coexistence confortable serait tout simplement impossible entre les êtres humains si ces règles n'étaient pas apprises et suivies, mais cela n'est pas admis par les publications spécialisées. On vous y dira au contraire de tout déballer, car la vérité est éternelle et ne peut blesser personne, et si quelqu'un se sent vexé par la vérité que vous venez de lui jeter au visage, il est manifestement névrosé puisque incapable d'affronter certains faits que vous estimez être la « vérité » à partir du moment où ils émanent de cette source de sagesse que vous avez en vous. Réellement, ça me met hors de moi, quand je lis des choses de ce genre !

WILDER : Comment votre travail est-il aujourd'hui reçu dans la communauté professionnelle de la psychiatrie ? Je me suis laissé dire qu'il y rencontrait quelque résistance et que certains parlaient de « manipulation ».

WATZLAWICK : Les accusations de manipulation ne proviennent pas souvent de psychiatres professionnels. Elles sont émises par des idéalistes qui, les yeux pleins d'étoiles, pensent que le but ultime est la sincérité totale ou l'ouverture totale. Ce sont là de « terribles simplificateurs * ». Si vous voulez que votre communication devienne totale, elle deviendra au mieux totalitaire.

Si j'en juge d'après les réactions que nous recevons, notre approche est aujourd'hui très largement acceptée. Mais n'oubliez pas, comme dit la phrase classique, que si nous voyons plus loin que d'autres, c'est parce que nous nous tenons debout sur les

* En français dans le texte. Watzlawick développe ce point dans le chapitre 4 de *Changements* [328, p. 58-65].

épaules de géants. Et, de fait, nous sommes juchés sur les épaules de personnes très, très importantes : Bateson, Jackson, Milton Erickson. Nous nous sommes inspirés de leurs idées, cela va sans dire. Leurs idées ont grandement façonné notre propre façon de penser. Dès lors, chaque fois que nous faisons une déclaration, nous devons reconnaître notre dette envers ces trois hommes.

Épilogue
Vingt ans plus tard

La Nouvelle Communication, publié en mai 1981, s'est peu à peu installé dans le paysage français des sciences humaines et sociales, tout particulièrement du côté des sciences de l'information et de la communication. De nombreux étudiants ont reçu leur première initiation à l'« école de Palo Alto », à la microsociologie de Goffman ou à la proxémique de Hall dans un cours qui leur proposait de lire cet ouvrage, disponible en collection de poche (« Points Essais ») dès 1984. Et certains de ces étudiants devenant à leur tour chercheurs et enseignants, la vision offerte dans *La Nouvelle Communication* a trouvé sa place dès le début des années quatre-vingt-dix dans l'ensemble des « paradigmes » fondant en France l'analyse des processus communicationnels. Est-ce à dire qu'aujourd'hui, vingt ans plus tard, les lecteurs se sont à ce point engouffrés dans la brèche et ont si bien élargi l'ouverture (pour reprendre la métaphore sur laquelle je terminais l'introduction) qu'il faudrait plutôt parler de la « vieille communication » ? Réponse nuancée.

C'est vrai, un certain nombre d'expressions utilisées dans *La Nouvelle Communication* ont « pris » ; elles circulent aujourd'hui dans la littérature produite par les sciences françaises de l'information et de la communication, comme si l'univers intellectuel auquel elles renvoyaient était clairement identifiable par tous les lecteurs : je songe tout particulièrement à « l'école de Palo Alto », à « collège invisible » et au « courant de la Nouvelle Communication ».

Cependant, dès qu'on gratte un peu, on s'aperçoit que nombre de contresens se sont introduits. Ainsi, Erving Goffman et Edward

Hall sont souvent incorporés dans l'École de Palo Alto, alors qu'ils n'ont intellectuellement rien à voir avec les « psy » qui ont développé une certaine version de la thérapie systémique au *Mental Research Institute* dans les années soixante (Jackson, Watzlawick, etc.). Tout se passe comme si l'expression « école de Palo Alto » était devenue synonyme de celle de « Nouvelle Communication ».

Autre développement curieux : le (article défini) Collège invisible (majuscule). L'expression est employée pour désigner collectivement les auteurs évoqués dans La *Nouvelle Communication*, comme si ce Collège était en fait parfaitement visible (on imagine presque une plaque à l'entrée d'un campus). Or j'avais utilisé l'expression dans le sens que Derek J. de Solla Price lui avait donné en 1963 dans *Little Science, Big Science*[1]. Il s'agissait simplement de faire allusion au rôle joué par les réseaux informels de chercheurs dans la circulation du savoir. Mais laissons cela.

L'essentiel n'est-il pas qu'une perspective fluide, systémique et processuelle, soit aujourd'hui pleinement admise au sein des sciences humaines et sociales françaises ? Alors que diverses chapes (structuralistes, marxistes...) les avaient progressivement rigidifiées au cours des années soixante et soixante-dix. Bien sûr, *La Nouvelle Communication* n'a fait que se glisser dans un mouvement beaucoup plus général, qui a vu de nombreuses disciplines se renouveler au cours des vingt dernières années (la psychologie clinique avec l'ouverture aux thérapies familiales, la linguistique avec l'intérêt pour les approches sociales du langage, la sociologie avec l'admission de la perspective interactionniste, etc.). Mais l'ouvrage n'a-t-il pas contribué à l'amplification du mouvement du côté des sciences de l'information et de la communication, qui avaient besoin de balises au moment où elles s'érigeaient en champ autonome, institutionnellement et scientifiquement ? C'est probable, mais je voudrais rester à la fois plus circonspect et plus exigeant.

1. Derek J. de Solla Price, *Little Science, Big Science*, New York, Columbia University Press, 1963 ; trad. fr. : *Science et Suprascience*, Paris, Fayard, 1972. Pour tout savoir sur les « collèges invisibles » en sociologie des sciences : D. Chubin, *An Annotated Bibliography on Invisible Colleges*, 1972-1981, New York, Garland, 1983. Pour une synthèse récente en langue française : Michel Dubois, *Introduction à la sociologie des sciences*, Paris, PUF, 1999, p. 179-185.

La Nouvelle Communication est en effet restée essentiellement un ouvrage pédagagogique de premier ou deuxième cycle. Il n'a guère inspiré les chercheurs qui, aujourd'hui comme hier, travaillent essentiellement à partir du bon vieux modèle « télégraphique ». Ce n'est pas que la référence ne soit pas obligée dans nombre de travaux, mais citer des auteurs n'est pas encore prendre en charge leur perspective. En disant que l'on ne communique pas mais que l'on participe à la communication, Bateson, Birdwhistell et les autres faisaient calmement basculer cul par-dessus tête toute la recherche sur les processus d'échanges, qu'ils soient interpersonnels ou médiatiques. L'échange passait du statut de transfert d'information à celui de relation sociale et symbolique. La communication devenait une institution sociale. C'est cette radicalité que la recherche contemporaine en communication n'ose toujours pas prendre en charge. La vision de sens commun continue à prévaloir — avec d'autant plus d'assurance que les « nouvelles technologies » renforcent encore l'idée que la communication se résume à de la transmission d'information. On n'en voudrait pour indice que le fait que ce soit une image de télégraphe qui s'anime à l'écran au moment de l'activation du système Internet...

Certes, il n'est guère aisé de recadrer une recherche dans une perspective « orchestrale ». Celle-ci semble trop vaste, trop fluide, trop évanescente. On est prêt à y réfléchir mais pas à l'appliquer. Trop compliqué. Alors que la perspective « télégraphique » reste simple à comprendre et apparaît opérationnelle à tout moment. Ce que l'on n'a pas saisi, c'est que la « nouvelle communication » permet de penser transversalement, en rapprochant des objets qui n'ont a priori rien à voir entre eux : c'est là qu'est son apport heuristique principal. A l'instar de Bateson étudiant simultanément comment le chien guide l'aveugle, comment le ventriloque parle à sa poupée et comment les loutres jouent à se mordre sans se blesser, il faut oser penser non seulement en termes comparatifs, mais aussi en termes de « structures qui relient », de règles sous-jacentes (en l'occurrence, de règles de métacommunication). Même si Goffman a rejeté à la fin des années soixante une définition élargie de la communication, il a toujours fait de la « perspective par incongruité » (Burke) un principe de travail. Ainsi, il ne pouvait penser l'asile qu'en le rapportant à d'autres « institutions totales », des foyers pour aveugles aux communautés religieuses. La « nouvelle communication » se rapporte plus à une certaine disposition intellectuelle, une certaine posture scientifique, qu'à un modèle de la communication.

Cette posture comprend non seulement une capacité à « construire l'objet » par rapprochements apparemment incongrus, mais aussi une grande attention aux comportements sociaux *in vivo*, que ce soit dans un contexte clinique (c'est le cas des membres de l'École de Palo Alto *stricto sensu*) ou dans un contexte ethnographique (c'est le cas de Hall, Goffman, Birdwhistell). Observer, écouter, enregistrer, analyser du comportement en contexte : c'est là une démarche qui reste encore fondamentalement étrangère aux chercheurs français en Sciences de l'information et de la communication, dont les « corpus » de données sont le plus souvent constitués de textes et d'images, qu'il s'agit de démonter patiemment. Travailler sur les représentations du réel plutôt qu'à partir du réel, sur les discours plutôt que sur les comportements, travailler en circuit fermé plutôt qu'en terrain découvert : voilà, me semble-t-il, trois aspects de la recherche française en Communication qui expliquent que la « nouvelle communication » ne pouvait y être intégrée.

Cela dit, la « nouvelle communication » existe, de manière vivante, créative et sans complexe. Il serait possible de montrer, en faisant un nouveau choix de textes, combien la troisième génération (incarnée dans *La Nouvelle Communication*, par Stuart Sigman), et aujourd'hui la quatrième génération, ont repris, amplifié et diversifié le programme de leurs aînés.

Du côté de l'École de Palo Alto, il faudrait analyser le phénomène à la fois intellectuel et culturel d'un développement plus affirmé en Europe qu'aux États-Unis, grâce à des personnalités comme Mony Elkaïm[1], Giorgio Nardone[2] ou Jean-Jacques Wittezaele et Teresa Garcia[3], qui ont créé des centres de formation où ont

1. Mony Elkaïm, *Si tu m'aimes, ne m'aime pas*, Paris, Éditions du Seuil, 1989 ; *Panorama des thérapies familiales systémiques*, Paris, Éditions du Seuil, 1995.

2. Giorgio Nardone et Paul Watzlawick, *L'Art du changement. Thérapie stratégique et hypnothérapie sans transe*, Paris, L'Esprit du temps, 1993 ; *Stratégie de la thérapie brève*, Paris, Éditions du Seuil, 2000.

3. Jean-Jacques Wittezaele et Teresa Garcia, *A la recherche de l'École de Palo Alto*, Paris, Éditions du Seuil, 1992.

été régulièrement accueillis des représentants du *Mental Research Institute* (Paul Watzlawick est un voyageur infatigable). Si la thérapie brève revêt aujourd'hui de multiples formes — il n'y a pas de pratique pieuse de reproduction à l'identique des méthodes du Maître —, c'est en raison du renouvellement des sources d'inspiration théoriques et d'une exploration continue de nouveaux domaines d'intervention. Ainsi, la réflexion de Mony Elkaïm a été stimulée par les travaux d'Ilya Prigogine et son équipe de Bruxelles sur les « structures dissipatives » ; ainsi, Jean-Jacques Wittezaele et Claude Seron ont utilisé la thérapie brève pour dénouer des problèmes de réinsertion de mineurs placés en institution par le tribunal[1].

Du côté des sciences sociales, la « nouvelle communication » se redéploie depuis quelques années sur divers terrains, commençant ainsi à donner corps à une « anthropologie de la communication ». Petit retour en arrière. Pour présenter les recherches de Stuart Sigman sur les règles qui sous-tendent les choix de sujets de conversation dans une institution gériatrique, je faisais appel à la fois à Erving Goffman et à Dell Hymes[2]. C'est à celui-ci que l'on doit l'expression « anthropologie de la communication »[3], qu'il n'a jamais, à vrai dire, beaucoup utilisée, lui préférant celles d'« ethnographie de la communication », d'« ethnographie de la parole » et d'« ethnopoétique »[4]. Je me suis permis de la reprendre en y incorporant à la fois Bateson, Birdwhistell et Goffman[5]. D'autres membres de la « troisième génération », également formés par Birdwhistell, Goffman et Hymes à l'université de Penn-

1. Claude Seron et Jean-Jacques Wittezaele, *Aide ou contrôle : l'intervention thérapeutique sous contrainte*, Bruxelles, De Boeck Université, 1991.

2. Cf. p. 83-86 de l'Introduction.

3. Dell Hymes, « The Anthropology of Communication », in F.E.X. Dance, ed., *Human Communication Theory : Original Essays*, New York, Holt, Rinehart and Winston, 1967, p. 1-39.

4. Ces rétrécissements successifs du cadre programmatique reflètent les intérêts de plus en plus focalisés de Hymes, dont le dernier ouvrage porte ce titre quelque peu mystérieux : *Ethnography, Linguistics, Narrative Equality : Towards an Understanding of Voice* (New York, Taylor and Francis, 1996).

5. Yves Winkin, *Anthropologie de la communication. De la théorie au terrain* Bruxelles, De Boeck Université, 1996 ; version revue et augmentée : Paris, Éditions du Seuil, 2001, coll. « Points Essais ».

sylvanie dans les années soixante-dix, ont procédé de façon analogue : Stuart Sigman [1] et Wendy Leeds-Hurwitz [2] ont ainsi parlé d'approche *sociale* de la communication. Quelle que soit l'expression utilisée, il s'agissait de redire que la communication ne peut se réduire à des actes de parole.

Ce sont des chercheurs de la quatrième génération (âgés aujourd'hui d'une trentaine d'années) qui ont empiriquement fait leur cette vision de la communication. Trois exemples. Véronique Servais a consacré plusieurs années à observer les interactions entre des enfants autistes et des dauphins en captivité ou en semi-captivité [3]. Elle voulait comprendre d'où venait ce pouvoir thérapeutique attribué aux dauphins. Il n'était certainement pas « dans » l'interaction elle-même — comme si le contact physique ou oculaire avait valeur de choc déclencheur. Il relèverait plutôt de la croyance en la capacité du dauphin à « sauver » des enfants : c'est au terme d'une enquête au sein des associations qui considèrent le dauphin comme un être supérieur aux hommes que Véronique Servais en est venue à cette proposition. Mais elle n'en tire pas la conclusion que les scientifiques ont raison et que les « fous de dauphin » ont tout faux. Elle suggère plutôt que les chercheurs soient sensibles à l'émotion que suscite la rencontre avec l'animal en travaillant par observation participante — littéralement, en mouillant leur maillot [4]. Maîtrisant à la fois la littérature éthologique et la littérature anthropologique, utilisant à la fois la démarche ethnographique et des techniques d'analyse audiovisuelle image par image, Véronique Servais reprend et amplifie le programme de recherche de Bateson sur la communication homme-animal [5].

1. Stuart Sigman, *A Perspective on Social Communication*, Lexington, Lexington Books, 1987.

2. Wendy Leeds-Hurwitz, *Communication in Everyday Life : A Social Interpretation*, Norwood, Ablex, 1989.

3. Véronique Servais, « Enquête sur le "pouvoir thérapeutique" du dauphin. Ethnographie d'une recherche », *Gradhiva*, 25, 1999, p. 92-105.

4. Véronique Servais, « Construire l'esprit du dauphin », *Terrain*, 34, mars 2000, p. 55-72.

5. Gregory Bateson, « Problèmes de communication chez les cétacés et autres mammifères », in *Vers une écologie de l'esprit*, tome 2, Paris, Éditions du Seuil, 1980, p. 118-132.

Emmanuelle Lallement vient d'un tout autre univers intellectuel. Formée par Michèle de la Pradelle à l'anthropologie du contemporain, et tout particulièrement à l'anthropologie des relations marchandes, elle soutient en 1999 une thèse sur la dynamique du marché de Barbès (18e arrondissement de Paris) qui confirme les travaux de Goffman, Hymes et les autres sans jamais les citer... Mais l'analyse est tellement proche dans son expression même que la contribution à cette anthropologie de la communication encore inchoative me semble très nette :

> L'égalité étant au fondement même de l'échange marchand et cet espace étant une mise en scène de marché, les acteurs présents sur cette scène mettent en place un espace de communication socialement défini par la situation. Si à Carpentras, la situation sociale du marché contribue à la mise en scène d'un espace public où tous, peu ou prou, se voient devenir des enfants du pays [1], à Barbès en revanche, où tous les gens en présence sont d'origines très diverses et où on est « tous l'étranger de quelqu'un », la communication à l'œuvre semble se jouer plutôt sur la mise en scène d'une certaine idée d'une société « multiculturelle ». En fait, on joue à être dans une société de la multiculturalité où, de façon fictive, tout le monde serait pareil, tout le monde serait différent, où l'on serait tous différents parce que tous semblables et où l'on serait tous équivalents parce que tous différents. [2]

Retrouvant à la fois la « gestion des impressions » et l'idée d'une « performance de la culture », Emmanuelle Lallement ouvre l'anthropologie de la communication à la problématique de la multiculturalité, qui n'avait jamais été abordée par les pères fondateurs, du moins dans un contexte occidental urbain. Elle montre aussi qu'une pleine compatibilité peut exister entre les formations française et américaine en matière d'anthropologie et de sciences de la communication. C'est important pour l'avenir.

1. Allusion est faite ici à l'étude de Michèle de la Pradelle, *Les Vendredis de Carpentras. Faire son marché, en Provence ou ailleurs*, Paris, Fayard, 1996.

2. Emmanuelle Lallement, *Au marché des différences... Barbès ou la mise en scène d'une société multiculturelle. Ethnologie d'un espace marchand parisien*, Paris, École des Hautes Études en sciences sociales, thèse de doctorat en anthropologie sociale et ethnologie, 1999.

Filareti Kotsi opère un troisième type d'ouverture, cette fois vers l'anthropologie des mondes enchantés. Séjournant à plusieurs reprises à Ouranoupolis, à la frontière entre la Grèce et la République du Mont Athos, elle étudie les pélerinages organisés par les popes pour les femmes de leur village. Il ne s'agit évidemment pas de se rendre au Mont Athos, interdit à toute créature féminine, mais de tourner autour de la péninsule, en bateau de tourisme, en ne franchissant pas la limite des cinq cents mètres imposée par les monastères. Ce sont les moines qui viennent en barque à la rencontre des bateaux ; ils présentent des reliques et vendent des souvenirs à des dames qui vivent une sorte de miracle : elles sont quasiment au Mont Athos[1].

Empruntant ses termes d'analyse à Arnold Van Gennep, à Victor Turner autant qu'à Erving Goffman, Filareti Kotsi montre comment ce pélerinage peut être conçu comme une expérience liminale, placée à la marge entre deux mondes a priori incompatibles. Mais pour que l'enchantement ait lieu, il faut à la fois qu'une organisation bien rôdée monte le cadre adéquat et que les participantes veulent y croire — la mystification est collective. La situation qu'analyse Filareti Kotsi peut sembler très particulière ; en fait, elle permet de mieux comprendre toute expérience touristique et, plus globalement encore, toute production, permanente ou temporaire, d'enchantement, c'est-à-dire de collusion entre des professionnels de l'évasion et des participants prêts à « suspendre leur incrédulité », pour reprendre une expression connue.

Parvenus à ce stade, sommes-nous loin des premiers travaux de la « nouvelle communication » ? Les thèmes de recherche se sont diversifiés mais l'esprit frondeur est toujours le même. Car les trois jeunes chercheuses dont je viens de présenter succinctement les travaux ne sont pas très disciplinées : la première circule entre éthologie et ethnographie, la deuxième fait de la communication sans le savoir, et la troisième se situe entre l'anthropologie réflexive et l'histoire religieuse. Mais les résultats sont remarquablement créatifs et permettent de penser qu'une véritable anthropologie de la communication est en gestation. Ces représentants

1. Filareti Kotsi, « L'enchantement d'un pélerinage flottant, le cas du Mont Athos, Grèce », *Recherches en Communication*, Louvain-La-Neuve, n° 12, 1999, p. 175-194.

de la quatrième génération ont retrouvé la posture intellectuelle proposée par la « nouvelle communication ». On peut craindre qu'elles aient un peu de mal à s'insérer institutionnellement dans les sciences de la communication françaises actuelles.

Mais n'en rajoutons pas dans le pessimisme. Nombreux sont les lecteurs qui se sont faufilés dans la brèche évoquée à la dernière ligne de l'Introduction. C'est là l'essentiel. Un sourire, un flash, un petit mystère enfin dissipé. Que ce soit Edward Hall nous amenant à dire « mais bon sang, c'est bien sûr » (à propos des portes qui restent toujours ouvertes aux États-Unis), ou Goffman qui nous ravisse intérieurement (au moment où nous repérons un petit ballet interactionnel dans une soirée), ou Bateson qui nous fasse enfin comprendre la teneur des miaulements de notre chat (« dépendance ! dépendance ! »), peu importe. L'essentiel est le plaisir de découvrir que le monde social est plus intelligible qu'il n'y paraît à première vue.

ANNEXE

Proxémique : un tableau de synthèse

1 / Distance intime, mode proche (0 cm)

Les corps se touchent (lutte, rapport sexuel), les odeurs corporelles sont vivement perçues, de même que la chaleur de la peau, la voix est souvent atténuée, la vision peut être brouillée.

1 / Distance intime, mode éloigné (15 à 40 cm)

Les corps ne se touchent plus, à l'exception éventuelle des mains, les odeurs sont encore percevables, la voix reste étouffée et la focalisation visuelle est encore difficile.

3 / Distance personnelle, mode proche (45 à 75 cm)

La vision devient parfaitement nette, les odeurs ne sont plus perçues, à l'exception de l'haleine.

4 / Distance personnelle, mode éloigné (75 à 125 cm)

Le regard embrasse tout le corps, il n'est plus question de chaleur, ni d'haleine, ni de contacts.

5 / Distance sociale, mode proche (1,20 à 2,10 m)

C'est la distance du travail (table, bureau) et des rendez-vous d'affaires; le regard est encore aigu.

6 / Distance sociale, mode éloigné (2,10 à 3,60 m)

Le regard ne peut plus capter les petits détails du visage, la voix commence à monter (audible dans une pièce contiguë).

7 / Distance publique, mode proche (3,60 à 7,50 m)

La tête de l'interlocuteur commence à apparaître plus petite; la voix doit s'élever pour être entendue.

8 / Distance publique, mode éloigné (plus de 7,50 m)

Il faut articuler très nettement pour être entendu et gesticuler pour être vu; l'interlocuteur commence à être noyé dans la masse.

Ce tableau montre comment la classe moyenne américaine, de souche nord-européenne,

Echelle des distances informelles : 0 cm – 25 – 50 – 75 – 100 – 125 – 150 – 175 – 200 – 225 – 250

Distances et modes de réception sensorielle

	INTIME		PERSONNELLE		SOCIALE	
	Proche	Eloigné	Proche	Eloigné	Proche	Eloigné

KINESTHÉSIE	La tête, le pelvis, les cuisses peuvent entrer en contact ou les membres du corps peuvent se toucher accidentellement. Les mains peuvent......
	Les mains peuvent aisément atteindre et saisir l'autre personne, mais moins facilement que ci-dessus. Dans la position assise, ...
	Une des personnes peut écarter l'avant-bras.
	Deux personnes ont juste assez d'espace pour écarter les avant-bras.
	Tout juste hors d'atteinte.
	Hors d'atteinte. En s'étirant, l'une des personnes parvient encore à toucher l'autre
RÉCEPTEURS THERMIQUES	Normalement au-delà de toute conscience. — La chaleur animale et la transpiration se dissipent (Thoreau) (2)
OLFACTION	Attitude culturelle:
Peau et cheveux lavés	OK
Crème à raser-parfum	OK — Tabou
Odeurs sexuelles	Variable — Tabou
Haleine	*Fraiche OK sinon tabou*
Odeurs corporelles	Tabou
Odeurs des pieds	Tabou

	INTIME Proche	INTIME Eloigné	PERSONNELLE Proche	PERSONNELLE Eloigné	SOCIALE Proche	SOCIALE Eloigné
VISION **Vision aiguë** (vis. < fovéa 1°)	Vision trouble, déformée	Détails agrandis de l'iris, des pores du visage, du duvet..		Détails du visage vus grandeur nature: yeux, nez, peau, état des dents, cheveux à l'arrière du cou.	Vaisseaux sanguins oculaires non visibles. Usure des vêtements visibles. Cheveux clairement visibles.	Les rides du visage ..... Les traits profonds restent ...... Les légers clignements ..... les mouvements des lèvres ......
Vision claire (vis. < macula 12° hor., 3° vert.)		Oeil, narines ou bouche.	Partie supérieure ou inférieure du visage.	Partie supérieure ou inférieure du visage.	Partie supérieure ou inférieure du visage ou des épaules.	Un ou deux visages
Balayage limité à 60°		Un tiers du visage, oeil, oreille, ou région de la bouche, visage déformé.	Nez protubérant ensemble du visage visible. Visage déformé.	Partie supérieure du corps, imposibilité de compter les doigts.	Partie supérieure du corps et gestes.	Le corps assis est entièrement visible.
Vision périphérique		La tête se détache sur un arrière fond.	Tête et épaules.	Tout le corps. Le mouvement des doigts est visible.	Tout le corps.	Les autres personnes présentes sont visibles.
Dimension de la tête		Remplit le champs visuel bien au-delà de la grandeur normale.	Plus grande que la normale.	Grandeur normale. Note: La perception de la grandeur de la tête peut varier chez un même sujet pour des distances identiques.		De normale à plus petite
Notes suplémentaires	Sensation de toucher.					
Opérations dans les sous-marins (1)		67 % des opérations se déroulent à cette distance.		23 % des opérations se déroulent à cette distance.		Les personnes et les objets sont visibles en relief jusq'à 3,50 m, 4,50 m.
Regards d'artistes selon Maurice Grosser (3)			Distance très personnelle.	L'une des personnes doit dominer l'autre: l'artiste ou le modèle.	On peut parler d'un portrait à partir du moment où la toile est peinte à une distance de 1,50 m d'un sujet qui n'est pas payé pour poser.	Trop éloigné pour toute conversation.
ORALE AUDITIVE	Grognements Gémissements	Chuchotements	Voix douce Style intime	Ton conventionnel, voix modulée. Style informel, conventionnel		*Note: Les passages d'un niveau de voix à un autre n'ont pas été délimités avec précision.*

se situe d'un point de vue sensoriel à diverses distances.

Il faut souligner que d'autres cultures utilisent d'autres combinaisons sensorielles et possèdent des ensembles de réactions différentes

300 350 400 450 500 550 600 650 10 mètres

PUBLIQUE

A cette distance la reconnaissance de l'autre devient inévitable.

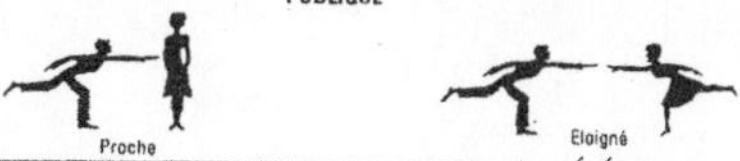

Le mode éloigné de la distance publique commence aux environs de 10 mètres.

facilement atteindre et empoigner toute partie du tronc.

on peut prendre l'autre par la taille. Les corps sont suffisamment éloignés l'un de l'autre pour éviter tout contact accidentel.

L'une des deux peut étendre le bras et toucher l'autre.

Deux personnes dont les têtes sont distantes d'environ 2,50 m peuvent encore se passer un objet en étendant les membres.

disparaissent, visibles. de l'oeil, sont clairement visibles.

Tout le milieu du visage

Les traits fins s'effacent. La couleur des yeux n'est plus identifiable. L'air renfrogné ou le sourire restent visibles. Le hochement de la tête est plus prononcé.

Echelle de SNELLEN (mesure utilisée par l'association des opticiens américains) (4) pour la vision à distance avec un angle de 1 min. Toute personne ayant une acuité visuelle de 20 – 40 (4) peut difficilement voir les yeux et leurs expressions. Le clignement des yeux reste cependant visible.

Visages de deux personnes à la fois.

Les bustes de deux personnes à la fois.

Les bustes de 4 ou 5 personnes à la fois.

On se place souvent dans l'angle de vision de 60° de l'autre personne

Le corps évolue librement dans son espace. La communication posturale commence à prendre de l'importance.

Les autres personnes deviennent significatives.

Très petite.

Adaptation focale possible jusqu'à 4,50 m. Les personnes et les objets commencent à s'aplatir.

Le corps = un tiers de grandeur nature.

Portrait en pied. Le corps humain est vu dans son ensemble, appréhendé d'un seul coup d'oeil. Investissement et identification impossibles.

Voix forte lorsqu'on s'adresse à un groupe. Il faut élever la voix pour attirer l'attention. Style formel.

Voix s'adressant à un large public. Style "glacé"

NOTES

(1) Fl. DIMMICH & D. FARNSWORTH, *Visual acuity Tasks in a Submarine*, New London, 1951.

(2) Henry David THOREAU, *Walden ou la vie dans les bois*, traduit de l'américain par Jeanne Chantal et Thierry Fournier, L'Age d'Homme, 1985.(NDTR)

(3) Maurice GROSSER, *The Painter's Eye*, New York, Rinehart & Company, 1951(NDTR)

(4) La mesure de référence européenne est l'Anneau LANDOLT. " 20 – 40" équivaut à 5 /10 (NDTR)

BIBLIOGRAPHIE

1 Abeles (Gina), « Researching the Unresearchable : Experimentation on the Double Bind », *in* Sluzki (Carlos E.) et Ransom (Donald C.) [299, p. 113-149].
2 Abrams (Charles), *The City is the Frontier,* New York, Harper et Row, 1965.
3 Allee (Warder C.), *The Social Life of Animals,* Boston, Beacon Press, 1958.
4 Ashby (W. Ross), *Design for a Brain,* New York, Wiley, 1952.
5 Ashby (W. Ross), *An Introduction to Cybernetics,* New York, Wiley, 1956.
6 Ashcraft (Norman) et Scheflen (Albert E.), *People Space. The Making and Breaking of Human Boundaries,* New York, Anchor Books, 1976.
7 Attneave (F.), « Some Informational Aspects of Visual Perception », *Psychological Review,* 61 (1954), p. 183-193.
8 Bain (A. D.), « Dominance in the Great Tit, Parus Major », *Scottish Naturalist,* 61 (1949), p. 369-472.
9 Barnes (Mary) et Berke (Joseph), *Mary Barnes, un voyage à travers la folie,* Paris, Éd. du Seuil, 1973 (et coll. «Points Essais», 1978.
10 Barthes (Roland), *Système de la mode,* Paris, Éd. du Seuil, 1967.
11 Bateson (Gregory), *Naven : A Survey of the Problems Suggested by a Composite Picture of the Culture of a New Guinea Tribe Drawn from Three Points of View,* Cambridge, Cambridge University Press, 1936 ; 2e éd. avec épilogue, Stanford, Stanford University Press, 1958 (trad. fr. : *La Cérémonie du Naven,* Paris, Éd. de Minuit, 1971 ; Paris, Le livre de poche, 1986).
12 Bateson (Gregory), « Sex and Culture », *in* Haring (Douglas), ed., *Personal Character and Cultural Milieu,* Ann Arbor, Edward Brothers, 1948, p. 94-107.
13 Bateson (Gregory), « The Message "This is Play" », *in* Schaffner (Bertram), ed., *Group Processes : Transactions of the Second*

Conference, New York, Josiah Macy Jr. Foundation, 1956, p. 145-242.

14 Bateson (Gregory), « Information et codification », *in* Lévy (André), dir. pub., *Psychologie sociale. Textes fondamentaux anglais et américains*, Paris, Dunod, 1965, p. 186-192 (extraits du chap. VII de [268]).

15 Bateson (Gregory), « Slippery Theories. Comment on "Family Interaction and Schizophrenia : A Review of Current Theories", by E. G. Mishler et N. E. Waxler », *International Journal of Psychiatry*, 2 (1966), p. 415-415.

16 Bateson (Gregory), *Steps to an Ecology of Mind*, San Francisco, Chandler, 1972 (trad. fr. : [17 ; 18]).

17 Bateson (Gregory), *Vers une écologie de l'esprit*, t. I, Paris, Éd. du Seuil, 1977.

18 Bateson (Gregory), *Vers une écologie de l'esprit*, t. II, Paris, Éd. du Seuil, 1980.

18 *bis* Bateson (Gregory), *Sacred Unity : Further Steps to an Ecology of Mind* (Rodney E. Donaldson, ed.), New York, Harper Collins, 1991 (trad. fr. : *Une unité sacrée. Quelques pas de plus vers une écologie de l'esprit*, Paris, Éd. du Seuil, 1996).

19 Bateson (Gregory), « The Birth of a Matrix or Double Bind and Epistemology », *in* Berger (Milton M.) [28, p. 41-64].

20 Bateson (Gregory), *Mind and Nature. A Necessary Unity*, New York, Dutton, 1979 (trad. fr. : *La Nature et la Pensée*, Paris, Éd. du Seuil, 1984).

21 Bateson (Gregory), Jackson (Don D.), Haley (Jay) et Weakland (John J.), « Towards a Theory of Schizophrenia », *Behavioral Scientist*, I (1956), p. 251-264 (trad. fr. : *in* [18, p. 9-34]).

22 Bateson (Gregory), Jackson (Don D.), Haley (Jay) et Weakland (John H.), « A Note on the Double Bind — 1962 », *Family Process*, 2 (1963), p. 154-161.

23 Bateson (Gregory) et Mead (Margaret), *Balinese Character : A Photographic Analysis*, New York, New York Academy of Sciences, 1942 (extraits traduits et présentés par A. Bensa sous le titre « Les usages sociaux du corps à Bali », in *Actes de la recherche en sciences sociales*, 14 (1977), p. 3-33).

23 *bis* Bateson (Gregory), Bateson (Mary Catherine), *Angels Fear. Towurds an Epistemology of the Sacred*, New York, Macmillan, 1987 (trad. fr. : *La Peur des anges*, Paris, Éd. du Seuil, 1989).

24 Bauman (Richard) et Sherzer (Joel), *Explorations in the Ethnography of Speaking*, London, Cambridge University Press, 1974.

25 Beels (C. Christian), Ferber (Jane) et Van Vlack (Jacques D.),

Context Analysis of a Family Interview (film), Psychological Cinema Register, Pennsylvania State University, University Park, 1974.

26 Beels (C. Christian), « Profile : Albert E. Scheflen », *Kinesis*, 2, 1 (1979), p. 1-15.

27 Berelson (Bernard) et Steiner (Gary A.), *Human Behavior*, New York, Harcourt, Brace et World, 1964.

28 Berger (Milton M.), ed., *Beyond the Double Bind. Communication and Family Systems, Theories, and Techniques with Schizophrenics*, New York, Brunner/Mazel, 1978.

29 Berger (Peter L.) et Luckmann (Thomas), *The Social Construction of Reality. A Treatise in the Sociology of Knowledge*, Garden City (New York), Doubleday, 1966 (trad. fr. : *La Construction sociale de la réalité*, Paris, Méridiens-Klincksieck, 1986).

30 Bertalanffy (Ludwig von), « An Outline of General System Theory », *British Journal of Philosophy of Science*, 1 (1950), p. 139-164.

31 Bertalanffy (Ludwig von), *General System Theory*, New York, Braziller, 1968 (trad. fr. : *Théorie générale des systèmes*, Paris, Dunod, 1973).

32 Birdwhistell (Ray L.), *Introduction to Kinesics (An Annotation System for Analysis of Body Motion and Gesture)*, Louisville, University of Louisville Press, 1952.

33 Birdwhistell (Ray L.), « Implications of Recent Developments in Communication Research for Evolutionary Theory », *in* Austin (W. M.), ed., *Reports of the Ninth Annual Round Table Meeting on Linguistics and Language Studies*, Washington, D. C., Georgetown University Press, 1958.

34 Birdwhistell (Ray L.), « Contribution of Linguistic-Kinesic Studies to the Understanding of Schizophrenia », *in* Auerback (Alfred), ed., *Schizophrenia : An Integrated Approach*, New York, Ronald Press, 1959, p. 99-123.

35 Birdwhistell (Ray L.), « Kinesics and Communication », *in* Carpenter (Edmund) et Mac Luhan (Marshall), ed., (66), 1960, p. 54-64.

36 Birdwhistell (Ray L.), « Paralanguage : Twenty-Five Years After Sapir », *in* Brosin (Henry W.), ed., *Lectures on Experimental Psychiatry*, Pittsburgh, University of Pittsburgh Press, 1961.

37 Birdwhistell (Ray L.), « The Kinesic Level in the Investigation of the Emotions », *in* Knapp (Peter H.), ed., *Expression of the Emotions in Man*, New York, International Universities Press, 1963, p. 123-139 (trad. fr. part. : « L'analyse kinésique », *Langages*, 10 (1968), p. 105-106).

38 Birdwhistell (Ray L.), « Some Body Motion Elements Accompanying Spoken American English », *in* Thayer (Lee), ed., *Communi-*

cation : Concepts and Perspectives, Washington, D. C., Spartan Books, 1967, p. 53-76 (trad. fr. part. : « L'analyse kinésique », *Langages,* 10 (1968), p. 101-105).

39 Birdwhistell (Ray L.), « La communication non verbale », *in* Alexandre (Paul), dir. publ., *L'Aventure humaine. Encyclopédie des sciences de l'homme,* Genève, Éd. Kister; Paris, Éd. de la Grange Batelière, vol. 5, 1967, p. 157-166.

40 Birdwhistell (Ray L.), « Communication », *in* Sills (David L.), ed., *International Encyclopedia of the Social Sciences,* New York, Mac Millan, 1968, vol. 3, p. 24-29.

41 Birdwhistell (Ray L.), « Kinesics », *in* Sills (David L.), ed., *International Encyclopedia fo the Social Sciences,* New York, Mac Millan, 1968, vol. 8, p. 379-385.

42 Birdwhistell (Ray L.), *Kinesics' and Context. Essays on Body Motion Communication,* Philadelphia, University of Pennsylvania Press, 1970.

42 *bis* Birdwhistell (Ray L.), « Some Meta-Communicational Thoughts about Communicational Studies », *in* Akin (J.), Goldberg (A.), Myers (G.) et Stewart (J.), ed., *Language Behavior : Readings in Communication,* La Haye, Mouton. 1970 (trad. fr. : « Quelques réflexions sur la communication », *Cahiers de psychologie sociale,* n° 29, janvier 1986, p. 3-6).

43 Birdwhistell (Ray L.), « Communication : A Continuous Multi-Channel Process », *in* Beckenbach (E.) et Tompkins (Ch.), ed., *Concepts of Communication : Interpersonal, Intrapersonal and Mathematical,* New York, Wiley, 1971, p. 35-61.

44 Birdwhistell (Ray L.), « The Language of the Body », *in* Silverstein (A.), ed., *Human Communication : Theoretical Explorations,* New York, Wiley, 1974, p. 203-220.

45 Birdwhistell (Ray L.), « Background Considerations to the Study of the Body as a Medium of "Expression" », *in* Benthall (Jonathan) et Polhemus (Ted), ed., *The Body as a Medium of Expression,* New York, Dutton, 1975, p. 103-144.

46 Birdwhistell (Ray L.), « Some Discussion of Ethnography, Theory and Method », *in* Brockman (John), ed., *About Bateson,* New York, Dutton, 1977, p. 103-144.

47 Bloom (Bernard L.), *Community Mental Health. A General Introduction,* Monterey, Cal., Brooks et Cole, 1978.

48 Bloomfield (Leonard), *Language,* New York, Holt, 1933.

49 Boas (Franz), « Introduction », in *Handbook of American Indian Languages,* Bureau of American Ethnology, Bulletin 40, 1911.

50 Bogardus (E. S.), « A Social Distance Scale », *Sociology and Social Research,* 17, 3 (1933).
51 Bogardus (E. S.), *Social Distance,* Yellow Springs (Ohio), Antioch Press, 1959.
52 Bonner (John T.), « how Slime Molds Communicate », *Scientific American,* 209, 2 (1963), p. 84-86.
53 Boole (George), *Mathematical Analysis of Logic; being an essay towards a calculus of deductive reasoning,* Cambridge, Barclay and Mac Millan, 1847.
54 Borgatta (E. F.) et Cottrell (L. S.) Jr., « On the Classification of Groups », *Sociometry,* 18 (1955), p. 416-417.
55 Broadbent (D. E.), « Information Processing in the Nervous System », *Science,* 150 (22 octobre 1965), p. 457-462.
56 Burke (Kenneth), *A Grammar of Motives,* New York, Prentice-Hall, 1945.
57 Burke (Kenneth), *A Rhetoric of Motives,* New York, Prentice-Hall, 1950.
58 Burke (Kenneth), *Permanence and Change,* New York, New Republic, 1953.
59 Byers (Paul), « Cameras Don't Take Pictures », *Colombia University Forum,* 9, 1966.
60 Calhoun (John B.), « The Study of Wild Animals under Controlled Conditions », *Annals of the New York Academy of Sciences,* 51 (1950), p. 113-122.
61 Calhoun (John B.), « A Behavioral Sink », *in* Bliss (E. L.), ed., *Roots of Behavior,* New York, Harper, 1962, p. 295-316.
62 Calhoun (John B.), « Population Density and Social Pathology », *Scientific American,* 207 (1962), p. 139-146.
63 Carnap (Rudolf), *Meaning and Necessity,* Chicago, University of Chicago Press, 1947.
64 Carpenter (C. R.), « Territoriality : A Review of Concepts and Problems », *in* Roe (A.) et Simpson (G. G.), ed. *Behavior and Evolution,* New Haven, Yale University Press, 1958, p. 224-250.
65 Carpenter (Edmund), Varley (Frederick) et Flaherty (Robert), *Eskimo,* Toronto, University of Toronto Press, 1959.
66 Carpenter (Edmund) et Mac Luhan (Marshall), ed., *Explorations in Communications,* Boston Beacon Press, 1960.
67 Castaneda (Carlos), *« Voir. » Les enseignements d'un sorcier yaqui,* Paris, Gallimard, 1973.
68 Castaneda (Carlos), *Le Voyage à Ixtlan. Les leçons de Don Juan,* Paris, Gallimard, 1974.

69 Cherry (Colin), *On Human Communication. A Review, A Survey and a Criticism*, Cambridge (Mass.), MIT Press, 1957.
70 Chombart de Lauwe (Paul), « Le milieu et l'étude sociologique des cas individuels », *Informations sociales*, 2 (1959), p. 41-54.
71 Chombart de Lauwe (Paul), *Famille et Habitation*, Paris, Éd. du CNRS, 1959.
72 Chomsky (Noam), *Syntactic Structures*, La Haye, Mouton, 1957.
73 Christian (John J.), « Factors in Mass Mortality of a Herd of Sika Deer », *Chesapeake Science*, 1 (1960), p. 79-95.
74 Christian (John J.) et Davis (Davis E.), « Social and Endocrine Factors integrated in the Regulation of Growth of Mammalian Populations », *Science*, 146 (1964), p. 1550-1560.
75 Christian (John J.), Flyger (Vagh) et Davis (Davis E.), « Phenomena Associated with Population Density », *Proceedings of the National Academy of Science*, 47 (1961), p. 428-449.
76 Collier (John), *Visual Anthropology : Photography as a Research Method*, New York, Holt, Rinehart et Winston, 1967.
77 Condon (William S.) et Ogston (William D.), « A Segmentation of Behavior », *Journal of Psychiatric Research*, 5 (1967), p. 221-235.
78 Condon (William S.) et Ogston (William D.), « Sound Film Analysis of Normal and Pathological Behavior Patterns », *Journal of Nervous and Mental Disorders*, 143 (1966), p. 338-347.
79 Condon (William S.), « An Analysis of Behavioral Organization », *Sign Language Studies*, 13 (1976), p. 285-318 (repr. *in* Weitz (Shirley) [332, p. 149-167]).
80 Cooper (David), *Psychiatrie et Anti-psychiâtrie*, Paris, Éd. du Seuil, 1970 (et coll. « Points », 1978).
81 Craik (K. J. W.), *The Nature of Explanation*, Cambridge, Cambridge University Press, 1943.
82 Crane (Diana), *Invisible Colleges. Diffusion of Knowledge in Scientific Communities*, Chicago, University of Chicago Press, 1972.
83 Critchley (Martha), *The Language of Gesture*, Londres, Edward Arnold, 1939.
84 Davis (M.), *Computability and Unsolvability*, New York, Mc Graw-Hill, 1958.
85 Davis (Martha), « Laban Analysis of Nonverbal Communication » *in* Weitz (Shirley) [332, p. 182-206].
86 Deevey (Edward S.), « The Hare and the Haruspex : A Cautionary Tale », *Yale Review*, hiver 1960.
87 Dendrickson (G.) et Thomas (F.) *The Truth About Dartmoor*, Londres, Gollancz, 1954.

88 Dorner (Alexander), *The Way Beyond Art*, New York, New York University Press, 1958.
89 Doucet (Pierre) et Laurin (Camille), ed., *Problems of Psychosis*, Amsterdam, Excerpta Medica, 1971.
90 Ducrot (Oswald) et Todorov (Tzvetan), *Dictionnaire encyclopédique des sciences du langage*, Paris, Éd. du Seuil, 1972 (et coll. «Points Essais», 1979).
91 Eco (Umberto), *A Theory of Semiotics*, Bloomington, Indiana University Press, 1976.
92 Efron (David), *Gesture, Race and Culture*, La Haye, Mouton, 1972 ; publ. orig. : *Gesture and Environment*, 1942.
93 Eibl-Eibesfeldt (Irenaueus), «The Fighting Behavior of Animals», *Scientific American*, 205, 6 (1961), p. 112-122.
94 Ekman (Paul), «L'expression des émotions», *La Recherche*, 11, 117 (décembre 1980), p. 1408-1415.
95 Elias (N.), *Über den Prozess der Zivilisation*, Bâle, Falken, 1939.
96 Erikson (Erik H.), *Enfance et Société*, Paris, Delachaux, 1966.
97 Erikson (Erik H.), *Luther avant Luther. Psychanalyse et histoire*, Paris, Flammarion, 1968.
98 Erickson (Milton H.), «The Confusion Technique in Hypnosis», *American Journal of Clinical Hypnosis*, 6 (1964).
99 Errington (Paul), «Factors Limiting Higher Vertebrate Populations», *Science*, 124 (1956), p. 304-307.
100 Errington (Paul), *Of Man and Marshes*, New York, Mac Millan, 1957.
101 Errington (Paul), *Muskrats and Marsh Management*, Harrisburg, Stackpole Company, 1961.
102 Evans (Richard I.), *R. D. Laing. The Man and His Ideas*, New York, Dutton, 1976.
103 Everstine (Diana S.), Bodin (Arthur M.) et Everstine (Louis), «Emergency psychology : A Mobile Service for Police Crisis Calls», *Family Process*, 16, 3 (1977), p. 281-292.
104 Fabbri (Paolo), «Considérations sur la proxémique», *Langages*, 10 (1968), p. 65-75.
105 Faris (Robert E.), *Chicago Sociology 1920-1932*, Chicago, University of Chicago Press, 1970 ; 1re éd., 1967.
106 Feldman (S.), *Mannerisms of Speech and Gestures in Everyday Life*, New York, International Universities Press, 1959.
107 Feyerabend (Paul), *Contre la méthode. Esquisse d'une théorie anarchiste de la connaissance*, Paris, Éd. du Seuil, 1979.
108 Foerster (Heinz von), Mead (Margaret) et Teuber (Hans), ed., *Cybernetics. Circular Causal and Feedback Mechanisms in Biologi-*

cal and Social Systems, New York, Josiah Macy Jr. Foundation, 1949-1954 (Actes du sixième Colloque et des quatre suivants).
109 Foley (Vincent), *An Introduction to Family Therapy,* New York, Grune and Stratton, 1974.
110 Frake (Charles O.), « Family and Kinship in Eastern Subanum », *in* Murdock (G. P.), ed., *Social Structure in Southeast Asia,* Viking Fund publications in anthropology, n° 29, 1960, p. 51-64.
111 Frank (Lawrence K.), « Tactile Communication », *Genetic Psychology Monographs.* 56 (1957), p. 209-255 (repr. *in* Smith (Alfred G.), ed., *Communication and Culture. Readings in the Codes of Human Interaction,* New York, Holt, Rinehart and Winston, 1966, p. 199-209).
112 Fried (Marc), « Grieving for a Lost Home », *in* Duhl (L. G.), ed., *The Urban Condition,* New York, Basic Books, 1963.
113 Fried (Marc) et Gleicher (Peggy), « Some Sources of Residential Satisfaction in an Urban Slum », *Journal of the American Institute of Planners,* 27 (1961), p. 305-315.
114 Friedman (Kenneth), « Entretien avec Edward Hall », *Psychologie,* 119 (décembre 1979), p. 23-29.
115 Fromm-Reichmann (Frieda), « Notes on the Development of Treatment of Schizophrenics by Psychoanalytic Psychotherapy », *Psychiatry,* 11 (1948), p. 263-273.
116 Gallie (W. B.), *Peirce and Pragmatism,* Harmondsworth (Angleterre), Pelican Books, 1952.
117 Gans (Herbert), *The Urban Villagers,* Cambridge (Mass.), MIT Press et Harvard University Press, 1960.
118 Garfinkel (Harold), *Studies in Ethnomethodology,* Englewood Cliffs (N. J.), Prentice-Hall, 1967.
119 Gibson (James J.), *The Perception of the Visual World,* Boston, Houghton Mifflin, 1950.
120 Giedion (Sigfried), *The Eternal Present. The Beginnings of Architecture* (vol. II), New York, Bollingen Foundation, Pantheon Books, 1962.
121 Gilliard (E. Thomas), « On the Breeding Behavior of the Cock-of-the-Rock (Aves Rupicola Rupicola) », *Bulletin of the American Museum of Natural History,* 124 (1962), p. 31-68.
122 Gilliard (E. Thomas), « Evolution of Bower Birds », *Scientific American,* 209, 2 (1963), p. 38-46.
123 Godefroy (Frédéric), *Dictionnaire de l'ancienne langue française et de tous ses dialectes du IXe au XVe siècle,* Paris, s.e., 1883 ; réimpr., 1961.
124 Goffman (Erving), *Communication Conduct on a Island Commu-*

nity, dissertation Ph. D. non publiée, Département de sociologie, Université de Chicago, 1953.

125 Goffman (Erving), « Interpersonal Persuasion », *in* Schaffner (Bertram), ed., *Group Processes. Transactions of the Third Conference*, New York, Josiah Macy Jr. Foundation, 1957, p. 117-193 (trad. fr. partielle : [136 *ter*], p. 114-142).

126 Goffman (Erving), *The Presentation of Self in Everyday Life*, Garden City (New York), Doubleday, 1959 ; 1re éd., 1956 (trad. fr. : *La Mise en scène de la vie quotidienne*, t. I, *La Présentation de soi*, Paris, Éd. de Minuit, 1973).

127 Goffman (Erving), *Encounters. Two Studies in the Sociology of Interaction*, Indianapolis, Bobbs-Merril, 1961.

128 Goffman (Erving), *Asylums. Essays on the Social Situation of Mental Patients and Other Inmates*, Garden City (New York), Doubleday, 1961 (trad. fr. : *Asiles. Étude sur la condition sociale des malades mentaux*, Paris, Éd. de Minuit, 1968).

129 Goffman (Erving), *Behavior in Public Places. Notes on the Social Organization of Gatherings*, New York, The Free Press, 1963.

130 Goffman (Erving), *Stigma. Notes on the Management of Spoiled Identify*, Englewood Cliffs (N. J.), Prentice-Hall, 1964 (trad. fr. : *Stigmates. Les usages sociaux des handicaps*, Paris, Éd. de Minuit, 1975).

131 Goffman (Erving), *Interaction Ritual. Essays on Face-to-Face Behavior*, Garden City (New York), Doubleday, 1967 (trad. fr. : *Les Rites d'interaction*, Paris, Éd. de Minuit, 1974).

132 Goffman (Erving), *Strategic Interaction*, Philadelphia, University of Pennsylvania Press, 1969 (trad. fr. à paraître aux Éd. Complexe, Bruxelles).

133 Goffman (Erving), *Relations in Public. Microstudies of the Public Order*, New York, Basic Books, 1971 (trad. fr. : *La Mise en scène de la vie quotidienne*, t. II : *Les Relations en public*, Paris, Éd. de Minuit, 1973).

134 Goffman (Erving), *Frame Analysis. An Essay on the Organization of Experience*, New York, Harper and Row, 1974 (trad. fr. : *Les Cadres de l'expérience*, Paris, Éd. de Minuit, 1991).

135 Goffman (Erving), « Gender Advertisements », *Studies in the Anthropology of Visual Communication*, 3, 2 (1976) (= *Gender Advertisements*, Harper and Row, 1979).

136 Goffman (Erving), « La ritualisation de la féminité », *Actes de la recherche en sciences sociales*, 14 (1977), p. 34-50 (= extraits de [135]). Repris dans [136 *ter*], p. 150-185.

136 *bis* Goffman (Erving), *Forms of Talk*, Philadelphia, University of

Pennsylvania Press, 1981 (trad. fr. : *Façons de parler*, Paris, Éd. de Minuit, 1987).

136 *ter* Goffman (Erving), *Les Moments et leurs hommes. Textes recueillis et présentés par Y. Winkin*, Paris, Éd. du Seuil/Éd. de Minuit, 1988.

137 Goleman (Daniel), « Entretien avec Gregory Bateson 31-68 », *Psychologie*, 107 (décembre 1978), p. 25-31.

138 Grosser (Maurice), *The Painter's Eye*, New York, Rinehart, 1951.

139 Guerin (Philip J.), « Family Therapy : The First Twenty-Five Years », *in* Guerin (P. J.), ed., *Family Therapy. Theory and Practice*, New York, Gardner Press, 1976, p. 2-22.

140 Gumperz (John J.) et Hymes (Dell), ed., *The Ethnography of Communication*, Washington, American Anthropological Association, 1964.

141 Haley (Jay), « Family Therapy : A Radical Change », *in* Haley (Jay), *Changing Families. A Family Therapy Reader*, New York, Grune and Stratton, 1971, p. 272-284.

142 Haley (Jay), « A Review of the Family Therapy Field », *in* Haley (Jay), ed., *Changing Families. A Family Therapy Reader*, New York, Grune and Stratton, 1971, p. 1-12.

143 Haley (Jay), *Uncommon Therapy. The Psychiatric Techniques of Milton H. Erickson*, New York, Norton, 1973.

144 Haley (Jay), *Problem-Solving Therapy*, San Francisco, Josey-Bass, 1976 (trad. fr. : *Nouvelles Stratégies en thérapie familiale. Le problem-solving en psychothérapie familiale*, Paris, J.-P. Delarge, 1979).

145 Haley (Jay), « Development of a Theory : A History of a Research Project », *in* Sluzki (Carlos E.) et Ransom (Donald D.) [299, p. 59-104].

146 Hall (Edward T.), « The Anthropology of Manners », *Scientific American*, 192 (1955), p. 85-89.

147 Hall (Edward T.), « A Microcultural Analysis of Time », *Proceedings of the Fifth International Congress of Anthropological and Ethnological Sciences, Philadelphia, Sept. 1-9, 1956*, p. 118-122.

148 Hall (Edward T.), *The Silent Language*, Garden City (New York), Doubleday, 1959 (trad. fr.: *Le Langage silencieux*, Paris, Éd. du Seuil, 1984 et coll. «Points Essais», 1984).

149 Hall (Edward T.), « The Madding Crowd », *Landscape*, automne 1960, p. 26-29.

150 Hall (Edward T.), *ICA Participant English Language Requirement Guide. Part I*, Washington, D. C., 1960.

151 Hall (Edward T.), « Proxemics – The Study of Man's Spatial Relations », *in* Galdston (I.), ed., *Man's Image in Medecine and Anthro-*

pology, New York, International Universities Press, 1963, p. 422-445.

152 Hall (Edward T.), « A System for the Notation of Proxemic Behavior », *American Anthropologist*, 65 (1963), p. 1003-1026.

153 Hall (Edward T.), « Silent Assumptions in Social Communication », *in* Rioch (David) et Weinstein (Edwin), ed., *Disorders of Communication*, Research Publications, vol. XLII, Association for Research in Nervous and Mental Disease, Baltimore, Williams and Wilkins Company, 1964.

154 Hall (Edward T.), « Adumbration in Intercultural Communication », *in* Gumperz (John J.) et Hymes (Dell) [140, p. 154-163].

155 Hall (Edward T.), *The Hidden Dimension*, Garden City (New York), Doubleday, 1966 (trad. fr.: *La Dimension cachée*, Paris, Éd. du Seuil, 1971 et coll. «Points Essais», 1978).

156 Hall (Edward T.), « Proxemics », *Current Anthropology*, 9 (1968), p. 83-95 ; repr. dans le présent ouvrage, p. 191-221.

157 Hall (Edward T.), *Handbook for Proxemic Research*, Washington, D.C., Society for the Anthropology of Visual Communication, American Anthropological Association, 1974.

158 Hall (Edward T.), *The Fourth Dimension in Architecture : The Impact of Building on Man's Behavior*, Santa Fe (New Mexico), Sunstone Press, 1975.

159 Hall (Edward T.), *Beyond Culture*, Garden City (New York), Doubleday, 1976 (trad. fr.: *Au-delà de la culture*, Paris, Éd. du Seuil, 1979 et coll. «Points Essais», 1987).

159 *bis* Hall (Edward T.), *The Dance of Life*, New York, Anchor Press Doubleday, 1983 (trad. fr.: *La Danse de la vie, Temps culturel, temps vécu*, Paris, Éd. du Seuil, 1984 et coll. «Points Essais», 1992).

159 *ter* Hall (Edward T.), *An Anthropology of Everyday Life : An Autobiography*, New York, Doubleday, 1992.

159 *quater* Hall (Edward T.), *L'Ouest des années trente*, Paris, Éd. du Seuil, 1996.

160 Hall (Edward T.) et Trager (George L.), *The Andlysis of Culture*, Washington, D. C., American Council of Learned Societies, 1953.

161 Hall (Edward T.) et Whyte (William F.), « Intercultural Communication », *Human Organization*, 19, 1 (1960), p. 5-12.

161 *bis* Hall (Edward T.) et Hall (Mildred R.), « Les concepts de la communication interculturelle », *Les Cahiers de psychologie sociale*, n° 24, janvier 1986, p. 2-14.

161 *ter* Hall (Edward T.) et Hall (Mildred R.), *Guide du comportement dans les affaires internationales, Allemagne, États-Unis, France*, Paris, Éd. du Seuil, 1990.

161 *quater* Hall (Edward T.) et Hall (Mildred R.), *Comprendre les Japonais,* Paris, Éd. du Seuil, 1994.
162 Hall (Élisabeth), « Entretien avec Edward T. Hall », *Psychologie,* 88 (mai 1977), p. 30-41.
163 Hallowell (Irving A.), « Cultural Factors in Spatial Orientation », *in* Hallowell (I. A.), ed., *Culture and Experience,* Philadelphia, University of Pennsylvania Press, 1955, p. 184-202.
164 Harlow (H. E.), « The Formation of Learning Sets », *Psychological Review,* 56 (1949), p. 51-65.
165 Harris (Marvin), *The Nature of Cultural Things,* New York, Random House, 1964.
166 Harris (Zellig), *Methods in Structural Linguistics,* Chicago, University of Chicago Press, 1951.
167 Hayes (Alfred S.), « Paralinguistics and Kinesics : Pedagogical Perspectives », *in* Sebeok (Thomas) et *al.* [298, p. 145-172].
168 Hediger (Hans), *Wild Animals in Captivity,* Londres, Butterworth, 1950.
169 Hediger (Hans), *Studies of the Psychology and Behavior of Captive Animals in Zoos and Circuses,* Londres, Butterworth, 1955.
170 Hediger (Hans), « The Evolution of Territorial Behavior », *in* Washburn (S. L.), ed., *Social Life of Early Man,* New York, *Viking Fund Publications in Anthropology,* 1961, p. 34-57.
171 Heims (Steve), « Encounter of Behavioral Sciences with New Machine-Organism Analogies in the 1940's », *Journal of the History of the Behavioral Sciences,* 11 (1975), p. 368-373.
172 Heims (Steve), « Gregory Bateson and the Mathematicians : from Interdisciplinary Interaction to Societal Functions », *Journal of History of the Behavioral Sciences,* 13 (1977), p. 141-159.
173 Hellersberg (Elizabeth F.), *Adaptation to Reality of our Culture,* Springfield, C. C. Thomas, 1950.
174 Hellersberg (Elizabeth F.), *Spatial Structures and Images in Japan : A Key to Culture Understanding,* mss, 1966.
175 Hewes (Gordon W.), « World Distribution of Certain Postural Habits », *American Anthropologist,* 57 (1955), p. 231-244.
176 Herpin (Nicolas), *Les Sociologues américains et le Siècle,* Paris, PUF, 1973.
177 Hinde (R. A.) et Tinbergen (Niko), « The Comparative Study of Species-Specific Behavior », *in* Roe (A.) et Simpson (G.), ed., *Behavior and Evolution,* New Haven, Yale University Press, 1958, p. 251-268.
178 Hockett (Charles F.), *A Course in Modern Linguistics,* New York, Mac Millan, 1958.

179 Hockett (Charles F.), « The Origin of Speech », *Scientific American*, 203 (1960), p. 338-396.
180 Howard (H. E.), *Territory in Bird Life*, London, Murray, 1920.
181 Hull (E. L.) *et al.*, *Mathematico-Deductive Theory of Rote Learning*, Yale University, *Institute of Human Relations*, 1940.
181 *bis* Hall (Edward T.) et Hall (Mildred R.), « Les concepts de la communication interculturelle », *Les Cahiers de psychologie sociale*, n° 24, janvier 1986, p. 2-14.
182 Hymes (Dell), « Introduction : Toward Ethnographies of Communication », *in* Gumperz (John J.) and Hymes (Dell) (140, p. 1-34].
183 Hymes (Dell), *Foundations in Sociolinguistics. An Ethnographic Approach*, Philadelphia, University of Pennsylvania Press, 1974.
184 Jackson (Don D.), « The Question of Family Homeostasis », *The Psychiatric Quaterly Supplement*, 31 (1957), p. 79-80 ; repr. dans le présent ouvrage, p. 224-237.
185 Jackson (Don D.), ed., *Communication, Family and Marriage*, Palo Alto, Science and Behavior Books, 1968.
186 Jackson (Don D.), ed., *Therapy, Communication and Change*, Palo Alto, Science and Behavior Books, 1968.
187 Jakobson (Roman), *Essais de linguistique générale. I. Les Fondations du langage*, Paris, Éd. de Minuit, 1963 (et Éd. du Seuil, coll. «Points Essais», 1970).
188 Jakobson (Roman), *Essais de linguistique générale. II. Rapports externes et internes du langage*, Paris, Éd. de Minuit, 1973.
189 James (William), *Principles of Psychology*, New York, Dover, 1950 ; 1re éd., 1890.
190 Jammer (Max), *Concepts of Space*, New York, Harper, 1960.
191 Johnson (A. M.), Giffin (M. E.), Watson (E. J.) et Beckett (P. G.), « Studies in Schizophrenia at the Mayo Clinic. II. Observations on Ego Function on Schizophrenia », *Psychiatry*, 19 (1956).
192 Joos (Martin), ed., *Readings in Linguistics. The Development of Descriptive Linguistics 1925-1956*, Chicago, University of Chicago Press, 1957.
193 Joos (Martin), « The Five Clocks », *International Journal of American Linguistics*, 28, 2 (1962).
194 Katz (Jerrold J.) et Postal (Paul M.), *An Integrated Theory of Linguistic Descriptions*, Cambridge (Mass.), MIT Press, 1964.
195 Kendon (Adam), « Some Functions of Gaze Direction in Social Interaction », *Acta Psychologica*, 26 (1967), p. 1-47.
196 Kilpatrick (Franklin P.), ed., *Explorations in Transactional Psychology*, New York, New York University Press, 1961.
197 Kristeva (Julia), « Le geste, pratique ou communication ? », *Lan-*

guges, 10 (1968), p. 48-64 (repr. in *Sémeiotiké*, Paris, Éd. du Seuil, 1969 et coll. «Points Essais», 1978, p. 29-51).

198 Kuhn (Thomas), *The Structure of Scientific Revolutions*, Chicago, University of Chicago Press, 1962 (trad. fr. : *La Structure des révolutions scientifiques*, Paris, Flammarion, 1972).

199 Laing (Ronald), « Mystification. Confusion and Conflict », *in* Boszormenyi-Nagy (Ivan) et Framo (James L.), ed., *Intensive Family Therapy : Theoretical and Practical Aspects*, New York, Harper and Row, 1965, p. 343-350.

200 Laing (Ronald D.), *Self and Others*, London, Tavistock, 1961 (trad. fr. : *Soi et les Autres*, Paris, Gallimard, 1972).

201 Laing (Ronald D.) et Esterson (Aaron), *Sanity, Madness and the Family*, Londres, Tavistock, 1964 (trad. fr. : *L'Equilibre mental, la Folie et la Famille*, Paris, Maspero, 1971).

202 Lantis (Margaret), « Vernacular Culture », *American Anthropologist*, 62 (1960), p. 202-216.

203 Lasègue (Charles) et Falret (J.), « La folie à deux, ou folie communiquée », *Annales médico-psychologiques*, t. XVIII (1877), p. 321-355 ; repr. *in* Lasègue (Charles), *Écrits psychiatriques*, Toulouse, Privat, 1971.

204 Leach (Edmund R.), « Culture and Social Cohesion : An Anthropologist's View », *Daedalus*, hiver 1965, p. 24-38.

205 Leach (Edmund R.), *Culture and Communication : The Logic by which Symbols are Connected*, Cambridge, Cambridge University Press, 1976.

206 Lévi-Strauss (Claude), *Anthropologie structurale*, Paris, Plon, 1958.

207 Lévi-Strauss (Claude), « The Scope of Anthropology », *Current Anthropology*, 7 (1966), p. 112-123.

208 Lévi-Strauss (Claude), « Anthropology : Its Achievements and Future », *Current Anthropology*, 7 (1966), p. 124-127.

209 Lévi-Strauss (Claude), « Introduction à l'œuvre de Marcel Mauss », *in* Mauss (Marcel), *Sociologie et Anthropologie*, Paris, PUF, 1968, p. IX-LII.

210 Levine (Donald N.), « Introduction », *in* Simmel (Georg), *On Individuality and Social Forms*, Chicago, University of Chicago Press, 1971, p. IX-LXV.

211 Lewin (Kurt), *A Dynamic Theory of Personality*, New York, Mc Graw-Hill, 1935.

212 Lidz (T.), Cornelison (A.), Terry (D.) et Flerck (S.), « Intrafamilial Environment of the Schizophrenic Patient. VI. The Transmission of Irrationality », *Archives of Neur. Psychiatry*, 79 (1958).

213 Linton (Ralph), *De l'homme*, Paris, Éd. de Minuit, 1967.

214 Linton (Ralph), *Le Fondement culturel de la personnalité,* Paris, Dunod, 1968.
215 Lipset (David), « Gregory Bateson : Early Biography », *in* Brockman (John), ed., *About Bateson,* New York, Dutton, 1977, p. 21-51.
216 Lipset (David), *Gregory Bateson. The Legacy of a Scientist,* Englewood Cliffs (N. J.), Prentice-Hall, 1980.
217 Lissman (H. W.), « Electic Location by Fishes », *Scientific American,* 208 (1963), p. 50-59.
218 Little (Kenneth B.), « Personal Space », *Journal of Experimental Social Psychology,* 1 (1965), p. 237-247.
219 Little (Kenneth B.), Ulehla (Z. J.) et Henderson (C.), « Value Congruence and Interaction Distances », *Journal of Social Psychology,* 75 (1968).
220 Lorente de Nó (R.), « Analysis of the Activity of the Chains of Internuncial Neurons », *J. of Neurophysiology,* 1, 207 (1938).
221 Lorenz (Konrad), « The Comparative Method in Studying Ornate Behavior Patterns », *Symp. Soc. Biol.,* 4 (1950), p. 221-268.
222 Lorenz (Konrad), *King Solomon's Ring,* New York, Thomas Y. Crowell, 1952.
223 Lorenz (Konrad), *On Aggression,* New York, Harcourt, Brace and World, 1963.
224 Lynd (Robert S.), *Knowledge for What ?,* Princeton University Press, 1948.
225 Mac Bride (Glen), *A General Theory of Social Organization and Behavior,* St Lucia (Australia), University of Queensland Press, 1964.
226 Mac Clellan (James E.), « Skinner's Philosophy of Human Nature », *Studies in Philosophy and Education,* 4 (1966), p. 307-332.
227 Mac Culloch (Warren S.), « Teleological Mechanisms », *Annals of the New York Academy of Sciences,* 50 (1948), p. 259-277.
228 Mac Culloch (Warren S.), « Reliable Systems Using Unreliable Units », *in* Rioch (David) et Weinstein (Edwin), ed., *Discorders of Communication,* Research Publications, vol. XLII, *Association for Research in Nervous and Mental Disease,* Baltimore, Williams and Wilkins Company, 1964.
229 Mac Culloch (Warren S.) et Pitts (Walter), « A Logical Calculus of the Ideas Immanent in Nervous Activity », *Bull. of Math. Biophysics,* 5 (1943), p. 115-133.
230 Mac Culloch (Warren S.) et Pitts (Walter), « How We Know Universals ; The Perception of Auditory and Visual Forms », *Bull. of Math. Biophysics,* 9 (1947), p. 127-147.

231 Mac Harg (Ian), « Man and his Environment », *in* Duhl (Leonard), ed., *The Urban Condition,* New York, Basic Books, 1963.
232 Mac Lean (P. D.), « Man and his Animal Brains », *Modern Medicine,* 95 (1965).
233 Mac Luhan (Marshall), *The Gutenberg Galaxy,* Toronto, University of Toronto Press, 1963 (trad. fr. : *La Galaxie Gutenberg,* Paris, Mame, 1967).
234 Mac Luhan (Marshall), *Understanding Media,* New York, Mc Graw-Hill, 1964 (trad. fr. : *Pour comprendre les médias,* Paris, Éd. du Seuil, 1968 (et coll. « Points », 1977).
235 Mac Quown (Norman A.), « Linguistic Transcription and Specification of Psychiatric Interview Materials », *Psychiatry,* 20, 1 (1957), p. 79-86.
236 Mac Quown (Norman A.), ed., *The Natural History of an Interview,* Chicago, University of Chicago Library, Microfilm Collection of Manuscripts on Cultural Anthropology, n° 95, série xv, 1971.
237 Malinowski (Bronislaw), « Phatic Communion », *in* Laver (John) et Hutscheson (S.), ed., *Communication in Face to Face Interaction,* Londres, Penguin, 1972, p. 146-152.
238 Mead (George-Herbert), *Mind, Self and Society,* Chicago, University of Chicago Press, 1934 (trad. fr. : *L'Esprit, le Soi et la Société,* Paris, PUF, 1963).
239 Mead (Margaret), « Anthropology among the Sciences », *American Anthropologist,* 63 (1961), p. 475-482.
240 Mead (Margaret), *Continuities in Cultural Evolution,* New Haven, Yale University Press, 1964.
241 Mead (Margaret), *Blackberry Winter,* New York, Morrow, 1972 (trad. fr. : *Du givre sur les ronces,* Paris, Éd. du Seuil, 1977).
242 Mead (Margaret) et Métraux (Rhoda), ed., *The Study of Culture at a Distance,* Chicago, University of Chicago Press, 1953.
243 Meltzer (Bernard M.), Petras (John W.) et Reynolds (Larry T.), *Symbolic Interactionism. Genesis, Varieties and Criticism,* Londres, Routledge and Kegan Paul, 1975.
244 Metzger (Duane), « Review of M. Harris' *The Nature of Cultural Things* », *American Anthropologist,* 67, 5 (1965), p. 1293.
245 Miller (George A.), Galanter (E.) et Pribram (K.), *Plans and the Structure of Behavior,* New York, Holt, 1960.
246 Morris (Desmond), *Manwatching. A Field Guide to Human Behavior,* New York, Abrams, 1977 (trad. fr. : *La Clef des gestes,* Paris, Grasset, 1979).
247 Mosher (Loren R.) et Menn (Alma Z.), « The Surrogate Family. An Alternative to Hospitalization », *in* Shershow (J. C.), ed., *Schizo-*

phrenia : Science and Practice, Cambridge (Mass.), Harvard University Press, 1978, p. 223-239.

248 Mosher (Loren R.) et Menn (Alma Z.), « Community Residential Treatment for Schizophrenia : Two-Year Follow-Up », *Hospital and Community Psychiatry,* 29, 11 (1978), p. 715-723.

249 Mosher (Loren R.), Reifman (Ann) et Menn (Alma Z.), « Characteristics of Nonprofessionals Serving as Primary Therapists for Acute Schizophrenics », *Hospital and Community Psychiatry,* 24, 6 (1973), p. 391-396.

250 Neumann (John von) et Morgenstern (Oskar), *Theory of Games and Economic Behavior,* Princeton, Princeton University Press, 1944.

251 Newell (A.), Shaw (J. C.) et Simon (H. A.), « Elements of a Theory of Human Problem Solving ». *Psychological Review,* 65 (1958), p. 151-166.

252 Nicolson (H.), *Good Behavior,* Londres, Constable, 1955.

253 Olson (David H.), « Empirically Unbinding the Double Bind : Review of Research and Conceptual Reformulations », *Family Process,* 11 (1972), p. 64-94.

254 Osgood (C. E.), « Reciprocal Initiative », *in* Roosevelt (J.), ed., *The Liberal Papers,* New York, Anchor Books, 1962.

255 Osmond (Humphrey), « Function as the Basis of Psychiatric Ward Design », *Mental Hospitals,* supplément architectural (avril 1957), p. 23-29.

256 Parkes (A. A.) et Bruce (H. M.), « Olfactory Stimuli in Mammalian Reproduction », *Science,* 134 (1961), p. 1049-1054.

257 Pike (Kenneth L.), *Language in Relation to a Unified Theory of the Structure of Human Behavior,* Glendale (Cal.), Summer Institute of Linguistics, 1954, 1955, 1960.

258 Pittenger (Robert E.) et Smith (Henry L.), « A Basis for Some Contributions of Linguistics to Psychiatry », *Psychiatry,* 20, I (1957), p. 61-78.

259 Portmann (Adolf), *Animal Camouflage,* Ann Arbor, University of Michigan Press, 1959.

260 Rashevsky (N.), *Mathematical Biophysics,* Chicago, University of Chicago Press, 1938.

261 Richardson (L. F.), « Generalized Foreign Politics », *British Journal of Psychology,* supplément monographique, XXIII, 1939.

262 Roe (Anne) et Simpson (George G.), ed., *Behavior and Evolution,* New Haven, Yale University Press, 1958.

263 Rosenblith (Walter A.), *Sensory Communication,* New York, MIT Press and Wiley, 1961.

264 Rosenblueth (Arturo), Wiener (Norbert) et Bigelow (Julian), « Be-

havior, Purpose and Teleology», *Philosophy of Science,* 10 (1943), p. 18-24.

265 Rosnay (Joël de), *Le Macroscope. Vers une vision globale*, Paris, Éd. du Seuil, 1975 (et coll. «Points Essais», 1977).

266 Ruesch (Jurgen), *Disturbed Communication,* New York, Norton, 1957.

267 Ruesch (Jurgen), *Therapeutic Communication,* New York, Norton, 1961.

268 Ruesch (Jurgen) et Bateson (Gregory), *Communication. The Social Matrix of Psychiatry,* New York, Norton, 1951 ; 2e éd., 1968 (trad. fr. : *Communication et Société,* Paris, Éd. du Seuil, 1988).

269 Ruesch (Jurgen) et Kees (Weldon), *Nonverbal Communication. Notes on the Visual Perception of Human Relations,* Berkeley, University of California Press, 1956.

270 Sapir (Edward), *Language. An Introduction to the Study of Speech,* New York, Harcourt, Brace and World, 1921 (trad. fr. : *Le Langage,* Paris, Payot, 1967).

271 Sapir (Edward), «Sound Patterns in Language», *Language,* 1 (1925), p. 37-51 (trad. fr. : «La notion de structure phonétique», *in* [278, p. 143-164]).

272 Sapir (Edward), «The Unconscious Patterning of Behavior in Society», *in* Dummer (E. S.), ed., *The Unconscious : A Symposium,* New York, Knopf, 1927, p. 114-142 (trad. fr. : «L'influence des modèles inconscients sur le comportement social», *in* [277, p. 35-48]).

273 Sapir (Edward), «The Status of Linguistics as a Science», *Language,* 5 (1929), p. 207-214 (trad. fr. : «La place de la linguistique parmi les sciences», *in* [278, p. 131-140]).

274 Sapir (Edward), «La réalité psychologique des phonèmes», *Journal de psychologie normale et pathologique,* 30 (1933), p. 247-265 ; repr. *in* [278, p. 165-186].

275 Sapir (Edward), «Language», *Encyclopedia of the Social Sciences,* New York, Mac Millan, 1933, p. 7-32 (trad. fr. : «Le langage», *in* [278, p. 29-64]).

276 Sapir (Edward), *Selected Writings of Edward Sapir in Language, Culture, and Personality* (D. Mandelbaum, ed.), Berkeley, University of California Press, 1949.

277 Sapir (Edward), *Anthropologie* (présentation de C. Baudelot), Paris, Éd. de Minuit, 1967 (et Éd. du Seuil, coll. «Points Essais», 1971).

278 Sapir (Edward), *Linguistique* (présentation de J.-E. Boltanski), Paris, Éd. de Minuit, 1968.

279 Sarbin (T. R.), «Role Theory : Organismic Dimension», *in* Lindzey

(G.), ed., *Handbook of Social Psychology*, Cambridge (Mass.), Addison-Wesley, 1954, p. 233-235.

280 Satir (Virginia), *Thérapie du couple et de la famille*, Paris, L'Épi, 1977.

281 Saussure (Ferdinand de), *Cours de linguistique générale* (édition critique préparée par T. de Mauro), Paris, Payot, 1979 ; 1re éd., 1916.

282 Schäfer (Wilhelm), *Der kritische Raum und die kritische Situation in der tierischen Sozietät*, Francfort, Krämer, 1956.

283 Scheflen (Albert E.), *A Psychotherapy of Schizophrenia. A Study of Direct Analysis*, Springfield (Ill.), Ch. Thomas, 1960.

284 Scheflen (Albert E.), « Communication and Regulation in Psychotherapy », *Psychiatry*, 26 (1963), p. 126-136.

285 Scheflen (Albert E.), « The Significance of Posture in Communication Systems », *Psychiatry*, 27 (1964), p. 316-331.

286 Scheflen (Albert E.), *Stream and Structure of Communicational Behavior*, Philadelphia, Eastern Pennsylvania Psychiatric Institute Monograph, 1965.

287 Scheflen (Albert E.), « Natural History Method in Psychotherapy : Communicational Research », *in* Gottschalk (Louis) et Auerbach (Arthur), ed., *Methods of Research in Psychotherapy*, New York, Appleton-Century Crofts, 1966, p. 263-291 (trad. fr. : « Méthode de l'histoire naturelle en psychothérapie : recherche sur la communication », *Cahiers critiques de thérapie familiale et de pratiques de réseaux*, n° 7, 1983, p. 71-89).

288 Scheflen (Albert E.), « On the Structuring of Human Communication », *American Behavioral Scientist*, 10, 8 (1967), p. 8-12.

289 Scheflen (Albert E.), « Human Communication : Behavioral Programs and their Integration in Interaction », *Behavioral Science*, 13, 1 (1968), p. 44-45.

290 Scheflen (Albert E.), « Living Space in an Urban Ghetto », *Family Process*, 10, 4 (1971), p. 429-450.

291 Scheflen (Albert E.), *Communicational Structure : Analysis of a Psychotherapy Transaction*, Bloomington, Indiana University Press, 1973.

292 Scheflen (Albert E.) et Ferber (Andrew), « Critique of a Sacred Cow », *in* Ferber (Andrew), Mendelsohn (Marilyn) et Napier (August), ed., *The Book of Family Therapy*, New York, Science House, 1972, p. 666-683.

293 Scheflen (Albert E.) et Ashcraft (Norman), *Human Territories. How we Behave in Space-Time*, Englewood Cliffs (N. J.), Prentice-Hall, 1976.

294 Schwartz (M.), *Social Interaction of a Disturbed Ward of a Hospital*,

dissertation Ph. D. non publiée, Département de sociologie, Université de Chicago, 1951.

295 Searles (H. F.), « The Effort to Drive the Other Person Crazy – An Element in the Aetiology and Psychotherapy of Schizophrenia », *Brit. Journal of Med. Psychology*, 32, 1 (1959).

296 Selye (Hans), *The Stress of Life*, New York, Mc Graw-Hill, 1956.

297 Shannon (Claude) et Weaver (Warren), *The Mathematical Theory of Communication*, Urbana-Champaign (Ill.), University of Illinois Press, 1949 (trad. fr. : *La Théorie mathématique de la communication*, Paris, Retz-CEPL, 1975).

297 *bis* Sigman (Stuart J.), *A Perspective on Social Communication*, Lexington, Lexington Books, 1987.

298 Sebeok (Thomas A.), Hayes (Alfred S.) et Bateson (Mary C.), ed., *Approaches to Semiotics*, La Haye, Mouton, 1964.

299 Sluzki (Carlos E.), Ransom (Donald C.), ed., *Double Bind : The Foundation of the Communicational Approach to the Family*, New York, Grune et Stratton, 1976.

300 Sluzki (Carlos E.), Beavin (Janet), Tarnopolsky (Alejandro) et Veron (Eliseo), « Transactional Disqualification », *Arch. Gen. Psychiatry*, 16 (1967) (trad. fr. : *in* [329], p. 238-307).

301 Smith (Henry L.) et Trager (George L.), *An Outline of English Structure*, Norman (Okl.), Battenburg Press, 1951.

302 Solla Price (Derek J. de), *Little Science, Big Science*, New York, Columbia University Press, 1963.

303 Sorokin (P.), *Sociocultural Causality : Time and Space ; A Study of Referential Principles of Sociology and Social Science*, Durham (North Carolina), Duke University Press, 1943.

304 Sperber (Dan), *Le Structuralisme en anthropologie*, Paris, Éd. du Seuil, 1968 (et coll. «Points Essais», 1973).

305 Spitz (René A.), « Hospitalism. An Inquiry into the Genesis of Psychiatric Conditions in Early Childhood », in *The Psychoanalytic Study of the Child*, New York, International Universities Press, 1945, p. 53-74.

306 Spitz (René A.), « The Derailment of Dialogue. Stimulus Overload, Action Cycles, and the Completion Gradient », *Journal of the American Psychoanalytic Association*, 12 (1964), p. 752-775.

307 Srole (Leo) *et al.*, *Mental Health in the Metropolis : The Midtown Manhattan Study*, New York, Mc Graw-Hill, 1962.

308 Stroud (John), « Psychological Moment in Perception. Discussion », *in* Foerster (Heinz von) *et al.* [108, 1949, p. 27-63].

309 Sullivan (Harry S.), « Conception of Modern Psychiatry », *Psychiatry*, 3 (1940), p. 1-117.

310 Sullivan (Harry S.), *Conception of Modern Psychiatry*, Washington, William Alanson White Psychiatric Foundation, 1947.
311 Szasz (Thomas S.), *The Myth of Mental Illness*, New York, Harper, 1961.
312 Thiel (Philip), « A Sequence-Experience Notation for Architectural and Urban Space », *Town Planning Review*, avril 1961, p. 33-52.
313 Tinbergen (Niko), *Social Behavior in Animals*, London, Methuen, 1953.
314 Tinbergen (Niko), *Curious Naturalists*, New York, Basic Books, 1958.
315 Toulmin (Stephen), « The Charm of the Scout : *Mind and Nature : A Necessary Unity* by G. Bateson », *The New York Review of Books*, XXVII, 5 (3 avril 1980), p. 38-41.
316 Trager (George L.), « Paralanguage : A First Approximation », *Studies in Linguistics*, 13 (1958), p. 1-12.
317 Trager (George L.) et Hall (Edward T.), « Culture and Communication. A Model and an Analysis », *Explorations*, 3 (1954), p. 137-149.
318 Turner (E. S.), *A History of Courting*, New York, Ballantine Books, 1954.
319 Watson (Michael) et Graves (Theodore), « An Analysis of Proxemic Behavior », *American Anthropologist*, 68 (1966), p. 971-985.
320 Warner (W. Lloyd) et Lunt (Paul S.), *The Social Lif of a Modern Community*, New Haven, Yale University Press, 1941.
321 Watzlawick (Paul), « Review of *Self and Others* by Ronald D. Laing », *Family Process*, 1 (1962), p. 167-170.
322 Watzlawick (Paul), « A Review of the Double Bind Theory », *Family Process*, 2 (1963), p. 132-153.
323 Watzlawick (Paul), « A Structured Family Interview », *Family Process*, 5, 2 (1966), p. 256-271.
324 Watzlawick (Paul), *An Anthology of Human Communication. Text and Tape*, Palo Alto, Science and Behavior Books, 1964 ; 2e éd. 1974.
325 Watzlawick (Paul), *How Real is Real ? Communication, Disinformation, Confusion*, New York, Random House, 1976 (trad. fr. : *La Réalité de la réalité. Confusion, désinformation, communication*, Paris, Éd. du Seuil, 1978 et coll. « Points Essais », 1984).
326 Watzlawick (Paul), *The Language of Change. Elements of Therapeutic Communication*, New York, Basic Books, 1978 (trad. fr. : *Le Langage du changement. Éléments de communication thérapeutique*, Paris, Éd. du Seuil, 1980 et coll. « Points Essais », 1986).
326 *bis* Watzlawick (Paul), ed., *Die Erfundene Wirklichkeit*, Munich,

Piper, 1981 (trad. fr.),: *L'Invention de la réalité. Contributions au constructivisme*, Paris, Éd. du Seuil, 1988 et coll. « Points Essais », 1996.

326 *ter* Watzlawick (Paul), *Les Cheveux du Baron de Münchhausen. Psychothérapie et « réalité »*, Paris, Éd. du Seuil, 1991 et coll. « Points Essais », 1999.

327 Watzlawick (Paul), Beavin (Janet H.) et Jackson (Don D.), *Pragmatics of Human Communication*, New York, Norton, 1967 (trad. fr. : *Une logique de la communication*, Paris, Éd. du Seuil, 1972 et coll. « Points Essais », 1979).

328 Watzlawick (Paul), Weakland (John H.) et Fisch (Richard), *Change. Principles of Problem Formation and Problem Resolution*, New York, Norton, 1974 (trad. fr. : *Changements : paradoxes et psychothérapie*, Paris, Éd. du Seuil, 1975 et coll. « Points Essais », 1981).

329 Watzlawick (Paul) et Weakland (John H.). ed., *The Interactional View. Studies at the Mental Research Institute, Palo Alto, 1965-1974*, New York, Norton, 1977 (trad. fr. : *Sur l'interaction*, Paris, Éd. du Seuil, 1981.)

329 *bis* Watzlawick (Paul) et Nardone (Giorgo), ed., *Stratégie de la thérapie brève*, Paris, Éd. du Seuil, 2000.

330 Weakland (John H.), « The "Double Bind" Hypothesis of Schizophrenia and Three-Party Interaction », *in* Jackson (Don D.), ed., *The Etiology of Schizophrenia*, New York, Basic Books, 1960.

331 Weakland (John J.), « Communication and Behavior. An Introduction », *American Behavioral Scientist*, 10, 8 (1967), p. 1-4.

332 Weitz (Shirley), ed. *Nonverbal Communication. Readings with Commentary (2nd ed.)*, New York, Oxford University Press, 1979.

333 Whitehead (Alfred) et Russell (Bertrand), *Principia Mathematica*, Cambridge, Cambridge University Press, 1910-1913.

334 Whorf (Benjamin), *Language, Thought, and Reality. Selected Writings*, New York, Wiley ; Cambridge (Mass.), MIT Press, 1956 (trad. fr. : *Linguistique et Anthropologie*, Paris, Denoël/Gonthier, 1969).

335 Wiener (Norbert), *Cybernetics, or Control and Communication in the Animal and the Machine*, Paris, Hermann, 1948.

336 Wilder (Carol), « The Palo Alto Group : Difficulties and Directions of the Interactional View for Human Communication Research », *Human Communication Research*, 5, 2 (1979), p. 171-186.

337 Williams (Raymond), *Keywords. A Vocabulary of Culture and Society*, New York, Oxford University Press, 1976.

337 *bis* Winkin (Yves), ed., *Bateson : premier état d'un héritage, colloque de Cerisy*, Paris, Éd. du Seuil, 1988.

337 *ter* Wittezaele (Jean-Jacques) et Garcia (Teresa), *A la recherche de l'école de Palo Alto*, Paris, Éd. du Seuil, 1992.

338 Wittgenstein (Ludwig), *Remarks on the Foundation of Mathematics*, Oxford, Basil Blackwell, 1956.
339 Wolff (Kurt H.), *The Sociology of Georg Simmel*, Glencoe (Ill.), The Free Press, 1950.
340 Wynne-Edward (V. C.), *Animal Dispersion in Relation to Social Behavior*, New York, Hafner, 1962.
341 Wynne (L. C.), Ryckoff (I. M.), Day (J.) et Hirsch (S.), « Pseudo-mutuality in the Family Relations of Schizophrenics », *Psychiatry*, 21 (1958).
342 Zeigarnik (Bluma), « Das Behalten von erledigten und unerledigten Handlungen. Untersuchungen zur Handlungs- und Affektspsychologie », *Psychologische Forschung*, 9, 3 (1928), p. 1-85.

COMPLÉMENTS BIBLIOGRAPHIQUES

107 *bis* Fisch (Richard), Weakland (John) et Segal (Lynn), *Tactiques du changement. Thérapie et temps court*, Paris, Éd. du Seuil, 1986.
122 *bis* Giribone (Jean-Luc), « Ce que nous a appris l'école de Palo Alto », revue *Esprit*, décembre 1988.

ORIENTATIONS DE LECTURE EN LANGUE FRANÇAISE

Les travaux des membres du Collège invisible ont été pour la plupart traduits en français. De Gregory Bateson, on pourra lire *La Cérémonie du Naven* [11], *Vers une écologie de l'esprit* [17 et 18], *La Nature et la Pensée* [20], *Communication et Société* (avec Jurgen Ruesch) [268], *La Peur des Anges* (avec sa fille Mary Catherine) [23 *bis*] et *Une unité sacrée* [18 *bis*]. Un entretien entre Bateson et Daniel Goleman a été traduit en français [137] ainsi que deux extraits d'ouvrages [14 ; 23]. L'introduction de Bateson au journal de *Perceval le fou* (Paris, Payot, 1975) doit également être signalée. Plusieurs études ont été publiées sur l'œuvre de Bateson. Outre un dossier de la *Quinzaine littéraire* (n° 419, 16-30 juin 1984), on peut citer *Bateson : premier état d'un héritage*, un colloque de Cerisy dirigé par Y. Winkin [337 *bis*]. La réédition de *Naven* en Livre de poche s'ouvre sur une présentation de M. Houseman et C. Severi (« Lecture de Bateson anthropologue »).

L'école de Palo Alto est représentée par cinq ouvrages de Paul Watzlawick : *Une logique de la communication* [327], écrit en collaboration avec Janet Beavin et Don Jackson ; *Changements, Paradoxes et Psychothérapie* [328], écrit en collaboration avec John Weakland et Richard Fisch ; *La Réalité de la réalité* [325] ; *Le Langage du changement* [326] ; et enfin *Les Cheveux du Baron de Münchhausen. Psychothérapie et « réalité »* [326 *ter*], *Stratégie de la thérapie brève*, un ouvrage dirigé avec Giorgio Nardone [329 *bis*]. Mentionnons également *Tactiques du changement. Thérapie et temps court*, écrit par trois membres du MRI, Richard Fisch, John Weakland et Lynn Segal [107 *bis*]. A travers un recueil de textes, intitulé *Sur l'interaction* [329], Watzlawick et Weakland offrent un tableau complet du travail du *Mental Research Institute* entre 1968 et 1974. On y trouve notamment les articles les plus importants de Don Jackson. Certains travaux de Jay Haley [144] et de Virginia Satir [280] ont également été traduits. Il faut encore mentionner l'ouvrage dirigé par Paul Watzlawick, *L'Invention de la réalité* [326 *bis*], qui systématise *La Réalité de la réalité*. Une présentation complète de l'école de Palo Alto est proposée par Jean-Jacques Wittezaele et Teresa Garcia dans *A la recherche de l'école de Palo Alto* [337 *ter*]. Signalons encore *Rencontre de Paul Watzlawick*, un livre organisé par Claude Le Bœuf, Paris, L'Harmattan, 1999.

L'œuvre de Ray Birdwhistell est beaucoup plus difficile d'accès au lecteur français. Un exposé d'ensemble, écrit en 1964, a été publié en 1967 sous le titre « La communication non verbale » dans l'*Encyclopédie des sciences de l'homme* dirigée par Paul Alexandre [39]. En 1968, la revue *Langages* a publié un remarquable numéro consacré aux « pratiques et langages gestuels ». On y trouve deux extraits d'articles plus techniques [37 ; 38], une présentation et une analyse critique de la kinésique par Julia Kristeva [197] et, en bibliographie, un résumé de plusieurs travaux de Birdwhistell. *Les Cahiers de psychologie sociale* (n° 29, janvier 1986) ont publié un dossier très « pointu » sur la synchronie interactionnelle, qui s'ouvre sur un texte de Birdwhistell [42 *bis*]. Les recherches de Scheflen n'ont pas été traduites en français, à l'exception d'un important texte méthodologique [287].

Par contre, Edward T. Hall, avec *Le Langage silencieux* [148], *La Dimension cachée* [155], *Au-delà de la culture* [159] et *La Danse de la vie* [159 *bis*], est bien connu en France. Un long texte de Edward et Mildred Hall sur la communication interculturelle a également été publié par les *Cahiers de psychologie sociale* [161 *bis*]. C'est également avec son épouse qu'il a écrit *Guide du comportement dans les affaires internationales* [161 *ter*] et *Comprendre les Japonais* [161 *quater*]. Deux entretiens avec Hall ont été publiés dans la revue *Psychologie* [114 ; 162]. On lira aussi avec intérêt l'étude de Paolo Fabbri sur la proxémique [104].

L'œuvre d'Erving Goffman est également bien représentée avec sept ouvrages traduits : *La Mise en scène de la vie quotidienne* (t. I : *La Présentation de soi*; t. II : *Les Relations en public*) [126 et 133], *Asiles* [128] ; *Les Rites d'interaction* [131], *Stigmates* [130], *Façons de parler* [136 *bis*] et *Les Cadres de l'expérience* [134]. En outre, dans *Les Moments et leurs hommes* [136 *ter*], Y. Winkin propose une biographie intellectuelle du sociologue canadien, ainsi que six textes, un entretien et une bibliographie. Parmi les autres études publiées en français sur Goffman, il faut citer la « Présentation » d'*Asiles* [328] par Robert Castel et l'article de Luc Boltanski : « Erving Goffman et le temps du soupçon » (*Informations sur les sciences sociales*, 12, 3, (1973), p. 127-147). Un colloque de Cerisy a été consacré en 1987 aux « lectures d'Erving Goffman en France ». Il en est sorti un ouvrage collectif dirigé par Isaac Joseph, Robert Castel et Jacques Cosnier, intitulé *Le Parler frais d'Erving Goffman* (Paris, Éd. de Minuit, 1989). Outre quinze « lectures » de l'œuvre de Goffman, le livre propose deux textes inédits de celui-ci : « Calmer le jobard : quelques aspects de l'adaptation à l'échec » et « Réplique à Denzin et Keller » (deux sociologues américains qui avaient éreinté *Les Cadres de l'expérience* [134]. Mentionnons encore *Erving Goffman et la Microsociologie* d'Isaac Joseph (Paris, PUF, 1998), *Erving Goffman et les Institutions totales*, sous la direction de Charles Amourous et Alain Blanc (Paris, L'Harmattan, 2001), ainsi qu'un article d'Erving Goffman présenté par Claude Zaidman sous la forme d'un bref ouvrage, *L'Arrangement des sexes* (Paris, La Dispute, 2002).

INDEX

Index des noms propres

Index des notions

TABLE DES ILLUSTRATIONS

TABLE

3. ENTRETIENS

Du même auteur

AUX MÊMES ÉDITIONS

Bateson : premier état d'un héritage
(direction)
1988

Les Moments et leurs hommes
(traduction et présentation)
1988
et « Points Essais », n° 797, 2016

Le Raisonnement médical
Une approche socio-cognitive
(textes réunis et présentés avec Pierre Bourdieu)
« Liber », 2002

CHEZ D'AUTRES EDITEURS

Rhétoriques du corps
(avec Philippe Dubois)
Bruxelles, De Boeck Université, 1988

Marché éditorial et démarches d'écrivains
(avec Pascal Durand)
Ministère de la Culture de la Communauté française de Belgique, 1996

Anthropologie de la communication
De la théorie au terrain
Bruxelles, De Boeck Université, 1996
Seuil, « Points Essais » n° 448, nouvelle édition, 2001

La communication n'est pas une marchandise.
Résister à l'agenda de Bologne
Bruxelles, Éditions Labor/Éditions Espace de Libertés, 2003

Le Symbolique et le Social
La réception internationale de la pensée Pierre Bourdieu
Actes du colloque de Cerisy-la-Salle
(textes réunis et présentés avec Jacques Dubois et Pascal Durand)
Belgique, Éditions de l'université de Liège, 2005

Comment l'informatique vient aux enfants
Pour une approche anthropologique des usages de l'ordinateur à l'école
(avec Éric Barchechath et Rossela Magli)
Éditions des Archives contemporaines, 2006

IMPRESSION : NORMANDIE ROTO IMPRESSI
DÉPÔT LÉGAL : OCTOBRE 2014. N° 1182
IMPRIMÉ EN FRANCE